Antonio G. Iturbe
アントニオ・G・イトゥルベ
小原京子〈訳〉

アウシュヴィッツの図書係

LA BIBLIOTECARIA DE AUSCHWITZ

集英社

ディタ・クラウスへ

本書の主な登場人物——

エディタ・アドレロヴァ（ディタ）……チェコ出身のユダヤ人少女
リースル……ディタの母
ハンス……ディタの父
フレディ・ヒルシュ……ブロック古参。ドイツ出身のユダヤ人青年
リヒテンシュテルン……副校長
ミリアム・エーデルシュタイン……副校長
モルゲンシュテルン……元建築家の老教師
クリツコヴァ……女性教師。〈しわくちゃさん〉とあだ名される

オータ・ケラー……………………若い男性教師
マルギット……………………ディタの友人
レネー・ナウマン……………………ディタの友人
ルディ・ローゼンバーグ……………………収容者の登録係
シュムレウスキ……………………レジスタンスのリーダー
シュヴァルツフーバー……………………アウシュヴィッツ収容所所長
ヨーゼフ・メンゲレ……………………SS（ナチス親衛隊）大尉の医師
シュタイン……………………SS曹長。〈司祭〉と呼ばれている
ヴィクトル・ペステック……………………SS伍長

アウシュヴィッツ゠ビルケナウ絶滅収容所——の三十一号棟。そのバラックができてから閉鎖されるまでの間、ユダヤ人の子ども五百人が、〈顧問〉に任命された囚人たちと共にそこで過ごした。そして、誰も予期していなかったことだが、厳しい監視下にあったにもかかわらず、そこには秘密の図書館があった。H・G・ウェルズの『世界史概観』、ロシア語の教科書、解析幾何学の本など、たった八冊しかないとても小さな図書館だった。一日の終わり、薬や何がしかの食糧といった貴重品と一緒に、本は一人の年長の女の子に託された。彼女の仕事はそれらの本を毎晩違う場所に隠すことだった。

アルベルト・マングェル著『図書館　愛書家の楽園』

文学は、真夜中、荒野の真っただ中で擦るマッチと同じだ。マッチ一本ではとうてい明るくならないが、一本のマッチは、周りにどれだけの闇があるのかを私たちに気づかせてくれる。

ウィリアム・フォークナー

（ハビエル・マリアスによる引用）

1

アウシュヴィッツ゠ビルケナウ強制収容所、一九四四年一月――

すべてを飲み込む暗いぬかるみの上に、アルフレート・ヒルシュは学校を建てた。

黒い制服に身を包み、人間の死を冷酷に眺めるナチスの将校たちは、そのことを知らないし、それを彼らに知られてはならない。

アウシュヴィッツでは、人の命は虫けらほどの価値もない。鉄砲の弾《たま》の方が貴重だから、もはや誰も銃殺されもしない。チクロンガスを使うガス室があるのは、ドラム缶一本で何百人も殺せば、その方がずっと安上がりだからだ。まとめて始末しないと不経済というわけだ。

木造のバラックの中、教室とはいっても名ばかりで、椅子と子どもたちの寄せ集めにすぎない。仕切りも黒板もない。教師は二等辺三角形やアクセント記号、ヨーロッパの川の流れに至るまで、空中にさっさっと描く。

子どもたちの小さなグループは二十近くあり、それぞれに教師が一人。グループ同士の間はいくらもあいていない。エジプトの十の災いの話と掛け算九九の暗唱がごちゃまぜにならないように、教師たちはささやき声で授業を進めなければならない。

学校など作れるものか、ヒルシュはどうかしている、無邪気すぎると考える者もいる。

何もかもが禁止されている残酷な絶滅収容所で、子どもたちに教育を施すなど、どうしてできるのだ？

　だが、何を言われようと、ヒルシュはただ微笑んでいた。人の知らない何かを知っているかのように、いつも謎めいた微笑みを浮かべていた。

　学校を閉鎖したけりゃすればいい、と彼は言う。誰かが何かを伝えようとし、子どもたちがそれを聞こうと周りに集まれば、そこが学校になるのだから。


　バラックの扉が突然開いて、ブロック古参であるヒルシュの部屋の方に、見張りの少年ヤコペックが走っていく。サンダルが収容所の湿った土を跳ね上げる。三十一号棟の穏やかな空気が脆《もろ》くも破られる。

　部屋の隅にいたディタ・アドレロヴァは、跳ね上げられた泥をじっと見つめている。たった一滴のインクでコップのミルクが染まるように、そのほんの小さな泥はねで現実は一変する。

「六、六、六！」

　三十一号棟にＳＳ《親衛隊》の看守が来るという合図だ。バラックにざわめきが広がる。


　死体を燃料に昼夜焼却炉が稼働する、命の破壊工場アウシュヴィッツ＝ビルケナウにあって、三十一号棟は特別なバラックだった。珍しい、異例な存在と言ってもいい。作りあげたのはフレディ（アルフレートの愛称）・ヒルシュだ。彼も最初は、若者相手のただのスポーツ・インストラクターだったが、今や、アウシュヴィッツで、人間の命を押しつぶす巨大なローラー車を相手に挑むアスリートだ。

　子どもたちを楽しく遊ばせれば、ＢⅡｂ区画の親たちは仕事がやりやすくなると、彼は強制収容所のドイツ当局を説得した。BⅡb区画はいわゆる〈家族収容所〉だ。ほかの区画には、子どもどころか、鳥さえほとんどいない。鉄柵にぶつかって感電死してしまうから、アウシュヴィッツに鳥はいないのだ。

収容所の最高司令部は、BⅡb区画の三十一号棟を子ども専用のバラックにすることを許可した。最初からそのつもりだったのかもしれない。ただし、勉強を教えることは一切禁じられていた。

三十一号棟のブロック古参の部屋のドアからヒルシュが顔をのぞかせる。彼は、自分の顔をじっと見つめている助手や教師たちに向かってかすかにうなずく。何も言わなくても、そのまなざしでみんなはすべてを悟る。彼は常にやるべきことをやる。そして周りの者にも自分と同じようにふるまうことを期待する。

勉強を中断して、授業はドイツ語のわらべ歌やなぞなぞ遊びに切り替えられる。アーリア人至上主義のナチスの狼たちが、その金髪碧眼《へきがん》の顔でバラックをのぞきこむときには、すべてが秩序どおりに運んでいるふりをする。

通常、兵士二人一組のパトロールは、バラックに来ても、ドアの中にはめったに足を踏み入れず、子どもたちをちらっと観察するだけだ。時には歌っている子どもたちに拍手をしたり、小さな子の頭を撫でたりすることもあるが、すぐに巡回に戻っていく。

しかし見張りのヤコペックは、いつもの合言葉にこう付け加える。

「検査です！　検査があります！」

検査なら話は違ってくる。整列しなければいけない。点呼がある。時には幼い無邪気な子どもたちから情報を引き出そうと、巧みな質問をしかけてくることもあるが、何か聞き出せたためしはなかった。鼻水を垂らしたごくごく幼い子でさえも、見かけによらず、よくわかっているのだ。

誰かがささやく。「〈司祭〉だ！」

するとと、悲痛なざわめきが広がる。いつも聖職者のように軍服の袖に両手を入れて歩くシュタイン親衛隊曹長はそう呼ばれている。ただし、彼が信じているのは残酷という名の神だけだ。

教師が二人、追い詰められた表情で顔を上げる。彼らはその手に、アウシュヴィッツで固く禁じられているものを持っていて、見つかれば処刑されてもおかしくない。

それは銃でも、剣でも、刃物でも、鈍器でもない。第三帝国の冷酷な看守たちがそこまで恐れているもの、それはただの本だ。表紙がなくなってバラバラになり、ところどころページが欠けている読み古された本。

人類の歴史において、貴族の特権や神の戒律や軍隊規則をふりかざす独裁者、暴君、抑圧者たちには、アーリア人であれ、黒人や東洋人、アラブ人やスラブ人、あるいはどんな肌の色の、どんなイデオロギーの者であれ、みな共通点がある。誰もが本を徹底して迫害するのだ。

本はとても危険だ。ものを考えることを促すからだ。

ひとかたまりになった子どもたちが、看守一行の到着を前に、歌を口ずさみ始めると、一人の少女が、子どもたちの間を縫って走り始めた。

「止まりなさい！」

「何をしてる？　どうしたんだ？」みんなが口々に声をかける。

一人の教師が腕を摑んで止めようとするが、ディタはすりぬけ、よろけながら走り続ける。目立たないように、じっとすべきときなのに。バラックの真ん中を突っ切る高さ一メートルの通風ダクトに登り、大きな音をたてて反対側に飛びおりる。あわてて止まろうとして、椅子を倒してしまい、その音で、一瞬、子どもたちの歌声も止まる。

「なんなの、いったい！　どういうつもり？」怒りで顔を真っ赤にしながらクリツコヴァが声をあげる。

子どもたちが陰で〈しわくちゃさん〉と呼んでいる先生だ。彼女は、走っているその子が自分にあだ名をつけた張本人だとは知らずに叱りつける。「助手の人たちと奥でじっとしていなさい！」

しかし、ディタは止まらない。みんなの非難のまなざしをよそに一目散に走り続ける。子どもたちは、横縞のウール・ハイソックスをはいたがりがりの脚が走っていく様子をぽかんと見ている。やせた体で、グループの間をジグザグと縫っていく肩の上で茶色い長い髪が左右に揺れる。ディタ・アドレロヴァは何百人もの人の間を、たった一人で走っている。

どうにかバラックの中央にたどりつくと、ディタはよろめきながらあるグループの真ん中に割り込む。乱暴に椅子を押しのけたので、女の子が転げ落ちる。

「ちょっと、何するのよ！」

本を持っていた教師の一人は、図書係の少女ディタが息を切らせて自分の前に立っているのを驚いて見つめる。言葉を発するまもなく、両手に抱えていた本をその子に奪われ、突然身軽になる。咄嗟《とっさ》に礼を言おうとしたときにはもう、ディタの姿はそこにはない。

ナチスの看守が来るまで、あとわずかしかない。

そのやりとりを見ていたエンジニアのマロディが、輪の外からリレーのバトンを渡すように、幾何学の本をディタに投げてよこす。ディタはバラックの奥で床を掃除するふりをしている助手たちを目指して死に物ぐるいで走っていく。

だが、まだたどりつかないうち、窓を開けたときろうそくの炎がゆらぐように、子どもたちの歌声が一瞬弱まったのに気づく。振り向くまでもない。SSの看守たちが入ってきたのだ。

ディタはふいにわざと転んで、十一歳の女の子たちのグループの中に倒れ込む。服の下に二冊の本をつっこみ、落ちないように、上から両腕で抱きかかえる。女の子たちは面白そうに横目でディタを見ている。一方、先生は緊張の面持ちで、歌い続けるよう子どもたちに顎で指示する。バラックの入り口では、SSがぐるりと中を観察してから、得意のセリフを叫ぶ。

「気をつけ！」

室内が静まりかえる。歌声も遊び声も聞こえなくなる。動きが凍りつく。その静けさの中、口笛で奏でるベートーヴェンの交響曲第五番のメロディがはっきりと響きわたる。口笛を吹くその忌まわしい人物のせいで、恐るべき〈司祭〉こと、シュタイン親衛隊曹長でさえ緊張しているようだ。

「神様、お助けください」と女教師がつぶやく。

母さんが戦前ピアノを弾いていたので、ディタはそれがベートーヴェンだとすぐにわかる。音楽好きらしい正確さで交響曲を奏でるその独特な口笛は聞き覚えがあった。

プラハを追放されたあとに、一年間住んだ隔離居住区であるテレジーン・ゲットーを出て、貨物列車に詰め込まれ、飲まず食わずで三日間旅し、アウシュヴィッツ＝ビルケナウ収容所に着いたのは夜だった。金属の扉が開くときのギギーッという音、外気の冷たさと焼けた肉の臭い、夜の暗闇を貫く強い光、どれも忘れることはできない。無人駅は手術室のように煌々《こうこう》と灯りに照らされていた。その後、命令の声、車両の壁板を銃床で叩く音、銃声、ホイッスル、金切り声が聞こえた。その混乱の真っただ中、SSたちでさえ恐怖の視線を送っていた将校、ヨーゼフ・メンゲレ親衛隊大尉が、音ひとつはずさず、口笛で静かに奏でていたベートーヴェンのあの交響曲。

あの日、メンゲレはディタのすぐ脇を通り過ぎた。しわひとつない軍服、真っ白な手袋、胸を飾る鉄十字章。それは戦功をあげた者にしか与えられない勲章だ。

メンゲレは母子のグループの前で立ち止まり、手袋に包まれた手で子どもの一人の肩を親しげにポンと叩いた。微笑みさえした。そして彼が十四歳の双子の兄弟ズデニェクとジルカを指差すと、伍長が急いで彼らを列から連れ出した。母親がひざまずいて看守の軍服の裾《すそ》にすがりつき、連れていかないでくれと泣いて懇願すると、メンゲレが落ち着き払って割って入り、こう言った。

「このヨーゼフおじさんが、よく面倒を見てあげるからね」

それはある意味、確かにそのとおりだった。メンゲレが実験のために集めている双子たちには、誰一人指一本ふれようとしなかったからだ。アウシュヴィッツでメンゲレは、どうすればドイツ人女性が双子を産んでアーリア人を倍増できるかを研究するための不気味な遺伝実験をしていた。メンゲレについてのディタの記憶は、穏やかに口笛を吹きながら、双子の手を引いて遠ざかる姿だ。

三十一号棟で今聞こえているのと同じメロディ。

メンゲレ大尉……。


ブロック古参の部屋のドアがかすかな軋《きし》みとともに開く。ヒルシュが、ＳＳの突然の訪問を歓迎するかのように、部屋から出てくる。靴のかかとをカチッと鳴らしてメンゲレに挨拶する。大尉以上の位の者に対する敬礼だが、それは決して卑屈なものではなく、毅然とした姿勢の表明である。メンゲレはほとんど一瞥もせず、背中で手を組み、口笛を吹き続けている。〈司祭〉ことシュタイン曹長は、軍服の袖に入れたままだった両手を、拳銃のホルスターの脇におろして、その限りなく透明な目でバラックの隅々まで視線を走らせる。

見張りのヤコペックの知らせは間違っていなかった。

「検査」と〈司祭〉がささやく。その命令を、彼に伴われてきたSSたちが、囚人たちに聞こえるように大声で復唱する。

女の子たちのグループの真ん中にいたディタは、戦慄《せんりつ》を覚える。腕を体に押し付けると、二冊の本があばら骨に当たる。本を持っているのが見つかれば、一巻の終わりだ。

「こんなことってないわ……」とつぶやく。

ディタはまだ十四歳。人生はこれからだ。やるべきこともたくさんある。

運命を嘆くとき、母さんがここ数年繰り返してきた言葉を思い出す。

「戦争なのよ、エディタ（ディタの正式な名）。戦争なの」

戦争が始まる前は、まだ小さかったので、その頃の世界がどんなふうだったか、ディタはもうほとんど思い出せない。目を閉じて、必死にそれを思い出そうとする。


一九三九年初め、プラハの市庁舎広場の時計台の前に立っている九歳の自分が見える。その子は、黒いこぶしのような巨大な空洞の眼窩《がんか》で街の家並みを見下ろしている、古ぼけた骸骨のような時計台を、ちらっと横目で見ている。

学校では、その大時計は五百年以上昔、時計職人のハヌシュが作ったものだと教えられた。しかし、祖母たちが語ってくれた言い伝えが彼女を震えあがらせた。

それはこういう話だ。王はハヌシュに命じて、きっかり一時間ごとに人形が行進する時計を作らせた。そしてそのあとで、役人に命じて、ハヌシュの目をつぶさせた。他国の王にはこのようにすばらしい時計を作らせまいとしたのだ。しかし、ハヌシュはその仕返しに、機械の中に自分の手をつっこんだ。時計の歯車で切断された手が機械に詰まり、時計は何年も修理できず使えなくなった。夜になるとディタは時々、その切り取られた手が、時計の歯車の間を上下に這《は》い回っている夢を見た。

骸骨が鐘を鳴らすと、人形のパレードが始まる。そのからくり時計がみんなに知らせているのは、何百年もの間、あの巨大なオルゴールから慌ただしく出たり入ったりし続けている人形のように、時間は一分一分、一時間一時間、刻々と過ぎていくということだ。しかし九歳の少女にはまだそれがわからず、時間はなかなか進まない長い列、ねっとりとした凪《な》いだ海のようだと考えていたことに今、苦悩にさいなまれながらディタは思い至る。あの頃は、文字盤の上に骸骨があるというだけで、時計が怖かった。

ディタは、自分をガス室送りにするかもしれないそれらの古い本を抱きしめながら、幸せだった子ども時代を懐かしく思い返す。母さんについて街に買い物に行くとき、市庁舎広場の時計台に立ち寄るのが好きだった。

でもそれはからくり時計を見るためではなかった。あまり認めたくはないが、あの骸骨が怖かった。それよりも、通行人が時計に見とれる様子をそっと見るのが楽しかった。多くはよそからプラハに来た人たちで、人形が出て来るのを今か今かと待っていた。その人たちが驚いたり、間の抜けた表情で笑ったりしているのが面白かった。その顔を見ながら彼女は彼らにこっそりとあだ名をつけた。

彼女は、近所の人たちや両親の知り合いにあだ名をつけるのが好きだった。もったいをつけるときに、くいっと首を伸ばす気取り屋のゴットリーブは〈きりんさん〉、下の店にいた椅子の布張り職人のクリスチャンのおじさんはつるっぱげでやせていたので、ひそかに〈ボウリング頭さん〉と呼んでいた。

鐘を鳴らしてスタロムニェスツカー広場を回り、ヨゼフォフ地区を蛇行しながら遠ざかって行く路面電車のあとをちょっと追いかけてから、母さんがオーバーコートや冬のスカートを作るための布地を買っていた、オルネストのお店まで走って行ったことも覚えている。店の入り口に、カラフルなネオンの看板があった。下から順々に点灯して、上まで行くとまた下から電気がつく。どんなにあの店が好きだったか。

当時は、新聞スタンドの近くを通るとき、新聞を買いにきた人たちが長い列を作っていたことも、山積みになった人民新聞の一面に四段ぶち抜きで印刷された巨大な文字の見出しにも気づかなかった。「政府、ドイツ軍のプラハ進駐に合意」と見出しが叫んでいたというのに。

ディタは一瞬目を開ける。ＳＳたちがバラックの奥であちこちをさぐり回っているのが見える。針金の端を曲げたもので壁に留めた絵までめくって、裏に何か隠していないか見ている。誰も口を開かない。看守たちが物を調べる音が、バラックに響き渡る。

湿気とカビの臭いがするバラック。恐怖の臭いもする。それは戦争の臭いだ。

小さい頃のことはあまり覚えていないけれど、いつも記憶に蘇るのは、平和な毎日は、金曜日に一晩コトコト煮込んだこってりしたチキンスープの香りがしたということだ。そしてもちろん、ロースト・ラムの味や、卵とくるみのパスタの味もよく覚えている。なかなか終わらない学校、おぼろげにしか覚えていないクラスの同級生たちと石蹴りやかくれんぼをして遊んだ午後……。

そのすべてが消えてしまった。

変化はいきなりではなく、徐々に始まった。しかし、子ども時代はある日突然終わった。アリババの洞窟のように閉じて、砂の中にうもれてしまったのだ。その日のことは鮮明に覚えている。それは一九三九年三月十五日のことだ。プラハを震撼《しんかん》させた朝だった。

居間のシャンデリアのガラス飾りが揺れていたが、地震ではなかった。誰も駆け出したりあわてたりしなかったからだ。父さんは、何ごともないかのように素知らぬ顔で食後のお茶を飲みながら、新聞を読んでいた。

母さんと一緒に学校に出かけたとき、街は震えていた。ヴァーツラフ広場に向かう途中で、音が聞こえ始めた。地面があまりにグラグラ揺れるので足の裏がむずむずした。広場に近づくにつれて耳をつんざく音がさらに大きくなった。広場に着いたが人がごった返して通りを渡れない。人々の背中や外套や首筋や帽子が見えるだけだった。

母さんがふいに足を止めた。顔が険しくなり急に老けて見えた。引き返して、別の道を通って学校に行こうと娘の手を取ったが、ディタは好奇心を抑えられず、その手を振りほどいた。小さくてやせっぽちの彼女は、歩道でひしめき合っている人だかりの間に体を滑りこませ、市の警察官たちが手をつないで人を立ち入らせないようにしていた最前列まで難なくたどりついた。

ものすごい轟音《ごうおん》だった。まず一台、また一台と、サイドカー付きのグレーのオートバイが、つやつやと輝く革のジャンパーに首からバイク用ゴーグルをぶら下げた兵士たちを乗せて前を通り過ぎた。ヘルメットがぴかぴか光っている。ドイツの工場から出荷されたばかりで、まだ傷一つなく、そこには戦争の片鱗《へんりん》もうかがえない。次に、巨大な機関銃を備えた戦闘車、続いて戦車が象のようにゆっくりと威圧的に大通りを進んできた。

行進している男たちのことを、市庁舎広場の時計台の人形みたいだ、と思った記憶が蘇る。すぐに小さな扉が閉じて姿を消し、そしてこの震動も止むだろうと。しかし、機械のように行進していたのは人形ではなく、人間だった。物事の違いというのは、いつもはっきりと目に見えるわけではないことを、ディタはその頃から学び始めた。

ほんの九歳だったが、恐怖を感じた。吹奏楽もにぎやかな笑い声や話し声や口笛も聞こえない、無言の行列だった。

なぜ、軍服姿の男たちがそこにいるのだろう？　なぜ誰も笑わないのだろう？　ディタは突然、その沈黙の行列が葬列に見えてきた。

そのとき、追いついた母さんにがっしりと摑まれ、無理やり人垣の外に引っ張り出された。人々とは反対方向に歩いていくと、再び二人の前にいつもの陽気な街プラハが姿を現した。悪い夢から覚めてほっとし、すべて元どおりなのを確認したような感覚だった。

しかしディタの足の下で地面はまだ揺れていた。街は震えていた。母さんも震えていた。パレードの場から一刻も早く立ち去ろうと、ディタの手をぐいっと引っ張って、素敵なエナメルの靴を履いたその足を速めた。戦争という巨大な鉤爪の届かない所に逃げようと。

ディタは本を抱えてため息をつく。子ども時代に別れを告げたのは、初潮を迎えた日ではなく、あの日だったことに気づいて、悲しみがこみあげてくる。骸骨も幽霊の昔話も怖くなくなり、人間を恐れるようになったのはあの日だったのだ。

2

SSは、バラックの中をつぶさに点検し始めた。囚人にはほとんど目もくれず、壁、床、物品を検《あらた》める。ドイツ人というのはかくも几帳面な民族だ。外見も、そして中身も。

メンゲレ親衛隊大尉が再びブロック古参のフレディ・ヒルシュと話し始める。ヒルシュは、その間ほとんどずっと気をつけの姿勢で、微動だにしない。

二人は何を話しているのだろう？　メンゲレはヒルシュの横に立ち、表情も変えず、じっと耳を傾けている。SSの連中さえもが恐れるあの将校と、ヒルシュは何を話しているのだろう？〈死の天使〉の異名を取るメンゲレに、ヒルシュほど堂々と受けこたえできるユダヤ人はいない。たいがいの者は声が震え、仕草に緊張がにじみだしてしまう。しかしヒルシュは、ディタが見る限り、通りで近所の人と立ち話をしているときと変わらない。

ヒルシュは恐れを知らない男だと言われている。だが、ドイツ人には受けがいいとか、その非の打ちどころのない外見とは裏腹に何か怪しいものを隠しているとほのめかす者もいる。

検査を行うSSを指揮する〈司祭〉こと、シュタイン親衛隊曹長が身振りで、ディタには意味のわからない合図をする。起立を命じられたら気をつけの姿勢をとらなければならない。どうやって本を落とさずにいられるだろう？

古株の囚人が新参者にきまって与える第一の教訓は、「生き延びることだけを目指せ」ということだ。数時間生き延びる、それが重なれば一日になり、さらには一週間になる。そうやって生き続ける。

大きな計画は決して立てない。大きな目標は持たない。ただ、一瞬一瞬を生き延びる。ここでは、「今を生きる」しかない。

服の下から本を取り出し、一メートルほど先にある、誰も座っていない椅子の下に何気なく置くなら今だ。そうすれば、立ち上がって整列したとき、本が見つかっても彼女のせいにはされない。犯人を特定できなければ、悪いのはみんなだ。全員をガス室送りにできるわけがない。ただし、そうなれば三十一号棟は間違いなく閉鎖されるだろう。

この棟が閉鎖されるのは、それほど重大なことだろうか？　ここで学校を開いた当初、何人かの先生がどんなに反対したか、聞いたことがある。アウシュヴィッツから生きて出られるかどうかもわからない子どもたちに勉強をさせて何になる？　目と鼻の先で死体が焼かれ、黒い煙を吐き出している煙突のことを話す代わりに、ホッキョクグマの話をしたり、掛け算の九九を教えたりすることに何の意味があるのか？　そう反対する先生たちを、ヒルシュは熱意とその権限で説き伏せた。三十一号棟は子どもたちのオアシスになるのだと。

オアシスか、それとも蜃気楼か？　今でもまだそう自問する者はいる。

本を処分して、生きるために戦うのが一番理にかなったことではないのか？

だが本当にそうだろうか？

直立不動の姿勢をとっている〈司祭〉が、メンゲレから短い命令を受け、すぐさま高圧的にそれを伝える。

「起立！　気をつけ！」

がたがたとみんなが立ち上がる音が響く。

今だ、今しかない！　この瞬間を逃したら助からない。本を抱きしめて座っているディタが腕をゆるめると、本が服の中で胸からももまで滑り落ちた。

しかしディタは再び本をお腹に押しつける。あまりに強く押さえすぎて、まるで骨のように本がミシミシ音をたてる。本を手放すのがあとになればなるほど、ますます危険にさらされるというのに。

SSたちが厳しい口調で、静かに、誰もそこから動くな、と命令する。ドイツ人を最もいらだたせるのは無秩序だ。きちんとしていないものは耐えられない。

ユダヤ人ら敵民族に対する処分を実行に移した当初、SSの多くの将校たちは処刑での流血に拒否反応を起こした。死体に交ざってうめき声をあげる瀕死の者たち、銃で一人一人とどめを刺す辛い作業、撃ち殺した者をまたいでいくとき靴につく血糊、蔦《つた》のようにブーツに絡みつく死にかけた者たちの手は耐え難かった。しかし、アウシュヴィッツのような施設で、効率よく、混乱を生まずに、ユダヤ人を絶滅する方策がとられだしてからは、ベルリンから命じられる大量虐殺の指令はただの日常業務になった。

ディタの前にいる子たちがみんな立ち上がったので、SSからは彼女が見えない。右手を服の下に入れて幾何学の本を摑む。ごわごわとしたページの感触。表紙がとれた本の背のアラビア糊の筋に指を走らせる。むき出しになった本の背は鋤《すき》で耕した畑のようだ。

その瞬間、ディタは目を閉じ、本をぎゅっと抱きしめる。

離すものか！

自分は三十一号棟の図書係だ。信じて任せてくれと、無理やり頼みこんだのは自分だ。フレディ・ヒルシュを裏切ることはできない。彼は自分を信じて任せてくれた。ヒルシュは彼女に八冊の禁じられた本を見せて言った。「これが君の図書館だよ」と。

ディタはそろそろと立ち上がる。本を床に落とさないように、片方の腕を胸に押し当てている。女の子たちのグループの真ん中に立つ。少しは隠れるが、彼女は一番背が高いので、あまりに目立つ。

四人たちの検査を始める前に、〈司祭〉の命令で、二人のSSがブロック古参のヒルシュの部屋に入っていく。部屋には残りの本が隠してあるのに。見つかれば、ヒルシュは一巻の終わりだ。いや、隠し場所はまず安全だろう。板張りの床の隅っこの板の一枚が取り外しできるようになっている。その下の地面を掘った穴に、小さな図書館のわずかな蔵書が保管してある。本はぴっちり隙間なくおさめてあるから、床の上を歩いても、コンコンと指で叩いても、空洞のような音はしないし、下に隠し場所があると疑わせるものは何もない。

ディタが図書係になってまだほんの数日だが、何週間も何か月も経ったような気がする。アウシュヴィッツでは時間はなかなか進まない。這うようにのろのろと流れる。アウシュヴィッツに何日かいれば、新米が古株になる。若者が老人になり、頑健な人間が老いさらばえる。

ドイツ人たちが部屋の中を引っ掻き回す間、ヒルシュはじっと動かず、その場に立ち続けている。メンゲレは手を背中にまわし、口笛でリストの曲を吹きながら数歩離れた。ヒルシュの部屋の前では、二人のSSが検査が終わるのを待っているが、面倒くさそうに頭を後ろにそらせている。ヒルシュは旗を掲げるポールのようにまっすぐな姿勢を崩さない。SSたちがだらしなくなればなるほど、ますます姿勢を正す。

ユダヤ人はナチスよりもはるかに強いとヒルシュは信じている。だから彼らは自分たちを恐れ、絶滅させようとする。自分たちが屈服させられたのは、ただ、自前の軍隊を持たないからだ。しかし、その過ちはもう繰り返さない。すべて終わったら、軍隊を作る。それも世界最強の軍隊にするのだと固く心に決めていた。

二人のＳＳが部屋から出てくる。〈司祭〉が手に原稿用紙の束を持っている。どうやら、彼らが見つけた唯一の怪しいものらしい。メンゲレはそれを形ばかりに調べると、横柄に〈司祭〉につきかえす。それはヒルシュが収容所の司令部のために、三十一号棟の機能について書いたレポートだが、当のメンゲレには目新しいものではなかった。

〈司祭〉は軍服のゆったりとした袖に再び手を入れる。小声で出した命令に、看守たちはバネのように飛び上がり、一団となって獲物を求めて狩りに飛び出す。邪魔な椅子を乱暴に蹴飛ばしながら囚人たちの方に向かっていく。子どもや新米の教師たちは恐怖のあまり、叫び声や泣き声を漏らす。古株の者たちはさほど動じない。ヒルシュはぴくりとも動かない。メンゲレは、ヒルシュから少し離れた部屋の隅に立ち、遠巻きに様子を見ていた。

古株の者たちはこれがいきなり破壊行為に発展しないとわかっている。ナチスはむやみに機関銃を発砲したりしない。戦時において、椅子を蹴散らすのは手続きの一環なのだ。怒鳴るのもそうだ。銃尾で殴打することも。椅子を蹴散らすのは、すぐにでも、同じようにお前たちの命だって吹き飛ばせるぞ、という警告だ。殺すこともまた、戦争の日常業務なのだ。

ディタのすぐ近くのグループの前で、猟犬たちが突然立ち止まる。〈司祭〉も加わり、ゆっくりと点検が始まる。いちいち足を止めては囚人をじろじろ眺め、何人かは体もさぐり、上から下まで何か怪しいものがないか探していく。囚人たちはみな前を向いているが、こっそりと隣の仲間を盗み見ている。

女教師の一人が一歩前に出るように命じられる。手芸を教える背の高い女性で、古い紐や木片、壊れたスプーン、ぼろきれなどささやかなものを使って、すばらしい作品を子どもたちに作らせる。彼女は言葉が聞き取れず、何を言われたかわからない。兵士たちが怒鳴り、一人が彼女の体を揺さぶる。おそらく理由などない。怒鳴り、揺さぶることもまた手続きのうちだ。背の高いやせた女教師は、ポキリと折れる寸前の杖のようだ。結局、突き飛ばされ怒鳴られたあと、元いた場所に戻される。

看守たちがまた前進する。ディタは腕が疲れているが、さらに力を込めて胸に本を押しつける。三メートル先の、隣のグループのところで看守たちが立ち止まる。〈司祭〉が一人の男に列から出るように顎で命令する。

ディタが老教師のモルゲンシュテルンをよく見るのは初めてだ。穏やかな風貌の人で、首筋の皮膚がたるんで幾重にもなっているところからすると、かつてはずんぐりとしていたのだろう。縮れた白髪頭で、擦り切れただぶだぶの縞模様の服を着、近視の目に丸い眼鏡をかけている。〈司祭〉が何と言っているかディタにはよく聞こえなかったが、モルゲンシュテルンが眼鏡を渡すのが見える。〈司祭〉が、それを受け取って調べる。四人が私物を持つことは許されなかったが、近視用眼鏡が贅沢品だとは誰も思っていなかった。それでもSSは眼鏡を調べる。その眼鏡は金ぶちでもなく、かつて建築家だったモルゲンシュテルンの視力を矯正《きょうせい》する以外、何の使い道も値打ちもないのに。〈司祭〉はようやく眼鏡を差し出すが、先生が受け取ろうとその手を伸ばしたとき、わざと落とし、眼鏡は椅子にぶつかりレンズにひびが入って床に落ちる。

「まぬけ！　役立たず！」と〈司祭〉が怒鳴る。

壊れた眼鏡を拾おうと、モルゲンシュテルンは従順に腰を屈めるが、立ち上がる際に、ポケットからしわくちゃになった折り紙の鳥が二つ落ちたので、また屈まなければならない。〈司祭〉はもたもたする先生を見ながら、いらだちをなんとか抑えている。そして憤然ときびすを返し、検査を続ける。

後ろから、メンゲレがその様子を細大もらさず見つめている。帽子をやや斜めにかぶったSSたちは、ゆっくりと歩を進めながら、暴力に飢えたぎらぎらした獰猛《どうもう》な目で囚人たちをなめるように見ていく。ディタは彼らが近づいて来るのを感じ、こっそりと様子をうかがう勇気もない。彼らは彼女のグループの真正面で立ち止まり、〈司祭〉が彼女の真ん前、彼女から四、五歩と離れていないところに立つ。前にいる女の子たちが細い草のように震えているのが見える。ディタも背中の汗が凍りつく。彼女はほかの女の子たちより頭一つ大きいし、腕を体にぴったりつけた気をつけの姿勢をしていないのは彼女だけだ。腕で何かを支えているそんなおかしな格好をしていれば、何か持っていますと言っているようなものだ。〈司祭〉の容赦ない目から逃れる術《すべ》はない。彼は、ヒトラー同様、酒を飲まない。彼らを酔わせるのは憎しみだけだ。

ディタは射るような〈司祭〉の視線が自分に注がれているのを感じる。恐怖が喉につかえ、息が詰まる。男の声が聞こえて、彼女は前に進み出る覚悟を決める。

万事休す……。いやまだだ。彼女はそのままじっとしている。その声が〈司祭〉のものではなく、ずっと臆病な声だと気がついたからだ。彼女はその場所に戻ってもよろしいでしょうか？ 下士官殿、列の自分の場所に戻ってもよろしいでしょうか？ もちろん、もしよろしければですが。そうでなければ、命令を頂くまでここにじっとしております。勝手な真似はできませんので……」

〈司祭〉は振り返り、許可も求めず大胆にも話しかけてきた、貧相な男に怒りの表情を向ける。年老いた教師の眼鏡はゆがみ、片方のレンズにはひびが入り、ＳＳたちを善良そうな間抜け面で見つめている。〈司祭〉は大股で彼の方に向かい、看守たちがそれに続く。〈司祭〉が初めて大きな声を出す。

「このおいぼれ野郎！ すぐに元の場所に戻らないと弾をぶち込むぞ！」

「わかりました。おっしゃるとおりにいたします」おとなしく答える。「お許しください。お気にそまないことはしたくなかったのです。規律に背く行動をとる前にお聞きしたかったので」

「列に戻れ、馬鹿者！」

「お手を煩《わずら》わせるつもりはなかったのです。ただ……」

「黙れ、頭に弾をぶち込まれたいのか！」〈司祭〉が逆上する。

先生は大げさにぺこぺこお辞儀をしながら後ろに下がり、自分のグループに戻る。〈司祭〉は看守たちが自分のすぐ後ろにいるのに気づかないまま、怒りに任せていきなり振り返り、彼らと派手にぶつかる。ビリヤードの玉のようにぶつかり合うSSたちの姿は、コメディ映画そのものだ。うつむいて笑う子どもたちもいる。教師たちは静かにするように肘で彼らをつつく。

〈司祭〉は見るからに動揺して、上官の様子をうかがう。メンゲレは薄暗い部屋の隅で、背中に両手をあてたままじっとしている。顔は見えないが、侮蔑の表情を浮かべているのが想像できる。メンゲレが最も唾棄《だき》するのは凡庸と無能だ。

〈司祭〉は怒りの表情で看守たちを押しのけ、再び検査を始める。ディタの列の前を通り過ぎる。彼女は痺《しび》れた腕に力をこめ、歯を食いしばる。しかし動揺した〈司祭〉は彼女のグループはもう終わったと思ったらしく、次のグループに移る。また、怒鳴りちらし、小突きながら、検査を続け、一行はゆっくりと彼女のいるところから離れていく。

バラックから看守たちがいなくなるまでは危険が去ったわけではないが、ディタはやっと息を整えることができた。彼らは毒蛇だから、またいつ襲いかかってくるかわからない。本を抱き寄せながら、今度ばかりは、胸がふくよかでなくてよかったと思う。だから本がかさばらず、気づかれずにすんだのだ。本を抱えている腕が痛むが、本がドサドサと落ちそうで動けない。痛みをまぎらわせようと、三十一号棟に来ることになったいきさつを振り返る。

十二月にディタを乗せた列車がここに到着したのは、三十一号棟が『白雪姫』の上演を前に最後の準備におおわらわのときだった。

朝の点呼の前に、母さんはテレジーン・ゲットー時代の知り合いで、果物屋を営んでいたツルノフスカに再会した。面倒見のいいおばさんで、戦争が始まった頃未亡人になった。その出会いは、物のない暮らしの中で、小さな喜びとなった。

十三歳までの子どもたちが通う学校棟があるらしいと教えてくれたのは彼女だった。母さんがディタは十四歳だと言うと、ツルノフスカは、大丈夫だと答えた。校長のフレディ・ヒルシュが如才なく、子どもブロックをきちんと管理するためには助手が必要だとドイツ人を説き伏せ、十四歳から十六歳までの子どもを使っているというのだ。

「あそこでは点呼は屋内でやるから雨にも濡れないし、毎朝寒い思いをしなくてすむわ。一日中働かなくてもいい。それに食事の量もいくらかましらしいし」

ツルノフスカは情報通で、ミリアム・エーデルシュタインが副校長になる予定だということも知っていた。

「ミリアム・エーデルシュタインは私と同じバラックだから、顔見知りよ。彼女と話しに行きましょう」

ディタを連れた二人の女は、収容所を端から端まで貫く収容所通りを速足で歩いてくるミリアムを見つけた。彼女は忙しさで機嫌が悪かった。テレジーンのゲットーから移動して来て以来、何もかもうまくいかない。テレジーンでユダヤ人評議会の長老だった夫のヤーコプは、ここに到着してすぐにグループから離され、アウシュヴィッツ第一強制収容所に政治犯とともに収監されてしまったのだ。

ツルノフスカはまるでプラムでも売るように、早口でディタの長所をまくしたてたが、途中でミリアムに遮られた。

「助手の空きは今ないの。それにもういろんな人に同じことを頼まれているのよ」

そして急ぎ足で行ってしまった。

しかし収容所通りの人ごみにまぎれる寸前、ミリアムは突然足を止め、立ち尽くす三人のもとに引き返してきた。

「この子はチェコ語とドイツ語を完璧に話せると言ったわね。読むのも上手かしら？」

午後に三十一号棟で上演されることになっている劇のプロンプターが、その日の明け方、息を引き取ったのだった。

「今すぐ代わりのプロンプターが必要なの……。できるかしら？」

みんなの視線がディタに向けられた。

できますとも！


その日の午後、ディタは初めて三十一号棟の中に入った。見かけは、BⅡb区画にあるほかのバラックと変わりない。三十二棟のバラックが十六棟ずつ二列に並び、その間に収容所通りが延びていた。そのぬかるみを通りと呼べれば、の話だが。

ほかのバラック同様、床はならされたむき出しの地面で、水平に通る煉瓦《れんが》でできた通風ダクトが、空間を二つに分けていた。しかしこの三十一号棟には、ほかのバラックとは根本的な違いがあった。囚人たちが眠る三段の寝床の代わりに、椅子だけが置いてあるのだ。そして、腐った壁板の代わりに、エスキモーや『白雪姫』の小人たちの絵が目に入ってきた。

椅子を並べて即席の客席ができている。みじめなバラックを劇場に変身させようとはりきってボランティアたちが行き来する屋内は、陽気なカオスに支配されていた。

席を整えている人、色とりどりの布を運ぶ人、セリフを暗記しようと頑張っている子どもたちとリハーサルするグループ。バラックの奥では、助手たちがマットレスを敷きつめて舞台を作ろうと格闘している。二人の女性が『白雪姫』の森になる緑色の布を張っている。

そのとき、ディタはプラハを去る前に読んだ最後の本のことを思い出した。タイトルは『微生物の狩人』、著者はポール・ド・クライフ。細菌や微生物の分野の偉大な研究者たちの生涯について書かれた本だ。一滴の水滴の中で活発に動きまわる微生物を顕微鏡のレンズ越しに見るコッホやグラッシ、パスツールと自分とを重ねあわせた。ほんの小さなカビの中で小さな命がうごめいているように、このバラックの中でもまた、生命はしぶとく息づいているのだ。

舞台の前に、プロンプター用の黒く塗った段ボール箱が置かれていた。舞台監督のルビチェックが近づいてきて、サラという子をよく見ておいてくれとディタに言った。サラは緊張するとドイツ語のセリフが出てこなくなり、無意識にチェコ語で言ってしまうらしい。ドイツ語で演じることは、上演を許可するにあたってナチスが出した条件の一つだった。

上演前の緊張や、観客で満員のバラックの中で感じる責任の重さ、シュヴァルツフーバーやメンゲレなど、アウシュヴィッツ゠ビルケナウを指揮する将校たちが最前列にいるための緊張などを、今も覚えている。

段ボールの穴を通して見ていたディタが驚いたことに、その将校たちも笑ったり拍手を送ったりし、芝居を楽しんでいるようだった。彼らは毎日何千人もの子どもたちを死に追いやっている張本人ではないのか？

三十一号棟で上演されたすべての芝居の中でも、一九四三年十二月の『白雪姫』は、あの夜見た誰もが決して忘れない舞台となり、いつまでも語り草となった。

芝居の幕開けで、白雪姫の継母にこの世で一番美しいのは誰かと尋ねられ、魔法の鏡が口ごもった。

「一番、う、う、う、美しいのは、じょ、じょ、じょ、女王さまです……」

客席で爆笑が巻き起こった。芝居の演出だと思われたのだ。だが、ディタは段ボール箱の中で冷や汗をかいていた。実際は鏡役の男の子が緊張したせいだったからだ。アウシュヴィッツでは笑いがパンよりも不足していたので、ほんのちょっとしたユーモアでも大歓迎された。

白雪姫が森に置き去りにされると、笑いが静まり、みんな神妙になった。その役を演じていたのは、寂しげなまなざしの女の子だった。目の周りをメークでほんのり赤くしているせいで心細げに見える。森の中で道に迷い、か細い声で助けを求める姿はあまりにいたいけなく、ディタは、ポーランドのはずれにある、制服を着た狼たちのいる恐ろしい森に迷い込んだ自分と重ね合わせ、胸がつまった。

森の中に白雪姫を置き去りにした狩人がセリフを忘れたり、舞台の上でつまずいたりするたび、笑いが起こった。狩人役の子は動作が鈍く、舞台からまっさかさまに落ちそうになったものだ。

その笑いも、白雪姫が歌いだすと、ぱたりとやんだ。大勢の女の子の中から、いかにも貧相で、顔色の悪い子が主役に選ばれた理由がそこにあった。すばらしい声だった。ウォルト・ディズニーの映画からとった甘い歌は、伴奏もないのに、彼女の声だけでバラック内に響き渡り、固く閉ざされていた観客の心をほどいていった。狭い場所に動物のように詰め込まれ、烙印を押されると、人は自分が人間であることを忘れてしまう。が、笑ったり、泣いたりすると、自分たちはまだ人間であると思い出す。

最後に、救世主の王子が、拍手とともに登場した。ほかの役者たちよりもずっと背が高く、肩幅も広く、髪をぴったり後ろに撫でつけている。ほかでもない、フレディ・ヒルシュだった。白雪姫は王子のキスで目覚め、芝居は拍手喝采のうちに幕を閉じた。普段感情を見せないメンゲレでさえ拍手していた。ただし、白い手袋は着けたままだったが。

そのメンゲレが、今、三十一号棟の隅で、両手を背中に回し、そこで起こることとは自分とは無関係だという様子で立っている。〈司祭〉は看守たちを引き連れて、椅子を蹴飛ばし、みなを緊張で押しつぶしながら、バラックの奥へと進んで行き、何人かの囚人を列からひきずり出す。

幸いなことに、彼らは離れていく。少なくとも今回は、誰かを逮捕する口実は見つからなかったようだ。

ナチスたちはバラックの端までたどりつく。〈司祭〉はメンゲレの方を振り向くが、彼はもうそこにはいない。

看守たちは、逃亡用のトンネル、武器や禁止されているものがなかったことを喜んでいいはずだが、罰を加える口実が見つからなかったので腹を立てている。鳴らしおさめの爆竹のように大声をあげ、とんだとばっちりをくった助手の青年を乱暴に揺さぶり、殺すぞと脅し、バラックから出ていく。今回、狼たちは鼻づらで落ち葉をひっかきまわしただけで去っていった。が、また戻ってくるだろう。

彼らが出ていき、ドアが閉まると、安堵のざわめきが起きる。フレディ・ヒルシュがいつも首からかけているホイッスルを強く吹いて、解散を命じる。ディタは腕の感覚がなくなっていて、体からほどくことができない。痛くて涙がこぼれるが、ナチスの一行がいなくなってほっとしたあまり、泣き笑いになる。

神経の高ぶりが、全員に伝染している。教師たちは今しがた見た出来事について話したくて、うずうずしている。子どもたちはほっとしたのか、あたりを走り回っている。

ディタはクリツコヴァが自分の方にやってくるのを見る。サイのように突進してくる。七面鳥のように顎の下に垂れ下がった皮膚が揺れる。そしてディタのすぐ目の前に立つ。

「あなた、正気なの？　命令が出たら、自分の持ち場にいなくちゃいけないということがわからないの？　捕まって殺されてもいいの？　あなたのおかげで私たち全員が危険にさらされたのよ」

「ああしなければいけないと思ったんです……」

「思ったからって……。みんなで決めた規則を破るなんて、いったい何様のつもり？　思い上がるのもいい加減にしなさい」クリツコヴァが顔をしかめると、無数のしわが寄った。

「申しわけありません、クリツコヴァ先生」

ディタは涙がこぼれないようにこぶしを握りしめる。泣いたら相手の思うつぼだ。

「あなたがしたことは報告します……」

「その必要はない」

男の声がした。強いドイツ語なまりのチェコ語だ。ゆったりしているが、同時に断固とした声。振り向くと、髭を剃りあげ、髪をぴったり撫でつけたヒルシュがいた。

「クリツコヴァ先生、授業が終わるまで、まだ少しあります。受け持ちのグループを見てやってください。ざわついていますよ」

クリツコヴァは、自分が厳格にしつけているおかげで、受け持ちの女の子たちが、三十一号棟の中でも一番規律正しく勤勉だということを、いつも鼻にかけていた。彼女は一瞬とがめるようにヒルシュを見るが、何も言わず、不服そうにくるりと背を向け、背筋を伸ばし、威厳たっぷりに頭をそりかえらせ、生徒たちの方に立ち去る。ディタは胸を撫でおろす。

「ありがとうございます。ヒルシュさん」

「フレディでいい」

「規則を破って申しわけありませんでした」

ヒルシュが彼女に微笑む。

「優秀な兵士とは、やるべきことを常に心得ていて、命令がなくとも必要なことができる者だ」

そして、立ち去る前にもう一度振り向いて、ディタがかかえこんでいる本を見た。

「僕は君のことを誇りに思うよ、ディタ。神様のご加護がありますように」

さっそうと去って行くヒルシュを見送りながら、ディタは『白雪姫』上演の夜のことを思い出した。


助手たちが舞台を撤去しているとき、プロンプターの箱から出て出口に向かったディタは、このバラックに足を踏み入れることはもう二度とないだろうと考えていた。しかし、聞き覚えのある声に呼びとめられた。

「君……」

フレディ・ヒルシュはまだ、チョークでメークした白塗りの顔のままだった。

ヒルシュが自分のことを覚えていたとは、ディタには驚きだった。テレジーン・ゲットーにいたとき、彼は青年事務所の責任者だった。牢獄と化したあの街で、建物から建物へ図書館員が荷車で本を運ぶのを手伝っていた頃、ディタはヒルシュの姿を二度ほど見かけたことがあるだけだった。

「君がここにやってきたのは、まさに神様の思《おぼ》し召しだ」と彼は言った。

「神様の思し召し？」

「そうだとも！」

そう言うとヒルシュは、ついて来るようディタに手招きをした。舞台裏にはもう誰もいなかった。近くで見るとヒルシュの目には、優しさと傲慢さが奇妙に同居していた。そしてドイツ語なまりのあるチェコ語で言った。

「子ども棟に図書係が今すぐ必要なんだ」

ディタはまごついた。時々、少しでも年上に見えるようにふるまうけれど、彼女はまだ十四歳だ。

「すみません、ヒルシュさん。誤解なさっているようです。私は図書館員のシティゴバさんが本を運ぶのを、何度かお手伝いしていただけです」

三十一号棟のブロック古参は、彼独特の優しく、そして思いやりのある顔で微笑んだ。

「本を積んだ荷車を押しているところを、何度も見かけたよ」

「はい、シティゴバさんには重かったし、石畳だと車輪がうまく回らなかったので。でもただそれだけです」

「君は部屋で寝そべったり、友達と遊んだり、のんびり自分の好きなことをしてもいい午後にそうはせず、みんなが本を手に取れるように荷車を押していた」

ディタは当惑して彼を見つめたが、ヒルシュは口をはさませなかった。彼はブロックではなく、軍隊を率いていたのだ。武器を持って侵略軍に立ち向かう革命軍の将軍が、一人の農民を指差して、「君は大佐だ」と言うのと同じように、彼はあの日の午後、舞台が撤去されたバラックで彼女に言った。「君は図書係だ」と。

ただし、こうも付け加えた。

「しかしこれは非常に危険なことだ。本を手にするのは、ここでは遊びじゃない。本を持っているところをSSに見つかれば処刑される」

そう言いながら親指を立て、人差し指を水平に伸ばしてピストルを作り、ディタの額に向けた。彼女は動揺なんかしていないと伝えたかったが、思いもかけない重責を前に緊張してきた。

「任せてください」

「とても危険なことだ」

「どうってことありません」

「殺されるかもしれないよ」

「かまいません」

ディタはきっぱりとそう言いたかったが、足の震えが止まらず、体全体も震えてきた。ヒルシュは、ウールのハイソックスに包まれた彼女の細い脚ががたがたと震えるのをじっと見ていた。

「図書館をやっていくには勇敢な人が必要だ」

ディタは足の震えが止まらないので赤くなった。止めようと思えば思うほどますます体はいうことをきかない。さらに、手までも。ナチスのことを考えたせいもあったが、自分が怖がっているとヒルシュに思われ、使ってもらえないのではないかと心配になったからだ。

「やっぱり、私じゃだめですね」

「君はとても勇敢だと思うよ」

「でも震えてます！」悲痛な叫びをあげた。

そのとき、ヒルシュは、いかにも彼らしい悠然とした微笑みを浮かべた。

「それは、君が勇敢だからだ。勇気がある人間と恐れを知らない人間は違う。恐れを知らない人間は軽率だ。結果を考えず危険に飛び込む。危険を自覚しない人間は周りを危ない目に遭わせる可能性がある。そういう人間は僕のチームにはいらない。僕が必要とするのは、震えても一歩も引かない人間だ。何を危険にさらしているか自覚しながら、それでも前に進む人間だ」

それを聞いて、ディタは脚の震えがおさまっていくのを感じた。

「勇気がある人間というのは、恐怖を克服できる人間だ。君はその一人だ。名前は？」

「エディタ・アドレロヴァです」

「三十一号棟へようこそ、エディタ。神様のご加護がありますように。僕のことはフレディと呼んでくれ」

芝居の上演があったあの夜、みんながいなくなるのをさりげなく待ってくれていたことを、ディタは今でもはっきり覚えている。そのあと、ディタはフレディ・ヒルシュの部屋に招き入れられた。

細長い長方形の部屋には、ベッドと二つの古い椅子があった。ふたの開いた箱や、空っぽの容器、公印の押してある紙、『白雪姫』の飾りで余った布きれ、へこんだお椀《わん》、わずかだがきれいにたたまれた服などが所せましと並んでいる。

子どもたちの食事があまりに貧しいので改善してくれるようにヒルシュが頼むと、メンゲレは意外にも寛大で、すでに死亡した囚人に荷物が届いたら、それを三十一号棟に回すよう指示を出した。人が頻繁に病院棟に入り、連日死んでいった。九月に到着した五千七人の入所者のうち、十二月末には千人近くが死亡していた。喘息《ぜんそく》、肺炎など呼吸器系の病気のほか、丹毒《たんどく》や黄疸《おうだん》が蔓延《まんえん》し、栄養失調と不衛生のせいで病気は悪化した。

受取人を失った小包はＳＳの手を渡るうち中身を抜きとられ、三十一号棟に着く頃にはくずしか残っていないか、空になっていることもあった。それでも、ときにはビスケットや腸詰の切れ端、いくらかの砂糖が届くこともあった。子どもたちにとっては貴重な補助食で、玉葱《たまねぎ》半分、チョコレート一オンス、一握りのパスタを賞品にして、クイズ大会やだしものが催された。

「生きた本」という言葉を初めてヒルシュから聞いたとき、ディタはびっくりした。何かの文学作品をよく知っている先生が「生きた本」に変身するのだ。子どもたちのグループを順番に回り、ほとんど暗記している物語を話して聞かせる。

「マグダは『ニルスのふしぎな旅』の話がとても上手で、聞いていると子どもたちは自分がガチョウにしがみついてスウェーデンの空を飛び回っているような気持ちになる。シャセックはアメリカ先住民の伝説や、西部の冒険ものが得意だ。デゾ・コバックは、まるで生きた聖書のように、ユダヤの族長たちの物語をとても詳しく語ってくれる」

しかし、フレディ・ヒルシュはそれでは満足しなかった。

収容所にこっそりと持ちこまれた本がある、と彼はディタに告げた。ポーランド人の大工ミエテックが三冊、スロバキア人の電気工も二冊持ってきた。彼らは仕事柄、収容所内を比較的自由に動き回れるので、アウシュヴィッツに到着する囚人たちの持ち物を保管する巨大な倉庫（「カナダ」と呼ばれていた）から、何冊かを持ち出したのだ。ヒルシュはそれらの本を、とっておいた食糧と交換して手に入れた。

どの先生にどの本を貸し出したかを覚えておいて、授業が終わったら本を回収し、一日の終わりに隠し場所に戻す、それが図書係ディタの仕事だった。

ヒルシュの部屋は荷物が溢れていたが、散らかってはいなかった。きちんとしていないものがあるとすればそれは、見られてはならない物を隠すための綿密な計算によるものだった。ヒルシュが部屋の隅にうずたかく積まれた布きれの山まで行き、それをどかし、床板を一枚はがすと中から本が現れた。ディタは手品を見たときのように、思わず拍手をした。

「これが君の図書館だよ。ささやかだけどね」彼女の反応をそっと見ながらヒルシュが言った。

図書館と言えるほどのものではなかった。本は八冊しかなく、ずいぶん傷んだものもある。でも本は本だった。

ディタは生まれたばかりの赤ん坊を抱くように、一冊一冊手に取っていった。

一冊目は、何枚かページが抜けているばらばらの地図帳。すでになくなった国や帝国も描かれている。赤、エメラルドグリーン、オレンジ、ネイビーブルーなど鮮やかに色分けされた地図は、ディタを取り巻く暗い世界とは対照的だった。彼女の周りにある色と言えば、ぬかるんだ地面のこげ茶色、バラックの古ぼけた壁の黄土色、灰色の雲に覆われた空のグレーだった。

地図帳のページをめくっていくと、世界の空を飛んでいるような気がしてくる。海を渡り、喜望峰、ホーン岬、タリファ岬など、エキゾチックな名前の岬を回り、山を越え、ベーリング海峡やジブラルタル海峡、パナマ地峡といった、くっつきそうに細い場所を飛び越え、ドナウ川、ボルガ川、そしてナイル川を指で辿る。広大な海や森や山脈や川や街、すべての国をそんな小さなスペースに詰め込むのは、本にしかできない奇跡だ。

口をぽかんと開けて地図に見入っているディタを、フレディ・ヒルシュは黙って嬉しそうに眺めていた。このチェコ人の女の子にできるだろうかという気持ちがなかったわけではないが、この瞬間にその疑念は消し飛んだ。この子は一生懸命、図書館の面倒を見てくれる。本との特別な絆を持って生まれたのだ。自分にはない才能だ。彼は紙に印刷された文字に心を奪われたりはしない。試合、トレーニング、歌、スピーチなど、体を動かしている方が好きだった。しかし、ディタには特別な感性があることに、ヒルシュは気づいた。本の中のほんの数ページを、自分だけの世界にすっかり変えてしまえるのだ。

『幾何学の基礎』はいくぶん保存状態がよく、そこにはまた別の風景が広がっていた。二等辺三角形、八角形、円柱、整然と並ぶ数字の列、神秘的な細胞のようにも見える円や平行四辺形で描かれる「集合」が作り上げる風景。

三冊目の本にもディタは目を見張った。H・G・ウェルズの『世界史概観』だ。原始人、エジプト人、ローマ人、マヤ族といった、帝国を作り上げながら、別の新しい文明の出現によって滅んでいった文明の数々について書かれた一冊。

四冊目のタイトルは『ロシア語文法』だった。何一つ理解できなかったが、伝説を語るために作られたような謎めいた文字がディタは好きだった。今やドイツはソ連とも戦争をしているので、ロシア人は仲間だ。アウシュヴィッツにはロシア人の戦争捕虜が大勢いるが、ナチスの彼らへの扱いは残虐を極めているとディタは聞いたことがあった。そしてそれは間違いではなかった。

もう一冊はフランス語の小説だったが傷みがひどく、ページが抜けていたし、紙には湿気のシミがあった。ディタにはフランス語はわからなかったが、その物語の秘密を解読する術をそのうち見つけられるだろうと思った。また、フロイトという名前の教授が書いた『精神分析入門』というタイトルの本と、表紙のないロシア語の小説が一冊。

そして八冊目はチェコ語の小説だったが、一摑みの紙が何本かの糸で背表紙にどうにかくっついているといった、ひどくあわれな状態だった。ディタが手に取ろうとすると、ヒルシュがさっと取り上げた。彼女は気分を害した図書館員とでもいった表情で彼を見た。べっ甲の眼鏡があれば、れっきとした図書館員がするようにその眼鏡越しにヒルシュを見あげてやれたのに。

「これはばらばらだ。よけておこう」

「修繕します」

「それに、小さい子が読むような本ではない。特に女の子は」

ディタはその大きな目をさらに大きく見開いて怒りをあらわにした。

「失礼ですが、ヒルシュさん、私は十四歳です。毎朝、私たちの朝食の大鍋が死体を積んだ荷車とすれ違うのを見ているし、毎日何十人もの人が収容所のはずれにあるガス室に入っていくのを眺めているのに、今さら私が、一冊の小説でショックを受けるなんて、本当にお思いですか？」

ヒルシュは驚いて彼女を見た。彼はめったなことでは驚かない男だった。そこで、その『兵士シュヴェイクの冒険』という本は、ヤロスラフ・ハシェクという名前のアルコール依存の無神論者が書いた本で、政治や宗教についての思慮のない意見や、道徳的に良からぬ状況が綴《つづ》られているので、彼女の年齢にはふさわしくないのだと説明した。

しかし、そう言いつつも、自分の言葉に確信がないこと、心を見通すような青緑色の目をしているこの少女には、引き下がるつもりが微塵《みじん》もないことに気づいていた。ヒルシュは、髭の伸びた顎を撫で、ふうっと息をはいた。後ろに髪を撫でつけ、結局、そのぼろぼろの本も彼女に渡した。

ディタはそれらの本を見つめ、優しく撫でた。縁がこすれ、ひっかき傷があり、読み古されてくたびれ、赤っぽい湿気によるシミがあり、ページが欠けているものもあるが、何ものにも代えがたい宝物だった。困難を乗り越えたお年寄りたちのように大切にしなければ。本がなければ、何世紀にもわたる人類の知恵が失われてしまう。本はとても貴重なものなのだ。私たちに世界がどんなものかを教えてくれる地理学。読む者の人生を何十倍にも広げてくれる文学。数学に見る科学の進歩。私たちがどこから来たのか、そしておそらくどこに向かって行くべきなのかを教えてくれる歴史学。人間同士のコミュニケーションの糸をときほぐしてくれる文法……。

その日ディタは、図書係というだけでなく、傷んだ本の世話係にもなった。

3

おきまりのカブのスープを、できるだけゆっくりと飲む。そうすれば満腹感が増すと聞いたからだ。だが実際には、ちびちびとすすったところで、余計に腹がへるだけだ。

スープを飲みながら先生たちが、モルゲンシュテルンの失態について話している。

「変わった人ですよね。べらべら話していたかと思うと、黙りこくって誰とも口をきかなくなったり」

「口を開かなければいいのに、突拍子もないことしか言わないから。ぼけているんですよ」

「〈司祭〉の前でへこへこする姿は、見ちゃいられませんでしたね」

「あれがレジスタンスの英雄とはね」

「ヒルシュはなんで、あんな頭のねじのゆるんだ人に子どもたちの教育を任せているんでしょう」

ディタは少し離れてその会話を聞いていたが、祖父を思い出させるあの年老いたモルゲンシュテルンのことが気の毒になった。先生は、バラックの隅にぽつんと腰掛け、何かぶつぶつつぶやきながら一人で食事をしている。優雅に小指を立ててスプーンを口に運ぶその姿は、このバラックにはまるで似つかわしくない。どこかのお屋敷で貴族と共に、テーブルクロスのかかった食卓を囲んでいるといった風情だ。

午後はいつもどおり、子どもたちはゲームやスポーツに興じた。しかしディタは点呼の時間が待ち遠しかった。一刻も早く帰って両親の顔を見たい。家族収容所では、ニュースは、バラックからバラックへとあっという間に伝わる。しかも、どんどん尾ひれがついていくのだ。

　時間が来るとディタは、母さんを早く安心させたくて、急いでバラックを出た。三十一号棟での検査のことは、もう母さんの耳に届いているに違いない。どんな風に伝わったか、わかったものではない。収容所通りを急いでいると、友達のマルギットと出くわした。

「ディティンカ（エディタの愛称）、三十一号棟で検査があったんだって？」

「そう、あの糞〈司祭〉が来たのよ」

「そんな下品な言い方しちゃだめ」とたしなめながら、くすっと笑いをもらす。

「だって本当ヘドが出る。事実なんだから仕方ないでしょ」

「何か見つかったの？　誰か捕まった？」

「何も。見つかるものなんてないわ」とウィンクする。「そうだ、メンゲレもいたのよ」

「メンゲレですって！　あなたたち、運がよかったわね。恐ろしい噂ばかり聞くわ。三十六人もの子どもの目に青いインクを注射して、目が青くなるかどうか実験をしたとか。感染症を起こして死んだ子もいるし、目が見えなくなった子もいるんだって」

　二人は黙り込んだ。マルギットは親友だ。ディタが秘密の図書館の仕事をしているのも知っているけれど、母さんには言わないでと頼んである。言えば、やめさせたがるのは目に見えている。全部父さんに話すと、涙ながらに脅かすだろう。母さんは信心深い方ではないけれど、神様にお祈りするに違いない。やっぱり、何も言わない方がいい。父さんにもだ。それでなくても父さんはかなりまいっている。ディタは話題を変えて、マルギットに、モルゲンシュテルンの事件の話をした。思わずまたくすくす笑ってしまった。

「ほんと、みっともないったら。しゃがむたびにポケットからいろんなものをぽとぽと落として。あのときの〈司祭〉の顔、見せたかったわ」

「ああ、女の人の前を通るたびにお辞儀をするあのおじいさんでしょう。バネ仕掛けの人形みたいにぺこぺこして、あの人、ちょっとおかしいよね」

「ここでおかしくない人なんている？」

帰ると、両親はバラックの外に座っていた。外は寒いが、中はごった返しているからだ。二人とも疲れているようだ。特に父さんは。

収容所の一日は長い。夜明け前に起床、寒さに震えながら延々と続く点呼を受け、その後は一日中工場での強制労働が待っている。父さんは銃の肩掛けベルトを作っている。作業に使う有毒な樹脂や糊のせいで、手が真っ黒に変色し、指にはいつも水ぶくれができていた。母さんは帽子を作る工場にいた。こっちはまだましだった。長時間で、粗末な食事しか出ないのは同じだが、少なくとも屋根のあるところで座ってできる。死体を荷車に乗せて運んだり、トイレや排水溝を掃除したり、一日中荷物を運んだりする不運な人たちもいた。

ディタを見ると、父さんはウィンクし、母さんはぱっと立ち上がった。

「大丈夫、エディタ？」

「うん！」

「本当に？」

「もちろん！　見ればわかるでしょう？」

その時トマシェクが通りかかった。

「ハンス、リースル！　元気かい？　お宅のお嬢さんの笑顔は相変わらず素敵だな。ヨーロッパ一だ」

ディタは赤面し、マルギットと出かけて来ると言って立ち去った。

「トマシェクさんっていい人ね！」

「マルギットも知ってるの？」

「うん、うちのパパやママの所によく来るから。トマシェクさんはみんなのことをよく心配してくれてる。調子はどうかとか、変わりないかとか聞いてまわってるわ」

「それに、よく話も聞いてくれる……」

「いい人よね」

「この地獄で心の腐っていない人がいてよかったわ」

マルギットは黙り込んだ。自分の方が二歳年上だが、ディタのはっきりした物言いにどきりとさせられることがあった。でもディタの言うとおりだ。バラックには、スプーンや服などを盗む人たちがいた。母親が目を離したすきに、よその子からパンを盗む。少しでも多くスープをもらおうと、カポー（ナチスの強制収容所で囚人たちの中から選ばれた監督員）に密告する者もいた。アウシュヴィッツは罪のない人を殺すだけでなく、良心を殺す場所でもあった。

「こんなに寒いのに、ディタのパパとママ、外にいたわね。肺炎にならないといいけど」

「母さんは一緒のわら布団を使っている人といたくないのよ。すごくいやな人なの。私のベッドの人もひどいけどね！」

「でもディタたちは運がいいわよ。上段で寝ているんだから。私たちなんか下段よ」

「下だとじめじめしてるでしょうね」

「もう、ディタったらわかってないわね。いやなのは上から落ちてくるものよ。上の人たちが吐いたりするの。赤痢の人もいるのに、全部垂れ流し。ほかのベッドでも似たような光景よ」

ディタは一瞬立ち止まり、真顔でマルギットの顔を見た。

「マルギット……」

「何?」

「誕生日には傘をもらうといいわ」

マルギットが「まったく」というように、頭を横に振った。彼女はディタより二つ年上で背も高いが、幼く見える。マルギットの母親が、ディタはとんでもない子だと言うのは一理ある。こんなことまでジョークにするなんて!

「ディタたちはどうやって上の段をもらえたの?」と訊く。

「十二月に私たちがここに来たとき、収容所が大混乱だったのを覚えてる?」

二人は一瞬黙り込んだ。

彼女たちより三か月長く収容所にいる囚人たちもチェコ系のユダヤ人で、同じくテレジーン・ゲットーから移送されてきたので、知り合いや友達、中には親戚もいた。しかし、同胞がやってきても喜ぶ者はいなかった。さらに五千人が入所するということは、蛇口からちょろちょろとしか出ないわずかな水を分けることを意味した。寒空の下での点呼がさらに長くなり、バラックはぎゅうぎゅう詰めになる。

「母さんと私は、バラックに入って、前からいる人たちのベッドに潜り込ませてもらおうとしたけど、あのときはわけがわからなかった」

マルギットが黙ってうなずいた。自分のバラックでも、女たちが毛布や枕を奪い合い、言い争っていたのを覚えている。

「私のバラックでは、ひどく具合が悪くて咳《せき》のとまらない女の人がいてね」マルギットが話しだした。

「その人がわら布団に腰かけようとしたら、ベッドにいた人に突き落とされたの。そしたらますますひどく咳き込んで、弱々しくうめきながらなんとか床から起き上がろうとしてた。そこに女のカポーが割って入ってね、『まったくどうしようもない人たちだね！　あんたたちは自分が健康だと思っているのかい？　伝染病の人間が、自分のところにいようが隣にいようが、大して違いはないだろう』って怒鳴ったの」

「カポーもたまにはまともなこと言うじゃない」

「とんでもない！　その後、棒を取り出して、やたらめったら叩き始めたのよ。床に倒れた女の人もかばおうとしたのかと思ったのにね」

ディタは、みんなが泣き叫びながら逃げまどっていたあの日のことを思い出して話し始めた。

「うちでは、落ち着くまで外に出ていましょう、って母さんが言ったの。外は寒かったわ。そこにいた女の人に、二人ずつになってもまだベッドは足りない、あぶれた人は地面に寝るしかない、って言われたわ」

「で、どうしたの？」

「そのまま外で寒さに凍えてた。うちの母さんの性格、知ってるでしょう。目立つことが嫌いなの。話すのが苦手だから、市電にひかれたって叫ばないと思うわ。でも、私は神経がピリピリしてきたの。で、勝手にすることにした。訊いたら反対されるに決まってるから、何か言われる前に、母さんを外に残して、急いでバラックの中に入ったの。で、気づいたの……」

「何に？」

「ベッドの上段はほとんど満員だって。ということは、きっと上の方がいいんだって気づいたの。理由はわからなかったけど、ここみたいな場所では前からいる人たちがどうしているかをよく見なくちゃいけないのよ」

「何かをあげると、ベッドに入れてくれる人がいたわ。リンゴ一個でベッドに入れてもらえた人もいた」

「リンゴ一個と言えばお宝よね。どんなに貴重かきっと知らなかったのね。半分だっていろんな便宜をはかってもらえるのに」とディタが応じる。

「何かあげられるもの、持っていたの？」

「何にも。まずベッドを一人で使っている人がいないかチェックしたわ。二人いるところからは、ここはもういっぱいよって言うみたいに、四本の足がぶらぶらしてた。一緒の貨車で来た人たちが上でも下でもいいから、なんとかベッドを確保しようと、右往左往してた。わら布団に入れてくれる優しい人を探したけど、そういう人たちのベッドにはもう誰か入ってた」

「私たちのところもそんな感じだったわ。運よくテレジーンで近所だった人を見つけて、ママと妹と三人、助けてもらったの」とマルギットが言った。

「こっちは、知っている人は一人もいなかった。それにベッドは一つじゃなくて二つ必要だったの」

「最後に優しい人が見つかったとか？」

「遅れをとっちゃったから、自分勝手で怒りっぽい人ばかり。で、私、どうしたと思う？」

「さあ」

「その中で一番ひどそうな人を探したの」

「なんで？」

「もうやけっぱちだったからよ。つんつんの短い髪で、顔の真ん中に黒い傷跡がある、来るなら来てみなさいよって感じの人が、上段のベッドに座っているのが見えた。手の甲に青い入れ墨があったから、刑務所にいたことがわかったわ。頼み込む人もいたけど、追い払ってたわ。汚い足で蹴ろうとまでしたのよ。ねじまがった、ばかでかい足でね！」

「で、どうしたの？」

「その人の前にでーんと立って、『ねえ、あんた！』って声をかけたの」

「ええっ、はったりかけたの？　信じられない！　犯罪者みたいな人に向かって、よく平気だったわね？」

「平気なわけないでしょ？　怖くて死にそうだったわよ！　でも、ああいう人に『こんばんは奥さま、今年のアンズが熟すのは、例年どおりだとお思いですか？』なんて言ってごらん。蹴っ飛ばされるのがオチよ。聞いてもらうにはおんなじように話さなくっちゃ」

「で、聞いてもらえたの？」

「最初、ギロッとにらまれたわ。私、顔面蒼白だったに違いないけど、どうにかごまかして言ったの。カポーは、最後には、ベッドが決まってない女性たちを機械的に割り当てるって。『外にはまだ二、三十人いるけど、誰が当たるかわかんないよ。一人すごいデブがいて、あれに当たったらぺちゃんこだよ。口が足より臭いのもいるし、胃腸が悪くてすごく臭い年寄りもいるよ』って」

「ディタ、なんて人なの！　で、なんて言われた？」

「いやあな顔で私を見たわ。まあ、あの人は、いい顔なんてできないだろうけどね。とにかく、話はさせてくれたの。『あたしは四十五キロもないし、今回来た中で一番やせてる。いびきもかかないし、毎日体を洗ってるし、余計なことも言わない。一緒のベッドに寝るのに、虫眼鏡を使ってこのビルケナウ中を探したって、あたしよりいい相手はいないよ』って言ってやったの」

「それで?」

「首をつきだしてこっちを見たわ。蠅《はえ》を見つけて、手で叩きつぶそうか、見逃そうか迷ってるみたいにね。脚が震えてなければ、走って逃げてたと思うわ」

「で、どうしたの?」

「『来たけりゃ、来りゃいいさ』って言われた」

「やったね!」

「ううん、まだ続きがあるの。『見てのとおり、あたしは一緒のベッドに寝るにはもってこいだ。でも、それは上段をもう一つ母さんのために見つけてくれたらの話だよ』って言ったの。そしたら、かんかんに怒ってね。そりゃあ、私みたいな小娘に指図されたらいやよね。でも、バラックの中をうろうろしている女の人たちをいやそうに観察した後、真剣な顔で私になんて言ったかわかる?」

「何て?」

「『おねしょはしないな?』って訊かれたから、『絶対しない』って答えたわ。『したら承知しないよ』ってだみ声で言ったの。それから、隣のベッドの人に言ったの。その人もまだ一人だったわ。『ちょっと、ボスコヴィッチ、ベッドを二人ずつで使えっていう命令が出たのを知らないのかい?』その人は腰をあげようとしなかった。『へえ、そうかい。でも、あんたの話だけじゃわからないからね』」

「で、そのおばさんはどうしたの?」

「別の手を考えた。わら布団の中から、先のとんがった曲がった針金を取り出してね、隣のベッドに片手をついて、もう一方の手でその針金を女の首に当てたの。これは話が早くて、あわてて首を縦に振ったわ。パニックで目の玉が落ちるんじゃないかってくらい目をむいてたわ」とディタが笑った。

「全然笑えないわ。恐ろしい人ね！　天罰が下るわ」

「まあね。布張り職人のクリスチャンのおじさんがいつか言ってたわ。神様のなさることは紆余曲《うよきょく》折《せつ》があっても、必ず目的地につながってるって。物は使いようってことね。私はお礼を言ってから、『あたしはエディタ・アドレロヴァ。いい友達になれるかもしれないね』って言ったわ」

「で、なんて返事がきた？」

「何も。くるりと背中を向けちゃった。こっちには指四本分くらいの空きしか残ってなかったけど、彼女の足元で何とか横になったの」

「その人、それ以上文句は言わなかったの？」

「うん、ぜんぜん。信じられないでしょ？」

「うん、ディタ。でも、そういうわけだったのね。神様のご加護がありますように」


夕食の時間になり、二人はそれぞれのバラックに帰っていった。すでにあたりは暗く、オレンジ色の照明だけが収容所を煌々と照らしている。

一棟のバラックの入り口で、二人のカポーが話をしているのが見える。二人の服は上等で、特別囚人の茶色い腕章と、ユダヤ人のものとは違う三角札を付けているからすぐにわかる。三角札は色によって意味が違う。赤は政治犯で、彼らの多くは共産主義者か社会民主主義者だ。茶色はジプシー。緑は一般犯罪者。黒は反社会的人物、知的障害者、レズビアンだ。ゲイはピンクの三角札を付けている。アウシュヴィッツで、黒やピンクの三角札を付けたカポーはめったに見かけない。彼らはほとんどユダヤ人と同等の最下等の囚人だ。BⅡbは、例外だらけの区画なので、話をしているカポーは、一人は男、一人は女で、ピンクと黒の三角札を付けている。多分ほかの人たちは彼らと話したがらないのだろう。

ディタは自分の黄色い星に触れた。バラックに向かって歩きながら、すでにパンのかけらのことを考えている。彼女にとってそれはごちそう、一日で唯一の固形物だ。スープはひどく水っぽくて、しばし喉の渇きを癒やすくらいにしかならない。

どす黒い影が、収容所通りを逆方向から歩いてくる。周りの人たちがさっと道をあける。〈死の天使〉、そうだ、〈死の天使〉に違いない。ワーグナーの『ワルキューレの騎行』のメロディが闇の中から聞こえてくる。

医師のメンゲレ。

自分のところまで来たとき、ディタはうつむいて、同じように脇によけようとした。しかし、メンゲレは立ち止まり、彼女をひたと見つめた。

「お前を探していた」

「私ですか？」

メンゲレがディタをじっくりと観察する。

「私は一度見た顔は忘れない」

冷ややかな言葉だった。もし死神が口をきくなら、こんな冷たい口調に違いない。

ディタは三十一号棟での出来事を思い出した。少し頭のおかしいモルゲンシュテルンが起こした騒ぎのおかげで、ディタは〈司祭〉に目をつけられずにすんだ。しかし、メンゲレを忘れていた。彼は離れたところにいたが、こちらを見ていたに違いない。彼女が所定の位置にいなかったこと、腕を胸のところに置いていたこと、何かを隠していたことを、法医学者であるメンゲレの目が見逃すはずがない。ナチスにしては珍しい褐色の鋭い目がそれを物語っている。

「番号は？」

「六七八九四です」

「お前を見張っている。そちらからは見えなくとも、私はお前を観察している。お前は聞こえないと思っているだろうが、私には聞こえている。私には全部お見通しだ。収容所の規律を一ミリでも乱したら、お前は私の解剖室で最期を迎えることになる。生きたまま解剖すると、じつに面白い」

そう言いながら、まるで自分自身に言い聞かせているようにうなずく。

「心臓から押し出された最後の血の流れが胃まで届くのが見える。それはもう格別な眺めだ」

メンゲレの思いは、第二焼却炉のそばの最新設備の解剖室へと飛んでいった。赤いセメントの床、中央に流しとニッケルの水栓具がある研磨大理石の解剖台が大いに気に入っていた。科学を祀《まつ》る祭壇だ。ふいに、頭骸骨の実験のために、ジプシーの子どもたちを待たせているのを思い出して、メンゲレは歩を速めた。待たせるのは礼儀に欠ける。

ディタは道の真ん中で呆然としていた。ほうきの柄のようなやせこけた脚が震えている。ちょっと前、収容所通りには人がたくさんいたのに、今は彼女一人だ。みんな消えてしまった。心配してくれる人は誰もいない。

メンゲレに目をつけられたのだ。

遠巻きにその様子をうかがっていた囚人の中には、どぎまぎしているディタを見てかわいそうに思っている人もいた。テレジーンのゲットーのときからの知り合いもいた。しかし、彼らは歩みを速め、関わり合いを避けている。自分が生き残ることが最優先だ。それが神の摂理だ。

ディタは我に返り、自分のバラックに向かって歩き始めた。本当に見張るつもりだろうか？　そしてその答えはあの氷のまなざしだ。歩きながら、疑問が次々とわいてくる。これからどうすればよいのだろう?

賢明なのは、図書係の仕事をやめることだ。〈死の天使〉ことメンゲレに目を付けられて、どうやって本を扱えるだろう。メンゲレにはどこかそら恐ろしいところ、尋常でないものがあった。ここ何年か、たくさんのナチ党員を見てきたが、彼はどこか違う。何か恐ろしいことをされるのでは、と本能で感じる。

不安を気づかれないようにそそくさと母さんにお休みを言って、同居人の悪臭のする足の近くに横になる。

眠れないし、身じろぎもできない。頭の中で考えがぐるぐるまわっているが、じっとしていなければいけない。メンゲレに警告された。それは多分光栄なことなのだろう。なぜなら二度目はないから。次に呼ばれたときは、心臓に注射を打たれるだろう。三十一号棟の本の係は続けられない。でもどうして図書館を捨てられるだろう?

もしやめたら、怖じ気づいたと思われるだろうが、なんとでも説明はつく。少しでも頭があれば、誰だって同じことをするだろう。でも、アウシュヴィッツではニュースはあっという間に尾ひれがついて伝わる。最初のベッドで、ある男がワインを一杯飲んだ話をしたとする。その話が最後のベッドに伝わる頃には、男がワインをひと樽全部飲んだという話になっている。悪気があるわけではない。全員が責任感のある大人だ。でもどんなにいい人でも、舌にダイナマイトを抱えている。

今からこんな声が聞こえるようだ。

「やっぱり怖くなったのね」

偽善に満ちた優しげな声で言われるのを考えると、血が煮えくり返る。

「かわいそうに。わかるわ。怖かったのよね。まだ子どもだもの」と、わけ知り顔で言われるなんて最悪だ。
子どもですって? とんでもないわ。子ども時代がないのに、何が子どもよ。

4

子ども時代……。

眠れぬ夜、ディタは、思い出を写真に変える遊びを思いついた。それを頭の中のアルバムにおさめれば、誰にも奪えない。

ナチスがプラハにやってきた後、一家は電気ハウスのアパートを出なければならなくなった。電気ハウスは街で一番のモダンな建物で、ディタはあの家が大好きだった。インターフォンがついていて、クラス全員の羨望の的だった。

ある日学校から帰ると、父さんが居間に立っていた。グレーのダブル・スーツ姿でさっそうとしていたが、いつになく表情は険しかった。そして目をそらしながら言った。

「フラッチャニのお城の近くのアパートに引っ越すことになった。あそこの方が日当たりがいいからね」冗談も言わなかった。いつもならディタの気持ちをまぎらそうと軽口を叩いてみせるのに……。

母さんは雑誌をめくりながら、黙っていた。

「私は行かないわ!」とディタは泣きだした。

父さんはうなだれた。すると母さんがソファから立ち上がって、ディタの頬をパチンと叩いた。頬に指の跡が残るほど強く。

「母さんだって、この電気ハウスのアパートは、一生の夢だって言ってたじゃない」ディタは口答えした。普段声を荒らげることすらない母さんがこんなことをするなんて、ディタは理解できなかった。

母さんはディタを抱きしめた。

「戦争なのよ、エディタ。戦争なの」

一年後、父さんがまた居間の真ん中に立った。いつものグレーのダブルのスーツ。父さんは弁護士として、社会保険事務所で働いていたが、その頃には仕事が少なくなり、午後は家にいて、よく熱心に地図を見たり、地球儀をくるくる回したりしていた。

その日父さんは、ヨゼフォフ地区に引っ越すことになったと告げた。チェコ全土を支配するようになったナチスの総督の命令で、ユダヤ人は全員、その地区に移らなければならないのだと。ディタと両親と祖父母は、エリスキ・クラスノホスケ通りにある家具なしの狭いアパートに引っ越すことになった。一風変わったシナゴーグ（ユダヤ教の会堂）のすぐ近くだ。あの辺りはよく知っている。ディタはもう質問も反対もしなかった。


戦争なのよ、エディタ。戦争なの。


ごく当たり前の生活が、滑り台を滑るように地に落ちていった。ある日の午後、新たな転居命令がプラハ・ユダヤ人評議会から届いた。今度はプラハを出て、テレジーンに行けと。テレジーンはかつて軍の古い城塞だった小さな村で、今はユダヤ人ゲットーになっていた。着いたとき、ひどい場所だと思ったことが、今では懐かしい。そこからさらに、暗闇に突き落とされるようにして、アウシュヴィッツのぬかるみの中にたどりついたのだった。もうこれより下はない。

いや、さらに下があるのか……。

ナチスが音もなく行進してきた一九三九年三月、すべてが倒壊したわけではない。しかし、ディタの周りの世界は崩れていった。最初は少しずつ、次第に加速しながら。配給手帳が配られ、いろんなことが禁止された。カフェへの出入り、ほかの市民と同じ時間帯に買い物に行くこと、ラジオの所有、映画館や劇場に行くこと、リンゴの購入……。その後、ユダヤ人の子どもは学校から追放され、公園で遊ぶのも禁止された。それは子ども時代を取り上げるのに等しかった。

ディタはかすかに微笑む……。でも、そうはいかない。

彼女の記憶のアルバムの中に一枚の写真が現れる。手をつないでプラハの旧ユダヤ人墓地を歩いている二人の子ども。石を置いて飛ばされないようにした紙のメモがあるところがお墓だ。

十五世紀以来きちんと保存されてきたその墓地に行くことは、ナチスは制限していなかった。ヒトラーは、組織化された悪魔的な計画の中で、シナゴーグと墓地を、絶滅したユダヤ民族の博物館にしたいと考えていた。ユダヤ人が、はるか昔に絶滅した恐竜のように扱われ、子どもたち（もちろんアーリア系の子どもたち）が、大して興味もなく見学に訪れる人類学博物館だ。

ユダヤ人の子どもたちは、公園や学校に行けなかったので、古い墓地を公園代わりにして遊んだ。何世紀も沈黙に包まれてきた、蔦が絡まる数百の墓碑の間を、子どもたちはわいわいと走り回った。

栗の木の下の、今にも倒れそうな二つの分厚い墓碑の後ろで、ディタは同級生のエリックに、大きい方の石に刻まれた墓碑銘を見せた。イェフダ・レーヴ・ベン・ベザレル（一五二五―一六〇九。ラビ〈ユダヤ教の聖職者〉で学者）。エリックはそれが誰か知らなかったので、ディタは教えてあげた。キッパー（ユダヤ教徒の男性がかぶる帽子）をかぶった父さんと墓地を散歩したとき、何度となくその人物の話を聞かされた。

イェフダ・レーヴ・ベン・ベザレルは、ヨゼフォフのゲットーのラビだった。当時も、今と同じようにユダヤ人はみなゲットーに入れられていた。彼はそこで、カバラ（ユダヤ教の神秘的な聖書解釈）を学び、粘土の人形に命を吹き込む方法を研究した。

「そんなこと、できるわけないよ！」エリックが笑いとばした。

その途端、ディタは父さんの得意技を真似た。思い出すと今でも笑いがこみあげてくる。彼に顔を近づけ、くぐもった声でこうささやいたのだ。

「ゴーレム」

エリックは真っ青になった。プラハでは、巨大な石の怪物ゴーレムの話はみんなが知っている。

ディタは、父さんがいつも説明するとおりに話した。ラビのイェフダ・レーヴ・ベン・ベザレルは、粘土の人形に命を吹き込むためにヤハウェ（旧約聖書におけるイスラエル民族の神）が使っていた聖なる言葉を解読した。小さな粘土の人形を作り、その口に秘密の言葉を書いた紙を入れた。そうすると、人形はどんどん大きくなり、生きる巨人になった。しかし、ラビはそれを操る術を知らなかった。巨人はそこらじゅうを破壊し、人々をパニックに陥れた。ゴーレムは無敵だった。ゴーレムをおさめる方法はただ一つ。ゴーレムが眠るのを待って、口を開けていびきをかいたすきに、口から紙を取り出すこと。そうすればただの粘土に戻る。ラビは勇気を振り絞って口に手を入れ、取り出した魔法の紙を破り捨て、ゴーレムを葬ったという。

「どこに？」と不安げにエリックが聞いた。

誰も知らない、秘密の場所に。ユダヤの民が困難に見舞われると、神の啓示を受けたラビが聖なる言葉を解読し、ゴーレムを再び起こして、私たちを救うのだ。

不思議な話を知っているディタをエリックは感心して見つめた。墓石の陰で、ディタの頬を優しく撫で、そっと無邪気なキスをした。

ディタは思い出して、いたずらっぽく微笑む。

ささやかな思い出だが、ファーストキスは決して忘れない。あの午後の嬉しさを思い出すと浮き浮きとした気持ちになり、戦争という砂漠の中でも、喜びを感じることができた。大人は決して手に入らない幸せを求めて必死にあがくが、子どもはその手の中に幸せを見いだせる。

しかし今、ディタは自分を一人前と思い、子ども扱いを許さない。

あきらめるものか。前を向いて進み、しっかりとやりとげるのだ。

ヒルシュはディタに言った。恐怖を嚙みしめて飲み込め。そして進むのだと。勇気ある者たちは恐れを糧にする。図書係は、けっしてやめない。

口さがないおばさん連中やメンゲレを喜ばせてなるものか。命を奪いたいなら、奪いにくるがいい。

けれども、誇らしげに息まいたのもつかの間、バラックの暗闇の中で両目を開けると、激しく燃えあがったディタの内なる炎はたちまち小さくなった。咳、いびき、最期を迎えようとしている女のうめき声。ディタが心配なのは、ツルノフスカやほかの囚人たちにとやかく言われることではなく、フレディ・ヒルシュにどう思われるかだった。

数日前、ヒルシュが陸上チームの選手たちに話すのを聞いた。彼らはバラックの周りを走ってトレーニングするが、雪の日も雨の日も、ヒルシュは彼らと一緒に走る。先頭に立って一番前を走る。

ヒルシュはこんなふうに話していた。

「最強のアスリートは最初にゴールを切る選手ではない。倒れるたびに立ち上がる選手だ。腹が痛くても走り続ける選手。ゴールが果てしなく遠くても、あきらめない。ビリになっても、彼こそが勝者だ。一着になりたくても、かなわないことだってある。しかし君はいつでも最強の選手にはなれる。それは君次第だ。君の意志、君の努力次第だ。僕は君たちに最速の選手になれとは言わないが、最強の選手を目指してほしい」

もしディタが図書係をやめると言ったら、ヒルシュはきっと優しく応じ、励ましてさえくれるだろう。しかし、ディタは彼の失望のまなざしに耐えられるだろうか？　ディタにとってヒルシュは、ユダヤの伝説のゴーレムのように誰にも止められない存在、いつかみんなを救ってくれる不屈の男だった。

フレディ・ヒルシュ……

夜の暗闇の中、彼の名前を唱えて勇気を奮い起こした。

彼女の頭の中にしまいこまれたイメージの中に、数年前のプラハ郊外のストラージュニツェの穏やかな平原の写真がある。街の厳しい統制から逃れて、ストラージュニツェでは、ユダヤ人も少し息をつけた。そこにハギボール・クラブというスポーツ施設があった。

写真の季節は夏だ。シャツを脱いだ男の子たちがたくさんいるから、暑い日だったのだろう。大勢の子どもや若者たちの真ん中に、三人の人物が見える。一人は十二、三歳のふっくらした男の子。眼鏡に、白い短パン姿だ。真ん中では、芝居がかった口上でボルギーニと名乗るマジシャンがお辞儀をしている。シャツとジャケットとストライプのネクタイという優雅ないでたちだ。その向こうに、サンダル履きで、短パンだけを身に着けた若い男がいる。やせているがスポーツマンの体つきだ。

ディタはあの日、その男の名前がフレディ・ヒルシュで、ストラージュニツェで若者たちの活動のインストラクターをしていることを知った。眼鏡の子が紐の端を持ち、マジシャンが真ん中を支え、ヒルシュがもう一方の端を持っている。ディタはその時のヒルシュの姿をはっきりと覚えている。あいた方の手をちょっと気取って腰にあて、少しからかうような笑みを浮かべてマジシャンを見ていた。

体育教師でもあるインストラクターのヒルシュはとてもハンサムだったが、人が彼につい見とれてしまうのには別の理由があった。端正な顔つきやスポーツマンらしい体つきだけではなく、一つひとつの手の動きや的確な言葉、聞き手をじっと見つめるまなざしがそうさせるのだ。聴衆が大勢であっても、一人ひとりの顔を見て話し、誰ひとり見落とさない。きびきびとした動作にはどこか軍人めいた雰囲気と同時にクラシック・バレエのような調和もあった。ゴラン高原への遠征プランまで、じつに堂々と魅力的に話すので、聞く者はユダヤ人であることに誇りを覚え、ヒルシュのチームに入りたがった。ラビとは違う、型破りでもっと熱っぽい口調だ。体つきのせいか、聖職者というより、夢見る少年兵部隊を前に熱弁をふるう大佐のようでもあった。

その後マジックショーが始まった。ボルギーニは手品やトリックで、戦争に立ち向かっていった。すばらしいのは、驚いたり笑ったりしている間は、マジックが戦争を負かしていたということだ。

チラシをかかえた女の子がつかつかとやってきて、一枚をディタに渡した。

「仲間に入らない？　今度、オルリツァ川の河畔《かはん》のベスプラビでサマーキャンプをするの。スポーツをして、ユダヤ人精神を鍛えるの。ここに詳しいことが書いてあるから」

父さんはそういったことを好まなかった。スポーツに政治を持ち込むのは好きではない、と。あのヒルシュとかいう奴は、子どもたちとゲリラごっこをし、子どもたちがまるで自分の指揮下の小さな軍隊であるかのように戦闘の技術を教えこんでいる、と巷《ちまた》で言われていた。

ヒルシュが司令官なら、ディタはどんな塹壕《ざんごう》にも入る覚悟だった。とにかく、もうすっかり足をつっこんでいる。自分たちユダヤ人はしぶとい民族なのだ。彼女を侮《あなど》ってはいけない。ヒルシュを侮ってはいけない。図書係はやめない。でも、十分注意しよう。よく耳をすまし目をこらして、メンゲレのいる暗闇を監視し、そこに飲み込まれないようにするのだ。彼女は十四歳の女の子で、相手は史上最悪の破壊軍団だ。でも次にやってきたときは隠れたりしない。今度は立ち向かってやる。

何があろうと。


夜の収容所で思いを巡らせているのは、ディタ一人ではなかった。

フレディ・ヒルシュは三十一号棟の責任者なので、個室で眠ることが許されている。そして、三十一号棟で眠るのは彼一人だった。報告書を一つ書きあげると、部屋から出て、沈黙の中にたたずむ。ざわめきは消え、本は閉じられ、歌声も聞こえない。どやどやと子どもたちが帰っていくと、学校は再び粗末な木造の小屋に戻る。

「今、僕たちが持っている最高のものだ」と自分に言い聞かせる。

また一日が過ぎ、検査を一つやり過ごした。一日一日が戦いだ。アスリートらしいがっしりした胸をすぼめ、だらりと腰掛に座り込んで、目を閉じる。突然、自分がひどく疲れていることに気づく。疲労困憊《こんぱい》しているが、誰にも気づかれてはならない。彼はリーダーだ。リーダーに落胆する権利はない。みなが頼りにしている。期待を裏切ることはできない。

もしあのことを知られたら……

ヒルシュはみなに嘘をついている。もし彼の正体を知ったら、彼を称賛している者も彼を憎むようになるだろう。

へとへとだ。でも、それだからこそ立ち上がり、床に手をついて、腕立て伏せを始める。彼は下にいる者によく言っている。努力次第で疲れは消せる、と。

アップ、ダウン。一、二、一、二。

いつも首からかけているホイッスルが、コツンコツンと床にぶつかる。ものを隠しているのが見つかれば、罰として重い鉄の玉を足首につけられ、昼夜引きずることになる。しかし、本がなければならないのもわかっている。腕立て伏せで、体を持ち上げるとき、腕が痛くても、歯を食いしばるように。アップ、ダウン。腕立て伏せは続けなくてはならない。

ホイッスルを床に当て続けるように。歯を食いしばるのだ。

アップ、ダウン。一、二。

弱さは罪だ。息をきらせながらささやく。

彼は思う。真実を話すことで人は自由になれるのだと。真実を話すのは立派なこと、勇気ある人間がすることだ。しかし、真実が往々にしてそれに触れた者を破滅に追いやるのも、また事実だ。

だから歯を食いしばり、腕立て伏せを続ける。汗が背中を伝う。自分の内にその真実を秘め、その熱さに一人耐えるのも高潔な行動かもしれない。高潔さか、卑怯か？　努力して手にした称賛を失うのが怖いだけなのではないか？　もうあれこれ考えるのはやめよう。歯を食いしばって腕立て伏せの回数を数える。

ヒルシュにとってスポーツは辛苦ではなく、解放だった。

ヒルシュは、一九一六年、ベルギーとオランダとの国境に近いドイツの街アーヘンで生まれた。故郷では、子どもたちは徒歩で学校に通っていた。だが、彼は一人、教科書とノートを紐で背中に括《くく》り付け、走って登校した。通学路に面した店の人たちが、そんなに急いでどこに行くのかとからかうと、彼は丁寧に挨拶を返したが、スピードは落とさなかった。遅刻しそうだったからではない。走るのが楽しかっただけだ。いつも駆け足なのはなぜか、と誰かに聞かれたら、歩くとかえってへとへとになる、でも走るのは疲れないから、といつも答えていた。

全速力で学校の正門に駆け込むと、勢いのまま大きくジャンプしてベンチを飛び越えた。まるで障害物競走のように。その時間帯、まだベンチには日向ぼっこをするお年寄りたちはいなかった。プロのアスリートになるのが彼の夢だった。同級生にことあるごとにそう話していた。

元気よく走り回り、近所の空き地でサッカーに明け暮れた日々。だが十歳のとき、父が死んで、彼の子ども時代は木端《こっぱ》微塵に砕け散った。

バラックの腰掛に座って休みながら、父の面影を思い出そうとする。しかし、幼いころの記憶はおぼろげだった。鮮明に覚えているのは、父がいなくなってぽっかり空いた空洞だ。その空洞は、彼の心の奥深くまで広がり、決して満たされることがなかった。人に囲まれているときでも、一人だと感じて落ち着かなくなることがいまだにある。

父の死で、走る力も出なくなった。あれほど好きだったかけっこもしたくなくなった。彼の母親は父が死んでから、一日中働くようになった。そこで息子が長時間家に一人でいたり、兄とけんかしたりしなくてすむように、彼を青少年活動のグループＪＰＤに登録した。それは、ドイツ・ユダヤ版ボーイ・スカウトで、マカビ・ハツァイルという下部組織を持っていた。

ＪＰＤを初めて訪れたとき、広々とした建物内に漂白剤の匂いがして、ドアに規則リストが画鋲《がびょう》で留めてあったのを覚えている。涙を必死でこらえたことも忘れられない。でも、そこで、フレディ・ヒルシュ少年は、ぬくもりを少しずつ見つけていった。空っぽの家にも、いなくなってしまった父にも、留守がちの母にもないぬくもりだった。彼はそこに自分の居場所を見つけた。仲間意識、雨の日のテーブル・ゲーム、遠足。遠足にはギターがつきもので、誰かが必ず、イスラエルの殉教者についての美しい物語を詠じたものだ。サッカーやバスケットボール、陸上競技。それらすべてが彼には救いの神だった。土曜日、みんなが家族で過ごしている間、彼は一人運動場に行き、錆びついたバスケットリングにボールを投げたり、汗だくになるまで腹筋をしたりして過ごした。

トレーニングをすることで頭がからっぽになり、不安が消えた。彼は小さな目標を設定した。角まで三分以内に五回往復する、十回腕立て伏せをして最後の一回は空中で手を叩く、ある距離から続けて四回シュートを決めるなど、目標を達成しようと集中しているときは、余計なことを考えないで済んだ。幸せだとさえ思った。一番いてほしいときに父親をなくしたことも忘れられた。

思春期に入り、母親が再婚した後は、家にいるよりＪＰＤにいる方がよくなった。学校が終わるとまっすぐＪＰＤに行った。母親には、ＪＰＤの用事で遅くなるからと告げた。青少年部の役員会、遠足の準備、スポーツ大会、本部の設備のメンテナンス。口実はいくらでもあった。でも、成長するにつれて、同年代の若者たちとのつきあいは減っていった。パレスチナに戻ることを使命とする熱いシオニズム神秘思想や、スポーツへの極端なまでの情熱を持つ彼に共感してくれる相手はほとんどいなかった。その頃パーティーに呼ばれ始めた。そこでみなは初恋の相手を見つけていたが、彼は居心地が悪かった。口実を見つけては断っていると、そのうち呼ばれなくなった。

彼は、自分が一番好きなのは、子どもたちのためのチームを作ったり、試合を準備したりすることだと気づいた。バレーボールやバスケットボールのチーム作りに打ちこみ、子どもたちにもその情熱が感染した。彼のチームはいつも決勝まで勝ち残った。

「行け！　進め！　気持ちを入れろ！」コートサイドから子どもたちに向かって叫んだ。「今がんばらないで、あとで泣いても遅いぞ！」

フレディ・ヒルシュは泣かない。何があっても。

アップ、ダウン。一、二、一、二。

彼が流すのは、長時間の腕立て伏せで筋肉からふきだす、汗という名の涙だけだ。満足して立ち上がる。真実を語らない男に許された、精一杯の満足だ。

5

ルディ・ローゼンバーグは、ビルケナウに来てから二年近くになる。それは勲章ものだ。運命のなりゆきから、彼は十九歳にして古株になり、登録係のポストを手に入れた。絶え間なく人の入れ替わりがあるこの場所で、登録と抹消を日ごと台帳に記録するのが彼の仕事だ。殺すことも含めてすべてに緻密《ちみつ》なナチスがとても重視している作業だ。だから、ルディはほかの囚人たちのようなストライプの囚人服を着ていない。くたびれた乗馬ズボンを自慢げにはいている。別のご時世ならごみ箱行きになりかねない服だが、アウシュヴィッツでは贅沢な衣装だ。カポー、料理人、登録係やブロックの事務係のような重要なポストの者以外、被収容者は全員、垢まみれのストライプの囚人服を着ている。家族収容所のような例外を除いては。

自分の持ち場である検疫隔離収容所の管理小屋にさしかかり、彼はすれ違う監視兵たちに愛想の良い模範囚の笑顔を振りまいた。BⅡd区画にリストを届けに行くのだと伝えると、問題なく通りぬけられた。

ビルケナウのさまざまな区画を結ぶ未舗装の大通りを歩きながら、遠くの森のはずれの木立を眺めた。冬の夕方のこの時間だと、ぼやけた輪郭しか見えない。一陣の風が、キノコとコケの湿った甘い香りを運んでくる。しばらく目を閉じてその香りを味わう。それは「自由」の香りだ。

今日はあの謎の家族収容所について話をするため、秘密の集まりに行くところだった。ルディは数か月前の出来事を思い出した。収容所という現実からかけ離れたこの場所では、過去の出来事は、いつの時代だか、あやふやで遠い昔のことのように思える。方位磁石の針が北極に近づくと正確に働かないのと同じように、アウシュヴィッツでは時間の感覚がおかしくなるのだ。

それは九月のある朝のことだった。ルディはいつものルーティン・ワークを待っていた。有刺鉄線に囲まれ、焼けた肉の臭いが立ち込めるアウシュヴィッツに降り立ったばかりの囚人たち。囚人服を着せられ、頭を丸坊主にされ、茫然自失していた。このような身になると、人はみな同じ顔になる。しかし、ふと顔を上げると、机の向こうに金髪を三つ編みにしたそばかすだらけの女の子の陽気な顔が見えた。熊のぬいぐるみを抱いている。ルディはばつが悪くなった。その子は彼をじっと見つめている。一片の曇りもないまなざし。残虐行為を見慣れてしまい、そんなまなざしがあることを忘れてしまっていた。その子は六歳。アウシュヴィッツで生きている。それは奇跡に思えた。

なぜナチスが収容所で子どもたちを生かしておくのか、当時はルディもレジスタンスの仲間もわからなかった。メンゲレが人種実験のために使っていたジプシーの収容所の子どもだけは生かされていたが、ユダヤ人にはそうはしなかった。

十二月に、チェコのテレジーン・ゲットーからまた囚人が運ばれてきた。収容の手順はいつも同じだ。小突いたり殴ったりしながら人々を列車から降ろす。男女を分けて二つの大きなグループを作る。ホームには医者がいて、一人ひとりを診て、左右にふり分ける。労働力として使える健康な者とそうでない者。老人や子ども、妊婦、病人は収容所の土を踏むことすらない。収容所の奥、昼夜稼働する焼却炉へ直行だ。そこで、ガス室に送られる。

ルディ・ローゼンバーグが待ち合わせ場所であるBⅡd区画のとあるバラックの裏に向かうと、二人の男が待っていた。一人は料理用のエプロンをかけ、病的な青い顔をしているレムと名乗る男。もう一人のダビッド・シュムレウスキは屋根職人からスタートして、今はBⅡd区画の二十七号棟のブロック古参の助手をしている。くたびれたコーデュロイのズボンと、彼の顔と同じくらいしわくちゃのセーターという格好だ。これまでの苦労がしわとなって顔に刻まれている。

レムとダビッド・シュムレウスキは、十二月に家族収容所のBⅡb区画に新たに到着した集団についての基本的な情報は得ていたが、ルディからできるだけ詳しい話を聞きたがった。彼によると、十二月に到着したのは、テレジーン・ゲットーから送られてきた五千人のユダヤ人だった。二回に分かれて到着し、最初の列車の三日後に次の列車が到着して、全員、家族収容所に入った。九月と同じく、彼らは民間人の服装のまま、髪も切られず、子どもの入所も認められた。

レジスタンスの二人はルディの話に耳を傾けた。聞いていたとおりだったが、にわかには信じられない。アウシュヴィッツ゠ビルケナウのような、囚人を奴隷労働に最大限に活用する死の工場が、収容所の一画を家族専用になどするだろうか。非効率的で、つじつまが合わない。

「よくわからないな……」シュムレウスキがつぶやいた。「ナチスは常軌を失った犯罪者集団だが、馬鹿じゃない。どうして幼い子どもたちを生かしておくんだろう？　小さくたって食事もするし、寝る場所もいる。メリットはないのに」

「気のふれたドクター・メンゲレの大規模実験かな？」

誰も答えられない。ルディは一つ気にかかっていることをうちあけた。九月の移送の書類には、「六か月後、特別処理」という注意書きが添えられていたことだ。それを裏付けるように、九月到着組には番号の横に「ＳＢ６」という入れ墨が彫られていた。

「その『特別処理』について何かわかったことはあるのか？」

その質問は宙に浮いたままになった。ポーランド出身の料理人レムは、エプロンに付いた乾いた油汚れを爪でこそげている。とうの昔に元の色がわからなくなっているエプロン。タバコがやめられない人と同じように、油汚れを見ると彼はこすらずにいられないのだ。シュムレウスキが、みんなが思っていることをぼそりと口にした。

「ここでは、処理といったら殺すことだろう」

「でも意味ないじゃないか。どうせ始末したいなら、どうして六か月も食わしてやる必要があるんだ？　つじつまが合わない」とルディがつっかかった。

「だから、何か理由があるに違いない。ドイツ人から何か学ぶことがあるとしたら、常に論理的だということだ。とにかく、どんなにひどいことでも、残酷なことでも。常に筋が通ってないと気がすまない。行きあたりばったりとか、なりゆき任せではしない。何かがあるはずだ。ドイツ人はロジックなしでは生きられない人種なんだ」

「特別処理がガス室送りだとしたら、俺たちに何ができる？」

「今のところ、やれることは少ない。本当にそうかもわからないんだからな」

そのとき、男がもう一人やってくる。背が高くがっしりしていて、そわそわしている。この男も囚人服ではなく、被収容者の間では珍しい、ハイネックのセーターを着ている。ルディは、邪魔しないように席をはずそうとするが、シュロモ。シュムレウスキがまだいてくれという合図をよこした。

「来てくれてありがとう、シュロモ。特別労務班からの情報が少なくてね」

「あまり時間がないんだ、シュムレウスキ」

シュロモと呼ばれた若い男は、大げさに両手を広げてみせた。それを見て、ルディは彼がラテン系ではないかと推察した。当たりだ。シュロモはギリシャのテッサロニキにあるイタリア系ユダヤ人コミュニティの出身だった。

「ガス室はどうなってる？」

「けさは、第二焼却炉だけで三百人以上。ほとんどが女と子どもだった」少し間をおいて三人を見た。実際、あんなことを説明できるだろうか。大げさに両手を動かして天を見上げるが、空は暗雲に覆われている。

「俺はある女の子が靴を脱ぐのを手伝わなくちゃならなかった。母親が赤ん坊を抱いていたし、ガス室には裸で入るからだ。サンダルを脱がせるとき、その子はあっかんべをしてふざけていた。四歳にもならない子だった」

「変だとは思ってないのか？」

「神様、どうかお許しください……。貨車に三日間揺られて着いたばかりなんだ。呆然として、恐怖におびえている。散弾銃を持った親衛隊が、『消毒だ、シャワーを浴びてもらう』と言うと、そのとおり信じるんだ。そりゃそうさ。ハンガーに洋服をかけて、その場所の番号を覚えておくようにとまで言われるんだ。また戻ってくると思うさ。靴はバラバラにならないように紐を結ばせる。そうしておけば、あとでかき集めて『カナダ』倉庫に持っていきやすい。倉庫で、質のよい服をより分けて、ドイツに送るのさ。ドイツ人はすべて利用する」

「彼らに知らせることはできないのか？」とルディが訊いた。

一瞬、シュムレウスキの射るような厳しいまなざしを感じ、ルディは口をつぐむ。だが、イタリア系のシュロモは、口を開くたびに許しを請いながら、彼らしいもの悲しい口調で答えた。

「神様、お許しください。いや、彼らには知らせない。知らせたところで何になる？　二人の子を連れた母親に何ができる？　銃を持った兵士に飛びかかったところで、子どもたちの目の前で殴られるのが関の山だ。実際殴ったり蹴ったりするんだ。何か質問すると、二度と口を開けないように歯が折れるまで銃の底で殴りつけるんだ。誰もそれ以上何も訊かず、目をそらしている。ＳＳは仕事の邪魔を許さない。あるとき、とても身なりがいいしゃんとしたおばあさんが六、七歳の孫の手を引いてやってきた。その女性にはわかっていた。どうしてだかはわからないが、殺されるのだとわかっていた。親衛隊の足元に身を投げて、殺すなら自分を殺してくれ、孫はどうかかんべんしてくれと懇願した。見張りの男がどうしたと思う？　ズボンのチャックをおろし、自分の一物を出して、彼女に向かってションベンしたんだ。おばあさんは、すごすごともといた場所に戻った。今日も、とてもエレガントな女性がいた。きっと良家の出なんだろう。裸になるのにすごく抵抗があったみたいだったから、俺はついたてになってあげようと彼女に背中を向けて立った。その後、俺たちの前で裸でいるのがよほど恥ずかしかったらしく、娘を前に立たせて隠していたが、とても優しく微笑んで俺にありがとうと言った」一呼吸おくと、ほかの男たちもその沈黙を尊重し、母親の裸から目をそらすかのように頭《こうべ》を垂れた。「母娘は、ほかの人たちと一緒に中に入った……。神様、お許しください。彼らを押し込めるんだ。わかるかい？　ぎゅうぎゅう押し込めるんだ。健康な男がいたら、後まわしにして、棒で殴ってから最後に詰め込むんだ。そして、ドアを閉める。シャワーを浴びると思わせるために、中にはシャワーヘッドもつけてある」

「それから？」シュムレウスキが訊く。

「俺たちがタンクのふたをあけ、親衛隊がチクロンガスの容器を投げ込む。その後、十五分待たなくちゃいけない。いや、もう少し短いかな。その後は静かになる」

「苦しいのかな？」

シュロモはため息をついた後、天をあおぐ。

「神様、お許しください……。あれは、想像もできないだろうな。中に入ると、絡み合った死体の山なんだ。押しつぶされ窒息して死ぬ人もたくさんいる。反応は激烈なんだろう。毒を吸うと息ができなくなって、痙攣《けいれん》が起きる。死体は糞尿《ふんにょう》まみれだ。飛び出さんばかりに目をひんむいて、内臓が破裂したみたいに体から血が噴き出している。ひきつった腕を、絶望するように他人の体に絡ませている。空気を吸おうとしたんだろう、体からちぎれそうなほど首が伸びている」

「あんたの役目は?」

「俺は髪の毛を切る。特に長い髪や三つ編みだ。そのあとトラックが回収に来る。軽作業だから、時々、金歯を抜くのと交代することもある。焼却炉の地下から死体を運び上げる貨物用エレベーターまで死体を引きずっていく仕事もある。これはひどいものだ。まず絡み合った死体を引き離さなくちゃならない。死体は血やいろんなものにまみれている。手を使って引き起こすと、すぐねばねばして何も摑めなくなる。最近は、死んだ年寄りの杖の持ち手で、首をひっかけるようにしている。それが一番手っ取り早いんだ。そして上で焼却する」

「武器を使うこともあると聞いたが」

「いわゆる『最後尾収容トラック』のときだけだ。最後の手段さ。身体障害者や病人や、年寄りといった歩けない人たちをホームからダンプカーで連れて来て、焼却炉の前で、まるで砂利《じゃり》みたいに地面に放りだす。彼らの服を脱がしてガス室に入れるのはひと苦労だから、俺たちがするのは、一人一人の片腕と耳を持って立ち上がらせることだけだ。そしたらSSが頭に銃弾を撃ちこむ。その後すぐ、頭をおろさなくちゃいけない。そうしないと噴水みたいに血が噴き出て、血しぶきがSSにかかると、連中は怒って俺たちに罰を与えるんだ。その場で銃殺だってされかねない」

「一日何人くらい殺すんだ?」

「どうだろう。日勤と夜勤があって一日中稼働しているからな。少なくとも一回に二、三百人はいて、俺らの焼却炉だけでその数だ。一日一回の時もあれば、二回の時もある。焼却炉だけでは間に合わなくて、森の空き地に死体を運ぶこともある。軽トラックに死体を積んでいって、森で下ろすんだ」

「土葬するのか？」

「いや、そんな手間のかかることはしないさ。神様、どうかお許しください。ガソリンを振りかけて焼くんだ。灰はスコップですくって、トラックに乗せる。肥料にするらしい。腰骨は大きすぎて焼けないから、粉砕しなくちゃいけない」

「何てことだ」ルディがうなる。

「これがアウシュヴィッツ＝ビルケナウだ」けわしい表情でシュムレウスキが言う。

その陰鬱なミーティングが行われているとき、ディタはそこから二ブロック先のトイレの脇の二十二号棟の前に着いた。左右を見渡して、周りに監視兵や怪しい人がいないかチェックする。見張られているという印象はぬぐえないが、とにかく中に入った。


その日の朝、点呼の後、有刺鉄線の近くを歩いている年配の女性がディタの目をひいた。囲いのそばを歩くことは禁止されているのに。〈ビルケナウ・ラジオ局〉というあだ名のツルノフスカが、ディタの母さんに、あの人は監視兵たちからある程度自由を許されているのだと話していた。裁縫の仕事をしていて、ドゥディンと呼ばれていた。スロバキア南部のドゥディンという街の出身だったからだ。有刺鉄線の近くには、壊れた小さな針金が落ちていて、彼女はそれを拾って石で叩き、手製の縫い針を作っていた。

ディタは図書係の仕事を続けようと固く決心していたが、それにはもっと慎重な方法を考えなければばならない。

最後の点呼の後、バラックから出ることが禁止される時刻までがドゥディンの商売の時間だ。その時間帯にお客をとる。ドゥディン曰《いわ》く、彼女の針仕事は、ポーランド一安い。上着の丈をつめるのはパン半分、ズボンのウエスト・サイズを直すのはタバコ二本、服を仕立てるのは布地込みでパン一個という具合だ。

ドゥディンは、くわえタバコでベッドに座り、巻尺で布のサイズを測っている。この巻尺も革の切れ端を利用して彼女が目分量でこしらえたものだ。

目の前の光を遮ったのは何かと彼女が視線をあげると、そこにはやせっぽちの女の子がいた。髪の毛はぐちゃぐちゃで、思いつめたまなざしだ。

「私のブラウスの内側のお腹の高さのところにポケットを二つ付けてほしいんですが……。丈夫なものを」

ドゥディンは指先で吸いかけのタバコをつまみ、煙を深く吸い込んだ。

「洋服に内ポケットねぇ。その秘密のポケットを何に使うんだい？」

「秘密だとは言ってませんけど……」

ディタは大げさな笑みを浮かべて、しらばっくれた。ドゥディンは眉を持ち上げて少女を見つめた。

「あのね、あたしゃ昨日生まれた赤んぼじゃないんだよ」

ディタは頼みに行ったことを後悔し始めた。噂によれば、スープ一杯、タバコ半箱のために、仲間を売る密告者もいるらしい。ドゥディンがタバコを吸う姿は、おちぶれた吸血鬼のようだった。

〈吸いがら伯爵夫人〉、ディタは心の中で彼女にあだ名をつけた。

だけどもしスパイだったら、毎晩バラックの消えそうな暗いランプの光のもとで、針仕事をする必要なんかないだろう。そう考えるとディタはいくらか気持ちが楽になった。

いや、〈つぎあて伯爵夫人〉の方がいい。

「はい、じつはそうなんです。ちょっと秘密です。亡くなったおじいちゃんとおばあちゃんの思い出の品をいつも持っていたいんです」

ディタは無邪気な女の子を装った。

「あのね、忠告してあげよう。それもただでね。うまく嘘がつけないなら、これから先は本当のことしか言わない方がいいよ」

ドゥディンはまた深くタバコを吸い込んだ。彼女の黄色みがかった指先にタバコの赤い火が届きそうだ。ディタは赤くなってうつむいた。するとドゥディンは、孫のいたずらを見つけたおばあちゃんのように、ふっと笑った。

「あのね、ピストルだろうとなんだろうと、あんたがそこに何を入れたってあたしにゃ関係ないよ。ピストルだったらいいね。あの悪党どもに撃ち込んでくれないかねえ」

そう言いながら、茶色い唾をぺっと吐いた。

「ただ、あんたが隠したいものが重いかどうかだけは聞いておきたいね。だって、重いものなら、ブラウス全体の形が崩れて、ばれちまうからね。だったら、重さを支えられるように両脇を補強しなくちゃいけないね」

「重いです。でもピストルじゃありません」

「わかったよ。なんだっていいさ。あたしにゃ関係ない。これはひと仕事だよ。布は持ってきたかい？　そうだよね、持ってきてないよね。でもいいよ、あたしの持ってる余りきれを使おう。手間賃は、パン半切れにマーガリン。布代として、あとパン四分の一個もらうよ」

「わかりました」とディタは言った。

ドゥディンは目を白黒させてディタを見た。

「ねぎらないのかい？」

「ねぎりません。おばさんは仕事をしてくれるんだし、それにお礼をするのは当然です」

ドゥディンは笑いながら咳き込んだ。そして脇にぺっと唾を吐いた。

「青いね！　あんたたちは人生について何もわかっちゃいない。あのハンサムなリーダーはあんたたちにそんな教育をしているのかい？　まあ、礼儀正しいのは悪くない。そうだ、マーガリンはいらないよ。あの黄色い脂にはうんざりしているんだ。パン半分でいいよ。布きれは大したことないからおまけしてあげよう」


〈つぎあて伯爵夫人〉にさよならを言ったときには外はもう暗くなっていた。ディタは急ぎ足で自分のバラックに向かった。そんな時間に突然誰かに見つかるのはごめんだ。ところが、そこでふいに腕を摑まれ、ディタは悲鳴をあげた。

「私よ、マルギットよ」

ディタのびっくりした様子を、マルギットは心配そうに見た。

「すごい悲鳴。いったいどうしたの、そんなに動転して。何かあったの？」

マルギットは何でも話せる唯一の友達だ。

「あのいまいましいドクターのせいよ……。脅されたんだ」

彼のことを考えると頭が真っ白になり、あだ名も思いつかない。

「誰のこと？」

「メンゲレ」

まるで悪魔の名でも聞いたように、マルギットはおびえて口に手をあてる。事実、彼は悪魔だ。

「私から目を離さない、って言われたんだ。怪しいことをしているところを見つけたら、容赦なく切り刻むって」

「ひどい、なんてこと！　気をつけて！」

「どうやって？」

「慎重にするの」

「もうしてるわ」

「昨日、ベッドで怖い話を聞いたの」

「どんなこと？」

「ママの友達が話してたんだけど、メンゲレは悪魔の儀式をしてるんだって。夜になると黒いろうそくを持って森に入って行くそうよ」

「馬鹿馬鹿しい」

「本当よ。だってそう言ってた。カポーから聞いたんだって。ナチスの幹部の間では悪く思われないんだって。彼らには信仰がないのよ」

「いろんな噂があるわよね……」

「異端者はそんなことをするのよ。悪魔を崇拝するの」

「でも、私たちのことは神様が守ってくれるわ。少しくらいは、ね」

「だめよ、そんなこと言ったら！　もちろん神様は守ってくださるわ」

「だってここでは守られてるって感じがあまりしないんだもん」

「神様は私たちが自分で気をつけなくっちゃいけないとも教えてるわ」

「いつも気をつけてるわ」

「あいつは悪魔よ。妊娠している人のお腹を麻酔もかけずにメスで切開して、取りだした胎児を解剖するらしいし、チフス菌を健康な人に注射して、病気がどんな風に進行していくか観察するそうよ。ポーランド人のシスターたちは火傷《やけど》するほどエックス線を当てられたみたい。双子の女性と双子の男性を交わらせて、双子の子どもができるかどうかっていう実験もしてるんだって。ぞっとする。皮膚を移植されて、壊疽《えそ》で死んだ人もいるわ……」

メンゲレの恐怖の実験室を想像して、二人は一瞬黙りこんだ。

「慎重にね、ディタ」

「慎重にしてるってば！」

「それならもっと」

「私たち、アウシュヴィッツにいるのよ。どうしろっていうの？　生命保険でもかける？」

「メンゲレの脅しをもっと真面目に受けとめなくちゃだめよ。お祈りして、ディタ」

「マルギット……」

「何？」

「母さんみたい」

「悪い？」

「さあね」

二人ともまたしばらく黙りこむが、ディタが口を開いた。

「母さんに知られちゃ困るの。なんと言われようとだめ。母さんはきっと心配で夜も眠れなくなる。

挙句の果てに、あれこれ言われて、私もまいっちゃうわ」

「お父さんはどう？」

「父さんは具合がよくないの。自分ではピンピンしてるって言ってるけど。父さんには心配かけたくない」

「私は何も言わないよ」

「わかってるよ」

「でもお母さんには話すべきだと思うな」

「マルギット！」

「わかった、わかった。好きにして」

ディタは笑みを浮かべた。マルギットはお姉さんみたいだ。

バラックに戻る。歩くたびに凍った土がシャリシャリと音をたてる。背中に突き刺すような視線を感じるが、振り返っても闇の中に見えるのは焼却炉の赤い光だけだ。遠くから見る光はあまりに非現実的で、怖い夢でも見ているみたいだ。

なんとか無事にバラックに着いて、母さんにキスをして、同じベッドの先輩の大きな足の間に身を縮めてもぐりこんだ。ディタが横になれるように少し脚を動かした気がしたが、「おやすみなさい」と声をかけても返事は返ってこない。ディタは寝つけそうになかったが、ぎゅっと目を閉じると、なんとか眠ることができた。

翌朝、点呼の後、ディタはまず、誰よりも早くブロック古参のヒルシュの部屋に行った。「コン、コン、コン」と、間隔をあけてゆっくりドアをノックすると、ヒルシュはそれが図書係のディタだとわかる。ドアをさっと開いて、さっと閉める。急いで秘密の場所を開けて、その日の授業のために頼まれている本を取りだす。四冊が限度だ。さらに注文があると、翌日まで待ってもらう。ディタの服の秘密のポケットにはそれ以上は入らないのだ。

内ポケットに本を入れるためには、ブラウスの上の方のボタンをいくつか外さなければならない。ヒルシュが見ているのでちょっとためらう。たしなみのある女性なら男の部屋に一人で入ったりしない。ましてや男の人の前で服のボタンを外すなんてとんでもない。母さんが知ったら卒倒するだろう。でも時間がない。危険なのだ。いつ何どき、誰かがブロック古参の部屋を訪ねてこないとも限らない。服のボタンを外すと、ディタの小さな胸の片方がのぞいた。ヒルシュは気づいてドアの方に視線をそらした。ディタは赤くなるが、誇らしい気持ちだ。ヒルシュは彼女を子ども扱いしてはいけないことを心得ている。

キャンバス地でできた秘密のポケットには、お腹の高さに紐がついていて、本がぐらぐらしないようにくくり付けられるようになっている。ブラウスはディタにはちょっと大きめなので、外からはほとんどわからない。本をカムフラージュするディタのアイディアに、ヒルシュは感心した。今日頼まれた本は、幾何学の本と『世界史概観』の二冊だけだ。

入室したときと一見ほとんど同じ格好でディタはヒルシュの部屋を出た。本は服の下に完璧に隠れ、手には何も持っていない。出入りを見ている人がいたとしても、何かを持ち運んでいるとは気がつかないだろう。列を崩し、子どもたちがざわざわとグループに分かれるタイミングを見計らって、ディタはバラックの奥に行った。木材が山積みになっている場所の後ろで、服の下から本を取り出す。ディタが、本を手にしてやってくるのを見ている者も、どこからその本が出てきたのかわからない。手品でも見るように、子どもたちはディタのトリックに見とれている。

幾何学の本を頼んだのはアヴィ・オフィールだった。彼はこの学校の年長の子どもたちを受けもっている。ディタは自分のことを平凡で、目立たなすぎるくらいだと思っていた。もう少し背が高いか、胸やお尻が大きければと思うこともある。だから、図書係を始めたとき、あるグループに近づいて先生に本を渡しても、誰も彼女に目をとめないだろうと思っていた。影のようにするりと、みんなの中にまぎれられるだろうと。でもそれは間違いだった。

ディタが近づいていくと、ひどく騒がしい生徒たちも、好奇心から手を止めて、ディタの行動を見た。ディタは手を伸ばして本を渡す。先生は表紙を開ける。本を開くことが、ここでは儀式だ。

普通の学校で勉強していた頃は、本を嫌っていた子も多い。本イコール面倒くさい勉強、長い理科の授業、先生の険しい視線を受けながらの読書、遊びに行くのを邪魔する宿題だった。でもここでは、本はまるで磁石だ。みな本に目を引きよせられ、腰掛から立ち上がってアヴィ・オフィールのところまで本を触りにいく子も大勢いた。あまりの興奮にちょっとした混乱が起き、先生は大きな声で、席に戻るように命じた。

ディタはガブリエルに目をとめた。豊かな赤毛でそばかすだらけのいたずらっ子だ。教室でいつも動物の鳴き声を真似したり、女の子の髪をひっぱったり、いろんないたずらを企んでいる子が、今は本に見入っている。みんなそうだった。

最初の頃は、本に対する突然の関心が理解できなかった。勉強嫌いの子どもたちでさえそうなのだ。しかし少しずつわかってきた。本は、テストや勉強、面倒な宿題を連想させるが、同時に鉄条網も恐怖もない暮らしの象徴でもある。怒られないと本を開かなかった子どもたちが、今はそれを仲間だと認識している。ナチスが禁止するなら、本は彼らの味方ということなのだ。

本を手に取ると、彼らは普段の生活に一歩近づく。普通の毎日はみなの夢だ。目をぎゅっとつぶって祈るとき、苦難の中にいる彼らが強く神様に願うことは、高価なおもちゃでもなければ、特別なものでもない。広場でかくれんぼをすること、泉で水を飲むことだ。

毎日本を渡しに行くと、何人かほかの先生たちも本を頼みたいというジェスチャーを送るのがディタには見えた。隣のグループのある先生が、ひょいと伸び上がって自分も借りたいと言う。そして別の先生も。

リヒテンシュテルン副校長とすれ違ったとき、ディタは疑問をぶつけた。

「どうしたんでしょう。突然本の注文が増えたんです……」

「図書サービスは利用しがいがあるとわかったんだろう」

ディタは達成感と、その責任に少し興奮して微笑んだ。今では、みんな首を長くして自分を待っている。でもディタは十四歳の少女に過ぎず、あのメンゲレに目をつけられている。

かまうもんか。

「あの、リヒテンシュテルン先生。お話があります。私が思いついた、服の下に本を隠すという方法についてヒルシュさんからお聞きになっていますか?」

「うん、いい方法だと言っていた」

「あの、そのやり方なら、突然検査があったときに便利です。抜きうち検査はそう頻繁にはありませんけど。そこで提案なのですが、私の秘密のポケットと同じようなものを、ボランティアの助手のうちの誰かの服にもつけたらどうでしょう。それなら日中先生たちにもっと自由に本を使ってもらえます。本物の図書館みたいに」

リヒテンシュテルン先生はディタをじっと見た。

「言っている意味がよくわからないが……」

「午前の授業の間、通風ダクトの上に本を置いておくんです。そうすれば次のクラスに移動するたびに先生たちはそれを借りていくことができます。一人の先生が一日に何冊もの本を手にとることもできます。検査があったら、二人で本を服の秘密のポケットに隠すんです」

「ダクトの上にだって？　そんな無謀な。賛成できないな」

「ヒルシュさんはどうでしょう？　やはりだめと言うでしょうか？」

あまりに無邪気に質問されて、副校長は意表をつかれた。この小娘は、彼の返事では満足せず、ヒルシュに訊くつもりか？　そのつもりらしい。しかし、それなら自分が行こう。この小娘に行かせてなるものか。

「私がヒルシュに話をしよう。だが、この件は忘れなさい。私はヒルシュという人間をよく知っている」

だが、これは間違いだった。誰もヒルシュの隠れた真実を知らない。

誰も人のことはわからないのだ。

6

リヒテンシュテルンは家族収容所で唯一の時計を持っている。昼になると、薄っぺらな金属皿で作った銅鑼《どら》をガンガン打ち鳴らして、授業の終わりを告げる。

スープの時間だ。カブがひと切れ、特別の日にはジャガイモがひと切れ浮かんでいるだけの、半リットルの苦い水。常に腹をすかせている子どもたちは気持ちがはやるが、その前にトイレに行き、家畜用の大きな金属製の水飲みおけで順番に手を洗わなければならない。

ディタはモルゲンシュテルンがいる一角に行って、H・G・ウェルズの本を回収した。ローマ帝国崩壊の勉強に使ったのだ。老教師のモルゲンシュテルンは、くたびれたサンタクロースのようだ。いつもぐちゃぐちゃの白髪頭に、伸び放題の白髭、白い針金のような眉毛、着ている古いジャケットはよれよれで、両肩がほころび、ボタンもないが、ぴんと背筋を伸ばし、しゃちほこばって歩く。昔風にやや過剰なほど礼儀正しく、たとえば、小さな子どもにも「さん」づけだ。

ディタは、不器用なモルゲンシュテルンが落とさないよう、両手で本を受け取った。

検査の時に先生が起こしたどたばた騒動のおかげで、ディタは〈司祭〉の目をどうにかすり抜けることができた。あれ以来ディタは先生に興味を引かれ、午後何度か会いに行った。モルゲンシュテルンは、ディタが来るのを見ると、いつもあわてて立ち上がり、宮廷でするようなお辞儀をする。時々、何の脈絡もなく、突拍子もない話をするのが面白い。

「眉と目の間隔が大事なのを知っていますか？」と真剣に質問する。

「近すぎず、離れすぎず、ちょうどいい塩梅《あんばい》の人を見つけるのはなかなか難しい」

馬鹿馬鹿しい話を、急き込んで熱心に話すかと思えば、突然天井や宙を見ながら黙り込む。そんなときに誰かが話しかけると、待てと手で合図する。

「今、脳が回転する音を聞いているところです」と大真面目に言う。

一日の終わりに先生たちは集まって打ち合わせをするが、それには参加しない。歓迎もされないだろう。みんな、モルゲンシュテルンは頭がおかしいと思っている。午後、自分の生徒たちが別のグループとバラックの裏手で遊んでいるとき、先生は一人で座っていることが多い。書くスペースがなくなった紙で折り紙をしている。

ある日の午後、ディタが近づくと、紙を折る手を止めて、あたふたと立ち上がってお辞儀をし、ひびの入ったレンズ越しに彼女を見た。

「これはこれは、図書係さん……。光栄です」

一人前の女性みたいに迎えられて、ディタはくすっと笑った。一瞬、からかわれているのかと思ったが、そうではないらしい。モルゲンシュテルンのまなざしは善良だ。

先生はディタに建物の話をした。戦争の前は建築家だったそうだ。今だって建築家だ、戦争が終わったら建物をまた作ればいい、とディタが言うと先生は人の良さそうな笑みを浮かべた。

「もう何かを建てる力はありません。こんなちっぽけなベンチから立ち上がるのさえひと苦労なんですから」

アウシュヴィッツに来る前、何年も、ユダヤ人という理由で建築の仕事をさせてもらえなかった、それに記憶力も落ちてきていると言う。

「もう荷重を計算するやり方を覚えていないし、手が震えて、プールの設計図さえ引けそうもないですね」

そう言って微笑んだ。

モルゲンシュテルンは、本を貸してもらっても、関係ない話をあれこれするうちに、本を開かずじまいになることもあると告白した。

「だったらどうして借りるんですか？　本は数が少ないんです。そんな気まぐれで申し込まれたら困ります」ディタはかっとなって、くってかかった。

「そうですね、アドレロヴァさん。まったくおっしゃるとおりです。謝ります。私は自分勝手で、気まぐれな年寄りです」

そして黙り込んだ。ディタはなんと言っていいかわからない。先生は本当に反省しているようだ。でもふいに、にっこりと笑みを浮かべ、小さな声で、内緒話のように告げた。ヨーロッパの歴史やユダヤ人の出エジプトの話をするときに、膝に本を置いていると本物の先生になった気がするのだと。

「子どもたちもその方がよく聞いてくれるのですよ。頭のおかしい年寄りの言うことなぞ誰も耳を貸さないけれど、それが本に書いてあることなら……別です。本の中には、それを書いた人の知恵が詰まっています。本は決して記憶を失わない」

そして、不思議な秘密を打ち明けようと、ディタに頭を寄せた。もじゃもじゃの白髭と小さな目が近づく。

「アドレロヴァさん、本はすべてを知っているんです」

ディタは、一心にアザラシか何かを折ろうとしているモルゲンシュテルンをその場に残して立ち去った。この老教師は頭のねじがゆるんでしまったように見える。それでも、彼の話は馬鹿げていると同時に意味がある。奇人か賢人かを見分けるのは本当に難しい。

リヒテンシュテルンがディタにせわしなく、手招きした。虫の居所が悪そうだ。タバコが切れたときの顔だ。

「ヒルシュ校長は君の提案に賛成だそうだよ」

リヒテンシュテルンはディタが勝ち誇った反応を見せるのではないかとじっと見ているが、ディタはそれほど子どもではない。腹のうちで高笑いしながらも、抑えて神妙にしていた。かたやリヒテンシュテルンは苦虫を噛みつぶしたような顔をしている。ディタは心の中で躍りあがり、トランポリンでジャンプするように飛びはねた。

「ヒルシュ校長が了解したから、君の提案どおりになるだろう。彼がリーダーだ。でもちょっとでも検査が来そうな様子があれば、即刻本を隠さなければいけない。責任を持ってやってくれ」

ディタがうなずいた。

「ただし、私がどうしても譲れない点が一つだけあった」とまるで傷ついた自尊心を取り戻すかのように、勢いづいて付け加えた。「ヒルシュは、検査に備えて、自分も内ポケットを持ちたいと言い張った。それは馬鹿げている。監視兵が目の前まで来るのに、そんなかさばる物は隠せるわけがない。だがひどく頑固でね。わかるだろう？　ドイツ育ちだからね。私はチェコで育った。彼は強情だが、私は辛抱強い。なんとか説き伏せたよ。日ごとに助手が交代して、君と一緒に図書館にいることになった」

「ありがとうございます、リヒテンシュテルン先生！　これで明日から公共図書館をオープンできます！」

「私は、本に関するこの計画はまともだとは思えない」彼は立ち去りながらため息をついた。「でも、ここでまともなことなんてあるかね？」

　ディタは満足してバラックを出たが、同時に本の貸し出しがうまくいくようにするにはどうすればよいか考えると落ち着かなかった。

　あれこれ考えながら歩いていくと、外でマルギットが待っていた。正面の病院代わりのバラックから、布で覆われた死体を乗せた台車を引っ張りながら男が出てくる。死体を運ぶ光景はあまりに日常的になっていて、もうほとんど誰も気にもとめないようだ。ディタとマルギットは黙って顔を見合わせた。口は開かない方がいい。そうして黙って歩いていると、レネーに呼び止められた。マルギットは、ある日、スープの列に並んでいるとき、この金髪の少女と親しくなった。一日中排水溝で働いてきて、泥で汚れた服を着ている。目の下のくまのせいで年より大人っぽく見える。

「仕事、運が悪かったわね、レネー」

「私、悪運に付きまとわれてるの」意味深長な口ぶりに、二人は耳をそばだてた。

　レネーは二人を手招きして、二棟のバラックの間に入っていった。バラックの裏手には、男たちが何人かいたので、彼らから離れた場所を探した。ひそひそと話し、顔を上げて不審そうに彼女たちを見る様子からして、政治の話をしているに違いない。

　寒くないようにぴったり体を寄せ合って座ると、レネーが話しだした。

「私のことをじろじろ見る監視兵がいるの」

　ディタとマルギットは、それがどうしたのというように、視線を交わした。マルギットはその後言葉が見つからない。ディタがからかうように言う。

「監視兵はそれで給料をもらっているのよ、レネー。囚人を見るのが仕事なの」

「でもそういうんじゃないの。私ばかり……。点呼の後も、列から私が出るのを待っていて、目で追ってるのがわかるの。午後の点呼でもよ」

ディタは自意識過剰だと、また茶化そうかと思ったが、レネーがあまりに思いつめている様子なのでやめておいた。

「最初は気にしていなかったんだけど、今日の午後、その監視兵が巡回の途中で、収容所通り中央の巡回路をそれて、私たちが作業をしている排水溝に近づいてきたの。振り向く勇気がなかったけど、すごく近くまで来てるのがわかった。それから遠ざかっていった」

「排水溝の仕事を見ようとしただけじゃない？」

「でもすぐに巡回路に戻ったの。私、見てたんだけど、その後は最後まで寄り道しなかったわ。まるで私だけを監視してるみたいに」

「いつも同じSSなのは確か？」

「うん、背が低いからすぐわかるわ」そう言って両手で顔を覆った。「私、怖い」

レネーはうなだれ、不安げな様子で、母親の所に帰っていった。

「気にしすぎじゃない？」ディタが軽蔑ぎみに言った。

「そりゃそうよ。私だって怖い。ディタは怖くなることないの？　そっちこそ目をつけられているのに。おびえてなくちゃいけないのはディタ、あなたよ。それなのにしゃあしゃあとしてる。勇気があるのね」

「何言ってるの、私だって怖いわよ。そう口にしないだけで」

「心にためていることを話したくなることもあるものよ」

二人とも少し黙り込み、そして別れた。

収容所通りに戻り、ディタは自分のバラックに向かった。雪が降り始めた。みんなそれぞれのバラックに帰っていく。それは悪臭を放つ小屋だ。でも少なくとも外よりは寒くない。遠くからディタの十六号棟の入り口が見えるが、周りに人影はない。いつもは、特に夫婦ものなど大勢が、消灯前の時間を一緒に過ごそうと繰り出しているのだが、今日は閑散としている。やがて、人がいない理由がわかった。プッチーニのオペラ『トスカ』のメロディが風に乗って漂っている。ディタのよく知っている曲だ。父さんのお気に入りだ。誰かがそのメロディを正確に口笛で奏でている。目をこらすと、SS将校用制帽をかぶり、ドアの蝶番《ちょうつがい》のそばにもたれかかっている人物が見えた。

「神様……」

誰かを待っているようだ。でも彼に待たれて嬉しい者はいない。ディタは収容所通りの真ん中で立ち止まった。見られただろうか？

その時、四人の女性たちが、ぺちゃくちゃとそれぞれの夫のことをおしゃべりしながら、消灯前にバラックに戻ろうと速足で、ディタを追い抜いていった。ディタは大きく二歩踏み出し、うつむいたまま、まぎれるように彼女たちのすぐ後ろについた。そして、バラックの入り口に差し掛かった瞬間、ぱっと彼女たちを追い抜いて中に走り込んだ。

いつかアフリカの動物のことを本で読んだことがある。ライオンと遭遇しても、決して走ってはいけない。できるだけゆっくりと移動すること、と書いてあった。走って中に入ったのはとんでもない失敗だったかもしれない。でも、その本にはライオンのことは詳しく出ていたが、狂暴なSSにどうふるまえばいいかは書かれていなかった。気づかれないように下を向いていたが、横目でちらっとメンゲレを見ずにはいられなかった。

第一次世界大戦の元兵士が父さんを訪ねてきたことがある。散弾で片方の目がつぶれて、ガラスの義眼を入れていた。血が通っていない無表情なその目を今でもはっきり覚えている。メンゲレのまなざしもそれとまったく同じだ。命も感情もまったくない冷たいガラスの目。

空腹のライオンに後ろから襲われる気がした。ディタは自分のベッドまでほとんど走るようにたどりつき、さっと寝床に飛び乗った。顔に傷跡のある古株の同居人を見て嬉しくなったのは初めてだ。彼女の薄汚い足の間に隠れる。まるで、そこに身を縮めていれば、すべてお見通しのあのドクター・メンゲレの目から逃れることができるとでもいうように。速い足音も、ドイツ語の命令も聞こえない。メンゲレは追ってこなかったのだ。とりあえずディタは胸を撫でおろした。

ディタは知らないが、メンゲレが走る姿は誰も見たことがなかった。走るのはエレガントではない、というのがメンゲレの持論だ。なぜ走る必要がある？　囚人は逃げも隠れもできないのだ。囚人を捕えるのは、水槽の中で釣りをするのと同じだ。

母さんは、ディタがハアハア言いながら帰ってきたのを見て、消灯時間にはまだしばらくあるから、そんなにあわてなくて大丈夫よと言った。ディタはうなずき、どうにか取り繕って、なんでもないと言うように、微笑んだ。

ディタは母さんに、そして古株の垢まみれの靴下に向かっておやすみを言った。古いチーズのような異臭を放っている靴下。返事はない。もはや期待もしていないが。

メンゲレは、バラックの入り口で何をしていたのだろうか？　もし自分を待っていたのだとしたら……。ディタが収容所の司令部に何か隠しごとをしているのを彼のような偉い人が知っているとしたら、どうしてさっさと逮捕しないのだろう？

わからない。メンゲレは、何千人もの腹を開き、その内臓を眺めて楽しんでいるが、彼が頭の中で何を考えているかをうかがい知ることは誰にもできなかった。消灯時間になり、やっと無事だと感じる。しかしまた考え始め、自分がしたことは間違いだったと気づく。

メンゲレがディタを脅したとき、彼女は三十一号棟の指導部に報告すべきかどうか迷った。もし報告していれば、危険が及ばないように、その仕事から解放されていただろう。そして、ディタは怖くなったからやめたのだとみんなに思われただろう。だからそれと真逆のことをした。図書館をもっと使いやすくし、もっと目立つようにした。ディタ・アドレロヴァはナチスにひるんでいると思われたくなかったから、危険を冒した。

何の権利があって？　とディタは自問する。

彼女に危険が及べば、みんなを危険にさらすことになる。彼女が本を持っているのが見つかれば、三十一号棟は閉鎖されるだろう。五百人の子どもたちにとって、普段の暮らしに似た毎日を送るという夢が終わることになる。勇気があると格好をつけたばかりに、慎重さを欠いてしまった。要するに、命をねらわれるという恐怖が、ほかの人にどう思われるかという恐怖に変わっただけのことだ。図書館と本を切り盛りする自分をとても勇敢だと思っているが、それはどんな類《たぐ》いの勇気なのだろう？　自分は名誉を失うのが怖くて、ブロック全体を危険に陥れようとしているのではないか。ヒルシュは言っていた。危険を自覚しない者は、ほかの人たちを危険に陥れることになると。軽率な者は自分のもとにはいらないと言った。役たたず。ガソリンをかぶってタバコを吸うようなものだ。その大胆さが功を奏せば、勲章をもらえて胸をはれる。だが反対なら、全員を道連れに転落することになる。

目を開ける。汚らしい靴下が暗闇の中で彼女を見ている。真実は、服の裏の秘密のポケットなどには隠せない。真実はあまりに重く、どんなに補強しても支えられない。落ちて大音響をたてて、すべてを破壊する。

ヒルシュのことを考える。彼は誠実で裏表のない人だ。勇敢だと思われたいという自分の見栄のために、彼にまで事実を隠しておく権利はディタにはない。

そんな卑怯なこと、ヒルシュに対してできない。

明日ヒルシュに話そうとディタは決心した。メンゲレに近くから監視されていると報告しよう。メンゲレがディタの後をつければ、図書館を見つけ、三十一号棟で本当に行われていることに気がつくだろう。当然ヒルシュは彼女をやめさせる。そうしたら自分は誰にも感心されなくなるだろう。そう考えるとちょっと悲しくなる。後ずさりする者を褒める者はいない。

英雄的行為の大きさを評価し、名誉や勲章を与えるのは簡単だ。けれど、あきらめるという勇気は誰がわかってくれるのだろうか。

7

登録係のルディ・ローゼンバーグは、彼が働く検疫隔離収容所とごった返す家族収容所を隔てている鉄柵に近づいた。柵越しでもいいからフレディ・ヒルシュに会って話がしたいと、言付けをしてあったのだ。

青少年活動の指導員ヒルシュが三十一号棟でやっている仕事に、ルディは一目置いていた。ヒルシュのことを、収容所司令部に協力的すぎると意地悪く見る者もいたが、大方の者は好意と信頼を寄せていた。レジスタンスのリーダー、シュムレウスキも、独特のしわがれ声で「アウシュヴィッツの人間の中では一番信用できる」と評していた。ルディは何気ない会話を重ねながら、次第にヒルシュに近づき、名簿に関してちょっとした便宜をはかってやってきた。彼のことが気に入っていたからだけではない。彼に関してどんなことでもいいからそれとなく調べるように、シュムレウスキから頼まれていたのだ。

だがその日、ヒルシュがまさか、女の子を連れてこようとは思ってもいなかった。しかもその少女は、しみだらけの長いスカートに、だぶだぶのウールの上着といういでたちだったが、野生のガゼルのような優雅さがあった。

ヒルシュは三十一号棟の配給について話し、子どもたちの食糧の分量をさらに改善してもらおうと働きかけていると言った。

「三十一号棟でやった芝居は大成功だったそうですね……」ルディがさりげなく言った。「SS将校たちも拍手喝采したとか。シュヴァルツフーバー収容所所長もご機嫌だったようで」

　ヒルシュは、レジスタンスの連中が自分のことをまだ完全には信用していないことを知っている。彼もまたレジスタンスを信用していない。

「ええ、楽しんでもらったよ。ドクター・メンゲレが機嫌をよくしていたものだから、ついでに衣類保管棟の倉庫を使わせてくれるように頼んだ。もっと小さい子どもたちのために保育園を作りたかったからね」

「ドクター・メンゲレの機嫌がよかったですって?」毎週何百人もを顔色ひとつ変えず死に追いやっている張本人が、そんな人間らしい感情を持つわけがないとばかりに、ルディが目を丸くした。

「今日、許可の書類が届いた。子どもたち用のスペースができれば、大人も安心して働ける」

　ルディはうなずいて微笑んだ。少し離れたところで黙って話を聞いている少女の瞳に、知らず知らず目が引き寄せられる。ヒルシュがそれに気づいて、アリス・ムンクを、三十一号棟の手伝いをしている若い助手の一人だと言って紹介した。

　ルディは話しているヒルシュの方に顔を向けようとするが、目はついついアリスの方に戻ってしまう。アリスの若々しい唇がさわやかな微笑みを返した。

　大勢のSS将校を前にしても平然としているヒルシュだが、二人の若者が視線を交わすのに穏やかでない気持ちになった。恋愛は若い頃から苦手だった。ここ数年は試合やトレーニングに明け暮れ、いろいろな催しの企画で忙しく、恋愛どころではなかった。みなから人気があり、人望も厚いのに、最後はいつも一人だ。そんな状況を、忙しい仕事にかこつけてごまかしてきた。

　炎が出そうなほど熱く見つめ合う若い二人に、とうとうヒルシュは急用を思い出したと告げて退散した。蜘蛛《くも》の糸のように、絡みあう二人の視線を残して。

「僕はルディ」

「知ってるわ。私はアリス」

二人きりになると、ルディはあの手この手で少女の気を引こうとしたが、じつは今まで女性とつきあったこともない。ビルケナウでは自由以外は、何でも売り買いできた。セックスもだ。しかし彼は、こっそり営まれている売春宿をのぞきたくはなかったし、その勇気もなかった。

会話が途切れると、ルディはあわてて何かしゃべろうとした。小鹿のようにほっそりとしたその少女を、少しでも長く引き留めなければ。ずっとそこにいて、そのばら色の唇で自分に微笑みかけてほしい。寒さで荒れたその唇にキスしてやりたい。

「三十一号棟の仕事はどう？」

「うまくいってるわ。助手の仕事はすべてをきちんと整えておくことなの。たまに石炭や薪《まき》があるときは暖房係の人もいるし、小さい子たちの食事を作るのを手伝う人もいる。掃除係だっているわ。私は今、鉛筆係」

「鉛筆係？」

「本物の鉛筆はほんの少ししかないから、それは特別のときのためにとってあって、自分たちで作るの。不格好だけど、それでも足しになるから」

「どうやって作るの？」

「まず石で小さなスプーンを研ぐの。よく切れるようになったら、その手作りナイフで使い物にならない薪の先を削るの。私がよく担当するのは最後のところ。先っぽを火に当てて、炭みたいに黒くなるまで焦がすの。それがあれば、子どもたちは少しでも字が書けるわ」

「あんなにたくさんの子どもの分をかい？　鉛筆なら僕がいくらか手に入れられるかも……」

「本当に?」アリスが目を輝かせるのを見て、ルディは心が躍った。「でも収容所に持ち込むのは難しいでしょ」

ルディは嬉しくなる。いいところを見せるチャンスだ。

「信用できる人がいてくれればいいんだ……。たとえば君とか」

アリスはうなずく。ヒルシュの役に立てれば嬉しい。ヒルシュは、若い助手全員の憧れの的だった。

一瞬不安がルディの頭をよぎった。これまでアウシュヴィッツでうまくやってきた。賢く立ち回って、特権的なポストを手に入れた。重要な仕事を任された収容者を味方につけ、手に入るものをうまく利用してここまで来たのだ。だが、鉛筆を手に入れるのには危険が伴う。そんなのは何の得にもならない無謀な行為だ。しかし、この子のためなら、そのくらいのことはなんでもなかった。

「三日後、この場所で、同じ時間に」

アリスは「ええ」と答えて、まるで急な用事を思い出したかのように走り去った。それを見送るルディの髪が、午後の冷たい風に揺れている。今まで守ってきた生き残りのためのルールを破ってしまった。見返りのないものに情けをかけるな、というルールだ。得る物がいくらもなければ、損も同然だ。アウシュヴィッツでは何かを失うなどという贅沢は許されない。どうしてあんな約束をしてしまったのだろう。でも、妙なことに、今心は浮き立っている。BⅡa区画のバラックに向かいながら、脚の力が抜けていくような気がした。これが恋というものだろうか。

ディタ・アドレロヴァの脚も震えていた。マラカスのように両膝がぶつかる。子どもたちと先生が入ってきて、通風ダクトの後ろにディタがいるのに気づく。彼女の前には何冊かの本が並んでいる。カウンターの前にいる図書館員のようだ。もう何か月も前から、少なくともテレジーンのゲットーを出て以来、誰もこれほどまとまった数の本を見たことがなかった。教師たちがやってきて、背のタイトルをどうにか読み、手に取ってみてもいいかと目で尋ねる。ディタはうなずくが、彼らから目を離さない。一人の女教師が精神分析の本を荒っぽく開いたとき、ディタは「もっと丁寧にお願いします」と頼んだ。実際は頼むというより命令に近い強い口調を、微笑みでごまかす。十四歳の助手に叱られた先生はばつが悪そうに、じっと見返した。

「とても傷みやすいんです」ディタは努めてにこやかに言った。

本は一時間ごとに回収して次にまわす。それを仕切るのがディタの役目だ。午前中は、バラックのあちこちに散らばっている本がなくならないように目をこらしている。遠い隅っこのグループの誰かが持っていったのも把握している。後ろの方で、手に幾何学の本を持って派手な身ぶりをしている先生が見える。その近くの椅子には地図帳がのっている。一番大きな本だが、ディタの秘密のポケットにはすっぽり収まる。ロシア語文法の本は緑色だからすぐにわかる。神秘的なキリル文字で子どもたちをびっくりさせたいときに使う。小説の貸し出しは少ない。持ち帰って読みたいと言う先生もいるが、三十一号棟からの持ち出しは禁止だった。

子どもたちがゲームをしたり、アヴィ・オフィールの合唱の集まりがあったりして、午後先生たちが自由になるときに本を貸してもいいかどうか、リヒテンシュテルンに相談しよう。子どもたちは合唱が大好きで、『ヒバリさん《アルエットゥ》』を歌うときはバラック中に朗らかな歌声が満ち溢れた。

午前の終わりに本がみんな返ってくると、ディタはほっとする。でも前より少しでも傷んでいるのがわかると、ディタは顔をしかめてその先生を見返す。

日が経つにつれ、一冊一冊の本のしわや破れや傷み具合をすべて覚えてしまい、返却されてくる本を厳しくチェックするようになった。

フレディ・ヒルシュが何か書類を手にバラックに入ってきて、通風ダクトのそばに陣取ったディタの前を通りかかった。立ち止まってディタの様子を眺める。

「やあ、ディタ。これはもう立派な図書館だな」

「そう言ってもらえると嬉しいです」

「僕たちユダヤ人はいつも、最も教養ある民族と言われてきたからね」そう言ってにっこりと微笑む。

「何か僕にできることがあったら言ってくれ」

立ち去ろうとするヒルシュに声をかける。

「フレディ！」名前で呼ぶのはどぎまぎするが、彼にそうしろと言われたのだ。「あの、お願いがあります」

ヒルシュが何だろうという顔で振り返った。

「テープと、にかわと、それにはさみをください。このかわいそうな本たちには手当てが必要なんです」

ヒルシュがうなずいた。


午後、小さい子どもたちは寒さにも負けず、雨があがると外に出て、鬼ごっこやぬかるんだ泥の中の見えない宝を探して遊ぶ。大きい子どもたちは椅子を半円形に並べて集まる。

その日、ディタは本を回収し終わると、一緒に話を聞こうと近づいた。真ん中にヒルシュがいる。「子どもはわれわれの一番の宝だ」と日ごろから繰り返し言っている彼は、得意なテーマの一つ「ユダヤ人のパレスチナへの移住《アリヤ》」の話をしている。子どもたちは熱心にそれに聞き入っている。空きっ腹を抱え、風が運んでくる皮膚が焼ける臭いを嗅いで死の恐怖にさらされてはいても、ヒルシュはいつも、自分たちは決してそんなものには負けないと感じさせてくれる。

「アリヤは、単なる移住じゃない。パレスチナに行くのは、どこかに出稼ぎに行くのとはまったく違うんだ」長い間をおいて、聞く者の期待を高める。「それは、祖先の力を受け継ぐ旅だ。切れてしまった糸を再びたぐりよせる旅、約束の地に赴きそれを自分のものにするための旅、自己実現《アクシャヤマ・アツミツト》の心の旅だ。自分では気づいてはいないかもしれないが、君たちは自分の中に灯りを持っているんだ。でも今は消えている。『消えていてもいい。今までだって、それで生きてこられたんだから』と思うかい？　もちろん、そうかもしれない。だが、灯りを消すか、灯すかは、暗い洞窟をマッチで照らすか、スポットライトで照らすかぐらい違う。パレスチナへの移住を成し遂げ、我らの祖先の土地、イスラエルの大地に一歩足を踏み入れたなら、心の灯りが信じられないほど強く輝きだし、君たちを内側から照らすだろう。言葉で言うだけじゃ、わからないかもしれない。だが、そのときがきたら君たちはすべてを理解するだろう。そして、自分が何者なのかを知ることになるんだ」

子どもたちはヒルシュをじっと見つめていた。今は消えているが、一人一人が内に持っていると彼が言う灯りのスイッチを探すかのように、無意識に胸を撫でている者もいる。

「近代的な武器を持ち、ぴしっと制服を着たナチスを見れば、彼らは強い、無敵だと思うかもしれない。だが違う。だまされてはいけないよ。あの制服の中身は空っぽだ。大事なのは外見じゃなく、内側の輝きなんだ。それがあれば、最後には僕たちが勝つ。僕たちの力は信念に、誇りに、決意にあるんだ」

ヒルシュは間をおいて、目を丸くしているみんなを見る。

「僕らは彼らよりも優れている。なぜなら、強い心を持っているからだ。彼らは僕らにかなわない。だからパレスチナの地に戻って立ち上がろう。辱《はずかし》めは二度と許さない。誇りと研ぎ澄ました剣で武装するんだ。僕らは戦士だ。攻撃されたらそれを百倍にして返すんだ」

ディタは黙ってしばらく聞いていたが、そっと席をはずした。ヒルシュの言葉には誰もが惹きつけられる。ディタもその一人だ。

みんながいなくなったら、ヒルシュに話しにいこう。メンゲレの一件は、誰もいないところで話したい。かたまっておしゃべりをしている先生や助手たちがまだ大勢いる。笑っている高学年の女の子たちや、にきび面の間抜けな男の子たちの中には知っている顔がある。自分をすごくハンサムだとうぬぼれている助手のミランとか。確かにそうかもしれないけれど、あんな頭が空っぽの奴が言い寄ってきても断じておことわりだ。もっともこんなやせっぽちには目もくれないだろうけれど。収容所のわずかな食事しかとれなくても、立派なお尻と豊かな胸の女の子はいる。

ヒルシュに話しにいくのはみんなが帰ってからにしよう。ディタは薪の山の後ろのベンチに腰掛けた。時々、老教師のモルゲンシュテルンが潜り込んでいる場所だ。すると何かが手に触れた。しわくちゃの紙でできた、くちばしの長い小鳥だ。ディタは急にプラハに戻りたくなった。将来に夢を持てないとき、人は過去にすがるのだろう。

ある光景が浮かんでくる。ディタのきれいなウルトラマリンブルーのブラウスに、母さんが黄色い星のおぞましいワッペンを縫いつけている。ディタを一番戸惑わせるのは、母さんの表情だ。スカートの裾を上げているかのように静かに針を運んでいる。一番お気に入りのブラウスに何をしているのと文句を言うと、星のワッペンを付けるくらいどうってことないでしょうとだけ言い、顔を上げさえしなかった。こぶしを握り、怒りで顔が真っ赤になったのをディタは思い出す。だって、ごわごわした黄色い星のワッペンは、ディタの青いサテンのブラウスにはまるっきり合わなかったのだから。フランス語が話せて、おしゃれなヨーロッパのファッション誌を応接間のテーブルで読んでいた母さんが、どうしてあんなワッペンを縫いつけられるのか理解できなかった。

「戦争なのよ、エディタ。戦争なの」

縫い物から目を上げずに母さんはつぶやいた。ディタは口をつぐみ、母さんや大人たちと同じように、その事実をありのままに受け入れた。

隠れ場所に身を潜めたまま、今度は、十二歳を迎えた日のことをディタは思い出した。

アパート、両親、祖父母、おじさんやいとこたち。ディタはその真ん中で何かを待っていて、家族全員がその周りを取り囲んでいる。物憂げな微笑みが彼女の顔に浮かんでいる。勇敢な女の子の仮面の裏側にひそむ臆病な顔。奇妙なことにほかは誰も笑っていない。

あのときのことはよく覚えている。母さんがおいしいケーキを作ってくれた。あれ以来もうパーティーはない。今は祝いごとと言えば、スープとは名ばかりの塩辛い液体に浮くジャガイモを一切れ見つけることだ。あのケーキは、今思い出してもよだれが出そうだが、すごく小さかった。でも、母さんが一週間ずっと、何十軒ものお店をかけずりまわって、干しブドウやリンゴを集めるのを見ていたから、文句は言えなかった。母さんは毎日空の買い物袋を抱えていても、いやな顔一つしなかった。

母さんはそんな人だ。人に悩みを打ち明けるのは悪いことだと考えているみたい。「ママ、何でも話してよ」と言えればよかったのに……。でも、母さんは昔の人間で、今の人とは全然違っていた。

それに引き替え、十二歳のディタは、なんでもみんなに話した。人に話すのも、人の話を聞くのも好きだった。それに壁に向かって逆立ちするのも、大きな音をたててスープをすするのも。幸せいっぱいの子どもだった。よく考えてみれば今だって、恐ろしい強制収容所にいても幸せに生きることをあきらめていない。

母さんが緊張した様子で微笑みながら、応接間に現れる。手にプレゼントを持っている。ディタが瞳を輝かせる。それが靴の箱だったからだ。ディタは新しい靴を買ってもらうのを何か月も夢見てきた。明るい色で、バックルのついた、できれば少しヒールがある靴を。

急いでボール紙の箱を開けると、中にはごくありきたりな、黒い地味な靴が入っていた。しかもよく見ると、新品ではなく、擦り切れたつま先を靴墨でごまかしてあった。あたりが静まり返る。周りにいた祖父母、両親、おじさんたちが息をのんで、ディタがどう言うかと期待のこもった目で見つめている。ディタはにっこり笑い、とっても素敵ねと言った。母さんに近づいてキスし、ぎゅっと抱きしめた。それから、父さんにも抱きつくと、「この秋のパリの流行は、まさにそういう黒い靴だぞ。よかったな」と父さんらしい上品な冗談をとばした。

そんなことを思い出してディタは微笑みを浮かべた。でも、ディタは十二回目の誕生日のために自分で考えていることがあった。夜、母さんが彼女の部屋におやすみを言いにきたとき、ディタはもう一つおねだりをした。お金はかからないからと断り、十二歳になったのだから大人の本を何か読ませてほしいと頼んだのだ。母さんは一瞬黙り込んで、ディタに布団をかけると、無言で出ていった。

少しして、ディタが眠りかけていたとき、そっとドアが開く音が聞こえて、A・J・クローニンの『城砦』をナイト・テーブルの上に置く母さんの手が見えた。母さんが出ていくとすぐ、ディタは急いでドアと床の隙間にガウンを詰めて、光がもれないようにした。そしてその夜は一睡もしなかった。

一九二四年の秋、とある午後のこと。スウォンジー駅を出発し、ペノウェル渓谷をのろのろと上っていく列車の客もまばらな三等車。無頓着な身なりの若い男が、コンパートメントの窓から、ぼんやりと外を眺めていた。その男マンスンは、北部から旅して来た。カーライル、シュルーズベリーで乗り換え、今長旅の最後にさしかかっているが、目的地で自分を待ち受けていることを考え、神経が高ぶっている。未知で荒涼とした地にあるその街で、医者としての第一歩を踏み出すのだ。

ディタは、主人公の青年医師マンスンがいるコンパートメントに潜り込み、一緒にウェールズの山あいにあるうらぶれた炭鉱町ブライネリまで旅した。地球上のすべての国が、どれだけ柵を作ろうと構わない。だって、本を開けばどんな柵も飛び越えられるのだから。

今、『城砦』のことを考えると、いとおしさと感謝が込み上げてきて、笑みがこぼれる。ディタはその本の続きを、学校の休み時間に読もうと、母さんに気づかれないように学校かばんに隠した。

医学の力を固く信じ、理想に燃える才能豊かな青年医師マンスンは、ブライネリで教師をしている愛らしいクリスチンと結婚して都会に引っ越す。経済的に豊かな人々に受け入れられるようになると、高額な謝礼金を手にすることに心を奪われ、裕福な女性だけを診る医者になってしまった。彼女たちの唯一の病は「退屈」というものだった。

ディタは首を振る。マンスン先生はなんて馬鹿なの！　のぼせあがってクリスチンをほうっておくなんて！

エリートの新しい同僚の不注意で一人の貧しい患者が死亡し、マンスンはやっと改心する。クリスチンの前にひざまずき、許しを請う。マンスンは浮ついた世界と決別し、真の医者になって、患者を救う決心をした。治療費を持っていようがいまいが構わず人々を助け、再び、信念のある尊敬される男になり、クリスチンにも笑顔が戻った。でも悲しいことに、やがて、愛すべきクリスチンは死んでしまう。

あの小説を思い出してディタは微笑んだ。あれ以来、本によって人生が何倍にも豊かになることを知った。アンドルー・マンスンやクリスチンのような人と出会えるからだ。特にクリスチンという女性は強い意志を持ち、上流階級にもお金にも決して惑わされることがなく、信念を曲げず、不正に対しては断固として戦った。

それ以来、ディタはクリスチンのようになりたいと思ってきた。ディタは戦争の最中でも落ちこむことはない。信じる道を進めば、最後には正義が必ず勝つと小説が教えてくれたからだ。ディタはそんな場面を思い出してうなずくが、それが次第にゆっくりになった。薪が積まれた隠れ場所で、ディタは睡魔にからめとられていった。

目をさましたとき、あたりはすっかり暗くなっていた。バラックはひっそりとしている。外出禁止時間のサイレンがもう鳴ってしまったのではないかと、一瞬パニックになる。自分のバラックに戻らないのは重大な規則違反だ。メンゲレの実験材料にされる格好の口実になる。しかし、耳をすますと、外から人々のざわめきが聞こえてほっとする。また、話し声もしていてその声で目が覚めたのだと気づいた。ドイツ語で話している。

外をのぞくと、ヒルシュの部屋の扉が開くのが見えた。ヒルシュは誰かをバラックの入り口まで送り、用心深く扉を開けた。

「ちょっと待て、人がいる」

「心配性だな、フレディ」

「リヒテンシュテルンは何か疑っているようなんだ。でも、何があっても、彼や三十一号棟の人間には知られてはならない。そうなったら、僕は終わりだ」

相手が笑う。

「お前に手出しできるはずないさ。結局ただのユダヤ人の囚人だぞ……。銃殺できるわけじゃなし！」

「僕が彼らをだましていると知ったら、そうしたいと思われてもおかしくない」

やっとその男はバラックから出ていき、その後ろ姿がディタにもちらっと見えた。がっしりして、大きなレインコートを着ている。顔を見られたくないのか、雨も降っていないのにフードをかぶっている。しかし靴は隠せない。それは囚人が履く靴ではなく、ピカピカのブーツだった。

SSがこっそりここで何をしているのだろう？

部屋からもれる灯りで、うなだれて中に戻っていくヒルシュが見えた。そんなに打ちひしがれているヒルシュは見たことがない。いつも堂々としているのに。

ディタは隠れ場所で立ち尽くした。今見た光景が理解できない。というより、理解するのが恐ろしい。「彼らをだましている」という言葉がはっきりと聞こえた。

でも、なぜ？

ディタは、足下で地面がぐらぐら揺れるような感じがして、再びベンチに座りこんだ。自分がヒルシュにすべてを話していないことにやましさを感じていたが、闇に乗じ、収容所内を動き回るSSとこっそり会っているのを隠していたのは彼の方だ。

なんてこと……

ため息をつき、ディタは頭を抱えこんだ。

真実を隠している人物に、どうして本当のことを言えるだろう。ヒルシュが信用できないなら、誰を信用すればいいの？

立ち上がったとき、ディタは混乱のあまりめまいがした。ヒルシュが部屋に入ったのを確かめてから、音をたてないようにバラックを出た。

そのとき、外出禁止時間を知らせるサイレンが響いた。夜の寒さにも見張りのカポーの脅しにもめげず、最後まで外でねばっていた者たちがそれぞれのバラックに向かって走る。ディタにはもうその力がなかった。たくさんの疑問がずしりとのしかかり、足がもつれる。

もしかして、話していた相手はSSじゃなくて、レジスタンスの誰かかしら？　でも、レジスタンスなら私たちの味方なのに、それならなぜ三十一号棟のみんなに知られることを心配するのだろう？

それにレジスタンスの中に、あんな気取ったベルリンなまりで話す人がいるかしら？

歩きながら、首を振る。あれはまぎれもなくSSだった。それは否定できない。ヒルシュは彼らと通じている。それは確かだ。ナチスのSSはこっそりとやってきて、親しげに話していた。仲間同士のような口調で。そしてそのあとの、打ちひしがれたヒルシュの姿……。

なんてこと……

囚人の中に情報提供者やナチスのスパイがまぎれているというのはよく聞く話だ。ディタは脚の震えが止まらなかった。

絶対にそんなはずはない。

ヒルシュが密告している？　二時間前にはそんなことは考えもしなかった。ナチスを出し抜いて三十一号棟を学校にしているヒルシュ本人がナチスのスパイだなんて。ひょっとしたらそういうふりをしてナチスに誤った情報を伝えているんじゃないかしら？

それなら全部説明がつく！

しかし、一人になったとき、うなだれて部屋に戻っていったヒルシュの姿を思い出す。あれは自尊心を失い、罪の重さに耐えかねている男の姿だった。その目がそれを物語っていた。


バラックに着いたときにはすでに、カポーが入り口に立ち、外出禁止時間を過ぎて戻ってくる囚人たちを棒で殴りつけていた。ディタは手で頭をかばったが、したたか殴られた。しかし、ほとんど痛みは感じなかった。わら布団に這い上がると、母さんが隣の寝床から頭を上げた。

「ずいぶん遅かったわね、エディタ。何かあったの？」

「大丈夫よ、母さん」

「本当に？　何か隠してない？」

「ないってば」面倒くさそうに答える。

母さんから小さい子どものように扱われるのは面白くなかった。もちろん隠していますとも。アウシュヴィッツではみんながみんなをだましてるのよ、と言いたくなる。でも、八つ当たりはよくない。

「じゃ、問題ないのね？」

「うん」

「うるさいな」誰かがわめく。

「静かにしろ！」とカポーが命令する。

バラックの中は静かになるが、ディタの頭の中では疑問が渦を巻いている。ヒルシュは私たちが考えているような人間ではない。じゃ、何者なの？

ディタは彼について知っていることをかき集めて考えてみようとしたが、彼のことをあまり知らないのにはたと気づく。プラハ郊外のスポーツ施設で彼をちらっと見かけて以来、彼と再び会ったのは、テレジーンでだった。

テレジーン・ゲットー……。

8

臙脂色《えんじいろ》のチェックのビニールテーブルクロスの上にあった手紙のことを、ディタははっきりと覚えている。ヨゼフォフ地区の小さなアパートに住んでいたときだ。タイプで打ってあり、総督のスタンプが押してあった。すべてを変えたあのちっぽけな紙。そこには、プラハから六十キロほど離れたところにある小さな街の名前が、テレジーンではなく、ドイツ風に「テレージエンシュタット」と、大文字で黒々と書かれていた。その脇に、「移送」の文字。

ドイツ人が、テレージエンシュタットと呼び始めていたテレジーンは、寛大なヒトラーがユダヤ人にプレゼントした街と、ナチスのプロパガンダでは言っていた。ユダヤ人映画監督クルト・ゲロンによるドキュメンタリー映画も作られた。画面には、人々が作業場で陽気に働き、スポーツをし、楽しそうに講演会やパーティーに参加する光景が映し出され、声優によるナレーションが、テレジーンのユダヤ人がどんなに幸せかを伝えた。映画が完成するとすぐ、クルト・ゲロンはナチスによってアウシュヴィッツに送られ、一九四四年、そこで亡くなった。

ディタはため息をつく。

テレジーン・ゲットー……。

プラハのユダヤ人評議会は、ベーメン・メーレン保護領総督のラインハルト・ハイドリヒに対し、プラハのユダヤ人の移送先としてさまざまな選択肢を提案した。しかし、ハイドリヒは、ほかのどの街でもなくテレジーンを望んだ。そこが城塞都市だったからだ。

ディタたちは、暮らしのすべてを詰め込んだ二個のスーツケースを、集合場所のストロモフカ公園まで引きずっていった、あの朝のぬぐいようのない悲しさを思い出す。ユダヤ人が間違いなくテレジーン行きの列車に乗るように、チェコ警察がブブニ駅まで護送した。

一九四二年十一月のこと。ボフショヴィツェ駅で列車から降りるおじいちゃんに父さんが手を貸している。奥でおばあちゃんがその様子をじっと見ている。おじいちゃんは上院議員だった。昔は、石の要塞のようにがっちりした人だったが、今は砂の城だ。どんなにたくましく、エネルギッシュな人でも、寄る年波には勝てず肉体は衰える。

そのすぐ後ろに、母さんが見える。できるだけ自然にふるまって、人の注意を引かないようにしている。そして、今より幼く、信じられないくらいふっくらしている十三歳のディタもそこに見える。母さんに何枚ものセーターを重ね着させられている。寒いからではなくて、持っていけるスーツケースが一人五十キロ以内だったからだ。そうして着こんでしまえばいくらか余分に荷物が持てた。「おいおい、エディタ、キジを何羽食べたんだ」後ろにいた父さんが、いつも冗談を言うときの大真面目な顔で言った。

敷地入り口の「働けば自由になる」と書かれたアーチをくぐって、監視所を通り抜けると、にぎやかな街が広がっていた。大勢の人が溢れる大通り、病院、消防署、食堂、工場、保育園などがある街。テレジーンには、独自のユダヤ警察まであった。ほかの国の警官と同じように、ユダヤ警察の警官も長いジャケットに黒っぽい帽子をかぶって街をパトロールしていた。しかし、よく注意してみると、人々が持っているのは、取っ手のないかご、すりきれた毛布、針のない時計だと気づく。オンボロの家財道具の中で暮らしているという、生活の破綻のサインだ。人々は足早に行き来していた。しかし、どんなに急いで歩いても、結局は城壁にぶつかる。行き先があるというのは幻想だ。テレジーンの道はどこにもつながってはいない。

フレディ・ヒルシュに会ったのは、そのテレジーンでだった。最初の記憶は姿ではなく、音だ。アメリカの大草原を舞台にした冒険小説に出てくるような、野牛の群れが駆ける音。

ゲットーに着いてまだ間もない頃のことだ。ディタは、城壁の脇にある菜園でSS用の野菜を作る仕事を割り当てられ、その日の作業を終えて家に帰るところだった。

少し先から動物の速足のような音が近づいてくるのが聞こえた。馬かと思って押しつぶされないように、建物の壁にへばりついた。ところが、角を曲がると見えたのは、駆けてくる若い男女の集団だった。先頭を筋骨隆々とした男が行く。髪をぴったりきれいに後ろに撫でつけたその男は、すれ違いざまにディタに会釈をした。それがフレディ・ヒルシュだった。短いトレーニングパンツにTシャツ姿でもエレガントだった。

母さんがスーツケースの中に詰め込んだシーツや洋服、下着、いろんな道具の間に、父さんがこっそり――母さんに見つかったら重量制限を無駄にしたと金切り声をあげていただろうから――一冊の本を紛れ込ませたことから、すべてが始まった。テレジーンに着いた最初の夜、スーツケースの荷をといていた母さんは、その分厚い本を取り上げ、父さんをにらみつけた。

「この分で、あと三足は靴を持ってこられたでしょうに……」

「リースル、どこにも行けないのに、どうしてそんなに靴がいるんだい？」

母さんは何も答えなかったが、下を向いて思わずくすっと笑ったようだった。父さんはあまりに浮世離れしていると、時々母さんは小言を言う。でも、心の奥底では、そんな父さんを深く愛していたのだ。

父さんは正しかった。あの本は、どんな靴よりも遠くまでディタを連れていってくれた。その本、トーマス・マンの『魔の山』の表紙を開いた瞬間を思い出すと、アウシュヴィッツの粗末なベッドの中でも、ディタには笑みが浮かぶ。

本を開けることとは汽車に乗ってバケーションに出かけるようなもの。

物語には、主人公のハンス・カストルプが、サナトリウムで結核の治療を受けていたいとこのヨーアヒムを訪ねるため、ハンブルクから、スイス・アルプスのダボスまで旅したときの様子が描かれていた。数週間の休暇を過ごそうとやってきた陽気なハンス・カストルプと、希望を失い、打ちひしがれているヨーアヒム。


ディタは読みながら、知らず知らずうなずいていたのを思い出す。そして、アウシュヴィッツのわら布団の上で眠れない夜、今も思い出してはうなずいている。あの小説の登場人物は、ディタのことを親よりもよほどよくわかってくれるような気がする。テレジーンで起きていることについて不満をもらしても（父さんが違う建物に行かなければならないこと、畑仕事、閉じ込められた街の閉塞感、単調な食事……）、両親は、我慢しなさい、ほんの少しの辛抱だと言うばかりだったからだ。「多分、来年には戦争は終わっているよ」と。でも若いときの一年はほとんど一生に等しい。父さんも母さんも何もわかっちゃいないと、ディタは唇を噛んだ。

夕方、両親が中庭でほかの人たちと話しているとき、毛布にくるまっていると、ディタはサナトリウムのソファーに横になって体を休めているヨーアヒムのような気持ちになったり、やっぱり自分はハンス・カストルプかしらと思ったりした。

ハンスは何日かそこに滞在するが、病人ではなく観光客なのでのんびり構えている。だが、三週間の滞在のつもりが、サナトリウムに流れる時間の感覚に染まり始める。そこでの宿泊単位は一か月で、来る日も来る日も変わらない食事や休息の繰り返しの中で、時間の感覚が消えていくのだった。

ディタもまたテレジーンで、この二人のように寝転がって夜が来るのを待った。ただし、彼女の夕食はわずかなパンとチーズだけ、あの二人が過ごしたサナトリウムで出される何皿ものごちそうとは大違いだった……。

チーズ！　アウシュヴィッツのわら布団の中で思い浮かべる。チーズはどんな味だったかしら？もう覚えていないけど、おいしかった！

テレジーンでは、セーターを四枚重ねても寒かった。ヨーアヒムたちが部屋のバルコニーで毛布にくるまって横たわり、アルプスの山の乾いた夜風に当たったときと同じだ。山の空気は、肺の治療に大きな効果があるらしかった。そうして横になり、目を閉じると、ヨーアヒムが感じたように、青春時代は瞬きする間に終わってしまいそうに思われた。その小説はとても長いものだったので、ディタは何か月も、ヨーアヒムと陽気ないとこのハンス・カストルプと一緒にサナトリウムで過ごすことになった。午後、その本を読みふけって過ごすうち、登場人物とディタを隔てる壁、現実と本の中の世界を隔てる壁は、チョコレートのように溶けていった。本の中の世界は、塀に囲まれた街の現実よりもよほど実感があり、よく理解できた。そしてアウシュヴィッツで今、目の当たりにしている高圧電流の流れる柵やガス室よりもその存在を信じることができた。

ディタが本ばかり読んでいるのを見て、ドイツ人のハーフのハンカという女の子が、ある午後、L四一七号棟の男の子たちのことを聞いたことがないかと尋ねてきた。もちろんあった！

水につけたインゲン豆が芽吹くように好奇心が湧き上がり、ディタはその子たちに会いに連れて行ってとハンカに頼んだ。

「今すぐ！」

ハンカが今日はもう遅いから明日にした方がいいと言おうとすると、ディタが先手をとった。

「私たちには明日なんてないのよ。今じゃなきゃだめ！」

二人は急ぎ足でL四一七号棟に向かった。少年たちを収容している棟だが、午後七時までは行ってもいいはずだ。ハンカは入り口で急に立ち止まり、真面目な顔で振り向いてディタにこう言った。

「ルデックには近づかないで……。すごくかっこいいの！　でも、だめよ。会ったのは私の方が先なんだから！」

ディタはおごそかに右手を上げて誓い、二人は笑いながら階段を上がった。上に着くと、ハンカが背の高いやせた男の子と話し始めたので、ディタは手持ち無沙汰になり、宇宙から見た地球の絵を描いていた男の子に近づいて話しかけた。

「このへんてこりんな山は何？」

「月だよ」

子どもたちが作っている雑誌『ヴェデム』の編集長ペトル・ギンズだった。『ヴェデム』は毎週金曜日に出されていた、紙一枚だけの秘密の雑誌だった。記事は主にゲットーでの出来事の報告だったが、意見、詩、夢についての文章なども載せていた。ペトルはジュール・ヴェルヌの大ファンで、特に『月世界旅行』が好きだった。夜になると粗末なベッドで、巨大な大砲の弾の中に入って宇宙に飛んでいけたらどんなにすごいか、と想像をめぐらせていた。

ペトルは一瞬手を止めて顔を上げ、なれなれしく質問してきた女の子をじっと見た。生き生きと輝く目が気に入ったが、そっけない声で言った。

「ずいぶん好奇心が強そうだな」

ディタは赤くなり、自分が恥ずかしくなった。口は災いのもとだ。すると、ペトルは態度を和らげた。

「好奇心はジャーナリストの第一条件だ。僕はペトル・ギンズ。『ヴェデム』へようこそ！」

その翌日、ディタはペトルと一緒に「ドレスデン・ブロック」と呼ばれる区画の前を歩いていた。週刊誌の取材で図書館長にインタビューをするが、一緒に来たいかと訊かれたとき、ディタはほとんど二つ返事でオーケーした。

ペトル・ギンズと一緒に図書館があるL三〇四号棟の入り口に立ったとき、誇らしさでいっぱいになった。館長のウティッツが二人に会ってくれるかどうか尋ねると、受付の女性は優しく微笑んで、そのまま待つように言った。

何分か経って、エミル・ウティッツが現れた。戦前にウティッツはプラハ・カレル大学で哲学と心理学を教え、新聞のコラムをいくつも書いていた。

館長は、図書館には六万冊近くの本があると話してくれた。ユダヤ人コミュニティの何百という公立・私立図書館でナチスが行った破壊や略奪を逃れてきた本だ。まだ、閲覧室というものがなく、移動図書館として本を持って各棟を回り、貸し出しを行っているとのことだった。フランツ・カフカの友達だったというのは本当かとペトルが訊くと、館長はうなずいた。

雑誌で紹介したいので、本を届ける移動図書館のスタッフに同行させてもらえないかとペトルが頼むと、館長は快く承諾した。

大喜びで二人が出て行くのを、ウティッツが寂しげな笑顔で見ていたのにディタは気づかなかった。

カフェ・ルーブルでのサークル活動の思い出は、ウティッツの頭から離れたことがなかった。当時なぜカフカに訊いておかなかったのか？　カフカが彼に話さなかったすべてのこと、それは今となっては永遠に失われてしまった。もっと長生きして今起こっていることを目の当たりにしたら、あの思索に溢れたフランツ・カフカは何を書いただろう。のちにカフカの妹エリとヴァリーがチェルムノ絶滅収容所のガス室で、末の妹のオットラもアウシュヴィッツ＝ビルケナウでチクロンガスで殺されることになるとは、その当時、館長はまだ知る由もなかった。

だが、『変身』の作者カフカは、誰よりも早く、未来に起こることを予想していた。人間はひと晩で怪物に変わるということを。

テレジーンの図書館は、蛸《たこ》のように四方八方に足を伸ばし、L三〇四号棟から街じゅうに本を運んでいた。荷車にのせられて、あちこちの住居ブロックを回る本を、人々は借りることができた。

ペトルは昼間は畑で働いていたが、その日の午後は、仕事のあとに詩の朗読会があったので、図書館員のシティゴバに同行して、テレジーンの街で本をのせた荷車をいそいそと押してまわったのはディタだった。工房、工場、溶接場、畑での一日の仕事が終わったあと、図書館から荷車で運ばれてくる本を人々は心待ちにしていた。

シティゴバの話だと、ちょくちょく本が盗まれるが、それは読むためばかりでなく、トイレットペーパー代わりや、暖房のたきつけに使われることもあるらしかった。ともかく、本はとても役に立っていた。

本が着くと、すぐに人々は戸口から出てきた。荷車を押して街を回るのが楽しくて、ディタはその日から一緒に行くようになった。絵画教室がない日は、一日の仕事が終わった午後、図書館の仕事を手伝った。

フレディ・ヒルシュに再会したのは、そんな頃だ。

ヒルシュは衣類を保管する中央倉庫の近くに住んでいた。スポーツ大会を企画したり、ゲットーの若者たちの活動に参加したりして留守がちだったが、いつもヒルシュらしいエネルギッシュな歩き方で荷車のところにやってきた。服装は常にきちんとしていて、かすかに笑って挨拶する。ヒルシュにそんなふうに微笑まれると、自分が一人前の女性になったような気がした。

ヒルシュは金曜日の夜、若者のグループが安息日を祝うための集会で使う歌集か詩集を探していた。集会では、歌を歌い、歴史の勉強会があった。ヒルシュはみんなに、戦争が終わったあとのイスラエル帰還の話をした。一度、ディタも誘われたが、ディタは顔を赤らめて、そのうちに、と答えた。その集会に行くのは恥ずかしかったし、両親が許可してくれそうもなかった。しかし、心の底では、自分より少し年長のそのグループに入りたい気持ちでいっぱいだった。彼らは歌い、まるで大人のように討論をし、こっそりとキスをする子もいた。そのあと、ヒルシュは何かの使命を帯びているかのように、さっそうとした足取りで去っていった。


ディタは、フレディこと、アルフレート・ヒルシュについてほとんど何も知らなかったが、彼女の命は彼の手中にある。もし彼がドイツ軍司令部に、「収容者のエディタ・アドレロヴァは服の下に本を隠し持っています」と報告して調べられたら、すぐに逮捕されるだろう。しかし彼女を密告するつもりなら……どうしてまだそうしていないのだろう？　三十一号棟の存在自体がヒルシュのアイディアだから、自分が疑われることになるからだろうか。

ヒルシュのことは信用したいけれど、だとしたらなぜヒルシュはあんなことを言ったのだろう？

ヒルシュが裏切り者であるはずはない。ヒルシュはみんなの先頭に立ってナチスに立ち向かってきた男だ。ナチスを一番軽蔑している男、ユダヤ人であることを誰より誇りに思っている男、命を賭して子どもたちに学校を持たせてくれている男。

　ではどうして、私たちに嘘をついているのだろう?

9

検疫隔離収容所は到着したばかりのソ連軍の兵士たちでごった返していた。彼らは見る影もないありさまだ。頭を坊主刈りにされ、ストライプの囚人服を着ている。うろうろ歩きまわる者もいれば、座り込んでいる者もいる。ほとんどが黙りこくっている。柵の向こうを眺めている者もいる。そこには、家族収容所にいるまだ髪の毛を切られていないチェコ系ユダヤ人女性や、収容所通りを走り回る子どもたちの姿が見える。

ルディ・ローゼンバーグは検疫隔離収容所の登録係として働き、収容所への新たな入所者のリストを作成していた。ルディはロシア語とポーランド語が達者で、ドイツ語もある程度話せるため、登録を監督するSSにとって何かと便利だし、ルディもそれをわかっている。

その朝、彼は持っていた三、四本の鉛筆をポケットにそっと滑り込ませて、彼よりも若い伍長のところに向かった。伍長とは顔なじみで、時々冗談を交わす間柄だ。特に、女性の入所があると、女の子たちをネタにした冗談を言いあう。

「ラテック伍長、今日は荷が満載です。伍長殿にはいつも厄介な仕事が当たりますね!」ドイツ人と話すときは、たとえ相手が十八歳の若造でも敬語だ。

「そうとも、ローゼンバーグ。君も気がついたか? すべての仕事が僕にまわってくる。この隊にはほかに伍長がいないも同然だ。あのいまいましい一等軍曹は僕を目の敵にしているんだ。バイエルンの田舎者だから、僕がベルリンの出というだけで気に入らないんだ。僕もいっそ前線へ異動させてもらいたいよ」

「伍長、すみませんが、鉛筆を全部使ってしまいました」

「監視隊まで誰か使いに出して、一本探してこさせよう」

「でしたら、せっかくですから、ひと箱とってこさせてはどうでしょう?」

SSのラテックは、ルディをじっと見つめ、にやりと笑みをもらす。

「ひと箱だって、ローゼンバーグ? なんだってそんなにほしいんだ?」

ルディは、伍長が見かけほど間が抜けてはいないと気がつく。だから、仲間同士のように、にやりと笑って取り繕う。

「まあ、その、ここでは書き留めることがたくさんあるのです……、予備があれば、衣服係も何かメモをとるのに助かります。実際、ここではなかなか手に入りませんので。鉛筆を何本か工面したら、新品の靴下が返ってくることもあります」

「それにユダヤ人の売春婦もか!」

「そうかもしれません……」

「まあいい……」

SSの探るような目つきは危険だ。もし上に報告されたら、おしまいだ。さっさと手を打たなければ。

「まあ、ほんの少し人に親切にするというだけのことです。そうすれば、相手もそれに応えてくれるかもしれませんし。タバコをくれることもあります」

「紙巻きタバコをか?」

「時々、洗濯場に届く衣類のポケットに、タバコの箱が残っていることがあります……。こんな奴です」シャツのポケットから一本の紙巻きタバコを取り出す。

「お前は汚い奴だな、ローゼンバーグ。とても賢いゲス野郎だ」伍長がにやりと笑う。

「見つけるのは容易ではありませんが、もしかしたらこういうのが何本か手に入るかもしれません」

「俺はこいつには目がないんだ」そう言いながら、瞳が貪欲に輝く。

「確かに、味が違いますよね。黒タバコとは違います」

「こいつは、金髪の女みたいなものだ……。質が違う」

「そうですね……」


翌日、ルディ・ローゼンバーグはアリスとの待ち合わせ場所に向かうとき、ポケットにふた箱分の鉛筆をしのばせていった。伍長に渡すタバコを入手するために、誰かになにがしかの便宜をはかってやらなければならないが、やり方はわかっている。境界の鉄柵に向かって歩きながら、また家族収容所のことを考えた。今までユダヤ人が家族で一緒にいることは絶対に許されなかった。子どもや年寄りが強制労働絶滅収容所で何の役に立つのだ？　BⅡbは数十のブロックの中の例外だ。なぜナチスはそのような優遇措置をとるのだ？

そのためレジスタンスの間では憶測が乱れとんでいた。フレディ・ヒルシュは、何かみなの知らないことを知っているのだろうか？　何か奥の手を使っているのだろうか？　何があってもおかしくはない。みんなやっていることだ。自分だって何人かのSSとうまくつきあっていることをシュムレウスキには言わない。そういう関係のおかげで、こまごまとしたものを確保してもらえるのだ。レジスタンスの仲間にはよく思われないだろうが、あくまでも自分が大事だ。シュムレウスキだって厳格で慎重そうに見えて、手の内全部は絶対に見せない。ドイツ人ブロック古参の助手というポストのうまい汁を吸っていないと言いきれるだろうか？　国際旅団（スペイン内戦の際に編成された外国人義勇兵部隊）の英雄シュムレウスキは、その有利なポストを手に入れるために、どんな取引をしたのだろう？

　バラックの裏に回ると、アリスがやってくるのが見えたので、鉄柵に近づいた。もし見張り台にいる監視兵が意地の悪い奴なら、すぐに笛を鳴らして、柵から離れるように命令するだろう。アリスは鉄条網の向こう側、ほんの数メートル先にいる。ルディはこの瞬間のことばかり考えて二日間を過ごしてきたので、今彼女を目にすると、嬉しさにすべての苦労が吹き飛んだ。

「座って」

「このままでいいわ。どろどろになるもの」

「でも、座った方がいいよ。僕たちがただ話しているだけだと監視兵にわかるように。何かを企んでいると疑われるとまずいからね」

　アリスが腰をおろすと、スカートがめくれて、一瞬下着が見えた。泥のぬかるみの中、奇跡のように真っ白なショーツ。ルディはどきっとする。

「元気？」アリスが彼に訊く。

「君に会えたから、最高だよ」

　アリスははにかんで、かわいらしい笑顔を見せた。

「鉛筆を持ってきたよ」

　彼女がそれほど驚いた様子を見せなかったので、ルディは少しがっかりした。もっと何か言ってくれると期待していたのに。アリスは、収容所での裏取引が容易ではないこと、そのために、ルディがＳＳをうまく出し抜かなければならなかったことがわかっていないに違いない。

だが、わかっていないのはルディの方だった。アリスはとても感激していたのだ。その目を見れば一目瞭然だ。男というのはいつも全部言葉にしてほしがるものだ。

「でもこっちにどうやって入れるの？　誰かに頼むの？」

「ここでは、誰も信用できない」

「じゃあ？」

「まあ、見てろ」

ルディは見張り台にいる監視兵の姿をそれとなく観察する。かなり距離がある。上半身と頭のシルエットが小さく見えるだけだが、肩から斜めにかけている銃を見れば、体がどちらを向いているかがわかる。こちらを向いているときは右肩の上からのぞいている銃の先端が収容所の内側の方に向き、背中を向けているときは敷地の外側の方に向く。その即興の羅針盤によって、監視兵が手持ち無沙汰でしょっちゅう向きを変えているのがわかる。外側の方に銃口が回るのが見えた瞬間、ルディは柵にさっと駆け寄った。

「早く、もっとこっちへ！」

ルディはポケットから紐できつくしばった鉛筆の束を二つ取り出し、用心しながら高電圧の有刺鉄線の隙間から柵の反対側に落とした。アリスは急いで地面からそれを拾いあげた。何千ボルトという電流が流れている柵にそんなに近づいたのは初めてだ。二人とも何メートルかあとずさりする。ちょうどそのとき、監視兵の動きを告げる銃身が、時計の針のように回り始め、やがて二人の姿が目に入る位置に立つのを、ルディは見た。

「先に言ってくれてたら」アリスが言った。心臓が早鐘《はやがね》のように打っている。「少しは心の準備ができたのに！」

「そうじゃない方がいいこともあるんだよ」

「ヒルシュさんに鉛筆を渡しておくわ。本当にありがとう」

「もう行かなくちゃ……」

「そうね」

「アリス……」

「何?」

「また会いたい」

アリスが微笑んだ。言葉はいらなかった。

「明日のこの時間でどう?」ルディが訊いた。

アリスがうなずいて、収容所通りの方に遠ざかっていく。ルディがさよならと手を上げた。アリスは柔らかい唇から投げキスを送る。ルディの心は幸せに張り裂けんばかりになる。


その朝、ディタはあれこれ悩んでいた。ポール・ド・クライフの本に出てくる『微生物の狩人』が顕微鏡をのぞくときのように、眉毛の上げ方、顎の筋肉の動きなど、相手のあらゆる表情に注意をはらって、周囲を観察する。探偵の気持ちになって、人の動きを読み取ろうとしていた。言葉が語らない真実を探るのだ。人は何かを隠していると、それが、口ごもったり、唾を飲み込んだりする動作や、目つきに現れるものだ。

でも、日課はいつもどおりあるし、ディタも自分の抱えている不安を誰にも気づかれたくなかった。だから、朝一番に通風ダクトにもたれて腰掛に座り、前にベンチを置いて本を並べ図書係の仕事をした。授業が一時間終わるごとの本の交換のときに手伝ってくれる助手を、リヒテンシュテルンがつけてくれている。その朝、ディタの隣には、色白の男の子が座っていた。すごくおとなしくてひと言も口をきかない。

最初にやってきたのはディタの近くで男子のグループに授業をしていた若い男の先生で、黙ってディタに会釈した。共産主義者だと聞いたことがある。教養があり、英語も話すらしい。信用できそうかどうか、その表情を観察するが、よくわからない。彼のぎこちないよそよそしさの裏には、知性の輝きが見える。ひととおり見渡して、H・G・ウェルズの本に目を止めると、うんうんとうなずく。それから、フロイトの精神分析の本をじっと見て、これはだめだというように首を振る。その様子を注意深く観察していたディタは、何を言われるかちょっと怖くなった。先生はしばらく考え込んでから口を開いた。

「もしウェルズが、自分の本がフロイトの本の隣に置かれていると知ったら、きっと君に腹を立てるだろうな」

ディタは目を見開いて先生を見つめたまま、少し赤くなった。

「どうしてですか?」

「いや、気にしなくていいよ。ウェルズみたいな合理的な社会主義者と、幻想を売りものにするフロイトのような人物とが一緒になっているのを見て、ちょっとびっくりしただけだから」

「フロイトは幻想小説作家なんですか?」

「いや、そうじゃない。フロイトはオーストリア帝国モラヴィア出身の精神科医で、人間の頭の中をのぞいたんだ」

「で、何が見えたんですか?」

「あまりに多くの物が。フロイトはその本の中で、脳とは記憶の貯蔵庫であり、脳の中で記憶は腐敗し、人の正気を失わせる、と書いている。フロイトは精神疾患の治療法を考え出した。寝椅子に患者を横たわらせ、記憶を洗いざらい語らせることによって、隠されている深層心理を探求する。それを彼は精神分析と呼んだ」

「それでフロイトはどうなったのですか?」

「有名になった。そのおかげで、一九三八年、ウィーンから間一髪で脱出できた。数人のナチ党員がフロイトの診療所に押し入り、すべて破壊して、千五百ドルを持ち去った。そのことを知らされたときフロイトは、彼自身は一度の往診でそんな大金をもらったことはないとコメントした。彼は影響力のある人をたくさん知っていた。それでも、妻や娘とともにオーストリアを出国して、ロンドンに行く許可は下りなかった。そこで最後には、ナチスが彼をどんなに厚遇し、第三帝国下のウィーンでの生活がどれほどすばらしかったかを綴った書類に署名して、出国を果たした。書類の最後にスペースが空いたので、フロイトは何か付け加えてもよいかと断り、『全人類に秘密国家警察《ゲシュタポ》を強く推薦します』と書いて、ナチスを大いに喜ばせた」

「ナチスはユダヤ人のユーモアがわからなかったんですね」

「ドイツ人はユーモアを耳にすると、足の裏がむずがゆくなるのさ」

「イギリスに着いたあと、どうなったんですか?」

「翌年、一九三九年に亡くなった。もう高齢で、体が弱ってたんだ」フロイトの本を手に取り、若い先生はぱらぱらとページをめくった。「一九三三年、ヒトラーが真っ先に焼かせた本の中に、フロイトの著書も含まれていた。この本は、本当の意味で危険だ。ナチスが禁じている本だから」

ディタは背筋がぞっとなり、話題を変えることにした。

「ウェルズはどんな人ですか?」

「自由思想の社会主義者だ。でも、何より偉大な小説家だ。『透明人間』って聞いたことがあるかい？」

「はい……」

「その小説を書いたのがＨ・Ｇ・ウェルズだ。地球に火星人がやってくる物語『宇宙戦争』や、動物を人間に改造する狂気の科学者を描いた『モロー博士の島』もだ。でもなんといっても最高傑作は『タイムマシン』だと思うな。時間の中を行き来するんだ」そう言って一瞬の沈黙のあと、「想像できるかい？　その機械の中に入ったら一九二四年に戻って、アドルフ・ヒトラーが刑務所から出てくるのを止められるかもしれないんだよ」

「でも作り話でしょ？」

「残念ながらね。小説は、人生に足りないものを与えてくれるのさ」

「じゃあ、フロイトさんとウェルズさんをベンチの両端に離しておくことにします」

「いや、そのままでいい。お互いに何かを学ぶかもしれないからね」

あんまり大真面目に言うので、若いのに落ち着きのあるその先生が、冗談なのか本気なのか、ディタには見当がつかなかった。

彼が自分の持ち場に戻るのを見送りながらディタは、歩く百科事典みたいだと感心した。傍らにいた助手の男の子はその間ひと言も口をきかなかったが、先生が離れていくとかん高い声で、あの先生はオータ・ケラーという名前で、共産主義者だと教えてくれた。ディタはうなずいた。

午後は、マグダによる『ニルスのふしぎな旅』のお話会を開いてほしいと頼まれた。マグダは一見か弱そうな女の先生で、髪は真っ白、スズメみたいにちっちゃい。でも、お話を始めると、がらっと変身する。声がびっくりするほど力強くなり、ニルスを翼に乗せて運ぶガチョウを真似て、大きく両手を広げる。子どもたちはみな瞳を輝かせて物語に聞き入り、力強い鳥の背に乗って、スウェーデンの空を舞った。

ニルスの物語は、ほとんどの子どもたちが、一度は聞いたことがあった。物語の中の季節の移り変わりをよく理解し、何か事件が起こるたびに笑い声をたてた。子どもたちは冒険の中にすっかり入り込んでいた。三十一号棟の先生たちが一番手を焼いているガブリエルでさえ、普段は一瞬たりともじっとしていられないのに、物語が始まるとおとなしくしていた。

ニルスは農場の動物たちにふざけていたずらばかりしている、気まぐれな男の子だ。ある日、両親が教会に行って留守の間に妖精を見つけるが、ニルスの傲慢な態度に嫌気がさした妖精に魔法をかけられ、森の小人くらいの大きさにされてしまう。それから飼っていたガチョウの首になんとかしがみつき、野生のガンの群れと一緒にスウェーデンの空に飛び立つ。わがままなニルスだが、気の良いガチョウのモルテンとともに広い世界を旅するうちに、次第に成長していく。

物語を聞きながら、子どもたちも、スープにいち早くありつこうと列に割り込んだり、隣の皿からひとさじ盗んだりするような毎日の厳しい現実を忘れて大空に飛び立った。

ディタがマグダのところに行って、またニルスのお話会をお願いしますと言うと、先生は少し躊躇した。

「だって、もう何十回もしてるのに！　また同じ話をしたんじゃ、みんな聞いてはくれないでしょ」

でもそんな子は一人もいなかった。何回だって構わない。みんなニルスのお話が好きだった。それどころかいつも、最初から話して、とねだった。先生は時々話をはしょったり、いくつかの場面を飛ばそうとしたが、すぐに子どもたちから抗議の声が上がった。

するとと先生は、物語のとおりに語り直すことになった。聞けば聞くほど、その物語は子どもたちの心をとらえた。

お話が終わり、別のグループでしていたなぞなぞや、わずかな材料を使った質素な手芸も終わった。女の子のグループは、今日は古い靴下と木の棒で操り人形を作った。リヒテンシュテルン副校長の監督のもとで午後の点呼が終わると、子どもたちは三十一号棟から家族のところに戻っていった。

助手たちは急いで片づけにとりかかった。ヒースでできたほうきで床を掃くのは、必要だからというより、ちゃんと仕事をしていることを示す手段か儀式のようだ。椅子を元どおりに並べ、あるはずのない食べこぼしの掃除もすぐに終わる。食べ物を無駄にする子は一人もいないし、お椀のスープは最後の一滴まできれいになめるからだ。パンくずだって貴重品だ。掃除が終わると助手たちもバラックから出ていき、昼間、授業や歌や取っ組み合いで騒々しかった三十一号棟に完全な平穏が戻る。

そのあと先生たちは椅子を集めて車座になり、一日の出来事を話し合う。ディタは放課後よくするように、人目につかない薪置き場に残って、しばらく本を読むことにした。三十一号棟からは本を持ち出せないからだ。表向き、アウシュヴィッツには本は存在しない。ふと、小さな網がついた棒が、片隅の壁に立てかけられているのに気がついた。粗末だが捕虫網のようだ。網のつけ方が雑なので、チョウを捕まえようとしても、あちこちに開いた隙間から逃げてしまいそうだ。役に立ちそうもないその道具はいったい誰のものだろう？　アウシュヴィッツにはチョウはいないのに。これで何をしようというのか？

ディタは壁板の穴に何かがあるのに気づいて、引っ張ってみた。鉛筆だった。ほとんど黒い先端だけになったちびた鉛筆。でも鉛筆は貴重品だ。モルゲンシュテルンの折り紙が床に落ちているのを見つけ、拾って丁寧に広げた。これで絵が描ける。しわくちゃで、落書きもあるが、紙には違いない。

テレジーンを出てからもう長いこと絵も描いていない……。

テレジーン・ゲットーの子どもたちに絵を教えていた先生がこんなことを言っていた。絵を描けばここからずっと遠いところに行けるのだ、と。教養豊かな熱心で優しい先生だったので、ディタは反論する勇気がなかったけれど、絵は本と違って、ディタを遠い世界に連れ出してくれなかったし、他人の人生を体験する列車に乗せてもくれなかった。逆に、絵はディタを心の内側に閉じこめた。だから、テレジーンで描いた絵は暗く、線は乱れていた。空は不気味な暗い灰色の雲に覆われていた。アウシュヴィッツではそういう空しか見られなくなることを、すでに直感していたかのような絵だった。まだ始まりもしないうちに終わってしまうかに見える青春を思い、打ちのめされそうな午後、ディタは絵を描くことで、自分自身と向き合った。

紙にバラックのスケッチ画を描いてみた。群島のように並ぶ椅子、石の境界線のような通風ダクト、二つのベンチ。一つがディタ用で、もう一つが本を並べるためのもの。それがディタの世界だ。

先生たちの声が、いやでもディタのところまで届いてくる。その日は、特にヒートアップしていた。〈しわくちゃさん〉ことクリッコヴァが苦々しげに訴えている。バラックのわずか数メートル先から、死のシャワー室に連れていかれる人々の叫び声や泣き声が聞こえる中で、地中海性気候と大陸性気候の違いを子どもたちに説明したって何の意味もない、と。

「列車が着いても私たちはそしらぬ顔で、授業を続けなくてはなりません。子どもたちは後ろを向いて、ひそひそ話を始めます。それでも私たちは知らんぷり。でももしかしたら、正面から向き合った方がよいのではないでしょうか？　子どもたちにここはどういうところか、ここで何が起きているのかを説明するのです。ひょっとして何もかも知っているかもしれませんが……」

フレディ・ヒルシュはそこにはいなかった。午後は自分の部屋にこもって仕事をしていることが多く、集まりにはほとんど顔を見せなくなっていた。ディタが本を隠し場所に片づけにいくとき、ヒルシュはたいてい部屋にいて、熱心に書き物をしている。三十一号棟の活動に大きな関心を寄せているベルリンのナチ党本部にあてて書いているのだと、前に話していた。その報告書に、みなに隠していることを書いているのだろうか？

ヒルシュがいないときは、ミリアム・エーデルシュタインがその代理として集まりに出る。ミリアムは頑固なクリツコヴァに対しても頑として態度を変えない。

「まさか、子どもたちはそれほど不安がっていないとでもお考えですか？」と別の女性教師も問いただす。

「だからこそ、わざわざ言って何の意味があるんです？　傷口に塩をすりこむだけじゃありませんか。この学校には、単なる教育を超えた使命があるのです。毎日が平穏無事だと思わせること、失望に陥らせないこと、人生はこれからも続くと示すことです」とミリアムが応える。

「いつまで？」と誰かが訊き、さらに議論が沸騰《ふっとう》した。九月に到着した子どもたちの腕に彫られた入れ墨「六か月後、特別処理」の意味についての悲観的な意見、楽観的な意見、理論が次々と噴き出し、話し合いは収拾がつかなくなった。

若い助手の中で、その時間帯に学校に残ることを許されているのはディタだけだ。先生たちの議論を立ち聞きするのはきまり悪いし、「死」という言葉が彼女の耳には、何か陰惨で罪深い言葉、子どもが聞いてはいけない何かのように響き、席をはずした。

その日、どこにもヒルシュの姿はなかった。上層部の訪問の準備など、何かほかに大事な用事があるのだろう。ブロック古参室の鍵を持っているミリアムが、本を片づけにいくディタのために鍵を開けてくれた。一瞬二人の目が合った。ディタはミリアムの目の中に、裏切りや偽りの片鱗《へんりん》がうかがえないか見極めようとするが、そこに垣間見えたのは、深い悲しみだった。

ディタは三十一号棟をあとにしながら考え込んだ。こんなときは父さんに相談するべきだろうか。ふいに、メンゲレに注意しなければいけないことを思い出し、誰かにつけられていないか、さっと周りを見回した。風が止んで、収容所の上に雪が舞い始めていた。収容所通りは人影もまばらだ。バラックのぬくもりを求めて急ぎ足で帰る人がちらほらいるだけで、ＳＳも見当たらない。すると、二棟のバラックの間の脇道で、ぼろぼろの上着とマフラー代わりのハンカチだけで寒さをしのぎながら、ぴょんぴょん跳ねている人影が見えた。目をこらすと、白い髭、くしゃくしゃの髪、丸眼鏡が見えた……。モルゲンシュテルンだ。

網をくくりつけた棒を上下に盛んに振り回している。三十一号棟で見た捕虫網だ。先生のものだったのか。でも、先生がそれで何をしているのかわからず、しばらく眺めていた。先生はなんと、雪を捕まえようとしていたのだ。

ディタがあきれた様子で自分を見つめているのに気づくと、先生は人懐っこく手を振ってきたが、すぐにまた、雪のチョウ採りに戻った。時々滑ったり転んだりしそうになりながら、とうとう雪を捕まえ、手のひらにしばらく置いて、それが溶ける様子を見ていた。老教師の白い髭は凍りついてガラスのように輝いている。遠くから見ていたディタは、先生が幸せそうに微笑んだ気がした。

10

夕方、本を戻しにフレディ・ヒルシュの部屋に行くときも、ディタはすぐに部屋を出て、ヒルシュとは目を合わせないようにした。信頼を壊しかねない何かを彼の瞳の中に見つけたくない。人が信頼と呼ぶものは、マッチで作った塔のように脆いものだ。聖なるものと同じで、疑いを持たずに信じる方がいい。でも、どんなに忘れようとしても、三十一号棟で目にした光景は、記憶から消し去ることができなかった。ニルスが遠くに行くためにガチョウの首にしがみついたように、ディタは疑惑の沼から助け出してほしくて、図書館の本に没頭した。

オータ・ケラーと話して以来興味が湧いたディタは、毎日午後になると、隠れ場所で膝をかかえてH・G・ウェルズの『世界史概観』を読んだ。バラックでの授業が終わって、子どもたちは思い思いに遊んだり、なぞなぞをしたり、奇跡のように届いた鉛筆で絵を描いたり、芝居の準備をしたりしている。先生が話していた心ときめく小説が一冊でもあればいいのに。だけど、『世界史概観』は一番教科書風だからか図書館でひっぱりだこだった。確かに読み始めると、プラハの学校に戻った気がして、黒板やその前に立つ、チョークで手を真っ白にした先生が見えるようだった。

世界の歴史と言っても、それは現在のわれわれが知っている歴史であって、とても不完全なものだ。二百年前には、人類はせいぜい過去三千年の歴史しか知らなかった。それより前に起こったことは、伝説や憶測にとどまっていた。

ウェルズは、歴史学者というより小説家だ。『世界史概観』では、地球の誕生や二十世紀初めに科学者が提唱した月に関する壮大な理論について話したあと、はるか昔に読者を誘《いざな》う。最初の藻類が現れた先カンブリア紀、三葉虫のカンブリア紀、広大な森林が形成された石炭紀、最初の爬虫《はちゅうるい》類が出現したペルム紀。

ディタはわくわくしながら、火山活動を続ける地球、その後、氷河期が何度も訪れた地球を歩き回る。でもディタが一番惹きつけられたのは、地球の覇者になった巨大な爬虫類、恐竜の時代だ。

爬虫類の世界と人類の世界は大きく異なっている。爬虫類の本能的行動、食欲も恐怖も単純極まりない。それに比べて人間の行動原理は複雑であり、ただの衝動だけで行動するわけではない。

もしもウェルズが、ディタたちが今暮らしている場所を見たら何と言うだろう。爬虫類と人間を見分けられるだろうか?

三十一号棟がざわついている午後、ディタはその本を読んで過ごした。そびえ立つエジプトのピラミッドの地下道、バビロンの空中庭園、戦乱のアッシリアに入り込む。ペルシャの大王ダリウス一世の領土は、世界で今最も広い帝国よりもはるかに大きい。ウェルズが「ユダヤの僧侶と予言者」の項で書いていることが、小さい頃から教わって来た聖書の物語と違っているのに気づいて、ディタは当惑する。

そこで、古代エジプトのページに戻ると、今度は神秘的な名前を持つファラオの世界に連れて行かれ、大きな船に乗ってナイル河をさかのぼる。ウェルズの言うとおりだ。タイムマシンはある。本がそれだ。

　午後の授業が終わるとすぐ、点呼の前に本を片づける。バラックの中で整列したまま、一時間半にわたって続く点呼は、永遠に続く拷問のようだった。ようやくそれが終わると、ディタは父さんの授業を受けるため喜び勇んでバラックを出る。今日は地理の日だ。

　十四号棟の前を通り過ぎるとき、道ばたにマルギットとレネーが座っているのが見えた。二人も点呼を終えたところだ。でも彼女たちの点呼はもっときつい。寒い屋外で行われるのだ。ディタは二人が厳しい表情をしているのを見て、足を止めた。

「どうしたの？　何かあったの？　こんなとこにいたら風邪を引くわよ」

　マルギットがレネーの方を向く。レネーに何かあったらしい。金髪のレネーはカールした前髪をつまみ、神経質そうにそれを噛んだ。ため息をつくと、白い息が空中に消えていく。

「あの、ナチの将校が……つけてくるの」

「何かされたの？」

「ううん、でも、また近寄ってきて、私の前に立ったの。私、それが誰かわかってたから、顔を上げなかった。でも彼はそこを動かなかった。で、腕に触ってきたの」

「で、どうしたの？」

「顔を上げたら逃げられないってわかってた。だから、スコップで穴を掘った拍子に、隣の子の足に土をかけたら、その子が怒鳴り始めて大騒ぎになって。ほかの監視兵たちが寄ってきたけど、彼は後ろに下がって何も言わなかった。でも、私に目をつけているの……。気のせいなんかじゃないわ。マルギットも昨日、見たでしょ」

「うん、本当よ。点呼のあと、バラックに戻る前に二人でおしゃべりしていたら、そいつが立ち止まってレネーを見ていたの。間違いないわ」

「にらんでるの？」ディタが訊いた。

「ううん、じっと見てるだけ。どう言えばいいのかな……。気味悪い目つきで」

「気味悪い？」

「レネーの体が目当てなんじゃない？」

「へんなこと言わないで、マルギット」

「だって本当だもの。男の考えてることは全部目つきでわかるのよ。だらしなく口を開けて、裸を想像してるんだわ。いやらしい」

「私、怖い」レネーがささやいた。

ディタはレネーを抱きしめ、「怖いのはみんな同じよ。でも、いつも私たちがついてるから」と言った。

レネーは目を潤ませ、寒さと恐怖で震えていた。マルギットも今にも泣き出しそうな顔をしている。

ディタは地面から木片を拾い上げて、雪で白くなった地面に力をこめて線を引いた。

「何してるの？」二人が同時に訊いた。

「石蹴りの線よ」

「ディタ、やだ、私たちもう十七よ。石蹴りなんかしないわ。子どもじゃあるまいし」

それでもディタはまるで聞こえなかったように続け、描き終えると顔を上げて言った。

「みんなバラックに戻ったわ。誰も見てないから！」

レネーとマルギットは首を振っていたが、ディタはその間に石を探した。

「これでいい」そう言って石の代わりに木片を枠の一つに投げ込み、その枠に向かってぴょんと跳んだがバランスを崩した。

「へたくそ！」レネーが笑った。

「だって雪があるんだもの！　じゃあ、やってみなさいよ」ディタは怒ったふりをして言い返した。

レネーは袖を少したくし上げ、木片を拾い上げて投げ、その枠に向かってジャンプし、ぴたりと着地した。マルギットが拍手し、あとに続いたが、三人のうちで一番へたくそだった。片足でよろけて、雪が積もった地面に派手に転んだ。起きるのを助けようとして、ディタも尻もちをついた。

レネーが二人を見て笑う。マルギットとディタが投げた雪玉が、見事レネーの頭に命中。髪が雪で真っ白になり、三人とも噴き出す。

ずぶ濡れになったけれど、ディタは嬉しかった。二人に別れを告げて、大急ぎで走り出す。月曜日は数学、水曜日は地理、金曜日はラテン語の授業。先生はハンス・アドレル、父さんだ（チェコ人の名字は、男性と女性で語尾が変化する）。


今でもヨゼフォフのアパートに着いた日のことは覚えている。もう書斎はなかったので、父さんは家にある唯一のテーブル、食事用のテーブルについて、地球儀を回していた。ディタは学校かばんを持ったまま部屋に入ると、父さんにキスをしにいく。毎日午後家に帰るとそうしていた。父さんは時々、ディタを膝に座らせて、国当てごっこをしてくれた。勢いよく回した地球儀を指一本でぴたっと止め、指のあたっている国の名前を言えたら勝ちだ。

でもその日、父さんは上の空だった。学校から「休み」の知らせが来たというのだ。「休み」という言葉は子どもの耳には音楽のように心地よい。でも、そのときは、父さんの沈んだ声のために、調子っぱずれの音楽のように響いた。もう二度と学校はないのだとわかると、最初の嬉しさはどこかに吹き飛んだ。すると、父さんが膝の上に座るように手招きした。

「これからは家で勉強しよう。エミールおじさんは薬剤師だから化学を教えられるし、いとこのルスは絵の授業ができる。二人に話してみるよ。父さんは国語や外国語、それに数学を教えてやろう」

「じゃ、地理は？」

「地理もさ。いやというほど世界中旅することになるぞ」

一九四二年にテレジーンに送られる前、プラハにいた最後の頃のことだ。アウシュヴィッツと比べれば、あそこもそれほど悪くはなかった。それまで父さんは仕事が忙しくて、一緒にいられる時間はほとんどなかったから、父さんが先生になって、世界で一番高い山はエベレストだとか、砂漠の地下水がオアシスになるとか教えてくれるのが嬉しかった。

授業は午後だった。朝、父さんはいつもと同じ時間に起き、髭を剃り、それまでと同じようにスーツを着て、ネクタイをきちんと締めた。玄関を出る前に髭剃りローションの匂いがするキスをディタと母さんにしてから、社会保険事務所の仕事に出かけていった。

ところが、ある朝、ディタが中心街を歩いていたときのことだ。カフェ・コンティネンタルの前を通ると、中にいる父さんがウィンドウ越しに見えた。それからしばらくいくつかの店をウィンドウ・ショッピングしてから（中に入ることは禁じられていた）、ディタがまたそのカフェの前を通りかかると、父さんはまだ同じ丸テーブルで、同じ空のカップと同じ新聞を前に座っていた。そのときディタは、両親がひそひそ声で何かを話していたのを思い出した。ディタが近づくと話をやめたけれど。父さんはずっと前に解雇されていたのを、娘には知られまいとしていたのだった。

ディタはそっとそこを立ち去った。父さんの仕事は、グラベン通りに行ってカフェ・コンティネンタルでお茶を飲み——その一杯で午前中、ずっと粘らなければならなかった——、木の棒にかけてある、店名のスタンプが押された新聞を誰よりも早く手にすることだったのだ。ユダヤ人が営むそのカフェは、営業許可がおりている数少ない場所の一つだった。

父さんのバラックに向かう途中、ディタは何度も後ろを振り返り、メンゲレにつけられていないか確かめた。でも、今はそれよりも、三十一号棟のブロック古参フレディ・ヒルシュにどこまでついていってよいかの方が気がかりだった。

月、水、金、もし雨が降っていなければ、父さんがバラックのそばでディタを待っていてくれる。チェック柄の穴だらけの毛布を敷くと、そこが学校になった。父さんは二人が座れるようにできるだけきれいに毛布を広げた。

ディタが着いたとき、もう棒で泥の上に世界地図が描いてあった。ディタがもっと小さかった頃は、覚えやすいように、スカンジナビア半島はヘビの頭、イタリアは女性のおしゃれなブーツだと教えてくれたが、アウシュヴィッツのぬかるみに描かれた地図は、形もよくわからなかった。

「今日は世界の海を勉強しよう」

でもディタは授業に集中することができなかった。三十一号棟にある地図帳を見たら父さんはどんなに喜ぶだろうと思うが、本の持ち出しは禁止だ。ましてや、首筋に息がかかるほど間近からメンゲレに監視されている今は、そんなこと論外だ。その日ディタは気が散ってばかりで、父さんの説明をしっかり聞けなかった。それに、外は凍るように寒く、雪まで降り始めた。

だから、母さんがいつもより早くやってくるのを見ると嬉しくなった。

「今日は寒すぎるわ。もう終わりにしてちょうだい。風邪を引くわよ」

ここにはペニシリンも毛布も食事も満足にないので、風邪は命とりだ。

二人は立ち上がり、父さんはディタを毛布でくるんだ。でも寒さで震えていたのは父さんの方だった。

「バラックに行きましょう。もうすぐ夕食よ」

「かちかちのパンのかけらが夕食だなんて、母さんはおめでたいわ」

「今は戦争なのよ、エディタ……」

「わかってる、わかってるってば。戦争なのね」

母さんは黙り込んだ。ディタはその沈黙をとらえて、気になっていたことを口にした。

「父さん……。もし父さんがこの収容所の中で誰かに秘密を打ち明けるとしたら、誰なら信用できる？」

「お前と母さんだな」

「うん、それはそうだけど、それ以外では？」

「ツルノフスカさんはとてもいい人よ。信用できるわ」と母さんが先に答えた。

「あの人に何か話したら、すぐに話が広まるのは確実だな」と父さん。

「私もそう思う」

「ここでの一番の人格者はトマシェクさんだな。さっきも挨拶していってくれた。いつもほかの人たちのことを気にかけてる。ああいう人はめったにいないよ」

「じゃあ、何か相談してもいいかしら？」

「もちろん。でもどうしてそんなことを訊くんだい？」

「べつに。なんでもない……」

そのとき、ある考えがディタの頭にひらめいた。モルゲンシュテルン先生……。

大人なら誰でもいいというわけにはいかない。へたをすれば非難されたり、人前で裏切り者と糾弾されかねない。でも、モルゲンシュテルンなら心配いらない。

マルギットに会いに行くからと言って、三十一号棟に残っていることが多い。ディタは両親と別れた。建築家だったモルゲンシュテルンは夕食の時間まで、三十一号棟に残っていることが多い。ディタが午後、本をめくって、鉄条網の外へ心を解き放ちたくなると行く、あの隠れ場所にいることもある。

ほかの助手は放課後には三十一号棟にいてはいけないのだが、ディタは図書係だから特別だ。何人か話をしている先生がいたが、ディタには気づかなかった。奥まで行き、その隠れ場所をのぞく。モルゲンシュテルンは使い古しの紙を使って小鳥の折り方をおさらいしていた。

「こんにちは、先生」

「おや、図書係さん！　ようこそ！」

立ち上がって先生はお辞儀をした。

「何かご用ですかな？」

「いいえ、ただ通りかかっただけです……」

「結構ですな。一日に三十分散歩すると、寿命が十年延びるそうですよ。私のいとこは毎日三時間散歩して、百十四歳まで長生きしました。死んだのも、散歩しているときにつまずいて、崖から落ちたからですがね」

「こんなところでは、なかなか散歩する気にもなりませんけど」

「そうですな。足を動かしていれば運動になりますよ」

「モルゲンシュテルン先生……。先生は昔からヒルシュさんを知ってるの？」

「ここに来る列車の中で一緒になった。あれは確か……」

「九月です」

「そのとおり！」

「それで、どんな印象でしたか？」

「若いが、とてもしっかりしてましたな」

「それだけ？」

「それじゃ不満かな？　近頃は、ああいう品格のある人間はなかなかいませんよ。教育がなっていないのですな」

ディタは迷ったが、話すなら今しかない。

「先生……、ヒルシュさんは何か隠していると思いませんか？」

「もちろん、隠していますよ」

「何を？」

「本を」

「ちゃんと答えてください。それはもうわかってます！」

「そう怒りなさんな。質問されたから答えたまでです」

「すみません。だけど、ぜひ先生にお訊きしたかったんです。ヒルシュさんのことを信用していいかどうかって」

「信用していいかというのは、どういう意味かな。ブロック古参としての能力、ということですか？」

「いいえ、本当に見かけどおりの人だと思うかと言いたかったんです」

先生はちょっと考えこんだ。

「いや、違うでしょうな」

「違うんですか?」

「私もそうだ。あなただって。見かけどおりの人などいませんよ。だから、神様は人間が何を考えているか、自分以外にはわからないようにお作りになったのです。私が思っていることをありのまま話すと、みんな気分を悪くしますよ」

「そうですか……」

「あなたが訊きたいのは、つまり、このアウシュヴィッツという穴ぐらの中で、誰なら信用できるかということですね?」

「そうです!」

「正直に言えば、私なら一番の友人だけを信用します」

「一番の友人って?」

「私自身です。私が私の一番の友人です」

ディタはモルゲンシュテルンをまじまじと見つめた。その間も先生は折り紙の小鳥のしっぽの先をとがらせている。やっぱりだめ。この人からは何も聞きだせない。

バラックに戻ると、すべては平穏だった。この二日間メンゲレの噂も聞かないが、油断してはいけない。彼はあらゆるところで目を光らせている。

同じわら布団に寝ている女の大きなお尻でできたくぼみの方に滑らないよう注意しながら横になったとき、ミリアム・エーデルシュタイン副校長に相談してみようかという考えが浮かんだ。でも、ミリアムがヒルシュとぐるだったら?

彼女の夫のヤーコプは、テレジーン・ゲットーのユダヤ人評議会の長老だった。ナチスは彼をほかのチェコ系ユダヤ人の囚人から隔離した。ミリアムは夫のことをとても心配している。彼女がナチスのまわし者だと疑うなんて、私ったらどうかしてる。

頭がどうかなりそうだったが、目を閉じると、一つの光景が浮かんできた。雪の上に倒れこんでいるマルギットとディタ、それを見ているレネー。三人とも大笑いしている。

こうして笑っている限り、私たちは大丈夫。

11

一九四四年二月末、親衛隊中佐のアドルフ・アイヒマン（一九四一年から一九四五年までゲシュタポ局ユダヤ人課課長）と、ドイツ赤十字の外事部長ディーター・ノイハウスが、アウシュヴィッツを訪れた。彼らの任務は、三十一号棟の実験的な機能に関して、その棟のブロック古参に依頼した報告書を直接受け取ることだった。三十一号棟はアウシュヴィッツの全施設の中で唯一、子どもを収容しているところだった。

三十一号棟の責任者であるヒルシュは、大人から子どもまで全員が整列し、整然と点検にのぞむためのこまごまとした指示を、リヒテンシュテルンに出した。衛生面には特に厳しかった。子どもたちは毎朝七時に起床し、助手たちに連れられ整列してシャワー室まで行く。そこで、ちょろちょろとしか出ない水で体を洗うが、あまりに冷たいので、ひりひりするばかりだった。一月の明け方には気温が氷点下二十五度まで下がり、水道管が凍る日もある。しかし、子どもたちがどんなに寒さに震えようが、ヒルシュはシャワーを浴びさせた。タオルは二十人か三十人に一枚しかない。そのあと点呼のためにバラックに向かう。

十時頃、ヒルシュが髪を整え、髭を剃ってさっそうと現れたときには、すでにみんな整列していた。ヒルシュは軍隊口調で、きびきびと命令を下す。

外でけたたましい笛の音が聞こえ、バラックの脇に敷いた板の上を歩く死刑執行人たちのブーツの音が鳴り響いた。間もなく、入り口にまずＳＳが現れ、階級章や勲章をじゃらじゃらつけた将校たちの一団を中に通した。

　フレディ・ヒルシュは列の間から進み出て、軍隊式にかかとをカチッと鳴らして敬礼した。許可を求めたうえで、三十一号棟に昼間子どもたちを集めていること、そうすることによって彼らの親たちも作業場での仕事に専念できることを説明し始めた。ヒルシュは母語がドイツ語なのでよどみなく話している。チェコ語ではそうはいかない。

　前年までアウシュヴィッツ強制収容所所長を務めていたルドルフ・ヘスとアイヒマンが一行を率い、アウシュヴィッツ＝ビルケナウの収容所指導者のシュヴァルツフーバー以下SS幹部があとに続いている。その後ろに、少々所在なさげなメンゲレ大尉がいた。今回の視察団を率いる中佐たちよりも階級が低いので、一歩下がっているようにも見える。だがメンゲレをじっと観察していたディタは、その表情に退屈な素振りを感じた。実際、メンゲレはうんざりしていたのだ。

　突然、メンゲレが顔を上げて、囚人たちの方を見た。ディタは遠くを見ているふりをするが、医者が患者を診るようにメンゲレが自分を冷静に観察しているのがわかっていた。ディタは消えてしまいたかった。この人は何を求めているのだろう。レネーを見ている男とは違って、体目当てではなさそうだ。マルギットがここにいてくれたらいいのに。男たちが若い女性を見るとき特有のいやらしさが、メンゲレの目にないか、マルギットならわかるだろう。だが、そこにはいやらしさは感じられない。彼の顔には表情がない。まなざしは無だ。それが恐ろしい。

　アイヒマンはヒルシュの言葉にいちいちうなずいているが、その態度には恩着せがましさがありありと見えた。将校は誰も、ユダヤ人であるブロック古参のヒルシュに近寄ろうとはしない。ヒルシュのシャツは清潔で、ズボンもそれほどしわは寄っていないが、アイロンのかかった制服を着て、ピカピカのブーツを履いた、いかにも健康そうな将校たちの前では、貧しい農民にしか見えない。それでも彼を見ていると、かすかな疑惑はさておき、ディタは尊敬の念を抱かずにはいられなかった。丸腰でも、あのサメの群れの餌食にならないでいられるのだから。侮蔑しながらも、彼らはヒルシュの話に耳を傾けている。ヒルシュはコブラを操るインドの行者のようだった。

ロングブーツに警棒姿の一行が遠ざかるとすぐに、二人の助手が昼のスープの鍋を抱えてやってきた。すべてがいつもの日常に戻る。へこんだお椀と曲がったスプーンが配られ、子どもたちは自分のお椀にせめてひとかけらのニンジンが入っていますようにと、神様にお願いする。食事が終わると放課後だ。子どもたちは思い思いに遊んだり、親のもとに戻ったりして、バラックには誰もいなくなる。何人かの先生だけが奥で椅子を寄せ合って、ナチスの視察について話していた。ヒルシュは再び姿を消してしまった。

将校用の食堂では特別の昼食会が開かれていた。トマトスープ、チキン、ジャガイモ、紫キャベツ、魚のオーブン焼き、バニラアイスクリーム、ビール。給仕をするのはエホバの証人の囚人女性たちで、ルドルフ・ヘスのお気に入りだ。決して不平を言わないし、それが神の御心なら喜んで従わなければならないと考えているからだ。

「見ろ」ヘスが胸にナプキンをつけたまま、テーブルから立ち上がって将校たちに呼びかけた。

給仕の女性の一人に近くに来るよう手招きをすると、ホルダーから拳銃を抜き、銃口を彼女のこめかみに当てた。ほかのナチス上官たちはスープを飲むのをやめて、なりゆきを見守っている。食堂の中がしんと静まり返り、緊張が流れる。その女性は二枚の汚れた皿を持ったまま、顔色も変えず、じっとしている。ピストルも、それを自分に向けている人物からも目をそらし、聞き取れないほどの小声で祈りの文句を一心に唱えている。

「神に感謝しているんだ！」ヘスが笑った。

ほかの者たちもそれに合わせて笑った。ヘスは、部下の将校が収容所の経理処理で不正を働いたために、アウシュヴィッツの総司令部から外されたばかりで、ゲシュタポの高官たちからよく見られていなかった。

アイヒマンはヘスが再び席につく前に、黙ってスープを飲み始めた。そういう冗談は食事中には不謹慎だ。彼にとって、ユダヤ人の処刑は真剣な職務だったのだ。だから一九四四年、敗北が避けられないのを悟ったSSの上官ハインリッヒ・ヒムラーに、「最終的処分」をストップするよう命じられても、彼は最後まで大量殺人を続けることになる。

〈ビルケナウ・ラジオ局〉というぴったりのあだ名をディタがつけたツルノフスカは、視察のおかげで囚人にもソーセージの配給があるだろうとふれまわっていたが、それはまたもやがせねただった。

ディタは両親に会いに行こうと思っていたが、人ごみの中にトマシェクを見かけ、話しかけてみようと思いついた。あの人ならいいアドバイスをくれるだろう。顔も広く、大勢の人を知っているから、フレディ・ヒルシュについても何か教えてくれるに違いない。でも、収容所通りはごった返していてなかなか前に進めない。何度か見失いかけながら追ううち、三十一号棟の近くに出た。あたりには人通りが少なかった。トマシェクは父さんと同じくらいの年齢なのに、速足でディタは追いつけない。三十一号棟を通り過ぎて、収容所のほとんどはずれまで来た。そこには衣類保管棟があるが、責任者は非ユダヤ系のドイツ人囚人だ。ユダヤ人の収容者は許可なく入ることはできない。トマシェクはそこで何をするつもりだろう。倉庫に保管されている服は、贅沢品と見なされてナチスに没収されたものだ。服が必要な人のために何かもらおうというのだろうか。トマシェクはとてもいい人で、みなに手を差しのべ、必要な人には服も手配してくれると父さんも母さんも言っていた。

トマシェクは躊躇することなく衣類保管棟に入っていった。ディタは彼が出てくるのを待つしかなかった。近くの家族収容所の柵の向こうには、アウシュヴィッツ＝ビルケナウへの入り口となる大通りがあり、鉄道貨物を収容所内部まで運び込むための引き込み線を敷く工事が終わろうとしていた。ディタは正門の監視塔から丸見えのその場所にじっとしていたくなかったので、保管棟の脇に行くと窓が見えた。ほかのバラックには窓がない。じめじめした室内の換気のために開けられたその窓に近づくと、トマシェクの声がかすかに聞こえてきた。何人かの名前とバラックの番号をドイツ語で読み上げている。ディタは好奇心にかられ、窓の下に座り込んだ。他人の会話を盗み聞きするのは褒められたことではないけれど、毒ガスで人を窒息死させるよりはましだ。

そのトマシェクを怒りくるった声が遮った。

「何度言ったらわかるんだ！　老いぼれの社会主義者の名前なぞ興味はない！　レジスタンスの名前を教えろ！」

ディタはその冷たく厳しい声に聞き覚えがあった。〈司祭〉だ。

「簡単にはいかないのです。こっそり隠れておりますので。私も努力はしているのですが……」

「もっと頭を使え」

「わかりました」

「もういい、行け」

「はい」

彼らに姿を見られまいと、ディタはバラックの裏手に逃げてしゃがみ込んだ。あの人のいいトマシェクが……。

そっとそこを離れる。この収容所では、真実はいったいどこにあるのだろう。ぬかるみに飲み込まれてしまったかのようだ。いったい誰を信じればいいの？

そのとき、「自分自身を信じなさい」というモルゲンシュテルンの言葉が蘇ってきた。あの先生が言うとおりだ。誰にも頼らず、一人で解決しなくてはならないのだ。

フレディ・ヒルシュもまた迷路の中に一人取り残されていた。何年も塗り固めてきた嘘が、触った途端にぼろぼろはがれ落ちてきている。

ヒルシュが自分の部屋の椅子に座っていると、誰かがドアをノックした。ミリアム・エーデルシュタインが入ってきて、くたびれはてた様子で床の簀《すのこ》の子に腰をおろし、木の壁に寄りかかった。

「あなたの報告書のことで、アイヒマンは何か言った？」

「いや」

「何のためにほしがるのかしら？」

「さあ……」

「シュヴァルツフーバーはご機嫌だったわね。ずっとアイヒマンに愛想笑いして、まるでペットみたいだった」

「忠実なドーベルマンだな」

「そうね。で、メンゲレはどうだった？　周りから浮いてたみたいだけど」

「少し距離を置いてるのさ」

ミリアムはすぐに言葉が出なかった。そこらの友達のことを話すような口ぶりだ。

「あんないやな奴のことを、やけに親しげね……」

「亡くなった収容者あてに届く食糧を、三十一号棟に送ることを許可してくれたのは彼だ。必要なら、彼と話もする。仲がよすぎると言っている者がいるのは知ってる。そいつらは何もわかっちゃいない。子どもたちのためになるなら、僕は悪魔とだって取引するさ」

「もうしているじゃない」そう言いながら、彼女はウィンクして微笑みかけた。

「メンゲレは交渉相手として一ついいところがある。彼は僕らを憎んではいない。頭がよすぎるんだな。だからこそ、ナチスの中で一番の要注意人物なんだろうが」

「憎んでないのなら、どうしてナチスに協力するの？」

「その方が好都合だからさ。ユダヤ人はどうしようもない下等民族だと信じているナチスの連中とは違う。メンゲレが前に言っていたよ。ユダヤ人には称賛すべき点がたくさんあるんだと」

「それならどうして私たちを目の敵にするの？」

「ユダヤ人は危険だからだ。僕たちがアーリア人に対抗できる人種、彼らの野望を崩せる民族だから、抹殺しなければならない。個人的な恨みではなく、実務的な問題にすぎないんだ。農民がジャガイモを植えて、近くにイノシシがいると知ったら、イノシシを殺すための罠を仕掛けるだろ。イノシシはその罠にかかって死ぬ。ひどく残酷な死に方だ。でも、農民はイノシシを憎んでなどいない。イノシシが森の中をトコトコ駆けていくのを見たら、かわいい動物だとさえ思うかもしれない。メンゲレはその農民と同じだ。ジャガイモの代わりに、優秀なアーリア民族を育てている。それが彼の専門だからね。憎しみなんて知らない男だ……。だが恐ろしいことに、慈悲も知らない。彼の心を動かせるものは何もない」

「私だったらそんな悪党とはつきあえないわ」

ミリアムは顔をゆがめた。ヒルシュは立ち上がって近づき、優しく話しかけた。

「ヤーコプのことは何かわかったかい？」

六か月前、彼女が家族と一緒にテレジーンからやってきたとき、彼女の夫ヤーコプ・エーデルシュタインはゲシュタポに捕えられ、三キロ先のアウシュヴィッツ第一強制収容所の政治犯監房に送られた。それ以来彼のことは何もわからず、姿も見ていない。

「けさアイヒマンにちょっと近づくことができたの。プラハで会議があったとき、何度か同席したこともあるし。最初は気づかないふりをしてたけど。監視兵にさえぎられながらも話を聞いてくれた。ヤーコプはドイツに移送されたそうよ。元気だし、もうすぐ戻ってこられるって。それ以上は聞きだせなかった。ヤーコプにあてた手紙を持っていたんだけど、それも渡せなかった。息子のアリアーがせっかく書いたのに」

「僕も何か調べてみるよ」

「ありがとう、フレディ」

「君には借りがあるからね」とヒルシュ。

ミリアムがまたうなずいた。何のことかわかったが、それは口にしてはいけない。フレディ・ヒルシュはユダヤ人にとっての英雄アキレウスだ。彼一人でトロイ全体を攻め落とすこともできる。しかし、弱点のかかとを射られたらばったり倒れるかもしれない。

ディタは家族収容所でみなが信じている人物の化けの皮をはがそうと固く心に決め、収容所通りを歩いていた。簡単にはいかないだろう。なんといっても、トマシェクは人望のある人だ。誰にでも礼儀正しくきちんとしていて、親切で、感じがいい。それに引き替え、ディタはただのやせっぽちの小娘だ。でも、やらなければ。

トマシェクはＳＳよりももっと許せない。制服を着たＳＳは、正体がはっきりしているから、恐れ、軽蔑し、憎むこともできる……。しかし、トマシェクのいかにもユダヤ人らしいエレガントな微笑みを思い出すだけで、SSには感じたことのない嫌悪感がこみあげてきた。

鶴のように細い脚を飛ぶように運びながら、ディタは頭もフル回転させたが、妙案は浮かばなかった。とにかく真実を伝えるのだ。それは、アウシュヴィッツではあまりないことだとしても……。


父さんのバラックに着くと、いつものようにトマシェクを囲んで何人かが集まり、毛布をじゅうたん代わりに敷いて座っていた。ディタの両親ももちろんその中にいる。女の人が何か話している。トマシェクは輪の中央で目を細めてうなずきながら、人のよさそうな微笑みを浮かべて話を促している。ディタはそこに割って入った。勢い余って、誰かの毛布を踏みつけて泥で汚してしまった。

「ちょっと、何するのよ！」

ディタの顔は興奮で真っ赤だった。声は震えたが、輪の中心を指した腕は震えていなかった。

「トマシェクさんは裏切り者、スパイです」

たちまちざわめきが広がった。トマシェクはにこやかな表情を保とうとするが、その顔はひきつっている。

最初に立ち上がったのは母さんだった。

「エディタ！　何を言うの？」

「私が言って聞かせてやるわ！」別の女性が口をはさむ。「お宅はしつけがなっていないわね！　いきなり大人の話に割り込んで、トマシェクさんのように立派な人を侮辱するなんて！」

「アドレロヴァさん」別の男が言った。「娘さんにはきついお仕置きが必要だな。なんなら俺がやってやろうか」

「母さん、だって本当よ」ディタはさっきほどの自信はなく、緊張してきた。「トマシェクさんが〈司祭〉とこっそり話しているのを聞いたんだから。トマシェクさんはスパイよ！」

「そんなわけがないでしょ！」さっきの女がまた言う。怒り心頭の様子だ。

「ひっぱたいてやれ。それとも俺がやろうか？」男が立ち上がろうとする。

「やるなら、私にやってちょうだい」母さんが進み出る。「私はこの子の母親よ。娘の態度が悪いとしたら、責任はこの私にあるわ」

そのとき、父さんが立ち上がって言った。

「その必要はない。この子の言ってることは本当だ。私は知っている」

驚愕のざわめきが起こった。

「そうよ、嘘なんかじゃないわ！」ディタは勇気を取り戻して声をはりあげた。「〈司祭〉がトマシェクさんにレジスタンスの情報を流すように頼んでいるのを聞いたんです。だから一日中、みんなにあれこれ尋ねて、何か聞きだそうとしてるんです」

「トマシェクさん、そうなんですか？」父さんの目がトマシェクを射すくめる。

ほとんどの人が立ち上がって、トマシェクの方に顔を向けた。本人は座ったまま石像のようにじっとしている。それから薄笑いを浮かべ、のろのろと立ち上がった。いつもの表情だが、その微笑みはゆがんでいる。そういう表情しかできないのか、こんなときでも、とにかく笑顔でいなければと思っているのか。

「私は……」みな耳を傾ける。話し上手のトマシェクがすべての誤解を解いてくれるに違いない、とかたずをのんで見守った。

「私は……」

しかしその先は出てこなかった。頭を垂れ、それっきりひと言も言わず、みんなの間をかきわけ、あたふたと自分のバラックに引きあげた。みんなあっけにとられて顔を見合わせ、ディタたちを見た。ディタが父さんに抱きつく。

「ハンス」母さんが尋ねた。「エディタの言うとおりだって、どうしてあんなにはっきり言えたの？とても信じられない話なのに……」

「私も知らなかったよ。でも裁判ではよく使う手さ。カマをかけるんだ。本当は知らなくても、堂々と知っているふりをすると、やましい者はしっぽを出す。ばれたと思い込んで、白状するのさ」

「でもそうじゃなかったら、どうするつもりだったの？」

「謝ったさ。でも……」父さんはディタにウィンクした。「確かなカードを手にしているのはわかってたからね」

一人の男がやってきて、親しげに父さんの肩に手を置いた。

「あんたが弁護士だったってことをすっかり忘れてたよ」

「私もだ」父さんが応えた。

さっき文句を言っていた二人が、きまり悪そうに引きあげていった。

しかし、トマシェクのスパイ活動に一矢《いっし》を報いるには、あとひと仕事ある。〈ビルケナウ・ラジオ局〉に話すのだ。三人はツルノフスカに会いにいった。気のいいツルノフスカは何度も神の名を口にしながら彼らの話を聞き、特ダネだと言ってすぐにそのニュースを広めた。

二日後にはこのことは収容所中に知れ渡り、トマシェクの人気は地におちた。誰も食事の時間に彼と一緒に座りたがらず、ひと言も話さなくなった。化けの皮がはがされたのだ。

12

ルディ・ローゼンバーグは彼が働く検疫隔離収容所の裏手に回り、柵に近づいた。柵の向こう側でアリス・ムンクが彼を待っている。二人は柵の少し手前でいったん止まった。柵の有刺鉄線には数千ボルトの高圧電流が流れているが、もう一歩だけ前に出て、見張り台の監視兵たちに怪しまれないようにゆっくりと腰を下ろした。

午後のほんのわずかな時間だが、ルディは何度も彼女と会っていろいろな話をしていた。その日は、アリスが自分の家族のことを話した。プラハ北部の裕福な実業家の一家で、家に帰りたくてたまらないと。ルディはこの悪夢のような戦争と収容所の生活が終わったら、アメリカに行きたいという夢を語った。

「アメリカには誰にでもチャンスがある。貧しくても努力すれば大統領になれるのは世界じゅうでアメリカだけだ」

凍てつく寒さで地面は一面霜に覆われ、二人の言葉もぶるぶる震えている。ルディはラシャの上着を着ているが、アリスはすりきれたカーディガンに古いウールのショールを掛けているだけだ。血の気を失ったアリスの唇が震えるのを見たルディは、バラックに戻った方がいいと言ったが、アリスはきかなかった。

汗と病気の臭気、そしてときには恨みの臭いがしみついた女性用バラックに閉じこもっているより、寒さに震えながらでも二人で過ごす方がずっと気分がいい。

寒さに耐えきれなくなると、二人は立ち上がって柵のそれぞれの側をゆっくりと歩調を合わせて歩いた。監視兵たちはうるさいことを言わなかった。登録係のルディがタバコを差し入れたり、ソ連兵やチェコ兵との通訳をしたりしているので、見逃してくれているのだ。

ルディは仕事で起こった愉快なあれこれをアリスに話してきかせた。しかし、収容所に着くとすぐ登録のために並ぶ人々の打ちひしがれたまなざしには触れなかった。話を面白くしようと、時々作り話さえした。アリスが、毎日何百人もガスで殺されているのは本当かと尋ねると、ルディはそれは治る見込みのない病人だけだから心配しないでと答えて、すぐに話題を変えた。

「プレゼントを持ってきたよ……」

ポケットに手を入れ、こぶしを開いた。そこにあるのは、ちっぽけだが、とても貴重なものだったので、アリスは目を丸くした。宝石にも等しい、ひとかけらのニンニクだった。

見張り台の兵士の様子をうかがうのにもだいぶ慣れてきた。肩から突き出た銃の向きで、監視兵がこちらに背中を見せているのがわかったので、二人はさっと柵に近づいた。有刺鉄線に触れたらおしまいだが、躊躇しているひまはない。監視兵がこちらを向くまでの時間は十秒。ルディはワイヤーとすれすれに手を差し入れた。あと五秒。ニンニクを落とす。アリスが手を伸ばしてさっとそれを拾う。あと四秒。二人は急いで下がって、さっきの場所に戻った。

アリスが顔を輝かせてそのプレゼントを見つめている。ルディは彼女のそんな表情を見て嬉しくなった。確かに、あの有刺鉄線の間に手を入れる勇気がある者はなかなかいない。収容所の柵越しに物を投げ入れて闇取引をする者もいるが、収容所の中では誰が見ているかわからないので、そんな真似はしたくなかった。

「食べて、アリス、栄養があるから」

「でもそうしたら、キスできなくなるわ……」

「何言ってるの。食べなくちゃ。君はやせすぎだ」

「じゃあ、私のこと、嫌い？」アリスはすねてみせる。

ルディはため息をつく。

「死ぬほど好きだよ。わかってるくせに！　それに今日のその髪型、すごくかわいいよ」

「気づいてくれてたのね！」

「それはいいから、ちゃんと食べて！　手に入れるの、大変だったんだから」

「ありがとう、感謝してるわ」

でも、アリスはそれを握ったまま、食べようとはしなかった。ルディがぼやく。

「この前のセロリだって食べなかっただろ」

すると彼女は少し顔をしかめてみせてから、頭を見てというように視線を上げた。

「アリス、どうかしてるよ！」

アリスは髪にカチューシャをつけている。その紫のカチューシャは、アリスにはちょっと子どもっぽすぎるが、ここでは贅沢な装飾品だ。セロリ一本出してようやく手に入るほどの。

「だめだよ、そんなことしちゃ！　冬はまだ終わってないし、君は防寒着も持っていない。栄養も取らなくちゃ。わかってるの？　毎朝収容所から十人以上の死体が運び出されてるんだよ。栄養不足だけじゃない。ここでは風邪だって命取りなんだ。お願いだから食べてよ、アリス！」ルディの口調がだんだんきつくなる。そんなことは初めてだった。「今すぐそれを食べて！」

調理場の助手に、最後に送られてきたソ連軍の将校の名前と階級を教えて、ようやく手に入れたニンニクだった。なぜそんなことを知りたいのか、ルディには興味も関心もないが、情報には価値があった。だが、レジスタンスはルディの知らないたくさんのグループに分かれているので、そんなことをしていては、今に命取りになるかもしれない。それほどの危険を冒したのに、アリスは食べようとしない。

アリスはルディを悲しそうに見つめ、目に涙を浮かべた。

「あなたにはわからないわ、ルディ」

それっきり黙り込む。ルディには彼女の気持ちが理解できなかった。セロリのように栄養があって手に入りにくい食べ物を、収容所のどこかの作業場で作られた何の役にも立たないビロード張りの針金などと交換するなんて馬鹿げている。

アリスがもうすぐ十七歳で、十七歳は一生のうち一度しかないということに、ルディは思いが及ばなかった。人生ははかなく過ぎていく。ことにこのアウシュヴィッツでは。貴重な青春を戦争に奪われたアリスは、この昼下がりに少しばかりおしゃれをすることで、束の間とはいえ幸せになれる。その瞬間が、畑いっぱいのセロリよりアリスには栄養になるのだ。

アリスは悲しげに顔をしかめる。ルディは仕方ないというように肩をすくめた。

ルディは知らないことだが、そのニンニクの行き先はもう決まっていた。午後の点呼のあと、アリスは大急ぎで九号棟まで行き、ラダを探した。死体を荷車で運ぶ仕事をしている背の低い男だ。気持ちのいい仕事ではなかったが、収容所の中を自由に動ける。つまり、自由に商売ができるということだ。

アリスはラダが持っている小さな石鹸《せっけん》の匂いを吸い込んだ。とってもいい匂い。ラダもニンニクの匂いを嗅いだ。石鹸が手に入ったのが嬉しくて、アリスは外出禁止時間の前に洗濯をすることにした。

寝床の枕の下にしまってあった穴だらけの毛糸のセーターと着古したチェックのスカートを取り出す。青というよりほとんど灰色になったワンピースと下着と靴下を二週間ごとに洗濯するときの、唯一の着替えだ。

ちょろちょろとしか水の出ないたった三つの蛇口の前に、一時間半並んで待たなければならない。その水は飲み水ではないのに、飲んで命を落とした人が何人もいた。飲み水には適さないのを知らなかったり、昼のスープから何時間も経った夜、喉の渇きに耐えきれなくなったりした人たちだ。

凍るような冷たさに手の感覚がなくなり、肌がかさがさになる。まだ一分も経っていないのに、後ろに並んでいる女たちが「さっさとしなさいよ」と怒鳴り声を上げる。聞こえよがしに悪口を言う者もいる。収容所にはプライバシーというものがなく、噂は四方八方に広がった。壁からしみ込んだ湿気が、床から天井まで広がっていくのと同じだった。

アリスとチェコ系ユダヤ人の登録係ルディの関係はみんなに知れ渡っていて、四人の中にはそれをよく思わない者もいた。自分たちの恐怖や苦しみを嫉妬に変えて攻撃してくるのだ。

「上の者におべんちゃらばかり言う恥知らずの女が石鹼を持っていて、つつましい女は濁った水だけで洗濯しなくちゃいけないなんて不公平だね！」と一人がまくしたてる。

スカーフをかぶった多くの頭がうなずく。

「節操がない」と別の女が言う。

「恥さらしだね」聞こえよがしにもう一人が答える。

アリスは怒りをその石鹼で洗い流せるとでも言わんばかりに、ごしごし腹立ちまぎれに洗濯物をこすった。そして、何も言い返すことができず、顔を上げる勇気もないまま、まだ全部洗っていないのに大急ぎで洗濯を終えた。台の上に石鹼のかけらを置いていくと、何人もの女がそれに飛びつき、突き飛ばすやら罵るやらの大騒ぎになった。

母親とも顔を合わせたくなくて、三十一号棟に足が向いた。バラックのドアはいつも開けておく決まりになっている。中に入ると、金属製のお椀が床に落ちた。決められた時間外に誰かが入って来るとわかるようにヒルシュが考えた仕掛けだ。ヒルシュが奥から出てくると、怒りに肩を震わせているアリスが目に入った。

「どうしたの？」

「ヒルシュさん、みんなが私を憎んでるんです！」

「誰がだって？」

「ここの女の人全員がです！　私がルディ・ローゼンバーグの友達だからって後ろ指をさすんです！」

ヒルシュはその肩を抱いたが、彼女は泣きやまない。

「君を憎んでいるわけじゃないよ、アリス。君のことを知りもしないのに」

「憎んでるわ！　ひどいことを言ったんだから。なのに、私、ちゃんと言い返せもしなかった」

「それでよかったんだよ。犬が知らない人に吠えかかったり、咬みついたりするだろ。でも、それは憎いからじゃなく、怖いからなんだよ。獰猛な犬の前では、走ったり叫んだりしちゃいけない。そんなことをしたら、犬は逆に怖がって咬みつくだろう。ゆっくりと話しかけ、怖がらないように落ち着かせなくちゃ。あの人たちは怖がってるんだよ。ここのすべてにね」

アリスはだんだん落ち着いてきた。

「その洗濯物は早く干した方がいいね」

アリスはうなずき、お礼を言おうとしたが、ヒルシュは手でそれを制した。

そんなことはしなくていい。自分はここの責任者なのだ。助手たちはヒルシュの兵士であり、兵士は決して礼など言わない。姿勢を正して敬礼するだけでいいのだ。

アリスが出て行くと、ヒルシュは椅子や、絵がかかった壁の周りをじっと見渡し、再び自分の部屋に戻った。しかし、彼は一人ではなかった。木の壁の向こうで膝を抱えて座り、黙って二人の様子をうかがっている者がいた。

父さんは数日前から風邪を引いて、なかなか治らない。それで母さんに屋外での授業を止められたディタは、バラックの奥の隠れ場所でこの何日か、午後ヒルシュを見張っていたのだった。

SSの秘密の連絡員がまた現れるのを待っていたのだが、まだその機会はなかった。誰も信用できないなら、ディタ自身でヒルシュの謎を解くしかない。ヒルシュは何度か部屋を出て、屈伸や腹筋運動をしたり、バーベルのように椅子を持ち上げたりした。ディタは板壁の後ろで身を縮め、できるだけじっとしていた。ミリアム・エーデルシュタインが一度訪ねてきたが、それだけだ。ディタはマルギットと話がしたかった。今頃レネーとおしゃべりしているだろうか。

ヒルシュが灯りを消したので、室内は真っ暗になった。ディタは少しでも暖かくなるように体を縮めた。体が芯まで冷えてくるが、国際サナトリウム「ベルクホーフ」の病人たちのことを思い出す。彼らは結核にやられた肺を、山の乾いた冷たい空気で治そうと、夜はアルプスの方を向いて横になるのだった。

ここ何週間かは、テレジーンで『魔の山』を読んだときのようには、座ってじっくり本を読めなかった。『魔の山』は強く心に残った本で、登場人物もよく覚えている。

いとこのヨーアヒムを訪ねてサナトリウムにやってきたハンス・カストルプは、最初は数週間だけのつもりが、結局何か月も逗留することになる。ヨーアヒムが医師の同意も得ずに、家に戻って軍に復員しようとしたときでさえ、彼はサナトリウムのこぢんまりした世界に残って、療養と食事と退屈な日常から成るささやかな毎日を過ごした。その一見何事もない日常も、死の翳《かげ》に覆われてはいたのだが。

ディタにとっては、国際サナトリウム「ベルクホーフ」はゲットーを思い起こさせた。しかし、テレジーンでの生活はこのアウシュヴィッツよりはましだった。テレジーンは誰も治ることのないサナトリウムだったが、今彼女たちが毎日毎日を生き延びているこの収容所ほど暴力も恐怖もなかった。

カストルプがサナトリウムにやってきて数か月が、さらに数年が過ぎた。退院を前に肺に軽い異常が見つかり、逗留を延ばすことになる。

その本を読んだのは、テレジーンに来てから一年が経った頃だった。いつになったらその牢獄のような街から出られるのかわからなかったが、街の外ではナチスが容赦なく戦争を進め、何百万人も亡くなっているとか、ユダヤ人を絶滅するために収容所に送っているという噂もあったので、テレジーンという要塞は自分を閉じ込めると同時に、世界から守ってくれているとディタは思うようになっていた。それは、ベルクホーフのサナトリウムを出て時代に立ち向かおうという意欲を失ったハンス・カストルプの状況と似ていた。

テレジーンでのディタの仕事は、塀沿いにある菜園での作業から、軍服部品の工場でのもっと楽な作業に変わった。時が経つにつれ、母さんは元気がなくなり、父さんの軽口も減っていったが、ディタはハンス・カストルプの物語に熱中し、彼の人生をクライマックスまで見届けた。それはカーニバルの夜だった。仮面をかぶり、祭りの衣装に身を包んだハンスは、思い切ってショーシャ夫人に初めて話しかけた。それまでは挨拶程度しかしたことがなかったが、ハンスはこのとびきり美しいロシア人女性に夢中だった。ベルクホーフの静寂な雰囲気の中、謝肉祭のにぎわいに助けられ、ハンスはいかにも親しげに話しかけ、クラウディアとファーストネームで呼んだ。ディタが目を閉じると、ハンスが彼女の前に立ち、情熱的に愛を告白した瞬間が頭の中に蘇ってくる。

ディタはショーシャ夫人が気に入っていた。目は少しきついがエレガントな女性で、サロンにはいつも最後に入ってきて、大きな音をたててドアを閉めるたび、ハンスは椅子から飛びあがった。最初の頃はいらだったが、そのうちにタタール女性の美しさに魅了された。謝肉祭の間は仮面のおかげで、厳しい礼儀作法に縛られずにすむ。ショーシャ夫人は謝肉祭がもたらす開放的な空気の中、ハンスに言う。「あなたたちドイツ人は自由よりも規律が好きなのね。ヨーロッパの人間なら誰だって知ってるわ」

ディタは板で囲まれた隠れ場所の中に縮こまり、ショーシャ夫人のそんな言葉にうなずく。彼女の言うとおりだわ。

教養があり、洗練され、自立した、彼女のような女性になれたら。そして、ディタがサロンに入っていくと、男たちがみなこっそりと横目で彼女のことを見るのだ。ドイツ人青年ハンス・カストルプの大胆だが甘美な褒め言葉に、ショーシャ夫人はまんざら悪い気はしない。しかし思いがけないことに、やがて彼女は転地療養のため、ダーゲスタンかスペインに行くことになる。

もしディタがクラウディア・ショーシャだったら、ハンス・カストルプのような男性の心遣いや魅力には逆らえなかっただろう。この忌まわしい戦争が終わったら、家族とどこかへ行ってみたい。フレディ・ヒルシュがあれほど熱心に話してくれるパレスチナの地にだって。

ちょうどそのとき、バラックのドアが開く音がした。そっとのぞいてみると、あのときと同じ、ブーツに黒い軍用外套を着た背の高い人物が見えた。心臓が早鐘のように打つ。

待ち望んでいた真実の瞬間がやってきたのだ。でも自分は本当に真実を知りたいのだろうか？　真実が暴かれるたびに、何かが崩れていく。ディタはため息をついた。

立ち上がって音をたてないようにここから出て行こうか。今なら間に合う。不安がじりじりとディタを襲う。もしそれが真実なら、どんなことであろうと受け入れなければ。

いつかこっそりと読んだ両親の『リーダーズ・ダイジェスト』にスパイの記事が載っていて、壁に当てたコップの底に耳をつけると、壁の向こうの会話が聞こえると書いてあった。ディタは朝食用のお椀を持ち、そっと足音を忍ばせて部屋の壁まで近づいた。これは危険な賭けだ。盗み聞きしているところを見つかったら、どうなるかわからない。でも、このまま耳をふさいでいるわけにはいかない。お椀を壁にあてる。耳を近づけるとはっきりと聞こえてくる。しかも、ドアののぞき穴のように向こうが見える穴があいていた。

ヒルシュだ。暗い顔をしている。彼の前に、こちらに背中を向けた金髪の男がいる。ＳＳの制服は着ていない。だがその服は普通の囚人のものでもない。そのとき、カポーであることを示す、茶色い腕章に気づいた。

「これが最後だ、ルートヴィヒ」

「どうして？」

「仲間をだまし続けることはできない。彼らの期待にそむく人間になりたくないんだ」

「で、君の正体は？」

ヒルシュは苦笑いする。

「よくわかってるくせに、誰よりも」

「フレディ、はっきり言えよ……」

「何も言うことはない」

「どうして？」相手の男の言葉に皮肉と怒りが混じる。

「怖いもの知らずの男が、自分の正体を認める勇気はないのか？　いいから言えよ」

ブロック古参はため息をつき、声がくぐもる。

「同性愛者……」

「はっきり言えよ。偉大なフレディ・ヒルシュはホモだと！」

ヒルシュは形相を変えて相手に飛びかかり、襟首を摑んで壁に押し付けた。首筋の血管が浮き出している。

「黙れ！　二度とその言葉は使うな！」

「まあ、まあ……どうってことないじゃないか。僕だってそうだ。ペスト患者みたいに目印をつけた方がいいのか？」ルートヴィヒと呼ばれた男はそう言いながら、自分のシャツに縫いつけられたピンクの三角札に目をやった。

ヒルシュは彼を離した。片手で髪を撫でつけながら、目を閉じて落ち着こうとする。

「許してくれ、ルートヴィヒ。痛い思いをさせるつもりはなかったんだ」

「でも傷つけられた」つぶれた襟を、気取った様子で整える。「君についてくる奴らをだましたくないだと？　じゃあ、君はここから出たらどうするつもりなんだ？　料理を作ってくれる優しいユダヤ人の女の子をだまして結婚するのかい？」

「僕は誰もだましたくない、ルートヴィヒ。だからもう会うのはよそう」

「勝手にしろ。それで気がすむならな。ためしに女の子と寝てみたらどうだい。僕は試してみたよ。でも、まるでだしをとらずに作ったスープみたいだった。だめではないが味気ない。で、そうすれば、君の欺瞞《ぎまん》は終わりになるのかい？　とんでもない思い違いだ。君は自分自身をだまし続けることになるんだ」

「もう言っただろう、ルートヴィヒ、これでおしまいだ」

有無を言わせぬ口調だった。二人は悲しそうに見つめあい、黙り込んだ。ピンクの三角札をつけたカポーは事実を受け入れゆっくりとうなずいた。ヒルシュに近づき、唇にキスする。ルートヴィヒの頬を涙が流れた。それは窓ガラスを伝う雨のしずくのようにとても静かな涙だった。

壁のこちら側でディタは声をあげそうになった。思春期のディタには耐えきれない光景だった。男同士がキスするのを見たのは初めてだ。ましてやフレディ・ヒルシュが。彼女の憧れ、フレディ・ヒルシュ。

ディタはそっとバラックを出た。頬を打つような夜の寒さも感じなかった。メンゲレに気をつけなくてはいけないのに、あまりのショックでそれすら忘れていた。心を汚されたようで呆然とする。フレディ・ヒルシュへの底知れない嫌悪が湧いてくる。怒りの涙さえも。

向こうから歩いてきた人にぶつかった。

「お嬢さん、気をつけて！」

「そっちこそ前をよく見て歩いてよ！」

そう言い返して顔を上げた途端、モルゲンシュテルンの白い髭が目に入った。かわいそうに、先生はよろけて転びそうになっていた。

「ごめんなさい、先生。先生だとはわからなくて」

「あなたでしたか、アドレロヴァさん！」先生は首を伸ばして近視の目を近づけた。「おや、泣いているのですか？」

「寒くて涙が出てくるだけです」ぶっきらぼうに答えた。

「何かお役に立てることでも？」

「いいえ、何も」

先生が両手を腰に当てる。

「本当に？」

「何も話せません。秘密なんです」

「では話さない方がいい。秘密は守るためにあるのですから」

先生は軽く会釈して、それ以上何も言わずに自分のバラックの方に向かった。

先生の言うとおりだ。他人のことに首をつっこんで、秘密を嗅ぎ回るからこんなことになるのだ。ほかに誰か話せる人はいないだろうか。ヒルシュのことをよく知っている人……。そうだ、ミリアム・エーデルシュタイン。彼女だけは決められた時間外に彼を訪ねることがある。ヒルシュが心の底から信頼している人だ。


ディタが二十八号棟に行くと彼女は息子のアリアーと一緒にいた。もうじき外出禁止時間だ。人を訪ねるのにあまりいい時間帯とは言えないが、いつにない様子で訪ねてきたディタに、外で少し話をしたいと頼まれたミリアムは、その言葉に従った。

外は寒く、もうすっかり暗かったが、ディタはメンゲレの警告、ヒルシュが男と会っているのを偶然目撃したこと、真実を調べて疑惑を明らかにしようとしたことなど、すべてを話した。

ミリアムは黙って話を聞いていた。男たちの秘められた恋の話にも驚かない。ディタが話し終えてもしばらく黙っていた。

「どう思います?」ディタがせっかちに訊く。

「今あなたは真実を知った。それでよかったじゃないの」

「どういう意味ですか?」

「あなたは真実を求めた、あなたなりの真実を。あなたはフレディ・ヒルシュが勇敢で、有能で、買収されることもなく、魅力的で、完璧な男であってほしかった。でも、彼が同性愛者だったから裏切られたと感じている。SSのスパイじゃなく私たちの仲間で最高のリーダーだとわかったのだから、喜んだらどう? 自分の思い描いた人物じゃなかったと腹を立てないで」

「そんなふうに言わないで。もちろん、ヒルシュさんが裏切り者じゃないとわかってほっとしました。ただ、その……彼がそんな人だとは思ってもみなかったから!」

「エディタ……。まるで彼が悪いことをしているみたいに言うのね。ただ女ではなく男に惹かれるだけのことでしょう。それが、そんなに悪いことかしら?」

「学校では病気だって教えられました」

「本当の病気は、人を許すことのできない、心の狭い考え方だわ」

二人はしばらく黙り込んだ。

「知ってたんですね、エーデルシュタイン先生」

彼女はうなずいた。

「ミリアムと呼んでちょうだい。これは私たちだけの秘密よ。でも、それを人にもらすことはできないの」

「ヒルシュさんのこと、よくご存じなんですね」

「いろいろ話してくれたわ……」

「フレディ・ヒルシュさんはいったいどういう人なんですか？」

ミリアムは首を振って、ちょっとバラックの周りを歩こうという仕草をした。足が凍りつきそうだ。

「彼はまだ子どもの頃に父親を亡くしたの。途方にくれているときに、ユダヤ人の若者たちを集めたドイツ組織ＪＰＤに入った。彼はそこを自分の家のようにして大きくなった。スポーツは彼のすべてだった。彼にはコーチの才能と実行力があることに、みんなすぐに気がついた」

ディタは歩きながら少しでも温まるように、ミリアム・エーデルシュタインの腕をとった。彼女の言葉が夜の霜を踏む靴の音と混ざり合う。

「ＪＰＤのコーチとして彼の評判はどんどん上がっていった。でもナチスのために、すべてが台なしになった。アドルフ・ヒトラーの信奉者はドイツ共和国の法律にたてついた下劣な破壊分子だって、ヒルシュは言ってた。やがて、彼らは自分に都合よく法律を変え始めたの」


ＪＰＤの本部に「裏切り者のユダヤ人」と書いてあるのを見つけた日のことは決して忘れないと、フレディは言っていた。何を裏切ったのか、考えても答えは見つからなかった。午後、陶芸の授業や合唱の練習をしているとき、窓ガラスに石が投げられることがあった。ガラスが割れるたびに、フレディの中でも何かが壊れていった。

ある日、大事な話があるから学校からまっすぐ帰るようにと母親に言われた。彼は用事があったけれど、何も言わずに言いつけに従った。地位や年齢が上の者に敬意を払うのは、ＪＰＤで叩き込まれた教えの一つだったから。ＪＰＤは、武器は持たないけれど、制服と記章と命令系統を持った、ある意味で軍隊のようなものだった。

　家には家族全員が集まり、いつになくみんな深刻な顔をしていた。母親は、再婚した夫がユダヤ人であるために職を失ったと告げ、情勢が危険なものになり始めているから、南米のボリビアに行って新しい生活を始めることにしたと言った。

「ボリビアに？　ここから逃げるっていうの！」彼は猛烈な勢いでつっかかった。

　継父はそれまでフレディに手を上げたことはなかったが、そのときばかりは今にも席を立って彼に摑みかかりそうになった。フレディを止めたのは兄のパウルだった。

　フレディは茫然自失となって家を飛び出した。そしてあちこちさまようち、ＪＰＤ本部にたどりついた。物事がいつもどおり秩序立って進んでいる唯一の場所だ。本部には部長の一人がいて、次の遠足のために水筒をチェックしているところだった。フレディは普段は個人的なことは決して話すことはなかったが、そのときは洗いざらい話した。そこには、これまでの自分を全否定される腹立たしさ、ユダヤ人であるために逃げ続けなければならない臆病さへの嫌悪が見てとれた。

　屋外活動のコーディネーターでもあり、もう髪に白いものが混じり始めている部長は、フレディの成長を見守ってきたが、フレディをじっと見て、彼が望むならＪＰＤの中に居場所はあると言った。

　フレディはわずか十七歳だったが、今と同じように自信に溢れていた。一九三五年、フレディ・ヒルシュは青少年指導員としてデュッセルドルフ事務所に送られた。あの活気に満ちた街での新しい任務を与えられた当初は、気分も最高だった、と彼はミリアムに話したことがあった。しかしユダヤ人に対する敵意に満ちた空気のため、その昂揚感もすぐに冷めた。毎日のように窓に石を投げられ、そのうち、ガラス屋に修理に来てもらうのもやめてしまった。通りからは罵声も聞こえた。子どもたちも次第に来なくなり、朝のバスケットボールの練習にも、選手が一人しかいない日もあった。

ある日の午後、誰かが木の門に黄色いペンキでバツ印を描いているのを窓から見たヒルシュは、すぐに駆けつけた。はけを持った若者は、小馬鹿にしたように彼を見つめていたが、そのまま描き続けた。ヒルシュはその若者に飛びかかった。胸倉を摑むと、若者の手からペンキの缶が地面に落ちた。

「どうしてこんなことするんだ？」鉤《かぎ》十字の腕章を見てヒルシュは訊いた。自分の国の中で起きていることへの怒りと当惑が込み上げてきた。

「お前たちユダヤ人は危険だからな」

「年寄りに暴力をふるい、家に石を投げこむことしかしないお前たちが、何を偉そうに。お前たちアーリア人が北ヨーロッパで木の掘っ建て小屋に住み、動物の毛皮を着て、肉を焼いてた頃、僕たちユダヤ人は立派な都市を築いてたんだぞ」

ヒルシュが若者の胸倉を摑んでいるのを見て、人々が集まってきた。

「ユダヤ人がかわいそうな若者を殴ってるわ！」女の叫び声があがった。

果物屋の店員が、ブラインドを上げる棒を持って走ってきた。そのあとに十人以上の男たちも。そのとき一本の手が伸びてきて、ヒルシュの腕をぐいと摑み引っ張った。

「逃げよう！」部長だった。

なんとか建物の中に駆けこみ、門を閉めた。ヒルシュにとっては異常な集団だった。あの滑稽なちょび髭をはやした政治家ヒトラーが、人間を憎しみの機械に変えてしまったのだ。

翌日、ＪＰＤの支部は閉鎖され、ヒルシュはボヘミアに送られた。オストラヴァ、ブルノ、最後はプラハでも、それまでどおり青年のスポーツ活動組織に身を置いた。

チェコの首都プラハはあまり好きになれなかった。チェコ人は楽天的で、ドイツ人ほど細かいことにはこだわらない。それがヒルシュの性に合わなかった。しかし、プラハ郊外のハギボール・クラブは、またとないスポーツ施設だった。ヒルシュは十二歳から十四歳までの男の子たちの責任者に任命された。彼らをボヘミアから連れ出し、中立国を横断して、イスラエルまで連れて行くのが目的だった。そのためには体を鍛える必要がある。自尊心を持ち、祖先の地を再び踏むには、逆境を乗り越えてきたユダヤ人の歴史も知っておかなければならない。

ヒルシュは指示を受けるといつも全身全霊、仕事にうちこんだ。子どもたちをぐいぐい引きつける有能な仕事ぶりを見たプラハのユダヤ人評議会青年部の担当者たちは、責任感が強く粘り強いフレディ・ヒルシュに新入りの子どもたちを任せることにした。

その子どもたちをやる気にさせるのは並大抵ではなかった。強固なユダヤ人意識を抱えたシオニストの親を持ち、自覚と熱意に支えられた自制主義《ハブラガー》の子どもたちとは対照的に、この子どもたちは萎縮し、悲しげで、無気力だった。どんなゲームにものってこず、どんな楽しい話にも笑顔を見せず、どんなスポーツにも興味を示さない。

その中に十二歳のズデニェクという少年がいた。彼はヒルシュが今まで見た中で、最もまつ毛の長い、悲しい目をしていた。

一日目の午後の終わり、子どもたちのことをもっとよく知ろうと考えたヒルシュが、もし今この瞬間、別のどこかにいられるとすればどこにいたいかと尋ねたとき、ズデニェクはにこりともせず、両親に会えるから天国にいたいと答えた。彼の両親はゲシュタポに捕えられたため、もう二度と会えないだろうと祖母に言われていたのだ。ズデニェクは席に座り、再び口を開くことはなかった。それまで黙りこんでいた子どもたちの何人かが、それを聞いて大笑いした。時々子どもは場違いな反応をすることがある。ほかの子をからかうことで自分自身の恐怖にふたをするのだ。

ある日の午後、プラハのユダヤ人評議会本部の青年部長がヒルシュを呼び出した。部長は、ナチスの包囲網が狭まり国境が閉ざされつつあり、もうすぐプラハからは誰も出られなくなるだろうと、深刻な面持ちで語った。だから、自制主義の第一グループは、二十四時間、どんなに遅くとも四十八時間以内に出発しなければならないが、そのグループの責任者にならないかということだった。

これ以上はない好条件だった。グループと一緒に出発すれば、戦争の恐怖もなく、いつも夢見てきたイスラエルに行けるのだ。しかし、それはすなわち、ハギボールで指導する子どもたちを置いていくこと、つまり第三帝国からの剝奪、侮辱によってプラハで苦しんできた子どもたちに対する大事な仕事を放りだすこと、ズデニェクたちを見捨てることを意味する。

その瞬間、ＪＰＤのことが蘇ってきた。父親を亡くし、途方にくれていた彼は、そこで自分の居場所を見つけたのだった。

「誰だって、『行きます』と言ったでしょうね」ミリアムが話を続けた。「でもフレディ・ヒルシュはそういう人間になりたくなかった。だから断ったの。そしてハギボールに残った」

ユダヤ人評議会本部の青年部長はゆっくりとうなずき、その決断がどういう結果をもたらすのかを推し測るように長い間押し黙っていた。しかし、未来がどうなるかは誰にもわからない。

「ヒルシュは行くこともできた。でも残った。この話はプラハのユダヤ人評議会の人から聞いたのよ」

「そうだったんですか。疑ったりして悪かったわ」

ミリアムはため息をついた。吐く息が白くなる。そのときサイレンが鳴った。全員バラックに戻れという合図だ。

「エディタ、明日ヒルシュにメンゲレのことを話しなさい。どうすればいいか彼ならわかってる。あとのことは……」

「私たち二人の秘密ですね」

ミリアムがうなずいた。ディタは霜がおりた泥の上を飛ぶように走りだした。自分自身でさえあまり触れたくはない、感情の奥深いところにまだ痛みを感じていた。でもヒルシュは裏切り者ではなかったのだ。王子様をなくしたのは辛いけれど、リーダーは取り戻すことができたのだ。

数ブロック離れた三十一号棟でも誰かの話し声がしていた。フレディ・ヒルシュだ。誰も座っていない椅子を相手にしゃべっている。

「やったぞ。やるべきことはやった」

バラックの暗闇に響く自分の声が、他人のもののようだ。

あのベルリン出身の美青年にもう来るなと言った。意志の力が本能に勝ったのだから、自分自身を誇らしく感じてもいいはずだ。だが、実際は違った。尊敬されるに足る男にふさわしく、女性を好きになれたらいいのだが。

沈んだ気持ちで部屋を出て、泥だらけの道、バラック、見張り台を眺める。電灯の灯りに照らされて、鉄柵の両側で向き合っている二人の人物が見える。アリス・ムンクと検疫隔離収容所の登録係だ。温度計は零度近くを指しているはずだが、彼らは寒そうには見えない。多分、愛し合うとはそういうことなのだろう。

三十一号棟は子どもたちがいるときは狭くにぎやかだが、彼らが帰ってしまうとだだっ広くがらんとなった。子どもがいなければもはや学校ではなく、冷えきった空っぽの小屋に変わる。

ヒルシュは冷えた体を温めようと、床にあお向けになり、空中で激しく脚を交差し腹筋を鍛え始めた。疲れさせて肉体を鎮めるのだ。彼にとって愛は若い頃から悩みの種だった。理性で行動しようとしても、本能が抵抗する。何事にも秩序正しい自分が、その最も秘めやかな本能を抑えられないことに深い失望を感じた。

一、二、三、四、五……

JPDの遠足のとき、狭い寝袋の中でほかの少年たちと体を寄せあうのが好きだった。彼らはいつも冗談を飛ばして、彼を受け入れてくれた。父親が亡くなったあと、彼らといると自分が守られている感じがして安心できた。この仲間意識は何ものにも代えがたかった。サッカーチームはただのチームではなく、一つの家族だったのだ。

十八、十九、二十、二十一……

思春期になっても、男同士で身を寄せあう喜びは変わらなかった。女の子とはそんな親しみは覚えなかった。男の子を毛嫌いする女の子は苦手だった。男友達といるときだけが楽しかった。そして大人になっても、同性にしか惹かれなかった。その後彼は、アーヘンからデュッセルドルフへと移った。頭ではなく体が行動を決める年齢がある。彼は好きな相手とこっそり密会をするようになり、薄暗い公衆トイレの中での逢瀬もあった。床はいつも濡れていて、陶器の洗面台には錆の跡がついていたが、それでも甘いまなざしで見つめられ、心をこめて愛撫される喜びには抵抗できなかった。

三十八、三十九、四十……

この何年か、試合やトレーニングに加えてたくさんのイベントを企画し、いつも忙しく、頭をいっぱいにし、体を疲れさせようと努めてきた。そうすることで肉体的欲望から目をそむけてきたのだ。欲望はフレディ・ヒルシュという人間を骨抜きにし、彼が長年積み上げて来た名声を一瞬にして破壊しかねない。忙しくしていれば、彼ほどの人気と人望のある人物がいつも一人でいても変に思われずにすんだ。

五十七、五十八、五十九……

腹筋が痛くなるまで、はさみのように脚を交差させ、空を切り続ける。自分が望んだような人間、人が望むような人間になれなかった自分への罰として……

七十三、七十四、七十五……

床にしたたる汗は彼の辛抱強さ、自己犠牲……そして勝利の表れだ。起き上がって床に座る。今はもう冷静さを取り戻している。テレジーンでの思い出が夜の虚空を満たしていく。

一九四二年五月、ドイツ系ユダヤ人のヒルシュは大勢のチェコ系ユダヤ人とともに、テレジーンのゲットーへ送られた。最初にゲットーに到着したグループの一人で、彼のほかには、工員、医者、ユダヤ人評議会のメンバー、文化やスポーツの指導員がいた。ユダヤ人を大量に送り込む準備が進められていたのだ。

到着したときに目に飛び込んできたのは直線的な街並みだった。軍人が考え出した都市デザインで、三角定規で引かれたように直角に交わる道路、幾何学的な建物、春にはおそらく花が咲くであろう四角い花壇……。彼はその合理的な街が気に入った。彼の几帳面さにぴったり合っている。ここでユダヤ人にとってよりよい新しい時代が始まり、ここがパレスチナに帰る第一歩になるだろうとさえ思えた。

立ち止まって街を眺めていると、風で髪が少し乱れたので、手で後ろに撫でつけて整えた。何ものにも自分を乱されたくなかった。今ハリケーンのように吹き荒れている歴史の風なんかに倒されてたまるか。自分は悠久の歴史を持つ民族、選ばれた民の一員なのだ。

プラハで若者たちのグループと活発に活動してきた彼は、テレジーンでも同じようにスポーツ活動をし、金曜日にはユダヤ教の精神を培《つちか》うための集会を続けるつもりだった。しかし、そう簡単にはいかないだろう。何しろ相手はナチスなのだ。ユダヤ人評議会のメンバーの中には、ヒルシュが必死に隠そうとしていた秘密を知っていて、それを許さない者もいた。幸い、評議会の長老ヤーコプ・エーデルシュタインはいつもヒルシュの味方をしてくれたが。

陸上、ボクシング、柔術の教室、バスケットボールのトーナメント、サッカーのリーグ戦なども実現させたし、ナチスを説得して監視兵たちのサッカーチームを作り、収容者との試合も行った。

フィールドの周りだけでなく、試合が行われる中庭に面した建物の窓をぎっしり埋めた観客の歓声。あの輝かしい瞬間を昨日のことのように思い出す。

失敗もあった。特によく覚えているのはSSの監視兵対ユダヤ人のサッカーの試合で、ヒルシュは審判をやった。中庭に面した戸口や窓だけでは足りず、緊迫した試合を見ようと階段のすべての踊り場に人々が集まった。多くの者にとって、それはサッカーの試合以上のものだった。特にヒルシュにとっては。何週間もかけてチーム作りをし、戦術を練り、モチベーションを高め、練習メニューを作り、選手たちに飲ませる牛乳を手に入れようとかけずりまわってきたのだ。

試合終了二分前。監視兵チームのフォワードがピッチの中ほどでボールをカットし、一直線にゴールに向かって走り始めたので、ユダヤ人チームのミッドフィールダーたちは不意をつかれた。クロスに出て行けるディフェンダーは一人しかいなかった。だが、そのディフェンダーは気づかれないようにわざと脚を引いて相手の突破を許した。SSの選手はシュートを放ち、勝利のゴールを決めた。ナチスの選手たちの喜びに溢れた顔をヒルシュは忘れない。ナチスがユダヤ人を破ったのだ。サッカーのグラウンドでも。

ヒルシュは非のうちどころのない公平さで、ロスタイムなしとして試合終了のホイッスルを吹き、最後のゴールを決めたフォワードを祝福しに行った。固くその手を握ると、相手も歯の欠けた口で笑顔を見せた。ヒルシュはさほど悔しがるふうもなく、仮設の更衣室に向かったが、シューズのほどけた紐を結ぶふりをして、みんなを先に行かせた。そして、一人の選手が前を通りかかったとき、誰も気づかないほど素早く、その選手を掃除用具置き場に押し込み、モップの柄に押し付けた。

「どうしたっていうんですか？」その選手が食ってかかった。

「お前こそどうしたんだ。どうしてあのナチス野郎にシュートさせて、あいつらを勝たせたんだ？」

「いいですか、ヒルシュさん、僕はあの伍長をよく知ってます。悪党で、すごいサディストだ。口で缶づめを開けるから歯が欠けている。野蛮な人です。そんな奴を止められるわけないでしょう？　首をへし折られちゃいますよ。たかがゲームじゃないですか！」

ヒルシュはその一言一句を正確に覚えている。情けない若者に感じた深い軽蔑も。

「お前は間違ってる。これはただのゲームじゃない。あそこには何百人も人がいたのに、僕たちはその期待を裏切ったんだ。何十人もいた子どもたちはどう思うだろう？　僕たちが虫けらのように這いつくばるなら、どうしてユダヤ人であることを誇りに思えるだろう？　お前の義務は命がけでプレーすることだ」

「大げさすぎるんじゃないですか？」

ヒルシュは顔がくっつかんばかりにその選手に詰め寄った。相手の目に恐怖の色が浮かぶ。相手はもう後ずさりもできなかった。

「さあ、よく聞け。一度しか言わないぞ。次の試合で脚を引っ込めるような真似をしたら、その脚を切り落としてやる」

その選手は顔面蒼白になり、ヒルシュの手をすり抜けて、掃除用具置き場から飛び出した。


時が経ってみると、取るに足らない出来事のようにも思えるが、ヒルシュはそれを思い出して不愉快そうにため息をついた。

あいつはどうしようもない奴だった。大人たちはもう救いようがない。だからこそ未来のある若者が大事なのだ。


一九四三年八月二十四日、千二百六十人の子どもたちがビャウィストクからテレジーンに到着した。ポーランドの街ビャウィストクのゲットーには、五万人以上のユダヤ人が監禁されていたが、夏の間にナチス親衛隊SSによってほとんどの大人が虐殺された。

子どもたちは街の外、テレジーン・ゲットーの西側にある有刺鉄線に囲まれたブロックに寝泊まりし、SS隊員が彼らを厳重に見張っていた。子どもたちは一時的にそこに収容されているだけのようだったが、最終目的地は明かされておらず、テレジーンの親衛隊大尉からユダヤ人評議会に、彼らとは一切接触しないよう厳命が下っており、違反者には極刑が科された。ただし、伝染病の蔓延を防ぐ衛生スタッフなど五十三人だけが子どもたちへの接近を許されていた。子どもたちはビャウィストクでの大量虐殺の証人であり、犠牲者だったからだ。戦争で情報を遮断されているヨーロッパの人々に、ナチスの犯罪を伝えまいとしてのことだった。

もう少しで夕食の時間だ。テレジーンは涼しくなり始めていたが、フレディ・ヒルシュは汗びっしょりになって、二十人対三十人のサッカーの試合の審判をしていた。その顔つきは物思わしげで、ボールを追う選手たちよりも、通りに面した中庭のアーケードが気になって仕方がない。

何度も書面で申請を出したが、青年局はポーランドから到着した子どもたちの活動許可を得ることはできなかった。だから、ビャウィストクの子どもたちが隔離されているブロックから衛生班が帰ってくるのが見えたとき、近くにいた男の子にホイッスルを渡し、急いで駆け寄った。

医療チームはひどく汚れた白衣を着て、顔に深い疲労の色をにじませ歩道を歩いていた。ヒルシュは彼らの前に立ちはだかって、子どもたちがどうしているか尋ねたが、彼らは不機嫌そうに、そのまま通り過ぎた。秘密厳守を固く命じられていたのだ。少し遅れて女性の看護師が歩いていた。当惑し、心ここにあらずという様子で、一人でのろのろとついていく。彼女が一瞬足を止めたとき、ヒルシュは彼女の目の中にどうしようもない怒りを見てとった。

子どもたちはひどくおびえていて、ほとんどがひどい栄養失調だと彼女は言った。

「監視兵がシャワーに連れていこうとすると、ヒステリー状態になるんです。足をバタバタさせ、ガス室には行きたくないと叫ぶ。無理やり引きずっていかなければなりませんでした。傷の消毒をしてあげた子が言ってました。列車に乗る前に、お父さん、お母さん、お兄さん、お姉さんが殺されたことを知らされたって。私の腕をぎゅっと摑んで、ガスのシャワー室には行きたくないと言うんです。おびえきって」

テレジーンの病院でさまざまなことを見てきた看護師も、自分の親を殺した死刑執行人の監視下に置かれた孤児たちの恐怖心に困惑せずにはいられなかった。子どもたちは体の不調や病気を装って、自分にしがみついてくるのだと、彼女はヒルシュに言った。しかしその子どもたちが必要としているのは薬ではなく、恐れを和らげる愛情や保護、そして抱擁なのだと。

翌日、修繕作業員、調理場や衛生設備の下っ端などの一団が、ビャウィストクの子どもたちが隔離されている西ブロックの検問所を通りぬけた。監視のＳＳ隊員たちは、その集団を退屈そうに眺めている。

建物の修理のための建設資材を運んでいる作業員もいる。その一人は肩に担いでいる板で顔が見えなかったが、土木作業員のような肩と筋骨隆々の腕をしている。しかしその男は、実際は体育指導員だ。フレディ・ヒルシュは作業員に交じって立ち入り禁止区域に入り込むことができた。

中に入ると、まっすぐに一番近くの建物に向かう。前方に二人のＳＳ監視兵が見え、緊張が走るが、さりげなく歩き続ける。横を通りすぎても、彼らはヒルシュに気づきもしなかった。そのあたりでは大勢のユダヤ人がさまざまな作業で立ち働いていたのだ。

別の棟に入ると、それはテレジーンのほかの建物と同じ構造になっていた。入り口の先にはホール、その両脇には階段がある。そのまま進むと、四方を建物に囲まれた大きな中庭に出る。階段を上がっていくと、ケーブルの束を抱えた電気工二人とすれ違ったが、彼らはきちんと彼に挨拶した。二階に着くと、簡易ベッドに座り足をぶらぶらさせている子どもたちが何人か見えた。

　踊り場でSSの伍長とすれ違い、頭を軽くさげて挨拶する。SSはそのまま通り過ぎた。ヒルシュは、たくさんの子どもがいるわりにはあたりがしんと静まり返っていることに違和感を覚える。ちょうどそのとき、背後から誰かが自分の名前を呼ぶのが聞こえた。

「ヒルシュ？」

　一瞬、ゲットーの知り合いかと思ったが、振り返ると、さっきすれ違ったSSだった。歯の欠けた笑顔を見せている。監視兵チームの選手だとヒルシュはすぐに思い出した。何とか笑顔を返したが、すぐにSSは表情をこわばらせ、その顔がゆがんだ。ここには体育指導員などいるはずがない。さっと手を上げ、階段を指差し、自分の前を歩くよう指示した。ヒルシュは、平静を装い、笑顔混じりにそこにいる言い訳をしようとしたが、SSはぴしゃりと言った。

「監視隊へ行くんだ！　今すぐ！」

　監視隊のリーダーである親衛隊中尉の前にくると、ヒルシュは直立不動の姿勢をとり、ブーツをカチッと鳴らして敬礼した。ナチスの将校は構内に入る許可証を見せろと言った。そんなものを持っているはずがない。将校はヒルシュのすぐ目の前まで顔を近づけ、いったいお前はここで何をしているのだと怒鳴りつけた。ヒルシュは前を見つめ、動ずる様子もなく、いつもの礼儀正しい口調で答えた。

「テレジーンに収容されている子どもたちの課外活動を監督するという任務を遂行しようとしていただけであります、上官殿」

「このグループとの接触は禁止されていることを知らないわけではあるまい？」

「存じております、上官殿。しかし、私は青年局の責任者ですので、衛生スタッフの一員だと考えたのです」

ヒルシュがあまりに冷静なので、将校は怒りが収まってきた。それで、今回のことについて上に報告書を書くので、処分が決まったら知らせるとヒルシュに言い渡した。

「軍法会議も覚悟しろ」

ヒルシュは監視隊の別棟の留置所に一時的に収監された。報告書用の個人データを確認するまでは出すわけにはいかないと言われ、その空っぽの犬小屋のような部屋の中をゆっくりと歩き回った。子どもたちに会えなかったのは残念だったが、気持ちは落ち着いていた。誰も彼を軍法会議などにはかけないだろう。彼はドイツ人管理職の間でとても評判がいいのだ。そう彼は信じていた。

留置所の柵の前を、ラビのムルメルシュタインが通りかかった。ゲットーのユダヤ人評議会の三人の指導者のうちの一人だ。青年局の責任者たる者がそこに留置されているなどとは嘆かわしい。ビャウィストクの子どもたちの地区には近づかないようにという規則をヒルシュが破ったのは明らかだ。そして今、そこいらの犯罪者よろしくぶざまに留置されている。厳格な指導者のムルメルシュタインが、柵に近づくと、二人の視線がぶつかり合った。

「ヒルシュさん、そんなところで何をしているのです？」

「あなたこそ、ムルメルシュタインさん……。そこで何をなさっているのですか？」

軍法会議は開かれず、刑罰も下されなかった。しかしある日の午後、ゲットーのユダヤ人評議会の連絡係をしている〈骸骨〉というあだ名のパヴェル——ほっそりした脚の、テレジーン一番の短距離走者だった——が幅跳びの練習中にやってきて、マクデブルク・ブロックにあるユダヤ当局の本部にすぐに出頭するようにとヒルシュに告げた。

ユダヤ人評議会の長老、ヤーコプ・エーデルシュタイン本人が以下の知らせを伝えてきた。ドイツ軍司令部は、次のポーランド行きの移送者リストにヒルシュの名前を加えた、行き先はポーランドのオシフィエンチム、ドイツ名アウシュヴィッツ収容所だと。

アウシュヴィッツについては恐ろしい噂がささやかれていた。大量殺戮《さつりく》、収容者を死に追いやる奴隷並みの過酷な労働、飢えて骨と皮ばかりになった人々、治る見込みのないチフスの蔓延……。だがそれらはまだただの噂だった。それを直接確認した者も、外の世界に戻って真実を暴露する者もいなかった。

アウシュヴィッツに着いたら収容所当局で身分を伝えるように親衛隊司令部から指示があったと、エーデルシュタインはヒルシュに言った。若者たちのリーダーとしての仕事を続けてもらいたいのだと。ヒルシュの顔が再び輝いた。

「仕事を続けます。ここと同じように」

エーデルシュタインはいかにも教師らしい、べっ甲の眼鏡をかけた温厚な丸顔をしかめた。

「あちらの状況はこれからさらに厳しくなるだろう。厳しいという言葉では足りないほどだ。いいか、フレディ、アウシュヴィッツに行った者は数知れないが、戻って来た者は一人もいない。それでもわれわれは戦い続けなければならないんだ」

あの日の午後、長老エーデルシュタインが彼に言った最後の言葉は一言一句憶えている。

「われわれは希望を失ってはいけない、フレディ。希望の火を消させるな」

それがエーデルシュタインを見た最後だった。背中に腕を回して立ち、窓の向こうを見るともなく見ていた。おそらく、自分自身ももうすぐ絶滅収容所への道を辿ることになると、そのときにはもうわかっていたのだろう。彼は、ユダヤ人評議会の長老の役職を解くという通告を受け取ったばかりだった。ユダヤ人評議会の長老とは、ゲットーに収容されている人々を管理するテレジーンの最高責任者だ。SSの監視はそれほど厳しくなかったので、ゲットーから脱走する者がいても、エーデルシュタインはそれを報告せず、隠し続けた。だが、少なくとも五十人以上が脱走したことにSSの司令部がとうとう気づいてしまったのだ。

ヤーコプ・エーデルシュタインは、アウシュヴィッツ＝ビルケナウの家族収容所ではなく、アウシュヴィッツ第一強制収容所の牢獄に移送された。文字どおり彼の命運は尽きたのだ。ヒルシュはミリアム・エーデルシュタインには一度も言わなかったが、そこでは人類が今まで目にしたことのないほど残酷な方法で拷問が行われていることを知っていた。

ヤーコプ・エーデルシュタインはあれからどうなったのだろう。そして僕たちはみな、これからどうなるのだろう?

14

バラックから子どもたちが帰ったあと、先生が何人か残って話に花を咲かせている。ディタの図書館は閉館だ。この作業も今日が最後かもしれない。「メンゲレに目をつけられている」と、ヒルシュに打ち明けねばならないからだ。

だから本をしまう前に、秘密のポケットからテープを取り出して『ロシア語文法』の破れているところを修理した。それから糊の瓶を取り出し、ほかの二冊の背表紙の端を貼り合わせる。ウェルズの本は、ページの隅が折れているところを元に戻す。ついでに地図帳のしわを伸ばし、優しく撫で、ほかの本も同じようにする。ヒルシュがあれほど渋い顔をした表紙のない小説も、紙の切れ端を利用して細いテープで修繕する。そのあと布袋の中に本を丁寧に入れ、看護師が生まれたばかりの赤ちゃんを寝かしつけるときのようにそっと抱えあげた。そして、ブロック古参の部屋まで行き、ドアをノックした。

ヒルシュは机について、報告書かバレーボールの試合スケジュールかを前にしていた。ディタが話してもよいかと訊くと、振り返って穏やかに微笑んだ。誰にもその意味は読み取れない。

「どうしたんだい、エディタ？」

「お話したいことがあるんです。メンゲレが私のことを、多分図書館のことを怪しんでいます。このあいだの検査のあとから。私、収容所通りで呼びとめられたんです。何か隠していることはないかと問い詰められました。監視されてるみたいなんです」

ヒルシュは立ち上がり、じっと考え込みながら、しばらく部屋の中を歩き回ったあと、立ち止まり、ディタの目を見ながら言った。

「君だけじゃない」

「解剖台に乗せて、生きたまま切り刻むって」

「メンゲレは解剖が好きだからな」そう言って黙り込んだ。

「図書館の仕事から私を外そうと考えてますよね？　私のためを思ってでしょうけど……」

「君はやめたいの？」

フレディ・ヒルシュの目がきらりと光った。

「そんなわけありません！」

ヒルシュは満足そうにうなずいた。

「じゃ、続けるといい。もちろん危険はあるが、今は戦争なんだ。時々それを忘れる人もいるみたいだけどね。僕たちは兵士だ、エディタ。自分は安全な場所にいて指一本動かさないような連中の言うことなど気にするな。戦争では誰もが前線にいて、ここが僕らの前線だ。ここで最後まで戦うべきなんだ」

「じゃあ、メンゲレのことは？」

「優秀な兵士は慎重でないとな。メンゲレのことはよく注意しておこう。彼が何を考えているかは誰にもわからない。時々親切そうに微笑みかけたかと思えば、いきなり無愛想になって、体の芯まで凍りつきそうな冷たい目でこちらを見る。本当に疑われているなら、君はもうとっくに死んでいるよ。彼の頭の中は誰にもわからない。だから、慎重に行動することだ。できるだけ近づかないようにするんだ。彼が来るのが見えたら、そこから離れろ。すれ違ったら、何気なく顔を背けて気づかれないようにしろ」

「わかりました。やってみます」

「よし。頼んだぞ」

「フレディ……ありがとう！」

本当は「あなたのここにいろと命じているのに、礼を言うのかい？」と言いたかったが、ディタはどう言えばいいのかわからなかった。

「えっと……、ここにいてくれてありがとうって言いたかったんです」

ヒルシュが微笑んだ。

「礼などいらないよ。僕はいるべき場所にいるだけだから」

ディタは外に出た。白く雪化粧をしたビルケナウは、いつもの恐ろしさは消え、どこかまどろんでいるかのようだ。ディタは今は、バラックの中での熱を帯びた会話より寒さの方を選びたかった。

そのときガブリエルとすれ違った。腕白盛りの、燃えるような赤毛の十歳のいたずらっ子だ。だぶだぶのズボンがずり落ちないように紐で結わえ、しみだらけのこれまただぶだぶのシャツを着て、同じ年頃の男の子たちを数人引き連れている。

「また何か企んでいるのね」ディタは心の中で思った。

その数メートル後ろからは、四、五歳の男の子たちが互いに手をつないでついていく。よれよれの服、汚れた顔、でもその眼は新雪のように汚れがない。

三十一号棟のガキ大将ガブリエルは、天性の勘と想像力を働かせてありとあらゆるいたずらを考え出す。小さな子どもたちがぞろぞろと彼のあとをついていくところを、ディタはこれまでに何度も見かけていた。

その日の朝もガブリエルは、マルタ・コバックという気取り屋の女の子の頭に虫をのせ、彼女のヒステリックな金切り声でブロックじゅうの活動がストップするという事件があった。あまりの反応に当のガブリエルも立ちすくんでいたら、彼女がすごい剣幕でぱっと振り向いて、そばかすが飛び散りそうなほど激しく彼のほっぺたをひっぱたいた。先生は、彼が平手打ちをくらったのを見ると、ユダヤ律法にかんがみて正義は回復されたと判断し、それ以上の罰は与えずに授業を再開した。

小さな子たちが一緒についていこうとすると、ガブリエルはいつもなら彼らをまいたり、怒鳴って追い払ったりする。それでもついていくと二、三発お見舞いもする。だから、そんなガブリエルが大勢のちびたちのお伴を許しているのを見て不審に思ったディタは、少し離れてあとをつけることにした。まるで、雪の上に残された足跡を辿るゲームのようだ。なぜガブリエルは急に態度を変えたのだろう。彼のことだから、何か企んでいるに違いない。

彼らは収容所をつっ切って出口の方に歩いていく。向かう先は調理場だと、ディタは気づいた。立ち入りが禁じられている場所の一つである調理場の前で、仲間たちは用心深く立ち止まったが、ガブリエルはそのままおかまいなしに中に入っていった。とりまきたちは、ドアから中をのぞきこんでいる。

そのとき、ディタが目にしたのは、まるで喜劇の一幕だった。ガブリエルが飛び出してくると、その後ろから、ベアータという怒りっぽい料理人のおばさんが腕を振り回し、まるで鳥の群れを追い払うようにちびっ子たちを追いたてる。

ガブリエルはジャガイモの皮をねだりに行ったに違いない。子どもたちがほしくてたまらないおやつだ。しかし、どうやらベアータはそのおねだりに辟易《へきえき》して、追い払うことにしたようだ。それでも、ガブリエルと仲間たちは引きあげない。ほかの子どもたちが周りで見守る中、かんかんになったベアータはガブリエルにさっと体をかわされて、薄く氷がはった地面の上で派手に転びそうになった。バランスを取り戻して顔を上げると、そのときやっと追い着いた小さな子どもたちと鉢合わせした。手をつなぎ、お兄ちゃんたちに追いつこうと必死で走ってきたので、みんな息を切らし、はあはあと白い息を吐いている。いつもすきっ腹をかかえている彼らの顔がいやでも目に入る。哀願するような目をした、ぬかるみと雪に汚れた天使たち。ベアータは振り上げていた手をおろし、腰に当てた。

声は聞こえなかったが、何を言っているかはわかる。ベアータは性格がきつく、手も荒れているが、優しい心の持ち主だ。ディタはガブリエルの悪知恵を思って笑みがこぼれた。彼はベアータの同情を買おうと、小さな子たちを連れてきたのだ。許可なく残りものを与えることは禁じられていて、それが見つかったら自分はクビにされ、厳しい罰を受けるかもしれないなどと、ベアータはさとしているに違いない。子どもたちは訴えかけるような目でベアータを見ている。今日は仕方ないけれど、もう二度と来るんじゃないよ、次はお尻を引っぱたくよ、とでも言っているのだろう。殊勝《しゅしょう》にもおとなしくうなずいている子もいる。

ベアータはいったん中に消え、しばらくするとジャガイモの皮でいっぱいのバケツを持って現れた。子どもたちが一斉に押し寄せてきそうな気配を察し、小さな子から順々に並ばせた。子どもたちはジャガイモの皮をかじりながら、三十一号棟に戻っていった。

気分をよくしてディタは収容所通りを戻ったが、その途中で母さんに会った。いつになく髪が乱れている。アウシュヴィッツに来てからも、欠けた櫛《くし》のかけらをどうにか手に入れて、いつもきれいにしているのに。

何かあったのだろうか。ディタが駆け寄ると、母さんはいつになくぎゅっと力を込めて彼女を抱きしめた。父さんに会うため作業場の出入り口まで行ったが、いなかったと言う。仕事仲間のブラディの話では、父さんは朝、寝床から起き上がれず仕事に出なかったらしい。

「熱があったそうだけど、カポーに病院には連れて行かない方がいいって言われたんだって」

母さんは途方に暮れていた。

「病院に連れて行ってくださいってよく頼んだ方がいいんじゃないかしら?」

「あの棟のカポーはユダヤ人じゃない、社会民主党員だから収容されてるドイツ人で、よそよそしいけど、不当なことはしないって父さんが言ってたよ。病院はやめといた方がいいんじゃない? だって、三十一号棟の前にも病院があるけど……」

その病院に入っていった病人のほとんどが、ラダが押す死体運搬用の荷車に乗せられて出てくると言いかけてやめた。死という言葉を口にしてはいけない。死神を父さんに近寄らせてなるもんか。

「父さんの顔を見られたらねえ」と母さんが嘆いた。男性用バラックに女性は入れないのだ。「父さんの同僚でブラチスラヴァ出身の人に、ドアのところで待ってるから、中に入って父さんの様子を見てきてくれって頼んだの」母さんはそこで言葉を切って、気持ちを落ち着けようとした。ディタは母さんの手を取った。「その人が言うには、朝見たときと同じで、熱で意識が朦朧《もうろう》としてて、かなり悪そうだって。エディタ、父さんは病院に行った方がいいわよね?」

「父さんに会いにいこうよ」

「何言ってるの? だって中に入るのは禁止よ」

「それなら、こんなふうに人を閉じこめて殺すのだって禁止すべきよ。母さんはそこで待ってて」

ディタは駆けだした。三十一号棟の助手のミランのところに行くのだ。二十三号棟の横で友達と座りこんでいるのを時々見かける。ハンサムだけど、あまり愛想はよくない。でも、無愛想なのはディタの方かもしれない。ほかの助手たちとはほとんどつきあわず、自由時間は本を読んだりマルギットや両親と過ごしたりするから。かわいこぶった同年代の女の子たちや、格好ばかりをつけたがる男の子たちは苦手だった。

ミランはやはり二十三号棟にいた。凍てつく午後だったが、友達二人とバラックの板壁にもたれて座り、ほかの収容者たちが通り過ぎるのを眺めたり、女の子たちに声をかけたりしている。うっすら髭をはやし、にきび面で、闘鶏のシャモのように格好をつけ突っぱっている年上の少年たちの前に立つのは気が進まない。近くに行くと、がりがりの脚や子どもっぽいウールのハイソックスをからかわれているようで気後れがする。だが、ディタは彼らの前に歩み出た。恥ずかしがっている場合ではない。

「おや！」誰がリーダーかを誇示するように声を上げたのはそのミランだった。「誰かと思えば、図書係か」

「三十一号棟の外でそれは禁句よ」とディタは遮った。そしてすぐに、あまりに無愛想だったことを後悔した。不服そうにミランが顔を紅潮させている。友達の前で年下の女の子にやり込められたらいい気はしないだろう。ものを頼みに来たのはこちらの方なのに。「あのね、ミラン、お願いがあるんだけど……」

友達二人が肘でつつきあって、薄笑いを浮かべた。ミランも居丈高に答える。

「いいぜ。女の子の頼みごとは慣れっこさ」仲間の様子を横目でさぐりながら、ミランは偉そうに言った。友達二人は歯並びの悪い歯をのぞかせてにやにやしている。

「そのコートを貸してほしいの……」

ミランは意外な申し出に拍子抜けする。俺のコート？　コートを貸してほしいだって？　BⅡb区画の中でもとびきりいいそのコートは、服の分配で運よく当たったものだ。交換してくれるならパン、ジャガイモ、板チョコまでやると言われたことがあるが、何を持ってこようと手放す気はなかった。気温が零度まで下がる午後を、そのコートなしでどうやって耐えろというのだ。それにそのコートは彼にとても似合っていて、着ていると女の子にもてた。

「何言ってるんだ？　俺のコートは誰にも触らせない。誰にもな」

「ちょっとだけだから……」

「馬鹿言うな！　だめと言ったらだめだ！　俺を馬鹿にしてるのか？　貸したら売っぱらうつもりだろう。とっとと消えた方が身のためだぞ」そう言いながらいらだたしげに立ち上がった。ディタより二十センチは背が高い。

「ちょっと着てみたいだけなの。なくなるのが心配なら、ずっとついてきてもいいわよ。お礼に夕食のパンをあげるから」

ディタは魔法の言葉を口にした。夕食のパン。最後に腹いっぱい食べたのがいつだったかも覚えていない成長期の少年たちにとって、それは最上の殺し文句だった。四六時中お腹をすかしていて、食べ物のことは片時も頭を離れなかった。鶏のもも肉は女の子の太もも以上に魅力的だった。

「お前のパンか……」

そう繰り返しながら、もうすでに夕食でそのパンを食べるところを想像している。少し残しておいて、明日の朝のお茶に添えれば、少しはまともな朝食がとれる。

「コートをちょっとの間だけ着て、すぐに返すって言うんだな？」

「そうよ。だましたりしないわ。私たちは同じバラックで働いてるじゃない？　もし私がだまして、それを言いつけられたら、三十一号棟の仕事をやめさせられちゃうわ。誰だってあそこはやめたくないもの」

「まあな……、ちょっと考えさせてくれ」

ミランは仲間たちを呼び、頭を寄せ合い、何やらひそひそ相談している。時々忍び笑いが漏れてくる。ついにミランがにんまりと顔を上げた。

「わかった。ちょっとだけ貸してやる。その代わりに、パンと……それから俺たちにおっぱいを触らせること！」仲間の方をちらっと見ると、彼らはそうだそうだとうなずいた。

「馬鹿みたい。私、胸なんかないわよ……」

三人はよほど嬉しいのか、そんなことをねだるバツの悪さをごまかそうとしてか、げらげら笑っている。ディタは深く息を吸い込んだ。三人がそんなに背が高くなければ、一人ずつその頬を引っぱたいてやったのに。

「いいわ。じゃ、そのコートを貸して！」

ミランは寒空の下、三つボタンのシャツだけになり震え上がった。ディタは彼女には大きすぎるそのコートを着た。おあつらえ向きにだぶだぶだ。

加えて、ディタがそれに目をつけたのには、もう一つわけがあった。収容所で見る服にはめったにないものがついているからだ。フードだ。コートを着込むと、ミランを後ろに従えて歩き始めた。

「どこに行くんだ？」

「十五号棟」

「おっぱいは？」

「あとでね」

「十五号棟って、あそこは男専用だぞ……」

「そう……」ディタはフードをかぶった。顔がすっぽり見えなくなる。ミランが立ち止まった。

「ちょっと待てよ……、まさか、あそこに入るつもりじゃないだろうな？　女は入れない。俺は行かないぞ。見つかったらこっちまでとばっちりを食う。お前、頭がイカレたんじゃないか？」

「私は入るわ。一人でもね」

ミランの目はさらに丸くなった。寒さで体の震えも大きくなる。

「いやなら、ドアのところで待ってて」

ディタがそのまま歩いて行くので、ミランは足を速めた。父さんのバラックのそばに母さんがいたが、ディタは声をかけなかった。母エリーザベト・アドレロヴァ、愛称リースルは悲嘆に暮れるあまり、男性用コートに身を包んでいるのが娘のディタだとは気づかない。ディタは躊躇せずバラックに入って行った。誰も彼女に目をとめない。ミランは戸口で立ち止まった。コートはもう戻ってこないのではないかと、不安になって毒づいた。

ディタは粗末なベッドの間を進んで行く。冷えた暖房ダクトの上に座っている者、ベッドに腰かけて話をしている者、消灯時間前に横になるのは禁じられているが、寝そべっている者もいる。ということは、ここのカポーはそれほど厳しくないのだろう。ひどい悪臭がする。ディタがいる女性用バラックよりずっと臭い。すえた汗の臭いに気分が悪くなる。フードをかぶったままなので誰もディタには気づかない。

父さんは奥の三段ベッドの下段のわら布団に横たわっていた。顔を近づけてフードを取り、「私よ」

とささやきかける。

父さんは目を閉じていたが、娘の声を聞くと薄目を開けた。額に手を置くと、燃えるように熱い。ディタだとわかったかどうかははっきりしないが、構わず手を握って小声で話しかけた。これまであまり口にすることもなかった言葉が、次々に溢れ出てきた。

「家で地理を教えてくれたときのこと、覚えてる？　私はよく覚えてるわ……。父さんは本当に物知りね！　父さんはいつも私の自慢だった、いつだって」

プラハでの子ども時代の幸せだった日々、そしてテレジーン・ゲットーでの懐かしい思い出について語りかけた。もちろんディタと母さんがどんなに父さんを好きかも。ぼんやりした熱の幕を通り抜けて言葉がしみこんでいくように、何度も何度も繰り返して。父さんが少し動いたような気がする。心の奥底にディタの声が届いているのだろう。

父ハンス・アドレルは無数の強力な肺炎のウイルスを相手に、栄養失調と寒さで衰弱した体で戦っている。ポール・ド・クライフの『微生物の狩人』の中に出てくる顕微鏡を通して見た細菌が、小さな猛獣の群れのようだったことをディタは思い出した。

一人で戦うにはあまりにも大きな軍隊だ。

ディタは父さんの手を汚れたシーツの中に入れ、額にキスした。フードをかぶり直し、出て行こうとしたとき、すぐそばにいるミランが目に入った。怒鳴られるのも覚悟したが、思いがけず優しいまなざしを向けられた。

「お父さんなの？」

ディタはうなずいた。服の下を探り、夕食のパンを取り出して差し出すが、ミランはポケットに手をつっこんだまま、首を横に振った。バラックの入り口でディタはコートを脱いだ。母さんがディタに気づいて当惑の表情を浮かべる。

「母さんにもちょっとだけ貸してくれない？」ディタはミランの返事を待たずに言った。「母さん、これを着て中に入って」

「でも、エディタ……」

「これでごまかせるわ！　さあ！　奥の右側よ。もうろうとしているけど、声は聞こえているはずよ」

　母さんはフードをかぶり、顔を隠して中に入った。ミランは黙ってディタの横に立っている。

「ありがとう、ミラン」

　ミランはただうなずいて、何か言葉を探すような表情を浮かべた。

「あっ、そうそう……」ディタはぺったんこに近い自分の胸を見下ろして言った。

「もういいよ、それは！」ミランは赤くなって大げさに手を振った。「もう行かなくちゃ。コートは明日でいいから」

　体をひるがえして走り去る。コートも着ず、ディタも連れていないのを、仲間にどう説明しようか。パンは途中で食べてしまい、おっぱいはみんなの代わりに触ってきたとでも言っておこう。あれは俺のコートだし。でも、ミランは首を振る。嘘はすぐにばれる。本当のことを話そう。きっとみんなにからかわれ、お人好しだと笑われるだろう。でもそのときはどうすればいいかよくわかってる。簡単なことだ。最初につべこべ言った奴に、一発お見舞いしてやればいい。歯が折れて這いつくばることになるぞ。まあ、そんなことはしなくてもみんな友達なんだし。

　母さんが出てくるのを待っていると、マルギットが現れた。悲しげなその顔を見て、父さんのことを聞いたのだとディタにはわかった。アウシュヴィッツではどんなニュースでもあっという間に伝わる。それが悪いニュースならなおさらだ。マルギットが近づいてきてディタを抱きしめた。

「お父さんの具合はどう?」

その言葉の裏には、「死んだりはしないわよね?」という意味が隠されている。

「あまりよくないの。熱が高くて、息をするたびにひゅうひゅう音がしてる」

「神様がついてるわ、ディタ。これまでもいろんなことを乗り越えてきたんだから」

「いろんなことをね」

「強い人だもの、きっと乗り切れるわよ」

「これまではね。でもこのところ、すごく老けこんでしまって。私は楽観的な方だけど、今度はどうかな。これからのことはわからないわ」

「きっと大丈夫よ」

「どうしてわかるの?」

マルギットは唇を噛み、一瞬答えを探した。

「そう信じたいからよ」

二人の間に沈黙が流れた。何かを願いさえすればかなえられると考える年齢は、とうに過ぎようとしていた。小さい頃、将来の夢はレストランのメニューのようなものだった。これがほしいと指差したら、その夢は銀のお盆にのせられて差し出された。だが、子ども時代が終われば、思いもよらない人生の紆《う》余曲折《よきょくせつ》が始まる。ウェイターがテーブルにやってきて、もう閉店ですと言ったりもする。

外出禁止のサイレンが鳴り、母さんが重たい足どりでバラックから出てきた。

「急がなくちゃ」マルギットがうながす。

「先に行ってて」ディタが言った。「私たちはあとでゆっくり行くから」

マルギットは帰っていき、ディタと母さんは二人きりになった。母さんは呆然としている。

「どうだった？」

「少しはいいみたい」しかし、母さんの声がとても震えていたので、ディタには信じられなかった。それに、母さんの性格はよくわかっている。いつも前向きで、どんなときもきちんとしていなさいと言っているのに。

「母さんのこと、わかった？」

「もちろん」

「じゃ、何か言った？」

「ううん、でも明日にはきっと良くなってるわ」

バラックに着くまで、それっきり話さなかった。

明日にはきっと良くなってる。

母さんはそう言った。母親はそういうことはよくわかっているものだ。子どもに熱があれば、夜も枕元で看病する。額に手をあて、そのあと何をしなければいけないかを心得ている。ディタは母さんの手を握り、時間外に外にいるのを監視兵に見とがめられるのを恐れて足を速めた。

バラックに入ると、ほとんど全員がもう寝床で横になっていた。

あいにくカポーと鉢合わせした。一般犯罪者を示す緑色の三角札を付けた、ハンガリー人女性だ。泥棒、詐欺、殺人、何をやったか知らないがユダヤ人よりは格上の階級だ。夜間にトイレ代わりに使うコンテナーが置かれているかどうかを点検しにきたのだが、母娘が遅れて入って来たのを見ると、手に持っていた棒を振り上げた。

「すみません、あの、父が……」

「いいから、さっさとベッドに入って」

「はい、わかりました」

ディタは母さんの手を引き、寝床にたどりついた。母さんはのろのろとのぼり、横になる前に、一瞬振り返った。言葉は口にしなかったが、目がその苦悩を告げている。

「心配しないで、母さん。父さんが明日も変わりなかったら、医者に連れて行くように頼みましょ。必要ならヒルシュさんに話してみるわ。きっと力になってくれるから」

「そうね」

枕元のライトを消し、ディタは同じベッドの相棒におやすみを言うが返事はなかった。不安でたまらず、目をつぶることもできない。

記憶の中から父さんの素敵な姿を探す。父さんと母さんがピアノの前に座っている。父さんは白いシャツの袖口をまくり上げ、黒いネクタイにサスペンダーをしている。母さんは体の線がわかるほどぴったりしたブラウス姿だ。二人とも苦笑いしている。連弾の息がうまくあわなかったのだろう。どちらもまだ若くて幸せそうだ。未来はまだ失われていない。

そうした普通の生活は、プラハを出たときに終わった。そのよき時代の最後の思い出は、ヨゼフォフのアパートでのものだ。三人はドアを開け、階段の踊り場にスーツケースを置き、二度と開けるかどうかわからないドアを閉めようとしている。ディタたちが踊り場で待つ間、父さんはアパートの中に戻ると、居間のサイドボードのところに行き、地球儀をくるくると回した。

ディタはやっと眠りに落ちる。しかし、熟睡はできなかった。

明け方、誰かが呼ぶ声で飛び起きた。やけに生々しい声だ。落ち着かない気持ちで目を開ける。胸が高鳴っている。でも見えたのは、隣で眠りこけている相棒の足だけだった。ほかのベッドから聞こえてくるいびきや寝言以外、あたりは静まりかえっている。ただの夢……？　でもディタはいやな予感がした。呼んだのは父さんに違いない。

早朝、収容所は朝の点呼のため監視兵などでごった返す。その二時間ほどの点呼が永遠に続くかに思われる。ディタと母さんは整列しながら目くばせしあった。私語は禁止だ。何も言ってはならない。ようやく解放されると、朝食の列に並ぶ代わりに、十五号棟に駆けつけた。二人の姿を見たブラディが列から離れて近づいてきた。

「奥さん……」

「主人は？」母さんが震える声で尋ねる。「あれからどうです？」

「亡くなりました」

人の命が、なんてあっけなく表現されるのだろう？　この悲しみがそんな短い言葉に入りきれるわけがない。

「顔を見られますか？」母さんが尋ねた。

「お気の毒ですが、もう連れていかれました」

死体は朝一番で回収され、荷車に積んで運び出され、炉で焼却されるのだ。

母さんはくずおれそうになったが、気丈にふるまっていた。昨日から覚悟していたのかもしれない。だが、最後のお別れさえもできないということが、母さんを打ちのめした。

しかし、すぐに気をとりなおし、ディタの肩を抱いて慰めた。

「少なくとも父さんは苦しまなかったわ」

ディタは血が煮えたつのを感じる。母さんが幼い子どもをなだめるように話すのが、なおさら気にさわる。

「苦しまなかったですって？」母さんの腕を振りほどいて言い返した。「仕事も、家も、人間らしさも、健康も取り上げられて、ノミだらけのベッドで犬みたいに一人で死んでいったのに、苦しまなかったなんてどうして言えるの？」最後はほとんど悲鳴に近かった。

「何事も神様の思し召しよ、エディタ。それを受け入れないと」

ディタは首を振った。いやよ、いや。

「私は受け入れたくなんかない！」収容所通りのど真ん中で叫ぶ。朝食の時間だが、ほとんど気を留める人はいなかった。「神様なんて犬にでも食われてしまえばいいわ」

最悪の気分だった。母さんにも慰めと助けが必要なのに、ひどい態度を取った自分に、ますます気分が悪くなる。でも、どうして母さんは怒らないの。

そのとき、大きなスカーフをかぶったツルノフスカがやってきた。助かった。何があったか、もう知っているに違いない。彼女は優しくディタの手を握り、母さんを抱きしめた。ディタもそうしなければいけなかったが、できなかった。心が引き裂かれ、何もかも破壊したい衝動がつきあげてくる。

さらにほとんど顔も知らない女性が三人やってきて、声を上げて泣き始めた。ディタはあっけにとられて彼女たちを見つめた。彼女たちは母さんに近づこうとしたが、ツルノフスカが立ちはだかった。

「だめよ！　あっちに行って！」

「奥さんにお悔やみを言いたいだけだよ」

「十数えるうちに行かないと、蹴っ飛ばすよ！」

茫然自失している母さんはそれには気づかず、ディタにも止めに入ったりする気力は残っていなかった。

「ツルノフスカさん、なんてこと言うの？　みんなどうかしてるわ」

「あいつらはハゲタカだよ。腐った肉を食べにくる連中さ。家族を亡くした者がショックで物を食べられなくなるのを知ってて、その食べ物を横取りしようという魂胆さ」

ディタは驚いた。心の底から憎しみが湧き上がり、ツルノフスカに母さんを預けると、その場を離れた。

どこかに行きたい。だけど、どこに行ったらいいのだろう。父さんともう二度と会えないなんて、考えたくなかった。そんな現実など受け入れられない。今も、そしてこれからもずっと。ぎゅっとこぶしを握り締めて歩く。どうしようもない怒りが湧いてくる。

父さんがダブルのスーツにフェルトの帽子姿で仕事から帰ってくることは、もう二度とない。天井を見上げながらラジオに耳を傾けることも、ディタを膝にのせて世界の国々について教えてくれることもない。ディタの書く文字の形を優しく直してくれることもない。

ディタは泣くことさえできない自分にも腹が立った。足は自然と三十一号棟に向かう。子どもたちは朝食で大騒ぎだ。ディタはバラックの奥までまっすぐ進み、積まれた薪の後ろのいつもの隠れ場所にたどりついた。ところが、隅の椅子にちょこんと座っている先客がいたので、飛び上がりそうになる。

そのモルゲンシュテルンが礼儀正しく挨拶をするが、ディタは今日は無表情のままだった。モルゲンシュテルンは芝居がかったお辞儀を止めた。

「父さんが……」

そのとたん、熱くたぎった血が体中を駆けめぐり、一つの言葉が口を衝《つ》いて出た。

「人殺し！」

その言葉を何度も繰り返す。

「人殺し、人殺し、人殺し……！」

椅子を蹴り、それを摑んで大きく振り上げた。目を見開き、息を切らして。モルゲンシュテルンは年寄りとは思えない機敏さで立ち上がり、ディタの手から椅子を取り上げた。

「殺してやる！」怒りに燃えてディタが叫んだ。「銃を手に入れて撃ち殺してやる！」

「いけません、エディタ、それはいけません」ゆっくりと言う。「私たちが憎しみを抱けば、彼らの思うつぼです」

ぶるぶる震えるディタをそっと抱きかかえる。ディタは老教師の腕に顔をうずめた。何事かとほかの先生たちが顔をのぞかせ、子どもたちもそのあとに続く。モルゲンシュテルンは唇に指をあて、向こうに行くように合図した。その真剣な表情に、みな驚きながらもそれに従い、二人をそっとしておいてくれた。

ディタは、母さんを置いてきたこと、泣くこともできなかったことを告げた。父さんを救えなかった自分が悔しくてたまらない、自己嫌悪にもとらわれる。しかし、モルゲンシュテルンはこう答えた。涙は怒りがおさまったときに初めて出てくるものだと。

「だってあんまりです。父さんは何も悪いことなんかしてないのに。こんなところで命まで奪われてしまうなんて」

「よくお聞きなさい、エディタ。亡くなった人はもう苦しまずにすむのですよ」

亡くなった人はもう苦しまずにすむ……。モルゲンシュテルンはその言葉を繰り返しささやいた。いかにも年寄りが口にしそうな、そんな使い古された言葉など、何の慰めにもならないのは本人だってわかっている。しかし、アウシュヴィッツではその言葉は、人を亡くした悲しみを乗り越える何よりの薬だった。ディタは小さくうなずき、ベンチにゆっくりと腰をおろした。モルゲンシュテルンはポケットからしわくちゃの色あせた折り紙の小鳥を取り出して、そっと差し出した。

そのみすぼらしい小鳥は死の間際の父さんのように弱々しく、壊れた眼鏡をかけたモルゲンシュテルンのように今にも倒れてしまいそうだ。そうだ、みんないつ壊れたっておかしくないのだ。

その瞬間、ディタは自分がちっぽけで、弱々しい存在だということに思い至った。心を震わせる怒りも、いつか和らぐときがくる。そして最後には涙が溢れ、すべてを焼き尽くした火を消してくれる。モルゲンシュテルンがうなずくと、ディタは老教師の縞模様の服の肩に顔をうずめて泣き崩れた。残された自分たちに、あとどれだけの苦しみが待ち受けているのかは、誰にもわからない。

ディタは顔を上げ、袖で涙をぬぐった。先生にお礼を言い、朝食時間のあいだにしなければならない大事なことがあると告げた。母さんが自分を必要としている。それとも、自分が母さんを必要としているのか。

どっちだってかまわない。


母さんは火の消えた暖房ダクトの上で、ツルノフスカと座っていた。近づいていっても、物思いに沈んでいるように、顔を伏せたままだ。ツルノフスカは空になった自分のお碗を床に置き、母さんの椀に入った朝のお茶に、昨日母さんが食べ残した夕食のパンのかけらを浸した。

その椀にディタの目が釘づけになっているのに気づいたツルノフスカが手を止めた。

「いらないって言うから」突然のディタの出現に、口ごもりながら弁解する。「食べなきゃだめだって言ったんだよ。でももう作業場に行くまで時間がないし……」

二人は黙って顔を見合わせた。母さんは放心状態だ。遠い思い出の地を彷徨《さまよ》っているに違いない。

ツルノフスカは残りをどうぞと言うようにお椀を差し出したが、ディタは首を横に振る。その目に非難の色はなく、あきらめと悲しみが混じり合っていた。

「どうぞ、全部食べて。おばさんには元気でいてもらわなくちゃ。母さんを助けてほしいから」

母さんの顔はろう人形のようだ。ディタが前にひざまずくと、その目が動き、ディタを認めて、その無表情がやっと崩れた。ディタは母さんをぎゅっと抱きしめる。すると母さんの目から涙が溢れた。

ヴィクトル・ペステックはベッサラビア地方の出身だ。ベッサラビアはもともとモルダビアの領土だったが十九世紀にルーマニア領になった。ルーマニアは初めからナチスを支持していた国だ。ＳＳの制服、腰のピストル、一等伍長の記章は、ペステックをアウシュヴィッツで大きな力を持つ存在に変えた。足元に従えた者たちは、許可がなければ彼に話しかけることもできない。何千人もが彼の言いなりだ。さもなければ、彼が顔色も変えずに出すたった一つの命令で死ぬことになる。

帽子を目深にかぶり、両手を背中に当てたペステックが、背筋を伸ばし、いかめしい顔で歩くのを見れば、鋼《はがね》の精神を持った強靭な男だと誰もが思うだろう。だが、アウシュヴィッツでは見かけと内面は別ものだ。彼は数週間前から一人の女性のことが頭から離れなかった。

相手はチェコ系ユダヤ人の少女で、実のところ言葉を交わしたこともなければ、名前すら知らなかった。初めて彼女を見かけたのは、作業グループを監督した日のことだ。外見はほかのユダヤ人女性と変わらなかった。うす汚れた服を着て、頭にスカーフを巻き、ほっそりした顔をしている。しかし、目の上にかかったカールした金髪をひょいとつまんで唇に持っていき、嚙む何気ない素振りに彼は心を奪われた。それは何ということもない無意識の仕草だったが、本人のあずかり知らないところで、彼女は特別の存在になった。ヴィクトル・ペステックはその仕草に恋したのだ。

よく注意して彼女を見る。感じのよい表情、金色の美しい髪、かごの中のヒワのようなか弱さ。監視している間ずっと彼女から目を離すことができなかった。何度か近づこうとしたものの、話しかけるのはためらわれた。彼女は彼を怖がっているようだった。無理もない。

ルーマニアのSSである鉄衛団のメンバーに選ばれたとき、それはすばらしいことに思えた。人目を引く薄茶色の制服を与えられ、田舎をまわって愛国心に溢れた歌を歌い、自分が特別な存在になったような気がした。最初は、町はずれをうろつくジプシーたちを、小汚い掘っ建て小屋から引きずり出すのが楽しくさえあった。

そのあと、素手でのとっくみあいがチェーンを手にしたものに変わった。それから、ピストルが持ち出された。彼にはジプシーの知り合いが何人かいたし、ユダヤ人の友人も多かった。たとえばラディスラウス。彼の家で一緒に学校の宿題をしたり、森に栗を採りに行ったりしたものだ。ある日、ふと気づくと、手に松明《たいまつ》を持って、ラディスラウスの家に火をつけていた。SSの給料はよかった。隊員になったとき、人々は彼の背中を叩いて祝福した。家族は生まれて初めて彼のことを自慢に思ってくれた。休みで家に帰ったとき、食堂の棚に飾るからと制服姿の写真を撮りに連れて行かれたほどだ。

そしてある日、アウシュヴィッツ勤務を命じられた。

人々を死に追いやるほどの強制労働に駆り立てたり、子どもたちをガス室に送ったり、抵抗する母親を殴ったりするのが彼の仕事だと知ったら、それでも家族は自分を自慢に思ってくれるかどうか、今ではもう自信がない。すべてが常軌を逸している。そして、そう思っていることに気づかれるのではないかと恐怖を覚える。収容者をもっと厳しく扱えと、何度か将校に注意されたことさえある。

ペステックはその日、当直ではなかった。司令部は、勤務時間外にSSが家族収容所の区域をうろつくことを許していない。しかし、検問所の軍曹は友達なので、わけなく通れた。監視兵たちが彼の姿を見て敬礼する。いい気分だ。

午後の点呼が終わろうとしていた。あのチェコ系ユダヤ人の少女がどのグループにいるかはわかっている。みなが解散したとき、大勢の女たちの中に彼女を見つけ、ペステックはそちらに向かったが、彼女は彼が来るのを見て足を速めた。彼も急いで追いかけ、思わず手首を摑んだ。骨は細く、皮膚はかさかさだったが、いつにない喜びが溢れた。彼女は顔を上げ、初めて彼を見つめた。きらきらした青い瞳と、おびえた表情。ほかの女たちが数歩手前で立ち止まったが、振り返って脅すような仕草をすると、すぐに散っていった。人を怖がらせるのは気分がいい。

「僕はヴィクトル」

彼女は黙ったままだ。彼はあわてて手首を離した。

「ごめん、脅かすつもりはなかったんだ。ただ……君の名前が知りたくて」

彼女はかすかに震えながら、やっとのことで口を開いた。

「レネー・ナウマン。私、何か悪いことをしましたか？　罰を受けるような……」

「いや、そんなことじゃない！　僕はただ君を見かけて……」ペステックは口ごもった。言葉が見つからない。「友達になりたかったから」

レネーはけげんそうに見返した。

友達？　SSの命令に従うことはできる。こびへつらうことも、場合によってはスパイにも、愛人になることさえできる。でも友達になれるだろうか？　自分を死に追いやる死刑執行人のSSの友達に。

彼女が何も言わず、当惑の表情で見つめ続けているので、ペステックはかがんで顔を近づけ、小声で言った。

「君が何を考えているかはわかる。僕をイカレたSSだと思ってるんだろう。まあ確かにそうだ。でも僕はそれほどイカレちゃいない。ここで君たちに起きていることすべてに僕は嫌悪を覚える。気分が悪くなる」

レネーは口を開かない。どういうことかわからず、混乱していた。収容者の信用を得ようとナチスの第三帝国を憎んでいるようなふりをして近づき、レジスタンスの情報を巧みに引き出す監視兵の話を何度となく聞いたことがある。

ペステックはポケットから小さなものを取り出し、そっと差し出した。ラッカーが塗られた四角い木箱だ。彼はそれを彼女の手のひらにのせようとするが、彼女はあとずさりした。

「あげるよ。プレゼントだ」

彼女はけげんな表情でその黄色い塊《かたまり》を見ている。彼は小さなふたを上げた。甘い金属音が歌曲を奏で始めた。

「オルゴールだよ！」

レネーは差し出されたその箱をしばらく見ていたが、それを受け取ろうとする素振りを見せない。彼は彼女の喜ぶ顔を期待しつつ、にこやかにうなずいてみせた。

レネーの口は一文字に結ばれたままだ。瞳も何も語らない。

「どうしたの？　気に入らない？」ペステックは困惑して訊いた。

「これ、食べられないわ」ひりひりするその声は、二月の冷たい風よりも胸にこたえた。

ペステックは自分の浅はかさに気づいて動揺した。一週間かけて闇市で探したオルゴールだ。何度も足を運び、ＳＳの同僚やユダヤ人のあらゆる密売人にあたってやっと手に入れた。賄賂《わいろ》を使い、拝み倒し、脅しもした。だが今、そのプレゼントは無駄だったとわかった。みんなが腹をすかせ、寒さに震えている場所で、オルゴールを贈ることしか考えつかなかったとは。

これ、食べられないわ……。

手のひらを閉じ、こぶしをきつく握りしめると、ぎしぎしと軋む音がして、オルゴールはつぶれてしまった。

「ごめん」彼は肩を落とした。「僕はどうしようもない馬鹿だ。何もわかっちゃいない」

落胆を装っているようでもないし、自分の愚かさに本当に打ちのめされているようだとレネーは思った。

「今度は何を持ってきてほしい？」

彼女は黙ったままだった。パン一食分のために体を売る少女たちもいる。だが、彼女の顔にはっきりと憤りの色が浮かぶのを見て、ペステックはまた自分のへまに気づいた。

「誤解しないで。見返りがほしくて言ってるんじゃない。毎日僕たちがしているすべての悪事の真っただ中で、僕はただ何かいいことがしたいだけなんだ」

レネーは何も答えなかった。ペステックは彼女の信頼を得るのは容易ではないと気づいた。レネーは巻き毛を一筋、口元に持っていく。彼の好きな仕草だ。

「またいつか、会ってもらえないかな？」レネーは視線を収容所のぬかるみに戻した。彼はＳＳだ。やりたければ、なんでもできる。許可を求める必要などない。彼女と話すにも、何をするにも。その沈黙を控えめな承諾だと解釈したペステックは小躍りした。

ともかく、ノーとは言われなかった。

嬉しくて笑みがこぼれる。おずおずと手を振って別れの挨拶をした。

「またね……、レネー」

奇妙なＳＳが立ち去るのを見送ってからも、レネーは今しがたの出来事に当惑したまま、長い間立ち尽くしていた。銀色の歯車やバネ、黄色のラッカーが塗られた木片がちらばっている黒い泥の上に。

ディタにとって、それは辛い日々だった。もう父さんはいないという事実が耐え難くのしかかる。足首に鎖でつながれた鉄球を引きずるように、のろのろとしか動けなかった。心にぽっかりと穴があいている。

翌朝は、ベッドから降りるのもやっとだった。あまりののろさに、ベッドの相棒が苦々しい顔をして仕切りから出てきた。そんなにぐずぐずされてははた迷惑だと、ディタが今まで聞いたこともないような汚い言葉で罵り始めた。だが、ほかのときならおびえもしただろうが、今はそうするだけの気力もない。ディタは振り向いて、ただじっと見返した。その力ない表情を見て、それまで騒いでいた相手は口をつぐみ、ディタがベッドから降りるまで何も言わなかった。


午後の点呼と解散命令のあと、三十一号棟の子どもたちは大声を上げながら遊びに行ったり、両親に会いに行ったりする。ディタはのろのろと本を片づけ、その本を隠すために足を引きずるようにしてブロック古参の部屋まで行った。ヒルシュは小包の中身をチェックしているところだった。破れて中身が抜き取られているが、バラックの安息日の食事をにぎわすくらいはできそうだ。

「君にとっておいたよ」とヒルシュが言った。「本を修理するときに使うといい」

かわいらしいはさみを差し出した。刃先の丸い、子ども用の青いはさみだ。手に入れるのは容易でなかったに違いない。収容所ではめったにない特別な道具だ。ディタが礼を言うすきを与えず、ヒルシュはさっさと部屋を出て行った。

このはさみは、あのチェコ語の古い本からはみ出ているとじ糸を切るのに使おう。このままここに残って、何でもいいから仕事をしていたい。母さんにはツルノフスカたちがついてくれている。今は誰にも会いたくない。

ディタはぼろぼろになったチェコ語の小説以外の本をすべて隠し、紐で縛ったビロードの小袋を取り出した。中には本の修理のための小さな箱が入っている。それに四粒の砂糖がけのアーモンドも。クロスワードパズル大会の賞品だ。これをもらった子たちは跳び上がらんばかりに喜んでいた。袋に鼻を近づけて、アーモンドの香ばしい匂いを嗅いでみる。

隠れ場所に行き、一心に仕事に取り組んだ。まず、新しいはさみで余分な糸を切る。それから開いた傷口を縫合するように、粗末な針と糸で、はがれおちそうになっているページを縫い直した。美しいとは言えないが、ページはしっかりとくっついた。破れたページにテープをはると、分解寸前だった物体が本の姿を取り戻した。

父さんを殺した収容所の忌まわしい現実から、ディタは逃れたかった。本は秘密の屋根裏部屋に続く扉だ。扉を開けて中に入れば、そこは別世界。上品なお嬢さま向きではないとヒルシュが言う、その『兵士シュヴェイクの冒険』という本を読んでいいものかどうか、一瞬迷った。しかし迷いはすぐに消えていった。第一、お嬢さまなんかになりたくない。ディタがなりたいのは細菌の研究者かパイロットだ。フリルのついたワンピースやメリヤス編みの白いストッキングで装ったかわいこちゃんなんてまっぴらだ。

その本の著者が設定した舞台は、第一次世界大戦中のプラハだった。主人公の男は太ったおしゃべりな人物として描かれている。彼はいったん軍隊に入るが「あまりに能なしなので」除隊させられたあと、新たな徴兵に車椅子で出かける。リューマチで膝を悪くしたらしい。食べることが好きで、大酒を飲み、何かと仕事をさぼろうとするどうしようもない男だ。名前はシュヴェイク。野良犬を捕まえ、血統書つきの犬だとだまして売りさばき、生計を立てている。一方、誰とでも礼儀正しく話をし、その表情や優しいまなざしは善良そうだ。何か尋ねられると、いつもそれにまつわる話やエピソードを持ち出す。たいていは、本題からそれた、訊かれてもいない余計な話だ。そして、誰かに怒鳴られたり、罵られたりすると、何も言い返さず、それはごもっともと応じる。そんなわけで、彼はどうしようもない馬鹿と思われ、あきれられて好きにさせてもらえた。

「お前はどうしようもない大馬鹿者だ！」

「はい。まったくおっしゃるとおりです」と従順に答える。

ディタはドクター・マンスンの本がここにあったらいいのにと思った。あの本を読みながら、彼女はドクターと一緒に、ウェールズの炭鉱の村を歩き回った。それにアルプスの山を前に、優雅に長椅子に寝そべるハンス・カストルプの本も。

『兵士シュヴェイクの冒険』を読むと、どうしてもボヘミアと戦争のことを考えてしまう。それにページを目で追っても、名前を聞いたこともないチェコ人の著者が何を伝えたいのかよくわからなかった。上官はやけになって、主人公の兵士シュヴェイクを叱る。太鼓腹で薄汚い、間抜け面の哀れな愚か者を。

ディタはこの本はどうも好きになれなかった。人生を大きく広げてくれる本は好きだけれど、この本は逆で希望もない。

だけど主人公にはどこか親しみも感じた。それに今の現実の方が、この物語よりよほどひどい。だから、雑談している先生たちをよそに、椅子に身を縮め、読書に熱中している方がいい。

読み進んでいくと、オーストリア・ハンガリー帝国の旗のもと、兵士姿のシュヴェイクが登場する場面が出てきた。チェコ人、少なくとも一般のチェコ人は、第一次世界大戦中、高慢なドイツ人の指揮下に置かれるのを快く思わなかったようだ。

「そりゃそうよね」ディタはひとりごちる。

シュヴェイクはルカーシ中尉の従卒を務めるが、中尉は彼を怒鳴りつけ、うすのろ呼ばわりし、怒りに任せて平手打ちを食らわせる。確かに、シュヴェイク自身は良かれと思ってやるのだが、すべてを混乱させ、与えられた書類をなくし、命令とは反対のことをし、中尉を怒らせる。少しばかり脳みそが足りないのだ。そこまで読んだ限りでは、シュヴェイクがわざとそうしているだけなのか、本当にどうしようもない馬鹿者なのか、わからなかった。

著者は何を訴えたいのか。風変わりな兵士シュヴェイクが上官の質問や指示に対してあまりに馬鹿丁寧に返事をするので、話が長くなり、脇道にそれ、いつまでも終わらない。シュヴェイクは大真面目で、親戚や隣近所の人のくだらない話をして脱線する。たとえばこんなふうだ。

「リーベンで食堂をやっているパロウベックとかなんとかいう男の話であります。あるとき、電報を運んでいた男がその食堂で酔っぱらい、弔電を届ける代わりに、食堂のカウンターにあったお酒のメニューを持って行ってしまったのであります。それで大騒動になったのであります。メニューを見てみたら、人がいいと評判のパロウベックがいつも勘定を余計にとっていたのがわかってしまったのであります。本人はあとから、すべて慈善事業のためだと弁解したのでありますが……」

話にさしはさまれたエピソードがあまりに長く、現実ばなれしているので、中尉はしまいに「俺の前から失せろ！　馬鹿者！」と叫ぶのだった。

中尉の顔を想像して笑ってしまい、ディタは自分でも驚いた。この愚かな主人公を面白がるなんてどうかしている。こんなときに笑うなんて、不謹慎だ。愛する人たちが死んでいくときに。

だが、そこでふと、なぜかしらいつも微笑みをたたえているヒルシュのことが頭に浮かんだ。そして、突然、はっと気づいた。ヒルシュの微笑みは彼の勝利なのだ。彼の微笑みは目の前の人間にこう伝えている。「そんなことでは僕は負けない」と。すべてが悲しみに満ちたアウシュヴィッツのようなところでは、笑いは抵抗の武器なのだ。

ディタは間の抜けたシュヴェイクのあとを追い、彼がお金をちょろまかすのを見届ける。ろくでなしのシュヴェイクが、人生の真っ暗闇で途方に暮れているディタの手を引き、前へと進ませてくれたのだ。

自分のバラックに向かう頃には、もう夜になっていた。凍てつくような風とみぞれが頬を打つ。それでも気分はよく、元気が出てきた。だが、アウシュヴィッツでは喜びは束の間だ。前からやってくる誰かが、プッチーニのオペラを口笛で吹いている。

「ああ、どうしよう」

バラックはまだ先だ。通りは薄暗いので、姿を見られなかったことを願いながら、ディタは咄嗟に近くのバラックに飛び込んだ。そこにいる女たちにぶつかりそうになりながら、バタンとドアを閉めた。

「いったいなんの騒ぎだい?」

ディタはおびえて目を見開き、外を指差した。

「メンゲレ……」

すると、女たちが一斉に警戒する。

「メンゲレ!」ささやきが広がる。

その知らせはベッドからベッドへとひそひそ声で伝わり、話し声が消えていった。

「メンゲレ……」

祈りを唱え始める者。「しっ、静かに」と言いながら外の音に耳をすます者。みぞれの音に混じって、かすかにメロディが聞こえてくる。

女の一人が、メンゲレは人間の目玉に異常な興味を持っていると言った。

「ヴェクスラー・ヤンクというユダヤ人の囚人の医者が、メンゲレの部屋の机の上に、目玉の標本が置いてあるのを見たそうだよ」

「チョウのコレクションみたいに目玉を壁にピンで留めているんだって」

「子ども二人を脇腹で縫い合わせたっていう話もね。痛い痛いって泣き叫んで、縫い合わされたまま歩いてバラックに戻ってきたって。腐った肉のひどい臭いがして、二人ともその日の夜に死んでしまったってさ」

「ユダヤ人の女がこれ以上子どもを産まないように、避妊の研究もしているそうだよ。卵巣に放射線を当ててから取り出して、効果を調べてるらしい。麻酔も使わないっていうから、悪魔だね。耳をつんざかんばかりに叫んでたってさ」

誰かが「しっ」と言った。メロディが遠ざかっていった。

「双子は三十二号棟へ」という命令は、口伝えでリレーのようにBⅡb区画の家族収容所を駆け巡った。命令に従わなければ、厳しい罰を受けかねない。アウシュヴィッツでは処刑は日常茶飯事だ。幼いズデニェクとイェルカ兄妹、イレーネとレネー姉妹は、ただちに病院棟に行かなければならなかった。

ヨーゼフ・メンゲレはミュンヘン大学医学部を卒業したあと、一九三一年からナチ党に近い組織で働き始め、エルンスト・ルーディンの部下となった。価値のない生命は破壊すべきだという思想を持つルーディンは、一九三三年にヒトラーが命じた、奇形、精神病、うつ病、アルコール依存の人々を対象にした、強制的断種法の創案者の一人だ。その後、メンゲレは希望どおりアウシュヴィッツに配属となった。そこは、彼の遺伝実験に使える人間の宝庫だった。

二組の双子の母親が子どもと一緒に通りを歩いていく。双子は嬉しそうだが、母親たちはメンゲレに関する血なまぐさい噂が頭から離れず、唇を嚙んで涙をこらえている。子どもたちが水たまりから水たまりへ飛び跳ねて泥をはね上げても、それを注意する気力もない。唇には血がにじんでいる。

病院棟がある区画の入り口の検問所で母親たちはＳＳに子どもを引き渡し、彼らを見送った。もう二度とその姿を見ることはないかもしれない。あるいは、戻ってきたとしても、片手がないとか、口が縫い合わされているとか、あのメンゲレのせいで変わり果てた姿になっているかもしれない。しかし、どうすることもできない。

これまではメンゲレと過ごしても、双子たちは無事に戻ってきていた。何時間か実験室で過ごし、ソーセージやパンのかけらを手に上機嫌で帰ってきた。子どもたちが言うには、おじさんはとても親切で、楽しい人だそうだ。双子たちの頭のサイズを測ったり、同じ動きを一緒に、あるいは別々にやらせたり、舌を出させて調べたりしたと言う。だがときには、その何時間かの間に実験室であったことを親が聞いても、子どもたちは話したがらず、答えをはぐらかすこともあった。母親はバラックに戻っても、喉に何かがつかえたようで、脚の震えが止まらなかった。

ディタはその日のメンゲレの目当てが自分ではなかったとわかり、ほっと胸を撫でおろした。とはいえ、不安はぬぐえず、メンゲレのことをよく知っている女性に尋ねてみた。

「すみません。お訊きしたいことがあるんですけど……」

「なんだい？」薄汚れた白髪をスカーフの下からのぞかせて女性が答えた。

「あの、メンゲレから警告を受けた友達がいるんです」

「警告？」

「はい、お前を見張っていると言われたんです」

「それはよくないね……」

「よくないとは？」

「あいつは獲物を狙うハゲタカだよ。誰かの周りをうろつくときは、その獲物に照準を合わせているってことだからね」

「でもここには大勢人がいるし、ほかに用事だっていくらでもあって忙しいはずなのに……」

「あいつは狙った人間の顔は決して忘れない。本当だよ」

そう言うと険しい表情になり、口をつぐんだ。何かの記憶が彼女を押し黙らせたのだ。やがてこう続ける。

「できるだけ避けることだね。あいつが通る道には近づかないこと。あいつは黒魔術の儀式をやってる。本当だよ。森に入って黒ミサをやるんだ。SSのボスは何でも占い師に相談して決める。奴らは闇に支配されてる。あいつと出会ったが運の尽きだ。あの男の邪悪さはこの世のものじゃない。メンゲレは地獄からやってきたのさ。人間の体に入り込んだ堕天使ルシファー。もし目を付けられたら、神様のご加護を願うしかないね」

ディタはうなずき、黙って立ち去った。神が存在するなら、悪魔も存在する。どちらも同じ道を行く旅人だ。ただ、向きはさかさまだ。よくも悪くも互いを必要としていると言えなくもない。もし悪というものが存在しなかったら、どうしてこれが善だと言えるだろう。まあ、アウシュヴィッツほど悪魔がのさばっているところは、世界のどこにもないだろうが。

ルシファーは、オペラのアリアを口笛で吹いたりするだろうか？　夜が更け、吹いているのは風だけだ。

そのとき、ディタの体を悪寒《おかん》が走った。鉄柵のそばの灯りの下に人影が見える。アウシュヴィッツの街灯は、蛇のように妙なカーブを描いている。その人影は向こう側にいる誰かと話しているようだ。助手の中では最年長で一番美人のアリスだ。一度アリスが図書館の当番に選ばれたときに、登録係のローゼンバーグのことを知っていると言っていた。ただの友達だ、ということだったが、相手はそのローゼンバーグらしい。

二人は何を話しているのだろう？　何か用事があるのだろうか？　互いに見つめ合って、恋人たちの甘い言葉を交わしているのかもしれない。もしローゼンバーグがハンス・カストルプなら、鉄柵の向こうでひざまずき、「すぐに君だとわかったよ」と言うだろう。ハンスが謝肉祭の夜についに自分の気持ちに正直になって告白したように。恋をするとは誰かに出会い、ふいに、ずっと探し求めていたのはこの人だとわかることだ、と彼は言った。自分にもいつかそんな出会いがあるだろうか。

ローゼンバーグとアリス、鉄柵をはさんでどんな関係を持てるというのだろう？　自分は鉄柵の向こう側にいる人に恋ができるだろうか？　悪魔から送り込まれたナチスがのさばるこの地獄で、愛は育つのだろうか？　どうやら育つようだ。だってアリス・ムンクとルディ・ローゼンバーグは寒さをものともせず、地面に根が生えたようにそこにじっとしている。

神様はアウシュヴィッツという存在をお許しになったのだ。しかし、悪臭を放つ堆肥《たいひ》の中から、この上なく美しい花が咲くこともある。神様は腕のよい時計職人のようだと聞いたことがあるけれど、もしかしたら神様は時計職人じゃなくて庭師なのかもしれない。

神様は種をまくが、悪魔はその苗を刈り取り、すべてを破壊する。

この狂気のゲームに勝つのは誰だろうとディタは自問した。

16

教師のオータ・ケラーは、父親のいる作業棟に向かって歩きながら、今日の午後は、頭の中にあるどの物語を子どもたちに話そうかと思いめぐらしていた。三十一号棟の子どもたちを楽しませようと創作したそれらの物語を、いつか本にして出版できたら！

やるべきことは山ほどある！　だが、自分たちは今囚われの身だ。

革命を信じ、正義の戦争が存在しえた時代がかつてあった。だが、それは昔の話だ……。

食事のあとの休憩時間に、オータは作業場の前でスープを飲んでいる父親リヒャルト・ケラーを訪ねた。父親は、ドイツ軍が水筒をぶら下げるベルトに鋲を打つ仕事をしている。年を取り、戦争前に持っていたものをすべて奪われた。それでも老いたケラーは生きる意欲を失っていなかった。前の週には、消灯時間前にバラックの奥でテノールのミニコンサートを開いたほどだ。以前より声は衰えたものの、父親がまだプロの声楽家のように歌えることにオータは感心していた。みなほれぼれと彼の歌を聴き、楽しいひとときを過ごした。人々は彼のことを、少々頭のおかしい引退した二流アーティストだと思ったに違いない。老ケラーがほんの少し前までプラハの名だたる実業家だったことを知る者はほとんどいない。女性用下着工場のオーナーで、商売は繁盛し、五十人の従業員を雇っていた。

老ケラーは自らの手で工場を経営していたが、彼が常に情熱を傾けていたのはオペラだった。個人レッスンも受けるほど、声楽に打ち込んでいるのを知って、眉をひそめる実業家もいた。いい年をして！　ひとかどの実業家にはふさわしくない趣味だと、経営者クラブには侮蔑をこめてささやく者もいた。

だが、オータからすると、父は世界一真面目な人間だった。だから決して歌うのをやめない。テレジーンにいるユダヤ人の半数がアウシュヴィッツに移送されることをユダヤ人評議会の特使から伝えられたときも、泣き叫んだりこぶしで壁を叩いたりする者がいる中で、彼の父は小声で『リゴレット』のアリア『あの娘の涙が見えるようだ』を歌い始めた。娘ジルダが誘拐されたことをマントヴァ公爵が心配する場面だ。小さいが、甘く優しい歌声だった。やがてみんな静かになり、最後には彼の声だけが響いた。


老ケラーは、息子を認めるとウィンクした。ナチスに徴用され、工場と家、それから一級市民の尊厳も失って、今、南京虫《なんきんむし》とノミとシラミが蔓延する垢まみれの粗末なベッドに押し込められているのに、この老人は気力もユーモアも失っていない。彼の工場で作っていたガーターベルトやひらひらのネグリジェは、ある種の女性たちにとっては仕事着だったなどと、冗談をとばした。父が以前と変わりなく意気軒昂《けんこう》で、作業場の仲間と、その日に亡くなった人の話に花を咲かせているのを見たオータは、三十一号棟に戻ることにした。

あたりを見まわすと、収容者たちは座りこんで大事そうにスープを飲んでいる。何分もかけて一滴残さず。みすぼらしいなりをしたやせこけた人々。自分の同胞がこんなふうになるとは、誰が思っただろう。でも、みすぼらしさが増すほど、彼の中のユダヤ人意識は高まる。

カール・マルクスの教えに魅了された青春時代はすでに過去のものだ。あの頃は、国際主義（世界各国の労働者階級が連帯・団結を強めようとする政治思想）と共産主義こそが、歴史のすべての問題への答えだと信じていた。だがすぐに多くの疑問が生まれてきた。自分がどこに属しているのか、わからなくなった時期もあった。ブルジョア階級の家に生まれ、共産主義を少しばかりかじった、ドイツ語を話すチェコ人にしてユダヤ人。ナチスはプラハを占領すると、ユダヤ人を迫害し始めた。オータはそのときやっと気づいた。自分は何よりもまず、悠久の伝統を持ち、そこに流れる血を引くユダヤ人なのだと。ナチスによって胸に縫い付けられた黄色い星のワッペンが、そのことを絶えず思い出させた。

シオニストのグループに入り、イスラエルの地への帰還のために若者を指導する活動に打ちこんだあの頃のことを思い出すと、楽しくもものの悲しい気分になる。いつもギターがあり、歌があった。あの仲間同士の友愛には、彼が求めていた素朴な精神があった。「一人はみんなのために、みんなは一人のために」という精神で結ばれたコミュニティだった。

物語を創作するようになったのは、キャンプファイヤーを囲んで身の毛のよだつ怖い話をした、そんな夜のことだった。あの頃、何かでフレディ・ヒルシュと一緒になったことがある。ヒルシュは揺るぎない信念に満ちていた。だから、三十一号棟で彼の下で働くことに誇りを覚えた。三十一号棟は屈辱の嵐の中で、子どもたちを乗せて進むノアの方舟《はこぶね》だ。

オータは楽観的な人間だった。冷静沈着で、実際より年上に見える二十二歳は、父親ゆずりのやや皮肉っぽいユーモアのセンスで、どれほど八方ふさがりの状況の中でも、出口を見いだせるものと信じていた。ともすれば暗くなる考えを頭から振り払おうと、子どもたちに聞かせる物語を再び考え始めた。想像力が枯渇してしまわないよう、子どもたちが夢を見続けるために語り続けるのだ。

夢見ることからすべては始まる、オータは自分にそう言いきかせる。

今日は、ガリラヤの街で音の出ない横笛を売り歩く悪党の物語を語ることにした。その横笛には穴がないので、そのすばらしい音色は天国でしか聞こえない……。もう何度もした話だが、語るときは決して手抜きをしない。

「みんながその笛をほしがりました。中には小さな子どもも……」

自分で考えだした物語だから、言葉が少し変わることもある。話が終わると、子どもたちはいつもわっと外にとびだしていく。一瞬一瞬を思いっきり生きている子どもたち。彼らにとっては今がすべてだ。

そのとき、子どもたちと一緒に駆けていく助手の女の子の姿がオータの目にとまった。肩にかかる髪が左右に揺れている。がりがりの脚のあの図書係ときたら、いつも走ってる……。

天使のような顔をした子だと、オータは思った。でもその動きや仕草には秘めた激しいエネルギーが垣間見える。教師たちとは言葉をかわさず、本をやりとりするときもうなずくだけで、そそくさと行ってしまう。引っ込み思案だから急いでいるふりをしているのか。


実際、その日ディタは急いでいた。誰にも引き留められずにバラックから出たかった。洋服の中には、見つかると危険な本を二冊抱えていたからだ。

授業のあとで本を隠しに行ったとき、フレディ・ヒルシュの部屋は鍵が閉まっていた。何度もドアをノックしたが誰も出てこなかった。教室の隅で椅子を寄せ集めて雑談をしている教師たちの中に、副校長のミリアム・エーデルシュタインがいた。ミリアムによれば、ヒルシュは収容所所長のシュヴァルツフーバーに呼ばれて出かけた、いつもなら鍵を彼女に預けていくのだが、忘れたのだろうとのことだった。ミリアムはディタを少し離れたところに連れて行き、その本はどうするつもりかと小声で尋ねた。

「大丈夫です。何とかします」

ミリアムはうなずき、気をつけてね、と目で伝えた。

ディタは何も言わなかったが、心の中でこう思っていた。本を守るのは図書係としての自分の務めだ。秘密のポケットの中の二冊には、今夜自分と一緒に眠ってもらおう。危険だけれど、三十一号棟に残しておけばもっと危ない。

子どもたちのほとんどは帰っていったが、若い教師たちとバラックの裏手でスポーツをしていく者もいた。三十一号棟の中では何人かが、オータ・ケラーの話に聞きいっていた。子どもたちの年齢はまちまちだ。

ディタは知識の豊富な若いケラーに尊敬の念を抱いていた。ガリラヤか何かの話をしているようだ。残って話を聞いて行こうかと一瞬迷ったが、シュヴェイクがあれからどうなったのか気になっていたので、隠れ場所にこもった。ケラーの声が切れ切れに耳に入ってくる。驚いたことに、それは彼が午前中受け持っている政治や歴史の話ではなく何かの物語だった。その話しっぷりにも惹きつけられた。あの知的で真面目な先生が、これほど夢中になって語るなんて。

何かに夢中になることはとても大事だ。夢中にならないと前に進めない。だからディタは本を手渡す仕事に懸命に打ち込んでいる。午前中は勉強のための紙の本。午後はリラックスして楽しめる、先生という「生きた本」。その「生きた本」のために、ディタは先生たちのローテーションを組んだ。

隠し場所にしまえなかった二冊の本が服の下からはみ出さないようにしなくてはいけない。だが、シュヴェイクがそれからどうなるか先を知りたくてたまらず、三十一号棟を出たあと、ディタはトイレにかけこんだ。悪臭を放つ単なる黒い穴が無数に並んでいるバラックだ。

隅っこの人目につかない場所に落ち着けるスペースを見つけた。シュヴェイクとその作者ヤロスラフ・ハシェクがこのことを知ったら、その本を読むのにこれほどふさわしい場所はどこにもないと思ったことだろう。第二部の冒頭で作者はこんなことを言っている。

下品な表現に腹を立てる人間は卑怯者だ。なぜなら彼らはただの現実に驚いているのだから。エウスタキウスという修道僧の本の中に聖ルイスについての話がある。ある男がとんでもなく大きな屁をかましたところ、それを耳にした聖ルイスはわっと泣きだし、お祈りをしてやっと心を落ち着かせることができたというのだ。ある種の人々はチェコ共和国を、寄せ木細工でできた床の立派なサロンにすることを望んでいるが、そこには燕尾服に手袋姿で出かけなければいけない。偉大な世界の洗練された習慣を守り、その庇護のもとで、お上品な狼たちが背徳とやりたい放題にふける場所にしたいのだ。

四百のトイレが毎朝フル稼働するここアウシュヴィッツでは、気の毒な聖ルイスはどれほどお祈りしなければならないだろう。

トイレから出たとき、あたりは暗くなっていた。地面が凍り始めているので注意して歩かなければいけない。夜のアウシュヴィッツ＝ビルケナウは幻想的な場所だ。街灯が幾何学的な光の線を描き、無数の碁盤の目を作っている。その薄暗い灯りの中に、収容所のバラックの列が、暗い塊となって沈んでいる。その静寂は良い知らせだ。メンゲレがいないということだから。

自分のバラックに着くと、母さんのところに行った。だが、普段は三十一号棟の子どもたちのことをあれこれ話すおしゃべりなディタが、今日はやけに無口だ。ディタを抱きしめたとき服の下に硬いものがあるのに気づいたが、母さんは何も言わなかった。

母親というものは、子どもが考える以上にわが子のことをよくわかっているものだ。ディタは、三十一号棟で自分がやっていることを何も話さないのが母さんを守ることになると思いこんでいたが、じつは逆に母さんが自分を守ってくれていることに気づいていなかった。そ知らぬふりをしていれば、娘は自分の苦しみを気にしないでいられる。余計な重荷を取り除いてやりたいときに、自分がお荷物になってはいけない。今日も〈ビルケナウ・ラジオ局〉をずっと聴いていたのか、とディタが尋ねると、母さんはこういさめた。

「ツルノフスカさんを笑いものにしちゃだめよ」そう言いつつも内心は、ディタがやっと軽口を叩いてくれたのが嬉しかった。「ケーキのレシピの話をしてね。だってツルノフスカさんたら、クランベリーとレモンのケーキを知らなかったのよ。楽しかったわ」

楽しかったって？　母さんは頭がおかしくなり始めているんじゃないかしら。でも、その方がいいかもしれない。

辛かった二月が、ようやく過ぎていった。

「外出禁止時間までにはまだ一時間あるわ。マルギットのところに行っておいで！」

夕方、母さんはそう声をかけて、ディタを追い出した。

マルギットは母親と二歳年下の妹ヘルガと一緒にベッドの足元に座っていた。ディタが挨拶するとマルギットの母さんは、若い人には若い人の話があるだろうと気を利かせて、お隣さんのところに行って来ると言って立ち上がった。ヘルガはそのまま残ったが、うとうとし目が閉じかけている。彼女は運悪く、収容所の目抜き通りを舗装する石を運ぶグループにまわされたので、くたびれきっているのだ。それは辛くて不毛な仕事だ。朝着くと、地面はかちかちに凍っていて石を置けない。しばらくして溶けたかと思うと、今度はべちゃべちゃになって石を飲み込んでしまう。石はぬかるみに沈んで見えなくなる。次の日、また石を引きずってくるが、同じことの繰り返しだ。

すべてを飲み込む黒いぬかるみ……。

厳しい外気の中でそんなふうに体を酷使して一日中働き、しかも食事は朝はお茶、昼はスープ、夜はパンのかけらだけとなると、誰でもへとへとになる。人にすぐあだ名をつけたがるディタは、ひそかにヘルガを〈眠れる森の美女〉と呼んでいた。でも、一度そう呼んだらマルギットがいやそうな顔をしたので、二度と言っていない。でもまさに〈眠れる森の美女〉だった。ヘルガは極度にやせ細り、疲労困憊し、どこでも座った途端に眠りこんでしまう。

「おばさん、私たち二人っきりにしてくれたのね。ほんとに気が利くね！」

「ママたちはよくわかってるのよ」

「来る途中で、うちの母さんのことを考えてたの。ああ見えて芯は強いんだ。父さんのことがあってからも、文句一つ言わないし、ひどい作業場で働き続けてる。木の冷蔵庫みたいなところで寝てるのに、風邪もひかないの」

「よかったわね……」

「そばで寝てる子たちが、母さんや母さんの友達のことをなんて呼んでるか知ってる？」

「ううん」

「年寄り雌鶏クラブ」

「ひどーい！」

「でも言えてる。ベッドで一斉に話し始めたら、鶏小屋の雌鶏みたいにやかましいもん」

マルギットが微笑んだ。年長者を笑いものにするのは褒められたことではないが、ディタがまたそういう話をするようになったのはいい兆候だ。

「で、レネーのことは何かわかった？」とディタが尋ねた。その途端、マルギットが真顔になった。

「最近私のこと避けてるみたい……」

「どういうこと？」

「私だけじゃないの。仕事が終わるとすぐ、お母さんと帰ってしまって誰とも話さないの」

「どうして？」

「噂だけど……」

「噂？　レネーの？　どんな？」

マルギットはどう言えばいいかわからず、口ごもった。

「ＳＳと関係してるって」

ビルケナウでは越えてはならない一線がいくつかある。これも、その一つだ。

「ただの噂じゃない？　あることないこと、みんな言いたがるもの……」

「ううん。だって、私もレネーがその人と話してるのを見たことがあるの。二人で入り口の監視所の壁に寄りかかって。あそこには誰も近づかないから。でも一号棟と三号棟からは丸見えなの」

「キスしてた？」

「してないんじゃない？　やめてよ、考えるだけで鳥肌が立つわ」

「豚にキスする方がましよね」

マルギットが噴き出した。ディタは自分が兵士シュヴェイクのような言い方をしているのに気づいた。しかも、なんと、自分でもそれがいやではない。

その頃、少し先のバラックではレネーが母親の頭のシラミをつぶしていた。手と目を使う作業だが、頭はからっぽにできる。

周りの女たちが自分を非難しているのはもう知っていた。SS隊員の友情を受け入れるのはあまりいいことじゃないと自分でも思う。たとえそれが、ヴィクトルのように礼儀正しく親切な人だとしても。

ヴィクトル……。

どんなに優しかろうと、彼は監視兵だ。さらに悪いことに死刑執行人でもある。しかし、彼女にはよくしてくれる。目の細かい櫛をプレゼントしてくれたから、それで頭がかゆくてどうしようもなかった母親のシラミを取ってやれる。スグリのジャムの小瓶もくれた。本当に久しぶりの味。それを夕食のぼそぼそのパンに塗って、数か月ぶりのごちそうを母親と味わった。そういったビタミンの補給が体を丈夫にし、命を救ってくれる。

何も見返りを求めたことのないあのSSの若者に、すげなくするべきなのだろうか？　プレゼントを拒否して、何も受け取りたくないと言うべきなのだろうか？

彼女を非難している女性たちだって、もし同じ状況に置かれたら、取れるものは何でも取るだろう。夫のため、子どものため、あるいは何のためであっても、ふたの開いたスグリのジャムの瓶やそれをつけるパンを差し出されなければ、いくらでもきれいごとは言える。

ヴィクトルは、戦争が終わったら恋人になってほしいと言う。彼女は何も答えない。彼はルーマニアの彼の村のこと、広場でやる袋飛び競走とか甘酸っぱい肉料理でお祝いする村の祭りの様子を話す。彼を憎むことができたらいいのに。でも憎しみと愛は、どちらも自分で選ぶことはできないのだ。

アウシュヴィッツの夜が更ける。暗闇の中、列車が到着し続け、途方に暮れて木の葉のように震える罪のない人々を置き去りにしていく。そして煙突の赤みがかった強い光が、休むことなく炉が燃え続けていることを物語る。家族収容所に入れられている者たちはシラミだらけのわら布団に横になり、恐怖と戦いながら眠ろうとする。ひと晩ひと晩を生き抜くことが小さな勝利だ。

朝になると、またあの金属製の家畜用水飲みおけで洗面だ。パンツをおろし、服をたくし上げて、ほかの三百人と一緒に用を足す恥ずかしい時間がやってくる。芳《かぐわ》しいとは言い難い香りが漂う。そのあと、寒風の中、いつ終わるともしれない点呼がのろのろと始まる。地面から猛烈な寒さが這い上がり、木靴が氷のようだ。その夜を生き延びられなかった者の番号の上にバツ印をつけたリストを手に監視兵たちが収容所を出て行き、緊張がいっとき和らぐ。

フレディ・ヒルシュがバラックの扉を閉めて、眉を上げる。命がけのショーの始まりだ。子どもたちがやがやと騒ぎながら列を崩し、自分の椅子に座る。何人かの先生が図書館にやってくると、三十一号棟の新しい一日が始まる。

ディタが一番楽しみにしているのは昼のスープだ。飲むと元気が出る。それに、午後が始まれば、またあのドジでやりたい放題の兵士と波乱万丈の冒険に出られる。彼はもうディタの友達だ。シュヴェイクの大隊の指揮に当たっているオーストリア人将校の一人に、ダウエリングという冷酷な男がいる。ダウエリングは兵士たちを厳しく殴りつけたりもするので上官の受けはいい。

コンラート・ダウエリングは生まれて間もない頃、頭を強く打ったため、今でも、まるで彗星《すいせい》が北極にぶつかったようなハゲがある。そんなショックを脳に受けて生き延びられたとしても、まともな大人になるのだろうかとみんな疑心暗鬼だった。大佐だった彼の父親だけが希望を持ち続け、障害は残らないと確信していた。元気になったら、少年ダウエリングは職業軍人をめざすのだ。初等科の四年間は大変だった。何人もの家庭教師が勉強を教えたが、一人はあっという間に老けこんでしまった。もう一人は絶望のあまり聖シュテファン教会の塔から飛び降りた。ダウエリングは何とかハインブルクの士官学校に入った。彼は愚かな男で、おめでたいことに、何年か後には、士官学校か戦争省に入れると希望を持っていた。

本を読むことは喜びだ。しかし、どんな楽しみにも水を差す者がいる。他人の楽しみを邪魔するのは神の子か悪魔の子か?

その日、何かと余計なことに首をつっこむ〈しわくちゃさん〉ことクリツコヴァが、ディタの隠れ場所に顔をのぞかせた。ぼさぼさの髪とたるんだ皮膚は見間違えようがない。まるで穴のような目をした先生も一緒だ。

二人はディタの前に立ちはだかり、何を読んでいるのか見せなさいと、不機嫌そうに命じた。ディタが紙の束を差し出すと、〈しわくちゃさん〉が力まかせに引っ張った。ページをかろうじて背表紙にくっつけている細い糸が切れて、束がバラバラになりそうになる。ディタは顔をしかめるが、年長者を敬えといつも教えられているので、そんなに乱暴にしないでと口にするのはためらわれた。

それを読むうちに、先生の目が大きく見開かれていった。たるんだ皮膚が怒りで震えている。〈しわくちゃさん〉の顔はシュヴェイクの上官の顔にそっくりだとディタは噴き出しそうになった。

「これは許しがたい本です、不謹慎な。あなたのような年の女の子がこんな本を読んではいけません!」

ちょうどそのとき、ヒルシュの部屋から二人の副校長、リヒテンシュテルンとミリアム・エーデルシュタインが出てきた。クリツコヴァはにんまりし、手招きをした。

「見てください。ここはまがりなりにも学校ですよね。教育と品位を損なうこんな通俗小説を若い人が読むのを、断じて許してはなりません。この本には、とんでもないでたらめが書かれています」

嘘だと思うなら、その本がいかに聖職者への敬意に欠けているか、神の僕《しもべ》である聖職者に対しどんなに不敬なことを言っているか聞いてほしい、と言って読みだした。


ぐでんぐでんに酔っ払っている彼の階級は大尉だ。身分がなんであれ従軍司祭はみんな、浴びるほど酒を飲める天の恵みを神様から与えられた。カッツというその神父は飲むためには何でもやった。聖体容器を売り、それを飲み代にした。誰かから何かを与えられたら、それもすっかり飲み代に使っただろう。


クリツコヴァは、リヒテンシュテルンが必死で笑いをこらえているのに気づいて、乱暴にページを閉じた。ディタは今にもはずれそうな背表紙が気になって仕方がない。クリツコヴァは、これは大変重大な問題でその本を読むのは禁じるべきだと主張した。そしてこんな非常識な本を読むのが許されたら、自分たちの教育は意味がなくなると言いたて、まるで蝿叩きのように本を振り回した。ディタはこらえきれなくなって立ち上がり、先生の前に立ちはだかった。ディタの方が十五センチくらい背が低いが、礼儀正しくしっかりとした口調で、その本を返してくださいと頼んだ。

「お願いです……」

まったく思いもよらない申し出だった。そんな反応があろうとは、予想もしていなかった。慇懃《いんぎん》無礼と言ってもいいが、先生はむっとしながらも本を手渡した。

ディタはいとおしそうに受け取り、とれたページをもとに戻した。しわをゆっくりと伸ばし、まるで戦争の負傷者を扱うように本を手当てしているディタをみんなじっと見ている。本を触る手とまなざしから、その古い本に対する敬意と気配りがにじみ出ていて、腹を立てていた先生も何も言えなくなった。母親が娘の髪をとかすように、ページを指で優しく伸ばす。ようやく本がきれいになると、そっと本を開いた。

ディタはその様子を眺めていたリヒテンシュテルンとミリアム・エーデルシュタインの方に向き直り、その本には確かにクリツコヴァが今読んだようなことが書いてあるが、こんなことも書いてあると言って読み始めた。


前線には行きたくなかった者たちの最後の砦《とりで》は軍監獄だった。私はある数学教師と知り合いになった。彼は敵の砲兵隊に向かって発砲したくなかったので、軍監獄送りになるために将校の時計を盗んだ。すべて計算ずくでやったことだ。争いは好きではなかったし、魅力も感じなかった。砲弾や手榴弾《しゅりゅうだん》で、向こうにいる自分と同じような哀れな数学教師を殺すことは、途方もなく馬鹿げたこと、野蛮なことだと思った。


「これも、このでたらめな本が植えつける〝悪い考え〟の一つです。戦争は野蛮で馬鹿げていると、先生方も思われませんか?」

沈黙が流れる。

リヒテンシュテルンはタバコを口に持っていく代わりに、左の耳をぽりぽり掻き、とにかく何か言おうと口を開いた。

「すみません。子どもたちの診療のことで急ぎの用がありまして」

リヒテンシュテルンはそそくさと退散した。ミリアム・エーデルシュタインは期せずして、読書をめぐる争いの審判になってしまった。

「エディタが読んだところはとてもすばらしいと思います。それに……」クリッツコヴァをまっすぐ見つめて言う。「これが冒瀆《ぼうとく》的だとか、宗教への敬意に欠ける本だとは言えないのではないでしょうか？　カトリックの司祭たちは酒飲みだと書いてあるだけで、私たちの公正で清廉潔白なラビは全然侮辱されていませんから」

〈しわくちゃさん〉ともう一人の教師は何やらぶつぶつ言いながら、いまいましそうに引きあげていった。二人の姿が遠くに離れると、読み終わったらその本を貸してねと、ミリアムはディタにささやいた。

ディタはけさもまた図書館を開く。ヒルシュの部屋に行くと、彼はバレーボールの作戦を練っているところだった。その日の午後、お昼のスープのあと、バラックの裏で、ヒルシュのチームと別の先生のチームが対戦することになっている。大きな試合らしくヒルシュは浮き浮きしていたが、ディタはそんな気分ではなかった。午前の長い点呼のために脚がつっていたのだ。

「元気かい、エディタ？　気持ちのいい朝だな。今日は少し暖かくなりそうだ」

「点呼のせいで脚がガクガクです。いつまでも終わらないんだもの。もううんざり」

「おいおい、それはいいことじゃないか。なぜ長いか考えてごらん」

「えっ……」

「それは全員そろってるからだよ。九月から一人も減っていない。いいかい、家族収容所では九月から病気や栄養失調で千五百人以上が亡くなったんだ」

エディタが寂しそうにうなずく。

「だけど三十一号棟の子どもは一人も亡くなっていない。僕たちは目的を達成してる。エディタ、やり遂げてるんだ」

ディタはその悲しい勝利に、ヒルシュに微笑みを返した。でも父さんはもういない。地面に木の枝で世界地図を描いている父さんと、そういう話ができたらどんなにいいか。

ディタは本をのせたベンチを、音をたてないように二メートルほど動かした。そうすれば、オータ・ケラーの授業をもっと近くで聞ける。父さんはもういないけれど、しっかり勉強もしなければ。ケラーの話は本当にためになる。彼は必ず何か面白いエピソードを話してくれる。厚ぼったいセーターを着た彼を観察する。その丸い顔は、戦争前はもっと丸々としていたことだろう。

ケラーは子どもたちに火山活動について話していた。

「地面のはるか下で、地球は燃えている。時々内部の圧力が高くなって、火の通り道ができ、マグマがそこを通って地表まで上昇し火山を形成する。熱で溶けたどろどろのマグマは、地表では溶岩と呼ばれる。海底では火山の噴火が溶岩の柱を作り、積み重なって、島ができることがある。たとえばハワイ群島はそんなふうにして生まれた」

ディタはあちこちのグループの授業のざわめきをぼんやりと眺める。そのざわめきが、ほんわりと蒸気のようにみんなを包みこみ、馬小屋のように殺風景なこの場所を学校に変えるのだ。

なぜこの子たちはまだ生きているのだろう。アウシュヴィッツは人の労働を搾取する巨大な機械だ。ヒトラーのメシア思想的計画にとって無用な人間は、すぐさまつぶされる。

それなのになぜ、五歳の子どもたちを走り回らせているのだろう？　それはみんなが抱いている疑問だった。

収容所の将校クラブの壁に、金属の小鍋をあてて耳をつけてみたら、何度となく探してきたその答えが見つかるかもしれない。

将校用の食堂には、ＳＳの収容所指導者でビルケナウ収容所所長でもあるシュヴァルツフーバーと、親衛隊大尉で「特別」な任務を持つメンゲレだけが残っていた。収容所所長の前には辛口のリンゴ酒の瓶、メンゲレの前にはコーヒーカップが置かれている。

面長の顔に狂信的な目をした収容所所長を、メンゲレは特に何の感情も抱かず眺める。メンゲレは自分を過激だとはこれっぽっちも思っていない。彼は科学者だ。シュヴァルツフーバーの澄んだ青い目が羨ましいのを認めたくないのかもしれない。あの美しい目は、まぎれもなくアーリア民族のものだ。それにひきかえ彼の褐色の目、浅黒い肌は、不本意ながら南方のものだ。小学校の頃、ジプシーだとからかわれたこともある。今はからかった奴らを解剖台に押し倒し、もう一度言ってみろと言ってやりたい。

メンゲレは酒を飲んでいるシュヴァルツフーバーをじっと観察する。何十人もの部下を持つSSの司令官のブーツが汚れ、シャツの襟元にアイロンがかかっていないのは嘆かわしい。SSの将校にあるまじきだらしなさだ。髭を剃れば肌を傷つける彼のような粗野な人間をメンゲレは軽蔑している。そのうえ、前に何度もした議論をむしかえし、くどくどとつまらない考えを持ちだすのにもうんざりだ。

ただの家族収容所にSSの上官がなぜこれほどこだわるのかということなら、もう幾度も説明しているのに、またしつこく訊いてくるとは。メンゲレは持てる忍耐力を総動員して愛想良くふるまうが、小さな子どもを教え諭すような口調になった。

「司令官殿、すでにご承知のとおり、この家族収容所はベルリンにとって戦略的に非常に重要なのです」

「それはわかっておる。だが、ドクター、なぜここまでする必要がある。今度は保育園だって？　みんな頭がどうかしたのか？」

「われわれがこの収容所では子どもを大切にしていると、みんなに思わせておくためなのです。噂は広がります。国際赤十字がここについて情報を集めようと視察員を派遣してきたときの、ヒムラー親衛隊全国指導者の対応は、いつものことながら見事でした。視察を断るのではなく、歓迎したのです。アウシュヴィッツではユダヤ人が家族そろって暮らし、子どもたちは元気に走り回っているのですから」

「だが、問題が山積みだ……」

「テレージエンシュタットのゲットーから移された者たちの行方を辿ってここまでやってきた国際赤十字の視察団に、都合の悪いものを見られては元も子もありません。住居は見せるが調理場は隠し、遊戯室だけに案内する。そうすれば満足してジュネーブに帰ってくれます」

「赤十字など地獄に落ちろ！　軍隊さえない腰抜けのスイス人が、何様のつもりだ？　第三帝国に指図はさせん。あんな奴らはここからすぐに追い返すか、調理場を見る前に炉に入れてやるんだな」

興奮したシュヴァルツフーバーが顔を紅潮させるのを見ながら、メンゲレは優しげに微笑んだ。内心は腰の鞭《むち》を振り上げて、頭をかち割ってやりたいが。いや、やめておこう。こいつに鞭を使うのはもったいない。それより、ピストルで頭に一発ぶち込んでやる方がいい。しかし、救いようのない馬鹿だとはいえ、この男はビルケナウの収容所所長だ。

「親愛なる司令官殿、世界に与えるイメージをどうか侮らないでください。われわれは賢明にふるまわねばなりません。われわれの敬愛する総統がナチ党で最初についた役職をご存じですか？」メンゲレはわざと芝居がかった間をとる。答えられるのは自分しかいないとわかっているが、上官を辱めて楽しむ。「宣伝部長ですよ。『わが闘争』をお読みになっていますか？」司令官のあわてた表情にほくそ笑んだ。「人類を遺伝学的に浄化する必要性をまだ理解していない人間が、ドイツの内外に大勢います。われわれを警戒する国が新たな戦争を仕掛けてこないとも限らないのですが、今の段階ではそれはわれわれが望むところではありません。いつどこで戦端を開くかを決めるのはわれわれです。手術と同じなんです、司令官殿。場所をわきまえずメスを振り回してはいけません。戦争はわれわれにとってのメスであり、それを正確に使う必要があります。あたりかまわず振り回せば、自分を刺してしまうかもしれませんから」

シュヴァルツフーバーは出来の悪い生徒を諭すようなメンゲレの口調に業を煮やして言った。

「メンゲレ、政治家のような口をききやがって！　俺は軍人だ。命令があればそれに従う。ヒムラー親衛隊全国指導者が、収容所をそうしろと言うなら、そうしよう。だが、子ども棟のことなど聞いておらん。いったいどういうことだ？」

「プロパガンダです、司令官殿。プ、ロ、パ、ガ、ン、ダ。収容者たちに親族にあてて手紙を書かせ、アウシュヴィッツではどんなにいい待遇を受けているか知らせるのです」

「ユダヤの豚どもが何を考えようと、どうでもよかろう！」

メンゲレは大きく息を吸い、心の中で三つ数えた。

「親愛なる司令官殿、外にはまだたくさんのユダヤ人がいて、一度には運べないのです。どこに連れて行かれて殺されるかを知らない動物の方が、知っている動物よりもおとなしく従います。司令官殿も田舎のご出身ならご存じでしょう」

最後の部分にシュヴァルツフーバーはかちんときた。

「田舎だと？　トゥツィングはバイエルンで一番美しいと言われている町だぞ。いや、ドイツで一番かもしれない。ということは世界一ということだ」

「おっしゃるとおりです、司令官殿。まったく同感です。トゥツィングはすばらしい村です」

シュヴァルツフーバーは何か言い返そうとしたが、都会出身で学者気取りのメンゲレがわざと挑発しているのがわかったので、その手には乗るまいとした。こういう男には用心しなければ。手の内にどんなカードを持っているかわかったものではない。

「いいだろう、ドクター。子ども棟でも保育園でも必要なら作れ」とうなるように言った。「ただし、秩序が乱れたり、不都合が起きたりは許さんぞ。少しでもそういう様子が見えたら閉鎖する。あのリーダーのユダヤ人は規律を保てると思うかね？」

「もちろんです。彼はドイツ人ですから」

「メンゲレ大尉！　忌まわしいユダヤの犬が、栄光あるドイツに属するはずがないだろうが！」

「お言葉ですが、あのヒルシュとかいう男の書類には、ノルトラインのアーヘンで生まれたとあります。ご存じでしょうが、あそこはドイツです」

シュヴァルツフーバーはメンゲレをにらみつけた。自分の先を越しては生意気な言動をとるメンゲレには我慢がならない。だが、そのうちこいつの運も尽きるだろう。メンゲレをゴキブリのように踏みつぶす瞬間のことを考えて、シュヴァルツフーバーの目はギラギラ光った。

しかし、メンゲレは穏やかに微笑んでいた。彼には自信があった。自分はいつもすべての兵士の一歩先を行く。兵士たちはこの戦いのことを何一つ理解しておらず、なぜ戦っているのかもわかっていないのだ。しかし、彼が戦う理由ははっきりしている。有名になるためだ。まず、ドイツ研究振興協会を牛耳《ぎゅうじ》る。そして、医学史の流れを変える。それはつまるところ人類の流れでもある。ヨーゼフ・メンゲレは謙虚さとは無縁の男だ。そんなものは弱者に任せておけばよい。

だが、彼はそのときまだ知らなかった。この世で最も弱いのは、とりもなおさず強者だということを。強者は自分が無敵だと思い込む。第三帝国の強さはその脆さでもある。無敵だと思い込んで次々と戦端を開いていき、最後には崩壊する。すでにアウシュヴィッツの上空には連合国軍側の飛行機が飛び始め、最初の爆撃音が遠くで聞こえていた。

誰も弱さから逃げることはできない。無敵のフレディ・ヒルシュさえも。

その数日後のことだ。午後の最後の活動が終わってバラックが無人になり、ディタは急いで本を回収した。地面に落ちても傷まないように本を布でくるみ、ヒルシュの部屋に向かう。早く隠し場所に置いて、母さんに会いに行きたい。

ドアをノックすると、「どうぞ」というヒルシュの声が聞こえた。いつものとおり、部屋に一つだけの椅子に座っている。でもこの日は報告書を書いてはおらず、腕を組んで、目はあらぬ方を見ていた。何かがいつもと違う。

ディタは折りたたまれた毛布の山の下に隠された床板を上げ、本をしまった。ヒルシュの邪魔をしないようにできるだけ早く出ていこう。だが、身をひるがえした瞬間、背後で声がした。

「エディタ……」

沈んだ声だった。疲れているのだろう。若者たちに檄《げき》を飛ばすいつもの力強さがない。ディタが振り向いたとき、そこにいたのは疲れ切った一人の男だった。

「こういうことがすべて終わっても、僕はイスラエルには行かないかもしれないな」

ディタはわけがわからず彼の顔を見た。ヒルシュはそのけげんそうな顔を見て、ゆったり微笑んだ。わからなくて当然だ。ユダヤ人であることに誇りを持て、シオンの地に戻るために備えろ、ゴラン高原をステップにして神にさらに近づくのだと、何年にもわたって若者たちに力説してきたのだ。

「ここにいるのはいったい誰だ？　シオニストか？　反シオニストか？　無神論者か？　共産主義者か？」

ため息で一瞬言葉が途切れた。

「何だっていいじゃないか。ここにいるのは人間、ただそれだけだ。脆くて堕落しやすく、悪いことも良いこともできる人間だ」

あとの言葉は、ディタにではなく、自分自身に向かって言っているようだった。

「大切だと思っていたことが何もかも、今はどうでもよく思える」

そしてまた黙り込んだ。人が自分の内面を見つめるように、彼の目は虚空を見ている。

いったいどうしてしまったのだろう。イスラエルの約束の地への帰還のためにあれほど戦ってきたのに。ディタは彼一人を残し、音をたてないように出ていくことにした。

諦念《ていねん》は往々にして人間に不思議な洞察力を与えてくれるということが、そのときディタにはわからなかった。追いつめられた崖の上から見ると、すべてが米粒のように小さく見える。あんなに大きく見えたものが突然ちっぽけになり、あんなに意味があるように見えたものが無意味になるのだ。

ちらりと机に目をやると、紙きれにヒルシュの字で何か書いてあった。よく見ると、それは報告書でも事務的な書類でもなく、一篇の詩だった。その上に、すべてを押しつぶす崩れた岩のように、収容所の司令部のマークがついた書類がのっている。

太字で書かれた「移送」という言葉だけが読み取れた。


検疫隔離収容所の中にある登録係のルディ・ローゼンバーグの事務所には、その移送の知らせがすでに届いていた。九月の到着から六か月が過ぎた。そこに書かれていたとおり、「特別措置」が開始されるのだ。だが、それは「移送」と名前を変えていた。

だから、鉄柵のそばでそわそわとアリスの到着を待つ間に、闇市で手に入れた上着のボタンを最後の一つまで止めた。その日の午後はじっとしていられなかった。神経がむき出しの電線のように火花を散らしている。

昨日の午後、家族収容所の中にいるレジスタンスの仲間の正確な人数を大至急調べるようにというシュムレウスキの要請に応えるため、ルディはアリスの助けを求めた。密かに活動するレジスタンスは、多くの場合、当の協力者たちですら互いのことを知らない。当のアリスも、女友達を通じてレジスタンスにかかわっているということが、そのときわかった。

シュムレウスキは口数が少なかった。いつも二言三言しか発さない。それは彼の生き残りテクニックの一つだった。もっと説明を求められたり、無口だと責められたりしたら、「弁護士の友人から、しゃべらない者の方が長生きだと聞いたので」と言うことにしている。だがルディはシュムレウスキの様子がいつになく陰鬱なのに気づいた。不安にかられ、何か起こりそうなのかと訊かずにはいられなかった。言葉少ないシュムレウスキは、いつものはっきりしない物言いで、「まずいことになった」とだけ答えた。

「まずいこと」になっているのは、むろん家族収容所だ。


監視塔から監視兵たちが見ているのは、検疫隔離収容所の登録係ルディ・ローゼンバーグと、家族収容所にいる恋人のユダヤ人だ。彼女は普段どおり、鉄柵の向こう側から近づいてきた。いつもの光景なので、別に気にもしなかった。

ドイツ人たちは、物理的にも精神的にも収容者と自分たちとは別ものだと見なし、彼らを番号がふられた肉片のように見ている。やせ細りぼろを着たユダヤ人の女が二人いたとしても、区別できない。だから、その日の午後、鉄柵のところに来たのがアリス・ムンクではなく、彼女の親友の一人で、反乱分子のメンバーであるヘレナ・レッェコヴァだということには気がつかなかった。彼女はルディに近づいて、レジスタンスの指導者シュムレウスキから頼まれた秘密の情報を書いたメモを渡した。レジスタンスメンバーは三十三人いて、二つのグループに分かれている。ヘレナが「移送」について何かわかったかと訊いたが、ほとんど目新しいニュースはなかった。ハイデブレックの収容所への移送があるかもしれないという噂が届いたが定かではない。当局は沈黙を守っていた。

二人は黙ってじっと互いを見つめた。二十二歳のその娘は美人と言ってもいいほどなのだが、ぼさぼさの髪、くぼんだ頬、汚れた服、寒さで切れた唇のため、貧相な姿になりはてていた。ルディはいつもはおしゃべりだが、痛めつけられ、暗い将来を背負ったその娘にかける言葉は見つからなかった。

その午後、ルディはリストを持って行くという口実で、BⅡd区画に入る許可を得た。だが本当の目的はシュムレウスキだ。彼は自分のバラックの前にある木のベンチに座っていた。タバコがないので、その代わりに小さな枝を噛んでいる。うまく立ちまわっていつも何かと手に入れているルディは、彼に紙タバコを差しだした。

そして、ヘレナから受け取った家族収容所の反乱分子の番号と基本的な仕事についてのメモを渡した。シュムレウスキはうなずいただけだった。状況について何か教えてくれるかと期待するが、何も返ってこない。今日は三月四日で、アリスたちのグループが到着してから六か月になる。さりげなく、「特別措置」のときが来たんじゃないですかと水を向けた。「それは永遠に来てほしくないけど」と。

シュムレウスキはタバコをふかすばかりで、何も言わない。ルディはこれで話は終わりだと理解して、ぎこちなく別れを告げた。彼が黙っているのが、決定的な情報を持っているためか、それともその逆かわからないまま、自分のバラックに戻っていった。

午後の点呼はいつもよりも長くなった。数人のSSがカポー全員に収容所の入り口にくるようにと伝えて回った。

入り口では、BⅡbの監視員のヴィリーというドイツ人の一般囚人と〈司祭〉が、手に自動小銃を持った二人の監視兵に両脇をはさまれて、彼らを待っていた。各バラックの長が入り口に近づいていき、〈司祭〉の前で半円状になるのを収容者たちは見つめている。

フレディ・ヒルシュは渋々歩くほかのカポーたちを追い抜き、力強い大きな歩幅で収容所通りを横切った。あたりは薄暗くなってきているが、ヒルシュの高貴で自信に溢れた横顔はすぐ見分けられた。〈司祭〉は軍服の上着の袖に両手を交差させるようにつっこんでいたが、カポーたちが来るのを見ると皮肉っぽく微笑んだ。機嫌がいいのが一目瞭然だ。〈司祭〉にとっては、大勢の収容者から解放されるのはいいニュースだ。数が半分になれば、問題も半分になる。助手の一人がカポーたちに、それぞれのバラックの九月到着組の名簿を配った。カポーたちは名簿に記載された人々に、翌日の朝別の収容所への移送のため、自分の持ちものであるスプーンとお椀を持って整列するよう伝えるのだ。

三十一号棟で寝泊まりしていたのはただ一人、ブロック古参だけだ。どの名簿より短い。たった一人、つまりアルフレート・ヒルシュという名前しかないリストだ。静けさの中、名簿の紙がこすれあう音だけが聞こえる。

ヒルシュは〈司祭〉の前に進み出て敬礼した。

「失礼します、親衛隊曹長殿。どの収容所に移送になるか教えていただけないでしょうか？」

〈司祭〉は数秒間瞬きもせずヒルシュを見た。声をかけられてもいないのに質問をするのは、収容者にあるまじき反抗的態度だ。しかし、このときはそっけなく、「出発すればわかる。解散」と答えただけだった。

カポーたちはそれぞれのバラックの前で、翌日移送される者のリストを読み上げ始めた。困惑のざわめきが広がる。アウシュヴィッツから出られることを喜んでいいのかいけないのかわからないまま、あちこちで同じ質問が繰り返される。

「どこに連れて行かれるんだ？」

しかし返事はなかった。とりとめのない憶測が飛び交うが、何の役にも立たない。みんな六か月後の特別措置の話は聞いていた。それは何を意味するのか？　行き先は不明で、その先にあるのが生か死かもわからないということは、誰だって知っていた。

ディタはマルギットと一緒に、どうしたらいいかと話し合ったが、何もいい考えが浮かばず、バラックに戻ることにした。いろんなことで頭がいっぱいだったので、背後に気をつけ、いざというときはすぐにバラックの中に入れるよう歩かなければいけないということを忘れていた。

するとふいにドイツ語が聞こえ、伸びてきた手が彼女の腕を掴んだ。

「やあ……」

ディタは飛びあがった。だが、メンゲレならそんなことはしないだろう。それはフレディ・ヒルシュだった。黒い瞳が熱を帯びて輝いている。エネルギッシュで他を圧倒するいつものヒルシュに戻っているのがわかった。

「私たち、どうすればいいんですか？」

「これまでどおりでいい。これは迷路だ。迷うことはあっても、退却はいけない。人が何と言おうがかまわない。君自身の声に耳を傾けるんだ。いつも前を見て」

「でも、みんなどこに連れて行かれるんですか？」

「別の場所で働かされるんだ。でもそんなことはどうでもいい。大事なのは、ここには果たすべき使命があるということだ」

「三十一号棟にですか……」

「そう、始めたことはやりとげないとな」

「学校を続けるんですね」

「そうだ。でも、やるべき大切なことがまだ残っている」

ディタはよくわからないという顔で彼を見た。

「よく聞くんだ。アウシュヴィッツには見かけどおりのものは何もない。でも、隙間から真実が見える瞬間が必ずある。奴らはいつも嘘がまかり通ると思っているが、その油断を利用して僕たちは最後の瞬間にシュートを決めるんだ。彼らは僕らが打ち負かされたと思っているが、それは違う」

ヒルシュはそこで一瞬考え込んだ。

「僕はもうここで君たちが試合に勝てるよう助けることはできない。信じるんだ、ディタ。信念を持って。みんなうまくいくさ、きっと。ミリアムを信じろ。そして……」

そこで、ヒルシュはこの上なく魅力的な笑顔でディタの目を見た。

「絶対にあきらめるな」

「はい！」

彼はいつもの謎めいた微笑みを浮かべ、アスリートらしいきびきびとした足どりで立ち去った。最後の瞬間にシュートを決めるとはどういうことだろう。その意味がわからないまま、ディタは立ちつくしていた。


その夜、バラックではみな寝つかれなかった。ベッドの中でひそひそと、噂話や憶測や祈りが飛び交う。

ここよりひどいところなんかあるわけないから、どこに連れて行かれようがどうでもいいわ、と誰かが叫ぶ。むなしい気休めだ。

ディタと同じベッドに寝ている図体の大きい女は、九月にここに来た。だから、移送組に入っている。下品なジョークをとばす以外は、口数が少ない。ディタには良くも悪くも全然話しかけようとはしない。その足元に横になるとき、いつもと同様、ディタはおやすみなさいと言った。そして、いつもどおり返事はなかった。ときにはぼそぼそと返事ともつかない声を発することもあるのだが、今日はそれもない。ぎゅっと目を閉じて眠ったふりをしている。どんなことにも動揺することのない彼女でも、最後になるかもしれないその長い夜は眠れないのだ。


夜が明けた。曇って寒い朝だ。風が吹きつけ、砂塵《さじん》が舞う。ほかの日と何も変わりはない。整列するとき、いつもと並び方が違うのでちょっとした混乱があった。九月到着組と十二月到着組に分かれて並ぶ。カポーたちはグループ分けに駆けまわり、SSの監視兵たちもいつもより緊張気味で、銃床で殴りもした。通常の朝の点呼では見られない光景だ。空気がピリピリし、みな仏頂面だ。腹立たしいほどゆっくりと名前が読み上げられ、カポーの助手たちがリストにバツ印を付けていく。あんまり長く立っていたので、ディタは自分が少しずつ泥の中に沈んでいくような気がした。点呼があと少しでも長引いたら、砂利のようにそのぬかるみに飲み込まれてしまいそうだった。

点呼が始まって三時間、ようやく九月到着組が動き始めた。四千人近くいる。とりあえず最初に向かうのは隣にある検疫隔離収容所だ。そこに向かって疲れた脚を運ぶ。

検疫隔離収容所では登録係のルディ・ローゼンバーグが、何か重要なことがわかりはしないかと、悲愴《ひそう》な顔ですべての動きに目を配っていた。まるで、監視兵の態度や仕草に行き先に関する情報が潜んでいるかのように。移送される収容者の中にアリスもいるのだから。

ディタと母さんは十二月到着組の人たちと、黙って様子を眺めていた。十二月到着組がバラックのドアの前に整列する中、九月到着組が中隊に導かれ、整然とBⅡb区画の出口に向かっていく。陽気さのかけらもないパレードだが、中にはここよりもっといい場所に行けると思い込んで笑顔を見せる者、振り返って最後の別れを告げる者もいる。去って行く組、残る組の両方で、さよならと手が振られている。ディタは母さんの手をぎゅっと握った。胃が痛むのは寒さのせいか、それとも出発していく人たちのことが気になるせいか。

やんちゃなガブリエルの姿が見える。大きな笑い声をたてている。後ろの子をつまずかせようとわざと急に歩調を変えるので、ひょろっとした女の子が文句を言っている。そのとき大人の手が伸びてきて、ガブリエルの耳を思いきり引っ張った。クリツコヴァは歩きながらでも上手にお仕置きできる、お仕置きの名人だ。三十一号棟の知り合いや先生たちが検疫隔離収容所に向かって通り過ぎていく。見たことのない顔も多い。ほとんどはやつれて難しい顔をしている。ずっと手を振り続けている居残り組の十二月到着の子どもたちに、手を振りかえす者もいる。子どもたちは収容所生活の単調さを破るこのイベントが楽しいのだ。

モルゲンシュテルンがつぎはぎだらけの服と割れた眼鏡姿で、ひょこひょこお辞儀をしながら歩いている。ディタのところまで来ると、立ち止まりも足をゆるめもしなかったが、急に真顔になってウィンクした。それからまた何度もお辞儀をしながら歩きだし、いかれた老人のようにへらへら笑った。まだがほんの数秒のことだったが、ディタを見たときのモルゲンシュテルンは別人のように見えた。

るで一瞬仮面を脱いで、真実の顔を見せたかのように。頭のおかしい滑稽な年寄りのまなざしではなく、穏やかな人物の深く優しい表情だった。そのとき、ディタの疑いは消えた。

「モルゲンシュテルン先生！」

ディタが手で投げキスを送ると、先生は振り返って不格好なお辞儀をした。それを見て笑う子どもたちにもお辞儀をする。ショーの最後に舞台上から観客に別れを告げる役者そっくりだった。

ディタは先生を抱き締めたかった。先生は頭がおかしくなんかないって、今わかりました、ずっとわかってました、と言えればよかったのに。先生が精神科の病院に入れられたら最悪、だって先生は気は確かなんだから。〈司祭〉の検査のとき、先生がわざと騒ぎを起こしてくれたおかげで、ディタは救われたのだ。ディタとみんなが救われた。今ならそれがわかる。フレディ・ヒルシュは言った。ここには見かけどおりのものなど何もないと。別れのキスをしたかったが、それはかなわない。先生はおどけて遠ざかり、去って行く人たちの波に飲み込まれた。

「先生、お元気で！」

女性の一団が通り過ぎる。ほとんどが頭にスカーフを巻いているが、巻いていない数少ないうちの一人が、命令のまま粛々と進む行進の列を離れ、ディタの方にやってきた。最初は誰だかわからなかったが、それはディタのベッド仲間の大女だった。もつれた髪が顔の大きな傷跡を隠している。二人は一瞬じっと見つめ合った。

「私はリダよ！」野太い声で言う。

カポーが飛んできて、すぐに列に戻れとわめき始めた。そして脅すようにこん棒を振り回す。急いで列に戻りながら、彼女はまたちらっと振り返って手を振った。

「元気でね、リダ！　素敵な名前ね！」とディタは叫んだ。

リダは誇らしげに微笑んだようだった。

行進の最後のグループにフレディ・ヒルシュがいた。持っている中で一番上等で清潔なシャツを着ている。その胸で銀色のホイッスルが揺れている。軍隊風にまっすぐ前を見つめ、顔を上げて歩く。よそ見はしない。自分自身の世界に入りこみ、名前を呼ばれても、声をかけられても気づかない。自分の気持ちや心をさいなむ疑問など、彼にはどうでもよかった。新たな移送というだけのことだ。ナチスは彼ら自身が作った監獄から、今またユダヤ人を追い出している。自分たちユダヤ人は最大の尊厳をもってそれに立ち向かわなければならない。弱みや無気力さを見せてはいけない。だから、誰の挨拶にも別れの声にも応えない。尊大ととられてもいい。

彼がここで成し遂げたことを誇りに思っているのは確かだった。三十一号棟にいる間ずっと、生徒を一人も死なせはしなかった。五百二十一人の子どもたちが数か月間一人も死なずにいたということは、アウシュヴィッツではおそらく誰も成しえなかったすばらしい記録だ。

前を見ろ。前に並ぶ者の首筋ではなく、もっと先を見るのだ。ずっと向こうのポプラ並木の方を、いやもっと遠くを、地平線を。

遠くを見て、目標を定め、大志を抱くのだ。

行進している間に、自分たちはハイデブレックの強制収容所に移されるのだというひそひそ話が列の間を走った。どうせまたグループの選別があり、そこまでたどりつける者は多くはないだろうと大方の者は思ったが、中には誰一人たどりつけないと考える者もいた。

18

一九四四年三月七日

ルディ・ローゼンバーグは九月に到着した家族収容所の三千八百人の収容者が、BⅡa検疫隔離収容所に入るのを見ていた。シュムレウスキから伝えられた情報は絶望的なものだった。誰もが打ちのめされていた中で、ルディはただ一人アリスのほっそりとした姿だけを列の中に必死で探していた。とうとう二人の目が合い、苦悶《くもん》の表情の下に満足の微笑みが浮かびあがる。

ナチスはバラックの割り当てを終えると、検疫隔離収容所の中を自由に動くことを許可した。ルディは自分の部屋に恋人のアリス、それにレジスタンスの彼女の友達ヴェラとヘレナを呼んだ。

「ここよりもっと北の、ワルシャワ近くの収容所に移送」という表向きの知らせをほとんどの収容者が受け入れているようだとヘレナは言う。かん高い声が鳥そっくりの、がりがりにやせたヴェラもこう付け加えた。

「収容所のユダヤ・コミュニティの上層部は、いくらなんでも子どもを皆殺しにはしないだろうと考えてるわ。ナチスはそんなニュースが広まることを恐れているから」

ルディはその日の朝の、いつになくストレートだったシュムレウスキの言葉をそのまま彼女たちに伝えるしかない。

「もう時間がない。みんな明日殺されるんじゃないかって、シュムレウスキは言ってた」

その言葉に全員黙り込む。レジスタンスのリーダー、シュムレウスキは、アウシュヴィッツの中にスパイ網を張り巡らしている一番の情報通だと、誰もがよく知っている。彼女たちは動揺し、噂話や希望的観測などを口にし始めた。

「じゃ、もし今夜戦争が終わったら？」

ヘレナが一瞬明るい顔になった。

「そしたらプラハに戻って、母さんの家で樽いっぱいのグラーシュ（チェコの伝統料理の牛肉シチュー）を食べるわ」

「私だったらパンと一緒に鍋の中に入る。それからきれいに中身をなめあげ、ピカピカになった鍋を鏡にしてお化粧するわ」

シチューと香辛料の香りがしてきそうでため息がもれた。だがすぐに、冷めた料理のような現実の恐怖の臭いが戻ってくる。重苦しい暗闇の中で何か良い兆候はないかと再び考えを整理する。

登録係として移送者リストを見たルディが伝えられる唯一の情報は、九月組で家族収容所に残るのは九人だけだということだった。そのうちの四人は、メンゲレが自分の実験のために要求した二組の双子だ。三人の医師と薬剤師一人も残る。それもやはりメンゲレの求めだった。九人目はBⅡb区画の監視員であるヴィリーの愛人だ。残りはみな、九月の入所時からの予定どおり「特別措置」を受けることになる。

しかしルディの情報は、少々不正確だった。その「移送不可」リストにはほかにも名前があったが、その時点ではわかっていなかったのだ。これからどうしたらいいのか一時間ほど頭を絞って考えたが何も思い浮かばず、四人とも疲れ切って黙り込んだ。

ヴェラとヘレナが出ていき、ルディとアリスだけが部屋に残った。今二人の間には鉄柵はない。肩にライフル銃を担いで塔から二人を見張る監視兵もいない。どうしようもない現実を思い出させる煙突もない。

最初は恥ずかしくて、どこかぎごちなく見つめ合っていたが、少しずつその目に熱がこもる。二人は若く、美しく、生命力と未来への希望に溢れ、今のこの時を一瞬たりとも無駄にはしたくない。何ものも彼ら二人を引き裂き、別の世界に連れ去り、この瞬間を彼らから奪い去ることはできない。

ルディはアリスの体を抱きしめながら、その夢のような瞬間、誰にもこの幸福を奪わせはしないと思った。目が覚めたときにはすべての悪は消え去り、戦争が始まる前のように、夜明けには鶏が鳴き、焼きあがったばかりのパンの匂いがし、牛乳売りの自転車のベルがチリンチリンと楽しい音を響かせる日々に戻るのだ。二人はそのまま眠りこんだ。

しかし、朝になっても、その現実は消えてはいなかった。ビルケナウの恐ろしい光景はそのままだ。彼はまだ若すぎて、幸福はあまりにも脆く、いつか壊れるものだとはわかっていなかったのだ。

あわてふためいた声で目をさましたルディは、頭の中でガラスが砕け散るような感じがした。その声はヘレナだ。ひどくあわてている。シュムレウスキが彼を急いで探していて、収容所中にSSが溢れ、大変なことになりそうだと言う。ルディは靴を履こうとするが、ヘレナは彼の腕を引っ張り、ベッドから引きずり出した。アリスはシーツにくるまれ、まだ眠りの中にいる。

「お願い、ルディ、急いで！　時間がないの、時間が！」

ルディも一歩外に足を踏み出した途端、何かよくないことが起こっている気配を感じた。SSの監視兵が大勢いる。別の分遣隊に加勢を頼んだのか、見たことのない顔がたくさんある。移送のためにグループを列車に導く、いつもの手順ではないようだ。シュムレウスキにすぐに会わなければ。本当は会いたくも話したくもないし、彼の話を聞きたくもないが、BⅡd区画まで行かなければならない。足りないパンの追加分をもらいに行くという口実で出かけるのは、ルディの立場では難しくはなかった。

　レジスタンスのリーダー、シュムレウスキは目の下にくまができ、深いしわが刻まれていた。いつものまわりくどい言い方ではなく、単刀直入に切り出す。

「家族収容所からの移送者は今日殺される」

　そこには何の疑いもない。

「何か選別があるの？　老人や病人や子どもが処分されるということ？」

「いや、全員だ！　特別労務班は、今夜四千人を炉に入れる準備をせよという命令を受けた」

　そして間髪を入れずこう付け加える。

「嘆いているひまはない、ルディ。今こそ反乱のときだ」

　緊張は極限に達しているが、彼の声は毅然としていた。長い眠れぬ夜に何十回となく心の中で繰り返していたのだろう。

「もしチェコ人が蜂起し、勇気をもって戦えば、彼らは孤立無援ではない。われわれ何百人、何千人が味方につく。少しでも運がよければ、うまくいくかもしれない。向こうに行ってそう言え。何も失うものはないと。戦うか死ぬかだ。ほかに選択肢はない。先頭に立つリーダーもいる」

　ルディが何も飲み込めていない表情をしているので、収容所には共産主義者、社会主義者、シオニスト、反シオニスト、社会民主党支持者、チェコ国粋主義者など、少なくとも六つの異なるグループがあるとシュムレウスキは言った。それらがバラバラならグループの間で対立が生じ、一致団結した行動は不可能になる。だから、多くの者が信頼を寄せる一人の人間が必要だ。勇気があって、強い意志を持ち、声を上げればみなが従う人間。

「でも誰が？」ルディはいぶかしんだ。

「ヒルシュだ」

ルディはゆっくりとうなずいた。これは大変なことになってきたぞ。

「ヒルシュに状況を説明して、反乱の先頭に立つよう説得しろ。一刻も猶予はない。ルディ、大勢の命がヒルシュにかかっているんだ」

反乱……歴史の本にも出てくる、夢を抱かせる壮大な言葉だ。しかし、目を上げて周りを見るとその言葉も揺らいでくる。監視塔に据え付けられた機関銃、武装した職業軍人、軍用犬、装甲車に、武器もないやせ衰えた大人や子どもが立ち向かうのか。シュムレウスキにはわかっている。多くの人が死ぬだろうと、おそらく全員が……。だが突破口を開けば、何人か、何十人か、もしかしたら何百人かが森までたどりついて逃げることができるかもしれない。

暴動が広がれば、収容所の重要な施設だって破壊できるかも。そうすれば、一時的にしろ殺人施設が稼働しなくなり、多くの命を救える。体に銃弾を受ける以外得るものはないかもしれない。力の差は歴然としていて、あまりに多くの不確定要素がある。だが、シュムレウスキは繰り返した。

「ルディ、ヒルシュに伝えてくれ。失うものはもう何もないと」

検疫隔離収容所に戻りながら、もうルディに迷いはなかった。死刑宣告は下されたが、まだ戦うことはできる。その鍵を握っているのはフレディ・ヒルシュだ。いつも胸元で揺れている銀色のホイッスルを吹いて一斉蜂起を告げるのだ。三千人以上の怒りの蜂起だ。

歩きながらアリスのことを考えた。アリスは九月到着組で死刑宣告を受けたうちの一人だが、ルディはそれを認めようとはしなかった。アリスの美しさと若さ、すばらしいあの体、鹿のような澄んだあのまなざし、それらすべてが数時間後には動かない肉の塊になるなんてありえない、あるはずがないと自分に繰り返した。アリスのような子が死ぬのを誰が見たいというのか？　足を速め、憤りにこぶしを握りしめるうち、彼の落胆は怒りに変わっていった。だめだ、だめだ、まだ人生はこれからなのに！

怒りに頬を赤く染めて検疫隔離収容所に着いた。入り口でヘレナが不安げに待ちかまえている。「フレディ・ヒルシュに伝えてくれ」ルディは声をかけた。「僕の部屋で緊急の打ち合わせをするから来てほしいと。最重要事項だと伝えてくれ」

一か八か、なるようになれだ。

間もなくヘレナがヒルシュを連れて現れた。卓越したアスリート、若者たちの偶像、シオニズムの伝道師、ヨーゼフ・メンゲレと対等に話ができる男。ルディは一瞬彼を見た。濡れた髪をきれいに後ろに撫でつけた筋肉質の男。穏やかな顔つきだが、考えごとの邪魔をされたのが気に入らないのか、やや険しいまなざしだ。

ビルケナウのレジスタンスのリーダーであるシュムレウスキが集めた証拠から考えると、テレジーンからの九月到着組は一人残らず、その日の夜にガス室で殺されるとルディが説明しても、ヒルシュは表情一つ変えなかった。じっと黙ったまま、兵士のように直立不動だ。お守りのように首からぶら下がっているホイッスルに、ルディは目を留めた。

「君しかいないんだ、フレディ。各グループのリーダーたちと話して、立ち上がるよう説得できるのは君だけだ。みんなで一斉に監視兵に飛びかかり、革命を起こそう。君が首からさげているそのホイッスルで反乱の始まりを告げるんだ」

フレディは黙ったままだった。石のような表情だ。その目はルディに注がれている。言うべきことを言ったのでルディも口をつぐみ、絶望的な状況の中の命がけの計画に対するヒルシュの反応を待った。

ついにヒルシュが口を開いた。しかし、そこにいる彼は、社会のリーダーでも、一途なシオニストでも、誇り高きアスリートでもなく、児童教育者だった。

「子どもたちはどうなる、ルディ?」とつぶやくように訊く。

ルディはそのことは後回しにしたかった。子どもたちはユダヤ人の鎖のうちの一番の弱点だ。力による反乱になれば、生き残る可能性が一番低い。だがその答えは用意してあった。

「フレディ、子どもたちはどちらにしても死ぬんだ。だが、可能性は小さいかもしれないが、僕らの反乱に続いて何千人もの収容者が立ち上がり、ここを破壊できたら、これから送られてくる多くの子どもの命を救うことになる」

フレディの唇は結ばれたままだった。しかしまなざしにその思いがにじんでいる。体を張って戦うことになれば、最初に倒されるのは子どもたちだ。鉄柵の有刺鉄線を破って人々を逃がしたとしても、子どもたちは最後になるだろう。銃弾の嵐の中、森に着くまでに何百メートルも走っているうちに、彼らは置いてけぼりにされる。たとえ森に着いたとしても、一人ぼっちで道に迷った子どもに何ができるだろう?

「子どもたちは僕を信じているんだ、ルディ。見殺しにはできないよ。彼らを見殺しにしておいて、自分だけが助かるために戦うなんて。もしもその情報が間違っていて、別の収容所に移送されるんだったらどうする?」

「それはない。死刑は決まりだ。子どもたちは救えないよ、フレディ。ヨーロッパのすべての子どもたちのことを考えて。僕たちが今反乱を起こさなければ、アウシュヴィッツに送られて死ぬことになるすべての人々のことを」

フレディ・ヒルシュは目を閉じ、熱があるかのように片手を額にあてた。

「一時間くれ。考えるのに一時間いる」

フレディはいつものように背筋をまっすぐ伸ばして部屋を出ていった。その姿を見ただけでは、四千人の命をずっしりと肩に負っている者だとは誰も思わないだろう。ただ、歩きながらホイッスルをしきりに撫でている。

知らせを受けたレジスタンスのメンバーが何人か部屋に入ってきた。ルディは三十一号棟の責任者ヒルシュとの話し合いのことを話した。

「考える時間がほしいと」

レジスタンスの一人で、きつい目つきをしたチェコ人の男が、ヒルシュは時間稼ぎをしていると言った。それはどういう意味だと、みんなが彼を見た。

「彼は殺されたりはしないよ。ナチスにとって便利な存在だからな。立派な報告書を作ってくれるし、それにドイツ人だ。メンゲレがここから出してくれるのをヒルシュは待っているのさ」

一瞬、気まずい沈黙が流れる。

「それはあなたのような共産主義者だけの卑劣な考えだわ。フレディはあなたたちの数百倍も収容所の子どもたちのために体を張って来たのに！」とレナータ・ブベニックが叫んだ。

すると男もわめき始める。彼女を愚かなシオニスト呼ばわりし、ヒルシュが彼のバラックのカポーに自分へのメッセージがないかと何度も尋ねていたらしいぞと言い返す。

「ここから出すという、ナチスの知らせを待ってるんだ」

「よくそんなことが言えるわね！」

ルディは立ち上がって仲裁しようとしたその瞬間、理解した。一致団結して蜂起するために、いろいろな人々を説得し、一つにまとめることができる指導者がなぜ必要なのかを。

みんなが行ってしまうと、アリスがそっとルディに寄り添った。今はヒルシュの返事を待つほかない。不安と混乱の中でアリスの存在は唯一の救いだった。ナチスが子どもも含めて全員を殺すとはアリスには信じられない。彼女も死は怖いが、自分の身に起こるという実感がなかった。

ルディは、確かに恐ろしい話かもしれないが、シュムレウスキはこんな重大なことで勘違いをするような男ではないと言った。そして、話題を変えて、アウシュヴィッツを出たあとのことを話そうとした。田舎の家がすごく好きだとか、好きな食べ物は何だとか、子どもが生まれたら名前はどうしようとか……彼らが囚われているこの悪夢のような場所を離れて、希望のある未来のことを。

何分か経った。一分一分が耐え難いほど重苦しい。ルディはヒルシュの肩にのしかかっている重荷のことを考える。アリスが何か話しているが、ルディの耳にはもう入らない。空気が張りつめ、息がつまりそうだ。頭の中の時計が呪わしい時を刻む音に、気が変になりそうだ。

一時間過ぎたが、ヒルシュからの知らせはない。さらに一時間が過ぎた。ヒルシュはどこにも姿を見せない。

アリスはルディの膝を枕にして横たわりずっと黙っていた。ルディは死がすぐそこに近づいているのを意識し始める。腕を伸ばせば触れられそうなほど近くに。

一方、隣の区画の三十一号棟では授業が中止になっていた。授業を任された十二月到着組の先生たちは、心配でいても立ってもいられない。ゲームをしようとした先生もいたが、子どもたちもそわそわしている。自分たちの仲間がどこに行くのか知りたいのだ。なぞなぞにも歌にも身が入らず、何もやる気が起きない、張りつめた午後。暖房用の燃料もなく、いつも以上に寒い。助手の一人が来て、九月到着組のバラック古参に代わって新しいカポーが何人か任命されたと告げた。

ディタはＢⅡａ区画で何が起きているのかと、何度も外に出てみた。そこには仲間の半分がいるのだ。検疫隔離収容所の目抜き通りを歩いている人々が見える。鉄柵まで近寄る者もいるが、見張りの目が厳しく、すぐに離れろと兵士たちに命じられた。

異様な雰囲気の中、ディタは本に触れるのさえためらわれた。本はブロック古参の部屋にきちんと隠されている。そこは昨日までヒルシュの部屋だったが、今はリヒテンシュテルンの部屋だ。三十一号棟の新しい責任者は、自分の食事をタバコ六本と交換した。それを次々とふかし、檻《おり》に入れられた山猫のようにバラックの中を落ち着きなく歩き回っている。

九月到着組がどうなるのか、みな気がかりでならない。ここにいるのはみな同じ仲間だという思いももちろんあったが、同じ運命が三か月後、つまり自分たちが収容所に来てから六か月が経ったときに、彼ら自身を待ち受けているからでもあった。

19

ＢⅡａ検疫隔離収容所では、待ちきれなくなったルディが突然立ち上がった。無言でアリスを見る。ヒルシュのバラックに行って決断を迫ってやる。オーケー以外の返事は受け入れない。反乱を起こすならもはや一刻の猶予も許されない。

バラックを出たときは不安でいっぱいだったが、人でごった返す収容所の大通りを横切るうちに勇気が湧いてきて、足取りもしっかりしたものになった。ヒルシュの迷いやためらいなんか吹き払ってみせる。ルディは新鮮な空気を思いきり吸いこんだ。ホイッスルを響かせ、革命ののろしをあげてみせる。ヒルシュが持ち出しそうな反論を残らずおさらいし、その一つ一つに答えを用意した。何を言われても論破できる。その自信はある。

しかし、ヒルシュの小さな個室があるバラックに着いたとき、準備万端整えたルディを待ち受けていたのは、思いもかけない光景だった。ドアを叩いたが返事がないので、思い切って中に入ると、ヒルシュがベッドに横たわっているのが見えた。近づいて起こそうとする。ところが、その顔はひどく青ざめ、ぐったりしていた。ほとんど虫の息の状態だった。

ルディは半狂乱でバラックを飛び出し、医者を探そうと助けを求めて叫び続けた。暗くなる前にＢⅡｂ区画に戻る準備をしていたメンゲレの部下の二人の医者を見つけ、一緒にバラックに戻る。診察はすぐに終わった。医者たちは沈鬱な表情でささやき合っている。

「鎮静剤の大量服用による重度の中毒症状だ。手の施しようがない」

二人は目を上げ、テーブルの上のルミナールの空き瓶を見た。

アルフレート・ヒルシュが死ぬ！

ルディは心臓がひっくり返りそうになった。木の壁に寄りかかって、何とか体を支える。息も絶え絶えの偉大なアスリート、フレディ・ヒルシュを見る。彼の姿はこれが見おさめだろう。胸の上のホイッスルも微動だにしない。あの偉大なフレディ・ヒルシュは、結局、子どもたちを見殺しにすることに耐えられなかったのだ。そんな悲劇的な決断を下すことができず、自ら命を絶った。みなが彼に頼んだことは、彼の手にも負えなかった。

ルディはすっかり動転し、別のリーダーを見つける時間がないか、反乱を起こす別の方法をシュムレウスキが思いつかないかと考えた。そうなればすぐさま行動に移す。しかし、外に出てみると状況が変わっていた。ＳＳの監視兵があちこちにいて、検疫隔離収容所は封鎖され、いかなる理由があろうと出入りができなくなっていた。

ルディはＢⅡｂ区画とを隔てる鉄柵のところまで行き、反対側にいるレジスタンスの仲間を呼んだ。事態は変わったと、大至急シュムレウスキに伝えなければならない。

「フレディ・ヒルシュが自殺したと伝えてくれ！」

だが、仲間の男は、家族収容所から出るなと、たった今命じられたところだから無理だと言う。ルディは引き返し、検疫隔離収容所の収容所通りを横切った。通りは、嵐を前にして飛び回る鳥のようにあわてて出てきた囚人や武装した監視兵たちでごった返している。

その中にいたアリス、ヘレナ、ヴェラがルディを迎えた。彼は、フレディ・ヒルシュはもう指揮をとれず、シュムレウスキには近づけないと、早口で状況を告げる。区画間の移動が禁止されたので、三区画先のシュムレウスキのところへは、今やとてもたどりつけないと。

「それでも反乱は起こせるわ」と三人はルディに言った。「あなたが命令を出すのよ。そうすれば私たちは行動を起こす」

ルディは、ことはそれほど単純ではない、シュムレウスキの命令なしにそんな重大な決定を下す権限は自分にはない、と説明しようとしたが、彼女たちは腑に落ちない様子だった。ルディはもうへとへとで、説得する気力もなかった。

「そんなことはできない、僕にはそんな力はない……」

誇り高きルディは、自分は世界で一番無力な男だと、その瞬間思った。周りの世界も、そして彼自身も崩れていく気がした。

家族収容所ではニュースが口伝えに広がった。そっけなく、ただの電報のように。短いだけに衝撃も大きく、反論の余地はない。それは収容所を駆け巡り、ローラーのようにすべてを押しつぶし、みなを悲しみのどん底に突き落としていく。

フレディ・ヒルシュが死んだ。

噂は広がっていき、「自殺」という言葉がささやかれ始める。また、大量に飲むと死をもたらす鎮静剤ルミナールという言葉も聞こえてくる。

三十一号棟にハンガリー人助手のロージ・クロウツが、血相を変えて走り込んできた。目は恐怖で血走っている。チェコ語がうまく出てこない。ハンガリーなまりがそのときは滑稽どころか、知らせに一層まがまがしい響きを与えた。

フレディ・ヒルシュが死んだ。

それ以上何も言えない。言葉が続かない。ロージは椅子に倒れ込み、泣きじゃくり始めた。信じたくない者、どう考えたらよいかわからない者、ほかの助手たちも顔面蒼白で集まってくる。子どもたちの笑い声は消え、歌声も静まり、ゲームもおしまいになる。彼らの顔には悲しみというより恐怖の色が浮かんでいる。何百人もの子どもたちが背筋を凍らせている。この六か月間、三十一号棟には一度も死神が入り込むことはなく、子どもたちを一人も死なせないという奇跡が成し遂げられていた。そして、今、奇跡の男はいなくなった。フレディ・ヒルシュがどのように、なぜいなくなったのか知りたいと誰もが思う。彼らが知りたいのは、本当のところフレディ・ヒルシュがいなくなったあと、自分たちはどうなるのだろうということだ。ホイッスルが響き渡り、全員夜の点呼のため大至急それぞれのバラックに戻れという有無を言わせぬドイツ語の命令が聞こえる。

バラックでは母さんが待っていて、ディタを抱きしめた。すでに誰もがヒルシュの死を知っている。母と娘の間で余計な言葉はいらない。少しの間、頬と頬を寄せ合い、きつく目をつぶっているだけでいい。

新しいカポーの女性が床を水平に走る換気用ダクトの上に乗り、怒りに満ちた声で静かにと命令すると、ざわついていた室内は火が消えたように静かになった。彼女は十八歳そこそこのユダヤ人だが、今や権力を手にした。パンとスープを分配するのは彼女だ。彼女はもうお腹をすかせることはないし、パンをいくつかくすねれば、闇でブーツを手に入れることができ、腐った臭いの木靴をはくこともない。だから、ＳＳから怒鳴れと言われればためらいなく怒鳴るし、棒で殴れと言われれば殴りもする。

それどころか、言われないうちから怒鳴りも殴りもするだろう。手加減するなと言われないように、倍の力をこめて。手始めに、翌日の起床ラッパが鳴るまで外出禁止、バラックから出る者は誰でも銃殺だと怒鳴り散らした。

ディタはずっと、ベッドに自分一人で寝られたらと思っていた。今夜はやっとそれがかなったのにどうしても眠れない。ビルケナウの夜。収容所は静まり返っている。外から聞こえてくるのは、風の音と、柵の鉄線に流れる電気のぶーんという単調な音だけだ。ディタは不安で落ち着かない。あの大柄なリダもディタがいなくて寂しいと思っているだろうか？　あんなに長い間一人で眠りたいと望んでいたのに、今は途方にくれている。眠れない。とうとうベッドから飛び降りて、母さんのベッドまで行った。母さんのわら布団にも母さん一人だ。子どもの頃怖い夢を見たとき両親のベッドにもぐりこんだように、母さんの隣で丸くなった。

ルディはシュムレウスキに状況を報告しようと、再びBⅡd区画に入ろうとした。重要な書類を届けなければならないと言い訳をするが、許可は下りなかった。ヒルシュの遺体を移動するのにその書類が必要だと食い下がってもだめだ。家族収容所であるBⅡb区画にさっきいた仲間と話をしようと鉄柵のところまで戻るが、彼の姿も見えない。バラックの外には誰もいない。

自分のバラックに戻ってしばらくして、また外に出た。入り口の監視兵が交代していれば、今度はBⅡdに入れてくれるよう説得できるかもしれないと一縷《いちる》の望みをつなぐ。そのとき、こん棒で武装した大勢のカポーが検疫隔離収容所になだれこんできた。棒で殴りつけながら、今すぐ男と女のグループに分かれて集まれとわめきたてる。殴打、悲鳴、ホイッスル、うめき声、パニックの悲鳴。

アリスはルディのところに駆け寄って、腕にしがみついた。監視兵が男女は別だと大声で怒鳴る。

「男はこっち、女はこっち」

　こん棒の嵐が吹き荒れ、血が地面に飛び散る。アリスはルディから離れるが、悲しそうな微笑みを浮かべ、目は彼を追っている。アリスは女たちの方に押しやられ、収容所の入り口に止まっているトラックに押し込まれる。トラックが次々と到着し、エンジンの唸りを響かせる列ができる。

　ルディは一瞬棒立ちになり、殴打から身を守ろうと寄り集まっている男たちの塊に飲み込まれそうになる。そこでふと気づく。突き飛ばされているうちに、トラックに乗せられる男たちの中に入ってしまっていたのだ。

　ルディは流れに逆らって、外に出ようとした。あの中に引きずり込まれたらおしまいだ。こん棒を持ったカポーと軽機関銃を持ったSSが取り囲み、逃げようとする者を蹴って押し戻す。ルディは何食わぬ顔で口に紙タバコをくわえ、渾身の力でほかの囚人たちを押して道を開き、グループの外にいる顔見知りのカポーの前まで出た。カポーはこん棒を振り上げたが、ルディは、俺は十四号棟の事務官だと叫んだ。

「ブロック古参からすぐに出頭せよと命じられているんだ！」

　一般犯罪者の三角札をつけているドイツ人のそのカポーは、大混乱の真っただ中で一瞬ルディの顔を見て、知り合いだとわかると振り上げた手を止めた。そして軽機関銃を持った兵士に合図してルディを外に出させた。ルディの上着を掴んでいた男が一緒に出ようとするが、銃で胸を殴られる。男の懇願の声。だがルディは振り向かず、そのまま離れていった。平静を装おうとするが、脚がガクガク震える。

　自分のバラックに向かって歩きながら、背後に、叫び声、命令、嗚咽《おえつ》、トラックのドアが閉まる音、泥の上を滑るタイヤの音、遠ざかって行くエンジンの音を聞いた。アリスのことを考える。最後に自分を見た愛らしい鹿のような瞳。思い出を追い払うように頭を振り、速足で歩き続ける。そしてやっと自分の部屋にたどりつくと、それっきり誰とも会おうとはしなかった。

ディタはベッドの中で眠れないでいた。ほかの女たちもみんな同じだ。静けさの中、キキーッ、キキーッと湿った土の上で軋むブレーキの音、そして、エンジンをかけたまま道に止まっている車の音が聞こえ始めた。次々に聞こえてくる何台もの重たい車両の音。

そして、夜の静寂は破られた。隣の区画から、叫び声、ホイッスルの音、泣き声、懇願する声、そこにはいない神を呼ぶ声が聞こえてくる。喧騒の中、人と人がぶつかり合う音、多くの人が動く音が聞こえる。やがて、トラックのドアを閉める音に続いて金属の留め金を掛ける音がいくつも聞こえた。パニックの叫び声が、やがてすすり泣きや悲鳴に変わり、何百もの声が混ざり合った雲となって広がる。

家族収容所では誰も眠らなかった。話もしないし、身動きもしない。ディタのバラックでは、何が起きているのか、彼らはどうなるのかと、不安にかられて訊く者がいたが、別の女たちがいらだたしそうに「しっ」とすぐに黙らせ、静かにと命じた。隣の区画でいったい何が起きているのか、正確に知ろうと耳を澄ましているのだろう。いや、それとも、SSに私語を聞きとがめられたり、目を付けられたりしないで、その腐ったわら布団の中で、少なくとも、もうしばらくは生かしてもらえるように息を殺しているのか。

トラックのドアが閉まる音がいくつもして、人々の声がだんだん聞こえなくなった。エンジン音で、人々を乗せた最初の車が動き出したことがわかる。そのとき、ディタや母さん、バラックの女たちには音楽が聞こえたような気がした。心痛からくる幻聴だろうか。しかし、そのかすかな声は次第に大きくなる。歌声？　合唱の声がトラックの唸りを掻き消している。女たちは誰ともなく声に出して歌を歌い、ほかの女たちがそれを繰り返す。トラックで運ばれていく男たち、女たち、これから死ぬのだとわかっている収容者たちが歌っている。

チェコの国歌『我が家いずこや』だ。別のトラックが通り過ぎるときは、ユダヤの歌『ハティクバ』のメロディ、また別のトラックからは『インターナショナル』が聞こえてくる。その音楽はフーガのように途切れ途切れだった。それもトラックが遠ざかるにつれだんだん小さくなり、やがて聞こえなくなった。その夜、何千人もの声が永遠に消えた。

一九四四年三月八日の夜、ＢⅡｂ家族収容所にいた三千七百九十二人の収容者がガス室に送られ、アウシュヴィッツ＝ビルケナウの第三焼却炉で焼かれた。

20

けさの起床はカポーの金切り声を待つまでもなかった。寝つくことができなかったのだから。母さんがディタにキスをする。ディタはベッドから飛び降りて、いつものとおり点呼のために三十一号棟へ行った。でも今日はこれまでとは違う。昨日まで一緒にいたみんなの半分がいなくなり、もう戻ってこないのだ。

カポーか監視兵に注意されるかもしれないのを承知で、収容所通りからそれて、バラック群の裏手に向かった。鉄柵に近づき、誰か生き残っている人がいないかとわずかな望みを抱いて検疫隔離収容所をのぞく。しかし、BⅡaのバラック群の間には人っ子一人見えない。動いているのは地面に落ちた服の切れ端だけだ。

昨夜の喧騒は跡形もなかった。重苦しい静寂があるのみだ。BⅡa区画はひっそりとしている。墓地のような静けさだ。地面に踏みつけられた帽子、投げ捨てられたコート、空っぽのお椀が落ちている。女の子たちが三十一号棟で作っていた粘土の人形のつぶれた頭が、それらの間からのぞいている。土の上に何やら白いものがある。しわくちゃの紙だ。ディタは目を閉じて見ないようにした。モルゲンシュテルンが作っていた折り紙の小鳥だと気づいたからだ。踏みにじられ、ぬかるみの中でつぶれている。

ディタは自分が踏みつぶされたような気がした。

顔色一つ変えないSSを前に、リヒテンシュテルンが朝の点呼を担当した。SSがバラックから出て行くと、みんなほっと息をついた。点呼の間中、子どもたちはいなくなった友達をきょろきょろと探している。いつもは辛くてたまらない長い点呼が、その日はあっという間に終わったのがひどく悲しかった。

ディタはバラックの中に漂う重苦しい空気から逃れようと外に出た。だが、夜が明けてからかなり経つのに、なぜかあたりはまだ薄暗い。風に運ばれてくる乾いた何かが雨のように降り注いでいる。灰だ。これまでに見たことのない黒い雪が降り積もる。

溝の中で働いていた人たちが空を見上げる。石を運んでいた人たちが石を地面に置いて立ち止まる。カポーが怒鳴り声をあげるが、作業場の人たちも仕事をやめて外に出る。おそらくは初めての反抗だ。命令や脅しを無視して黒い空を見上げる。

突然夜になったかのようだった。

「おい。何だ、これは?」

「神の呪いだ!」

ディタは空を見上げ、手を差し出した。灰色がかった細かいちりが服に降りかかり、つまもうとすると指の間で粉になる。三十一号棟の子どもたちも何が起こったのかと外に出てきた。

「どうしたの?」女の子がおびえて尋ねると、ミリアム・エーデルシュタインが言った。

「みんな怖がらなくていいのよ。九月組のお友達だから。ここに戻ってきたのよ」

子どもたちと先生は黙って体を寄せ合った。小さな声で祈る人も大勢いる。ディタは両手をお椀の形にしてその雨を受け止めようとした。とめどなく涙が溢れ、灰のこびりついた頬に筋を残す。ミリアムは息子のアリアーを抱きしめ、ディタも二人に抱きついた。

「帰ってきたのよ、ディタ。帰ってきたの」

もう二度と外に出ることはない帰還だった。


授業はそれまでのようには進まなかった。せっつくと渋々始める先生もいれば、その体力も気力もない先生もいる。リヒテンシュテルンは何とか志気を高めようとするが、彼にはフレディ・ヒルシュのようなカリスマ性も自信もなく、彼自身も打ちのめされているのを隠せない。

一人の女性教師がヒルシュに何があったのかと尋ねた。何人かが葬式のときのようにうなだれて身を寄せ合う。ヒルシュは瀕死の状態で担架で運ばれ、トラックに乗せられていったと、誰かが自分の聞いた話をした。

「自尊心から自殺したんだろうな。ナチスに殺されるなんてプライドが許さなかった。ナチスに自分を殺す喜びを与えたくなかったんだ」

「仲間のドイツ人に裏切られたのに耐えられなかったんじゃないの？」

「フレディは、子どもたちが苦しむのが耐えられなかったんだろう」

ディタも耳を傾けていたが、ヒルシュの最期にはそれだけではない何かがあるような気がして、心がざわついた。悲しいだけでなく、もうどうしていいかわからない。すべてを取り仕切ってくれるヒルシュがいなければ、学校はどうなってしまうのだろう？　みんなからなるべく離れた椅子に座った。やせこけたリヒテンシュテルンがおろおろした様子で近づいてくる。十年分の命と交換でタバコが手に入るなら、彼はそうしていただろう。

「子どもたちはおびえている、エディタ。ほら、動きもしないし、声もたてない」

「みんな途方にくれているんです」

「何とかしないと」

「何とかって、でも、私たちに何ができるでしょう？」

「私たちにできるのは前進し続けることだけだ。あの子たちが元気を取り戻さないと。何か読んでやってくれないか」

子どもたちはグループごとに床に座りこみ、黙って爪を噛んだり、天井を見上げたりしている。子どもたちがこれほど打ちのめされ、声一つたてないことはこれまでなかった。ディタは気力が湧いてこなかった。口の中がいがらっぽい。今一番したいのは、椅子にじっと座っていることだ。話したくもないし、話しかけられたくもなかった。もう立ち上がりたくない。

「何を読めばいいんです？」

リヒテンシュテルンは口を開くが言葉は出てこなかった。再び口を閉じ視線を落とし、本のことはよくわからないと言った。ミリアムにも訊けそうにない。ひどくまいっていて、誰とも話したくない様子で、奥の方で両手で頭を抱え込んでいる。

「君は三十一号棟の図書係だ」とリヒテンシュテルンがおごそかに告げた。

ディタはうなずく。図書係としてすべきことをしなければ。誰かに言われるまでもない。

ブロック古参の部屋に向かいながらディタは思う。テレジーンの図書館長ウティッツに「こんな悲劇的な状況のときに子どもたちに読んであげるのにふさわしい本は何ですか」と訊けたらと。真面目な小説か、数学の本か、世界に関する知識を与えてくれる本か。しかし、本の隠し場所の床板の上に積んだボロ布の山をどかす前に、ディタの心は決まった。

八冊の中で一番くたびれている、バラバラの紙の束といってもいい本。この中では一番ふさわしくなさそうな本だ。全然教育的じゃないし、罰当たりかも。下品だ、不謹慎だとその本を認めない先生たちもいる。しかし、そんなふうに思うのは、花は花瓶の中でしか育たないと思っている、文学の「ぶ」の字もわかっていない人たちだ。図書館は今や薬箱なのだ。もう二度と笑えないと思ったときにディタに笑いを取り戻させてくれたシロップを、ちょっぴり子どもたちの口に入れてやろう。

リヒテンシュテルンが助手の一人に入り口を見張るように合図した。ディタはバラックの中央で椅子の上に立った。何ごとかと面倒くさそうに見上げる子がいる。でもほとんどの子どもたちは自分の木靴の先を見ている。ディタは本を開き、その中の一ページを読み始める。声が聞こえているのかいないのか、誰も耳を傾ける様子はなく、無関心なままだ。ほとんどの子はうたた寝しているのか、床にごろりと寝そべっている。先生たちは九月組の死についてひそひそと情報を交換しあっている。リヒテンシュテルンも椅子に座り、目を閉じている。

誰も聞いていないのはわかっていたが、ディタは読み進める。

オーストリアの指揮下にあるチェコ人の兵士たちが前線に向かって列車で旅し、目的地に着いたとき彼らの検査に当たったドゥプという傲慢な少尉を、シュヴェイクが突拍子もない言葉の数々でいらいらさせる場面だ。少尉は歩きながらいつも同じセリフを繰り返す。「お前らは私の本当の姿をわかっていないな。それを知ったら泣きたくなるぞ、うすのろども！」少尉が兵士たちに、お前らには兄弟がいるかと質問する。「はい」と答えると、その兄弟はお前たちみたいに馬鹿に違いないとわめく。

子どもたちは難しい顔をして相変わらず隅っこの方にいるが、そのうちの一人はもう爪を嚙むのをやめている。つま先から視線を上げ、役者のようにセリフを投げかけるディタに目を向けている子が何人もいる。先生の一人が、ひそひそ話を続けながらも、ディタの方に少し顔を向けた。椅子にのぼってディタは何をしているのだろうと、みなきょとんとしている。ディタは読み続ける。いつも苦虫苦虫を噛みつぶしたような顔をしている少尉がシュヴェイクとやり合う場面まで来た。シュヴェイクは、オーストリア人の兵士が、銃剣で壁にコサック人を突き刺している宣伝ポスターの批判をしている。

「そのポスターのどこが気に入らんのかね?」ドゥプ少尉が意地悪く訊く。「少尉殿、私が気に入らないのは、この兵士が大切な武器をいい加減に取り扱っていることであります。銃剣が壁にぶつかって折れるかもしれません。それに、このロシア兵は両手を上げて降伏しているので、こういう行為は不必要であります。このロシア兵は捕虜であります。捕虜もまた人間なのですから、正しい扱いをしなければならないのであります」

「お前はこの敵のロシア人がかわいそうだと言っているのかね?」少尉が意地悪い質問をする。

「二人ともかわいそうであります、少尉殿。ロシア人は壁に突き刺されているからかわいそうであり、オーストリア人兵士の方はこのことで投獄されるからかわいそうなのであります。この兵士は銃剣を折ったに違いないのであります、少尉殿。壁は石で、銃剣はそれより弱いのでありますから。戦争前、兵役のとき、わが隊にある少尉殿がおられたのであります。古参兵だってこの少尉殿ほど下品な話し方はしなかったのであります。練兵場では『俺が気をつけと言ったら、猫が糞をしているときのように、じっと前を見るんだ』と私たちに怒鳴りました。しかし、ほかの点ではとても良識ある人だったのであります。ところが、クリスマスの頃、気が変になって、中隊のためにココヤシの実を荷車一台分買ったのであります。その日以来、私は銃剣がいかに脆いかよく知っているのであります。中隊の銃剣の半分はココヤシの実を割ろうとして次々に折れたのであります。我が隊の中尉殿は罰として私たちを三日間営倉処分にしたのであります」

ディタを食い入るように見ている子どもたちがいる。もっとよく聞こうと離れたところから近づいてくる子もいる。おしゃべりを続けている先生もいるが、ほかの先生たちが口を閉じさせる。ディタは淡々と読み続ける。

「それでわれらが少尉殿も逮捕されたのであります。お気の毒でした。とてもいい人だったので……、ココヤシの実へのこだわりは別としまして」

ドゥプ少尉は腹を立て、善良なる兵士シュヴェイクの無邪気な顔を見て、怒りくるって彼に訊いた。

「貴様はこの私が誰か知っているのか？」

「はい、少尉殿。知っているのであります」

ドゥプ少尉は目をむき、地団太を踏んで吠え始めた。

「いや、貴様はまだこの私を知らない」

シュヴェイクは間を置きながら優しく答えた。

「知っているのであります。わが大隊の少尉殿であります」

「貴様はまだこの私を知らないと言っているのだ！」とドゥプ少尉はわれを失って叫んだ。「貴様は私の表の顔は知っているかもしれない。だが私のもう一つの顔を知ったら、怖くて震えあがるだろう。もう一度訊くが、私を知っているのか、知らないのか？」

「もちろん知っているのであります、少尉殿」

「最後にもう一度だけ言う。貴様は私をまだ知らない、うすのろ！　お前に兄弟はいるのか？」

「おります、少尉殿。兄が一人」

シュヴェイクの無邪気な顔を見て、少尉はさらに激怒し、怒鳴り散らした。「どうせ貴様の兄は貴様のような畜生だろう。正真正銘の馬鹿野郎に違いない」

「はい、少尉殿。正真正銘の馬鹿です」

「で、そのとんまな兄は何をしている？」

「教師だったのであります。戦争で軍隊に入ると少尉になったのであります」

ドゥプ少尉は、人のよさそうな顔で自分を見ているシュヴェイクを突き刺すような目でにらんだ。そして怒りで顔を真っ赤にし、「出て行け」と叫んだ。


何人かの子どもが笑った。ミリアムはバラックの奥から、さっきまで両手で抱えていた頭をのぞかせた。一見無知を装いながら、戦争を茶化す兵士の物語をディタは語り続ける。ミリアムは目を上げ、図書係のディタを見つめた。その小さな一冊の本が子どもたち全員を周りに集めたのだ。

ディタが本を閉じると、子どもたちは立ち上がり、またバラックの中を騒々しく走り回り始めた。消えていた命の灯がまた灯った。ディタは何度も糸で縫い直されたその古い本を撫でた。そしてフレディ・ヒルシュは自分のことを誇りに思ってくれるだろうと幸せな気持ちになった。「いつも前に進み続けること、あきらめないこと」というヒルシュとの約束を果たしたのだ。

しかし、すぐに悲しみのベールがディタに覆いかぶさった。

そんな彼がなぜあきらめてしまったのだろう？

21

メンゲレが家族収容所の入り口を通り抜けると、ワーグナーの『ワルキューレの騎行』のメロディが彼とともに入ってくる。そして冷たい一陣の風。周囲で動くものすべてを注意深く観察する彼の目は、何もかもを見通すかのようだ。何か、あるいは誰かを探しているようだが、ディタは三十一号棟にいる。そこなら安全だ……。少なくとも今のところは。

歴史に残るアウシュヴィッツ強制収容所所長ルドルフ・ヘスが成し遂げた業績の一つは、一九四三年の末に、ビルケナウ収容所で七千人の女性が感染していたチフスの蔓延を医者のメンゲレに命じて止めさせた、そのやり方だと言われている。バラックにはシラミがはびこり、チフスはコントロールできなくなっていた。しかしメンゲレはその解決方法を見つけた。一つのバラックの六百人の女性全員をガス室に送り、空になったそのバラックを徹底的に消毒したのだ。続いて、浴槽と消毒器具を屋外に据えて、隣のバラックの女性たちにそこを通らせてから消毒済みのバラックに入れた。その後、この女性たちがいたバラックを消毒するということを繰り返したのだ。こうして、メンゲレは伝染病の蔓延を食い止めた。

メンゲレは称賛され、彼自身もチフスに感染する危険を顧みずに取り組んだことに対し、勲章を与えようという話も持ちあがった。全体の利益あるいは科学の進歩が第一、というのが彼のやり方だ。その過程で何人の命が失われようと大した問題ではなかった。

ある親衛隊曹長がメンゲレのところに双子を連れてきた。その二人はおずおずとメンゲレに近づき、「ペピおじさん、おはようございます」と声をそろえて挨拶した。メンゲレは彼らに向かって微笑みかけ、女の子の方の髪をくしゃくしゃっと撫でた。そして二人を連れて収容所の付属棟に向かった。メンゲレのいないところで、ＳＳの監視兵たちが「動物園」と呼んでいる棟だ。

そこでは何人かの病理学者がメンゲレのもとで働いている。双子にはおいしい食事、きれいなシーツが与えられる。自由に遊べるおもちゃやおやつだってある。子どもたちがメンゲレと手をつないでそこに入るたびに、彼らがちゃんと帰ってくるだろうかと親たちは気が気でない。今までのところ、二人はお土産の菓子パンをポケットに入れて、いつも嬉しそうに帰ってきた。おじさんたちが体のいろんな部分を測定し、血液検査をし、ときには何かの注射をすることもあるが、あとでメンゲレが小さな板チョコをご褒美にくれるらしい。

しかし、運の良くない子もいた。メンゲレは双子を使って病気の影響について調べていたのだが、ジプシーの双子の何組かにチフス菌を接種したあと、それぞれの内臓がどんなふうに変化するかを解剖して観察したあげく、死なせてしまったのだ。

しかし、メンゲレは別れるときには双子の子どもたちの頭を撫で、優しく微笑んで、「おじさんのことを忘れないでね！」と声をかけた。そして、本人も彼らのことを絶対に忘れはしないのだった。

アウシュヴィッツの陰鬱な毎日の中で時間は過ぎていったが、ディタはどうしても忘れることはできなかった。というよりも忘れたくなかった。フレディ・ヒルシュが突然自らの命を絶ったことを。「でも、どうして？」という声がディタの頭の中で繰り返し響く。授業ごとに本を配り、図書係としての役目は果たし、感情を表に出すことはなかった。三十一号棟の生活が平穏無事なのは何よりだ。しかし、子どもたちが少ないせいか、ヒルシュがいなくなってから、何につけ前より盛り上がりに欠けつまらなく見えた。

今日のディタの助手はとても感じのいい男の子だ。茶色いそばかすがいっぱいの整った顔立ちをしている。別のときなら、もう少し優しくしていたかもしれない。これほどハンサムな子はそうはいない。でもその子に話しかけられてもディタは上の空で、ほとんど返事もしなかった。頭の中で、ヒルシュがなぜ命を絶ったのかと繰り返し考え続けている。

ヒルシュらしくない。

ヒルシュはユダヤ人とゲルマン人の両面を併せ持っていた。それまであんなに忍耐強かった真面目なヒルシュが、自分の責任から逃げるなんて矛盾している。そんな考えを振り払うように頭を振ると、「そうよ、そんなはずないわ」と言っているように、おさげが揺れた。このジグソーパズルには足りないピースがまだあるはずだ。自分たちは兵士だ、最後まで戦わなければならないと言っていたのはヒルシュだ。なぜ自分の役割を放棄したのだろう？　そんなことは彼の主義に反している。彼は一人の兵士であり、その使命があった。

ブロック古参の部屋で最後にヒルシュを見たあの午後、確かに彼はこれまでにないほど沈んでいて、気弱になっているようだった。あの移送の結果が悲惨なものになるのを多分彼は知っていたのだろう。でもどうして自殺なんかしたのだろう。

そんなことにディタは耐えられなかった。ディタは強情だ、と母さんがよく言うが、それは当たっている。ジグソーパズルをやり始めたら何としても完成させるタイプだ。

だからその日の夕方、三十一号棟の仕事が終わってから、バラックで母さんがちょうどツルノフスカといるのを見たディタは、二人に近づいた。

「ちょっといい？」と会話に割り込む。「聞きたいことがあるんだけど……」

「エディタ、行儀が悪いわよ」母さんがたしなめる。

ツルノフスカが微笑んだ。相談に乗るのが嬉しいのだ。

「いいわよ。若い子たちと話すと私も若返るのよ、リースル」と言って笑った。

「フレディ・ヒルシュのことなの。誰かわかりますよね」ツルノフスカがうなずく。知らないわけがない。「ヒルシュさんが死んだことをみんながどう言ってるか、教えてくれませんか」

「あのいまいましい薬で中毒死したんだよ。何でも薬で治るなんて嘘っぱちだ。医者に風邪薬を処方されても私は飲んだことないね。ユーカリの葉っぱをゆでて、その湯気を吸いこむ方がよっぽどいい」

「そうよね。私も同じことしてたわ。ミントの葉を煎《せん》じたのもいいのよ」母さんが言う。「ユーカリと混ぜるの？　それともミントだけ？」

ディタがいらだつ。

「薬のことはいいの。そうじゃなくて、どうしてそんなことをしたのか知りたいんです。ツルノフスカさん、みんなはどう言ってます？」

「ああ、ディタ。いろんな噂が飛び交ってるね」

「彼はいい人だって、エディタはいつも言ってたわ」

「そうだろうね。ただし、生きていくにはいい人というだけじゃだめ。うちの人はもう亡くなったけど、とても人がよくてね。でも、気が弱いもんだから果物屋の経営には失敗した。農家の人たちに売り物にならないような古い果物を売りつけられてたよ」

「で、そのヒルシュさんだけど……」とディタが遮った。もういい加減にしてほしい。「どう言われていますか?」

「いろいろとね。ガスで窒息するのが怖かったんだろうとか、薬中毒でうっかり飲み過ぎてしまったんだろうとか、子どもたちが殺されるのを見ていられなかったのだろうとか。黒魔術をやってるナチスに呪いをかけられたって、こそこそ言ってる人もいるよ」

「誰のことか想像がつくけど」

「抵抗の印だという話も聞いたね。ナチスに殺される前に自殺したって」

「で、おばさんはどの話が正しいと思いますか?」

「それぞれなるほどと思うけど」

ディタはうなずいてその場を離れた。アウシュヴィッツで真実を知るということは、モルゲンシュテルンの捕虫網で雪片を捕まえるようなもので、土台無理な話なのだ。真実は戦争の第一の犠牲者かもしれない。しかし、ディタは真実がどんなに泥の中深くうずもれていようとそれを見つけたかった。

だからその日の夜、母さんがベッドに入ると、〈ビルケナウ・ラジオ局〉ことツルノフスカのベッドまで忍んでいった。

「ツルノフスカさん……」

「どうしたの、エディタ」

「お願いがあるの……。おばさんに訊けば何かわかるんじゃないかと思って」

「かもしれないね」ちょっと自慢げに答える。「何でもお聞き、隠すことは何もないよ」

「レジスタンスで連絡のとれる人を誰か教えてください」

「だって、ディタ……」ツルノフスカは隠すことは何もないと言ったことを後悔した。「子どもが首をつっこむことじゃない。危険すぎる。そんなことしたら、あんたの母さんは私と口をきいてくれなくなるよ」

「メンバーに入りたいわけじゃないんです。それもいいけど、年が足りないだろうし。誰かにフレディ・ヒルシュのことを訊いてみたいだけなの。何があったのか一番よく知っているのはあの人たちだと思うから」

「ヒルシュの姿を最後に見たのは、検疫隔離収容所の登録係をしているローゼンバーグという男だよ、知ってるよね」

「知ってます。でもあの人のところには行けない。ここの区画の中で誰かいませんか……お願い」

ツルノフスカは渋々答えた。

「しょうがないね。でも私から聞いたとは言わないでおくれよ。第三作業場で働いてる、プラハ出身の〈チェンジ〉という男がいる。ビリヤードの玉みたいなつるつる頭で、ナスのように大きな鼻をしているからすぐにわかるよ。でも私は何も知らないからね」

「ありがとうございます。ご恩は忘れません」

「いいよ、そんなの。ここではみんなお互いさまさ」


三十一号棟でまたいつもの一日が始まる。今日の授業も、以前のような活気はなかった。お腹がすいているのも、その日が最後かもしれないという恐怖も変わらないのだが。放課後になったら、また〈チェンジ〉を探しにいこう。

ディタはその日の午後、ミリアム・エーデルシュタインが七歳の女の子たちのグループに文字のつづりを教えるのを、臨時に手伝うことになった。つづりの授業というよりお絵かきのようだ。雨なので外でのゲームやスポーツはない。子どもたちはハンカチ落としやケンケンができないのでふくれっ面だ。ディタも不機嫌だった。何日も雨が続き、みんなバラックにこもってしまい、禿げ頭の〈チェンジ〉にもまだ会えていなかったからだ。

ミリアムも子どもたちの前では何くわぬ顔をしているが、ヒルシュの死で大きなショックを受けていた。それに、アイヒマンの視察のあと、夫のヤーコプの消息もまったくわからない。だが、あのとき、ドイツに移されたが元気だと言われたのは嘘だった。じつはビルケナウからほんの三キロ先のアウシュヴィッツ第一強制収容所の牢獄に囚われていたのだ。

牢獄にはセメントの箱のような独房がある。そこは狭くて横になることもできず、立ったまま眠らなければならないので、囚人は両脚が動かなくなる。電気ショック、鞭打ち、皮下注射など、次々に拷問が行われる。看守たちの一番の楽しみは処刑ゲームだった。囚人たちを中庭に引きずり出し、目隠しをして、ピストルの撃鉄を起こす。囚人たちは震え上がり、失禁する者もいる。引き金を引くと、弾が入っていないピストルがカチッと乾いた音をたてる。そしてまた牢獄に戻す。

実際の処刑はあまりに頻繁なので、もう壁を洗うことさえしない。髪の毛と脳みそがくっついた赤っぽい線が壁に残り、殺された人々の背の高さを示している。

ディタは一心に、女の子たちがスプーンの先を石でナイフのように薄く研ぐのを手伝っていた。にわかナイフができると、子どもたちは木片の先を鉛筆のように削る。節があってうまく削れず、先っぽが割れてしまうと最初からやり直しだ。一時間かかって、先のとがった木片がいくつもできあがる。そうすると、ミリアムが細心の注意を払いながら鍋の中で削りくずに火をつけ、その火で木片の先っぽを焦がす。見てくれは悪いがその一本一本が鉛筆となり、三つか四つの言葉を書くことができる。

ただし紙も貴重で、ブロック古参のリヒテンシュテルンがリスト作成に必要だとナチスに言って、時々手に入るだけだった。

ミリアムがいくつか言葉を言って、子どもたちに書きとらせた。ディタは、子どもたちが椅子を机代わりにして勉強するのをそばで眺めている。まだたどたどしいが、子どもたちは一生懸命取り組んでいる。

ディタも鉛筆代わりの棒の一本と紙片を手に取った。もう長い間ごぶさただった絵を描こうとしたが、棒の先の黒い煤《すす》はあっという間になくなった。ミリアムが後ろからのぞきこむ。縦の線が何本かと円しかなかったが、ミリアムは目を見張り、憂いを帯びた声をもらした。

「プラハの時計台ね……」

「わかります?」

「どこから見たってわかるわ。時計職人の街プラハの象徴だもの」

「当たり前の暮らしの……」

「そうね」

ディタはミリアムの手がウールのハイソックスにつっこまれるのを感じた。触ってみると小さな塊があった。本物の鉛筆だ。この何年かの間で最高のプレゼントだ。こんな嬉しいことをしてくれるから、ミリアム・エーデルシュタインはみんなから〈ミリアムおばさん〉と慕われているのだ。

それからディタは夢中で絵を描いた。プラハの時計台と言えば、骸骨、雄鶏、十二宮、十二使徒、ガーゴイル（怪物をかたどった彫刻で雨樋の機能を持つ）も描かなくては。子どもたちが何人か集まって来た。別の街から来た子やプラハで生まれたけれど街のことは覚えていない子もいる。骸骨が一時間ごとに鐘を鳴らすと、人形が扉から出てきて行進し別の扉に入って行くのだと、ディタは根気よく説明した。

絵を描き終わると丁寧に折りたたみ、ミリアムの息子アリアーのところに行った。アリアーは友達と手をつないで電話ごっこをしている。アリアーのポケットに絵を描いた紙を押し込み、お母さんへのプレゼントよとささやいた。

そのあとは、フロイトの本を丁寧に糊付けすることにした。その日の朝貸し出されて、背表紙が少しはがれて戻ってきた本。一ページ一ページ手で紙を伸ばす。一日の仕事を終えてきた本のページ一枚一枚を櫛で梳くように整える。


その頃、SSの一等伍長ヴィクトル・ペステックもまた、レネー・ナウマンの巻き毛に手櫛を入れ、幸せに浸っていた。レネーもされるがままになっている。キスはさせないし、みだりに近づかせはしない。だが、髪を撫でさせてくれとせがまれると拒めなかった。あるいは拒みたくなかったのかもしれない。

彼はナチ、抑圧者、犯罪者だ……。しかし、彼女のことは大事にしてくれる。それは収容所ではユダヤ人同士でも得難いことだ。盗みが横行し、夜はお椀を腕に抱くか、脚に紐で結わえて寝なければならない。体を売る者もいる。密告屋もいる。一方で心のまっすぐな人、生真面目な人、信心深い人もいる。そのどちらであれ彼らは、レネーがSSからもらった果物を母親に持って帰ると非難し、彼女を女狐と呼んだ。

それに比べれば、彼と過ごす時間は穏やかなひとときだった。たいていヴィクトルが話し手、彼女は聞き役だ。ヴィクトルは戦争の前は農場で働いていたという。乾燥したハーブを抱えている彼の姿を想像する。このいまいましい戦争さえ起こらなければ、どこにでもいるような正直で素朴な若者だったろうに。

その日の午後、ヴィクトルはいつもよりそわそわしていた。会うときはいつもプレゼントを持ってくる。最初の日にそれを学んだのだ。今日は、ゆでたソーセージを紙に包んで渡す。しかし本当のプレゼントは別にあった。

「考えてることがあるんだ、レネー」

彼女が彼を見る。

「ここを出て結婚し、一緒に新しい生活を始めよう」

彼女は黙っている。

「全部計画済みだよ。門から堂々と歩いて出れば疑われない」

「頭が変になったの……」

「まさか。君はSSの制服を着ていくんだ。日が暮れてからね。僕が合言葉を言って合図をしたら、二人でそのまま出ていく。もちろん何もしゃべるな。列車でプラハまで行く。あそこには知り合いがいる。前にここにいた収容者だ。彼らは僕がほかのSSの監視兵の仲間じゃないことは知ってる。偽のパスポートを手に入れてルーマニアに行き、そこで戦争が終わるのを待つんだ」

レネーがヴィクトルをじっと見つめる。やせて小柄、黒髪に青い目の朴訥《ぼくとつ》な監視兵。

「それって私のため?」

「僕は君のためなら何だってするよ、レネー。僕と一緒に来てくれる?」

愛というものは、いくぶん狂気じみているに違いない。

レネーはため息をついた。アウシュヴィッツを出るのはみんなの夢だ。有刺鉄線と焼却炉に囚われた何千人という囚人の誰もがそれを願っている。彼女は目を上げ、額の巻き毛をひと筋つまんで噛む。

「行けないわ」

「どうして？　怖がることはない。きっとうまくいく。僕の友達が見張りをしている日にすれば、何の問題もない。簡単なことさ。ここに残れば死ぬのを待つだけだよ」

「母さんを置いては行けないもの」

「でも、レネー……。僕たちはまだ若い。お母さんもわかってくれるよ。僕たちには未来があるんだ」

「母さんを残しては行けない。もうこの話はおしまい。これ以上何も言わないで」

「レネー……」

「この話はおしまいって言ったでしょ。何て言われても私の考えは変わらないわ」

ヴィクトルは考え込む。彼は前向きな男だ。

「じゃあ、お母さんも連れていこう」

レネーは腹が立ってきた。全部出まかせではないのか。そんな気休めを言われても、ちっとも嬉しくない。彼はそれでいいかもしれないが、彼女たち母娘は危険を冒すことになる。アウシュヴィッツから出るなんて、冗談で言えるほど状況は甘くない。映画館に行き、飽きたら席を立って出るのとはわけが違う。

「母さんと私にとって、ここにいるのはゲームじゃないのよ。父さんはチフスで死んだ。いとこ夫婦は九月組の人たちと一緒に殺された。もうほっといて。逃亡ごっこなんて趣味が悪いわ」

「僕が冗談で言っていると思うの？　まだ僕のことがわかってないんだね。君とお母さんをここから出すと言ったら、僕はやるよ」

「そんなことできっこないでしょ、よくわかってるくせに！　五十二歳でリューマチ持ちの母さんにＳＳの監視兵の格好なんてさせられる？」

「計画を変えよう。僕に任せておいて」

レネーは彼を見た。この人に、母さんと自分を生きてここから連れ出すなんてことができるのだろうか？　それに出られたとしても、そのあとどうなるのだろう？　アウシュヴィッツから逃亡したユダヤ人の女二人がナチスの目を逃れることなんかできるのだろうか？　脱走兵だとはいえ、ナチの男と自分は人生を共にするのか？　何百人もの罪のない人たちを顔色も変えず死に送った人間と残りの人生を過ごしたいと自分は望んでいるのだろうか？

疑問が次々に湧いてくる。

またレネーは黙り込んだ。もう何も言わないことにする。彼は彼女の沈黙を承諾だと解釈する。いや、そう思いたいのだ。


やっと雨がやんだ。ディタはスープの時間を利用してレジスタンスの男を見つけようとしたが、大雨でぬかるみと化した大地に飲み込まれたかのように影も形もなかった。四人たちが出てくる時間にも作業場の周りをあちこち探したが無駄だった。


ディタはベンチに座り、表紙のないフランス語の小説のしわを入念に伸ばし、背に糊を少しつけた。この糊は、マルギットが働いている軍用ブーツの作業場からこっそり持ち出したものだ。貸し出す前にしっかりと直しておきたい。

その小説を読みたがっているのは、マルケッタという気難しい女教師だった。四十歳そこそこにしては白髪が目立ち、ほうきの柄のような細い腕をしている。戦争前は大臣の子どもたちの家庭教師だったという噂だ。ここでは九歳の女の子のグループの受け持ちで、ディタはその先生が生徒たちにフランス語の単語を教えているのを何度か聞いたことがあった。フランス語は優雅なお嬢さまが使う言葉だと先生がいつも言っているので、女の子たちはとても熱心に先生の話を聞く。ディタにはその音楽のような言葉は、吟遊詩人のために作られたもののような感じがした。

マルケッタがあんまり何度もその小説を借りたがるので、とっつきにくくてちょっと話しかけづらかったけれど、ある日、ディタはどうして読みたいのかと尋ねてみた。そのとき先生はあきれ顔でディタを上から下まで眺めた。まるで「あなたは処女ですか?」とでも訊かれたかのように。

おかげで正式にその本は図書館の蔵書に加えられた。タイトルは『モンテ・クリスト伯』、著者はアレクサンドル・デュマ。フランスでは有名な名作らしい。午後の間、借りたいと言われていたので、ディタは本の修繕が終わって準備ができると、マルケッタが一人物思いにふけっている椅子のところまで持って行った。あまり話好きではなく、ほとんど誰ともしゃべりたがらない人なので、ディタはどうやって近づこうかとしばらく前から考えていた。今がそのときだ。バラックの奥でアヴィ・オフィールが合唱の練習を指導しているが、ほかの子どもたちは外に行き、バラックはひっそりとしている。何も言われないうちに、ディタはそばにあった椅子に座って尋ねた。

「どんなことが書いてある小説か知りたいんですけど、教えてもらえませんか?」

あっちへ行ってとそっけなく言われたら、そのとおりにするつもりだった。でもマルケッタはディタをじっと見て、意外にも話し相手ができて嬉しそうな顔をした。もっと驚いたことに、いつも無口な先生からは想像もできないほど熱く語り始めたのだ。

『モンテ・クリスト伯』……。

これはエドモン・ダンテスという若者の話だ。マルケッタはその名前を、いかにもフランス語風に発音した。主人公がたちまち立派な登場人物のように思えてくる。エドモンはファラオン号という船を操船して、父親とカタルーニャ人の恋人に会うのを楽しみにマルセイユ港をめざす、たくましく正直な若者らしい。

「航海の途中で船長が死んでしまったのでエドモンが操船することになったの。船長は遺言で、自分の手紙をパリのある住所に届けてほしいと頼んだ。船主はエドモンを船長にしようと考えていたし、彼の恋人のメルセデスという美しい女性は彼のことを心から愛していた。人生は希望に溢れていた。二人はすぐにでも結婚するつもりだったけれど、メルセデスのいとこも彼女が好きだったの。それで、そのいとこは、新しい船長になり損ねて悔しい思いをしていたその船の高級船員と組んで、エドモン・ダンテスを反逆罪で訴えたのね。亡くなった船長から預かった手紙が告発の証拠になったのよ。ひどい話でしょう！　それで、結婚式の最中にエドモンは逮捕され、喜びの絶頂から悲嘆のどん底に突き落とされるの。そして囚人となってイフ島の恐ろしい刑務所に連れて行かれる」

「それはどこにあるの？」

「マルセイユ港の沖にある島よ。そこの独房に何年も監禁されて。でもやがてダンテスは近くの独房に投獄されているファリアという聖職者に出会うことになるの。ファリアは看守たちに、自分を自由の身にしてくれたらその代わりに莫大な財宝を分けてやると叫ぶので、みんなから頭がおかしいと思われてる。ファリアは何年も手作りの道具でコツコツとトンネルを掘り続けてるんだけど、方角を間違えてダンテスの独房に出てしまうのよ。でもそのおかげで、二人の独房は看守たちに知られることなくつながって、お互い励まし合いながら牢獄生活に耐えるの」

ディタはじっと聞き入っていた。悪意によってまったく不当に過酷な牢獄に送られた無実の青年、エドモン・ダンテスに自分と自分の家族を重ね合わせる。

「ダンテスはどんな人なの？」

「強くてすごくハンサムよ。それに美しい心を持っていて、善意と寛大さに溢れてる」

「で、彼はどうなるの？　自由になるの？」

「ファリアとダンテスは逃亡計画を練って、辛抱強く何年もトンネルを掘るの。ファリアはダンテスにとっての神父となり、師となって、長い獄中生活の間、ダンテスに歴史、哲学などを教えてくれる。でもあと少しでトンネルが完成するというときにファリア神父は死んでしまって、彼らの計画は水の泡となるのよ」

　ディタは自分自身の不幸をよそに、ダンテスの不運を嘆いた。マルケッタがそれを見て微笑む。

「ダンテスは機転のきく、とても勇敢な男なの。看守たちがファリア神父の死を確認して出ていくと、その遺体を秘密の通路を使って運び出し、自分のベッドに横たえるの。それから、ファリアの独房に戻って、神父が入れられていた遺体袋に潜り込むわけ。だから遺体運搬人が運び出したのはダンテスだったのよ。彼は遺体安置所に着いたら、すきを見て逃げる計画だった」

「いい考えですね」

「そうでもないの。彼は知らなかったのだけど、イフ島の刑務所には遺体安置所がなかったから、囚人の死体は埋葬もせずに海に投げ捨てられるの。ダンテスは袋に入ったまま目がくらむような高さから海に投げ込まれたのよ。だから、看守たちはあとでだまされたことに気づいたけれど、どうせ彼は溺れ死んだだろうと思うのよ」

「死んだの？」ディタが心配そうに訊く。

「いいえ、まだまだ物語は続くの。袋から抜け出して、なんとか岸まで泳ぎ着くのよ。でも、一番よかったのは、ファリア神父はおかしくなってなんかいなかったってことかな。財宝の話は本当だったのよ。エドモン・ダンテスはそこで見つけた財宝で新しい身分を手に入れ、モンテ・クリスト伯になったってわけ」

「それでずっと幸せに暮らすの？」ディタが無邪気に訊く。

マルケッタがとがめるようにディタを見た。

「まさか！　そんなことはできないわ！　裏切ったみんなに復讐しないと」

「それで、やりとげたんですか？」

マルケッタは大きくうなずく。モンテ・クリスト伯となったダンテスが、彼の人生を翻弄した人たちを完膚なきまでにやりこめるために立てた綿密かつ巧妙な計画を、マルケッタはかいつまんで話した。権謀術策を弄した完璧な計画。いとこと結婚したメルセデスもその一人だ。メルセデスはダンテスが死んだと信じ込み、いとこがダンテスを陥れたとは知らずにそのいとこを夫にしたのだった。ダンテスは彼女にも金持ちで社交的な伯爵という仮面をかぶって近づき、彼らの信用を勝ち取って、最後に復讐を遂げる。

モンテ・クリスト伯の過酷な復讐劇が終わると、二人は沈黙した。ディタは立ち上がる前に先生の方を振り向いた。

「マルケッタ先生……、今のお話、まるで自分で物語を読んでいるようでした。私たちの『生きた本』に入ってもらえませんか？　そうすれば、『ニルスのふしぎな旅』『アメリカ先住民の伝説』『ユダヤ人の歴史』の次に『モンテ・クリスト伯』がそろいます」

マルケッタは目をそらし、踏み固められた土に目を落とした。またいつもの引っ込み思案な人に戻っている。

「ごめんなさい、でもそんなことできないわ。生徒たちに教えるのはいいけど、バラックの真ん中に立って話すなんて……。それはだめ」

マルケッタは考えただけで赤くなっている。どうしてもいやそうだ。でもここでその本を失うわけにはいかない。ディタは頭をフル回転させ、こんなときフレディ・ヒルシュなら何と言っただろうと考えた。

「気が進まないのはわかりますが……、物語を聞いている間は、子どもたちはこのノミだらけのバラックにいることを忘れられる。焼けた肉の臭いにも気づかず、怖い思いも忘れられるのに、子どもたちからその幸せを取り上げていいんですか？」

先生は渋々うなずく。

「それはよくないわね……」

「現実を見れば気分が悪くなり、怒りを感じます。私たちに残されているのは想像することだけなんです、マルケッタ先生」

マルケッタはやっと顔を上げた。

「私を蔵書リストに加えてちょうだい」

「ありがとう、マルケッタ先生。私たちの図書館へようこそ」

もう遅いので、その小説を借りるのはまた今度にすると、先生は言った。

「いろんな場面をおさらいしなくちゃね」

先生の声はなんだか浮き浮きしているように聞こえ、歩いていく姿もいつもよりさっそうとして見えた。多分、「生きた本」になるのが嬉しいのだろう。ディタは本のページを少しだけめくり、小さな声でエドモン・ダンテスの名を、できるだけフランス語っぽくつぶやいてみた。ダンテスのように、自分もいつかここから出られる日が来るのだろうか。自分にはそんな勇気はないと思う。柵の向こうの森に向かって走るチャンスが巡ってきたとしても、逃げようとは思わないだろう。

うまく抜け出せたとしても、ここにいるすべての監視兵やSSの将校たちに復讐できるだろうか。モンテ・クリスト伯のように一人一人、容赦なく、冷酷とも言えるほどのやり方で。こんなに多くの無実の人々を苦しめている彼らに同じ痛みを与えられたらどんなにいいか。でも、物語の初めに出てくる明るく人を信じやすいエドモン・ダンテスの方が、後半の計算高く憎しみに満ちた男よりも好きだと思ってしまう自分に、ちょっと落ち込む。本当に自分は復讐なんかできるのだろうか。斧の一撃がみずみずしい木を乾いた薪に変えてしまうように、運命に痛めつけられると、望むと望まないとにかかわらず人は変わってしまうのだろうか。

父さんが亡くなる前のことを思い出す。汚いベッドに寝かされ、薬も何もないまま見殺しにされたのに、それは病気のせいだとナチスは言い張る。それを考えると怒りに震えてくるが、そんなときはモルゲンシュテルンの教えを思い出す。

『私たちが憎しみを抱けば、彼らの思うつぼです』

ディタはうなずく。もしモルゲンシュテルンの頭がおかしかったのなら、私だってそうだ。

家族収容所から二つ先の区画で、誰も目にしたくない場面が繰り広げられているが、収容者たちは目をそらすわけにはいかない。SSパトロール隊が四人のロシア人を護送してBⅡd区画に入ってきたとき、名簿を届けにきたルディ・ローゼンバーグは収容所通りを歩いていた。四人はやせて髭が伸び、服はぼろぼろ、顔はあざだらけだが、まだ何とか歩く力は残っている。

ビルケナウ収容所の拡張工事現場で働くロシア人の戦争捕虜のことは、収容所の死体保管所で働いている友達のアルフレート・ヴェッラーから聞いたことがあった。彼らはそこで、重い木の板や杭を積み上げる過酷な労働に携わっているそうだ。

逃亡したそのロシア人たちは、ある朝、彼らのカポーが、隣の土地で雑草を刈る作業をしていた女性グループの女性カポーと何時間も持ち場を離れたすきに、小さな隠れ場所を作った。四枚の分厚い板を壁にし、上からもう一枚板をかぶせてふたをしたのだ。続いて、周囲にさらに板を積み重ねてすっかり覆った。カポーのすきを狙ってふたをずらし、この隠れ場所に入りこもうという寸法だ。収容所に戻って点呼をすれば、いないことはばれるだろうが、ナチスは彼らが逃亡したと信じて、森や周囲を探し始めるだろう。高圧電流が流れる有刺鉄線の外とはいえ、まさか収容所の柵からわずか数メートルのところに隠れているとは夢にも思うまい。

ドイツ人は几帳面だ。脱走があると警戒態勢をしき、捜索のためにSSのグループを特別に招集し、近くの村の検問所の監視を三日間は強化するが、それが過ぎると特別派遣部隊は解散し、SSたちは通常の監視に戻る。つまり、隠れ場所できっちり三日間待ち、四日目の夜に闇にまぎれて森まで行けばいい。そうすれば、もう捜索隊に追われる心配なく逃亡できるはずだ。

逃亡という考えがルディの頭から片時も離れなくなっていた。古株の中には、それを伝染病と同じもののように話す者さえいた。つまり、突然、抑えられない衝動を感じ始める。最初は時々だったのがやがて頻繁になり、ついにはそれしか頭になくなる。一日中どうことを運ぶかばかり考え、逃亡せずにはいられなくなるのだ。

ロシア人たちが逃亡を図ったのはほんの数日前だった。SSの一団が逃亡者たちを鎖で縛って入ってくるのを、ルディは沈んだ気持ちで眺めた。収容所所長のシュヴァルツフーバー少佐が一番後ろにいる。逃亡者たちの服は破れ、目がほとんど開かないほどまぶたが腫れあがり、歩くのもやっとだ。収容所の監視兵たちがホイッスルを吹き、バラックの中にいる収容者を全員出てこさせた。みな通りに出てその見世物を見るしかない。ぐずぐずしているとひどく殴られる。懲罰と処刑は、ナチスにとって最高の教育法だ。なぜ逃亡してはならないのかを収容者に教えるのに、逃亡を試みた者の最期を直接見せる以上に効果的な方法はない。

シュヴァルツフーバーが、上方に滑車のあるバラックの扉の前で一行を止めさせた。滑車はわらか穀物の袋を持ち上げるためにあるかのようだが、実際は違う。シュヴァルツフーバーはこの瞬間を楽しみながら、時間をかけて長々とスピーチをする。帝国の命令に背く者たちを首尾よく捕まえたことを褒め讃え、彼らを待つ容赦ない刑罰をいかにも嬉しそうに発表する。

まず処刑の前に、五十回の鞭打ちというおぞましい刑が加えられた。そのあと一人ずつ、首に縄をかけていく。ある中尉が見物の収容者の中から六人を指名し、縄を引くように命じた。彼らは一瞬躊躇するが、中尉が腰に手を当て、ピストルを抜く素振りをすると、あわてて命令に従った。縄が上がり、一人目の捕虜の体が地面から浮いて、脚が空を切り、その捕虜は窒息して痙攣しながら絶命する。

ひきつった顔、腫れたまぶたから飛び出しそうなゆで卵のような目、巨大な舌、ゆがんだ口から発せられる声にならない叫びを、ルディ・ローゼンバーグはおののきながら見た。死に物ぐるいでばたつかせていた脚の動きが止まり、あらゆる液体が地面に流れ落ちる。視線を移すと、自分の番を待つ逃亡者たちはほとんど腰が抜け、立っているのもやっとだ。彼らの顔はもうこの世のものではない。鞭打ちでずたずたになり、死はこの苦しみからの解放以外の何ものでもない。だから、すべてが一刻も早く終わってくれとばかり、おとなしく首に縄をかけさせる。

この光景にルディは衝撃を受けたが、なんとしても脱出しようという決心は揺るがなかった。アリスは彼に暗く甘酸っぱい思い出を残してはくれたが、この残虐な地獄では美しいものは何も芽生えないことを彼に思い知らせた。収容所の中で死と隣合わせにいることにはこれ以上耐えられない。首に縄をかけられてもがいて命を落とすことになるとしても、やってみるしかない。


BⅡd区画でルディは少し探りを入れてみることにした。ある昼下がり、レジスタンスの有力なメンバーのフランティセックという男とすれ違ったので、どうしても脱出したいという思いを告げる。彼はバラックのカポーの助手を務め、その保護下にある。彼はルディに、次の日コーヒーを飲みに自分の部屋に寄るよう誘った。

コーヒー？

コーヒーと言えば、闇市でうまく立ち回る者にしか手の届かない贅沢品だ。コーヒーだけでなく、豆を挽《ひ》く道具やポット、水、コンロなどもいるからだ。もちろんルディはその誘いに応じた。コーヒーも好きだが、それより、顔の広い者と親しくなれたら好都合だ。

ルディが訪ねたとき、みんなアウシュヴィッツの拡張工事に駆り出されていてバラックには誰もいなかったので、そのままフランティセックの部屋に向かった。中に入ろうとしたルディは、心臓がひっくり返りそうになった。フランティセックと一緒にSSの制服を着た人物が見えたのだ。「密告」という言葉が頭をよぎった。

「ルディ、入ってくれ。何も問題ない。友達だ」

一瞬戸口で躊躇するが、フランティセックは信用できる。SSは急いで自己紹介をし、愛想よく手を差し出した。

「僕はヴィクトル。ヴィクトル・ペステック」

登録係の仕事でルディはたくさんの話を耳にしてきたが、このSSの監視兵から持ちかけられた話ほど驚いたものはなかった。

「僕と一緒に逃げないか?」

ヴィクトルはその計画を詳しく話した。少なくとも途中まではまだまともだった。怪しまれないようにSSの制服を着て正門から出て、プラハ行きの列車に乗る。翌日の朝、いないことに気づかれたときには、もうプラハに着いているという計画だ。だが、そこからはとんでもなかった。彼らとあと二人の女性のために偽のパスポートを手に入れて、またアウシュヴィッツに戻るというのだ。

ルディはじっと聞いていた。確かに、SSの一等伍長と一緒に出るのはいい方法だろう。だが、なぜかしらうまくいかない気がした。SS隊員に対して心の奥底で不信感があるためか。とにかくルディは、その誘いを丁重に断り、このことは絶対に誰にも口外しないと約束した。

フランティセックはコーヒーポットは持っていなかったので、コーヒーを入れた靴下を鍋に沈め、携帯用コンロにかけた。それでも煮出したコーヒーはすばらしくうまかった。ルディはそこを出て行きながら、ヴィクトルの計画は少々現実離れしているように思った。

一方、ヴィクトルは危険を承知で、あるSSがアウシュヴィッツから逃亡する相棒を探しているという噂を流し始めた。それを聞いても多くの者は信じない。よくある作り話だと思われるのかもしれない。でもヴィクトル・ペステックは現実に存在し、計画を進めている。彼一人でも行けないことはないが、レネーとその母親を救い出すための偽造書類をできるだけ早くそろえるには、プラハの地下組織をよく知る人間が必要だ。

そうこうするうちにその計画に乗ろうという者が現れた。家族収容所にいるジークフリート・レデラーという男で、レジスタンスだ。彼も逃亡という考えに取りつかれ、何が何でもここから出ようと固く決心している。

その日の午後、ヴィクトルはレネーと会う約束をしていた。彼女はいつもどおり、生真面目な面持ちで現れる。恥ずかしそうに両手をスカートの膝から離さず、じっとうつむいている。

「これがアウシュヴィッツでの最後のデートだ」

このところずっと逃亡のことばかり話しているが、彼女はまだ半信半疑だ。

「とうとうその日が来たんだ。まず僕が出て、あとで迎えにくるからね」

「でもどうやって」

「詳しいことは知らない方がいい。一つでも段取りを間違えたら命取りだ。途中で変更もありうるし。でも心配しないで。いつか君もここを出て、僕たちは自由になるんだ」

レネーは淡いブルーの目で彼を見つめる。気をそそるように巻き毛を引っ張って口元に持っていく。

彼のお気に入りの仕草だ。

「じゃ、もう行くよ」

レネーはうなずくが、その瞬間、ヴィクトルの上着の袖を摑んで引き留めた。

「ヴィクトル……」

「何?」

「気をつけてね」

彼の心は幸福に満たされる。もはや何も彼を止められない。


あの三月の午後、自殺したヒルシュに何があったのか知りたいというディタの思いもまた止められない。何日も作業場の周りをうろついて〈チェンジ〉を探していたが、うまく会えなかった。ディタは、一日の仕事を終えて作業場から出てきた最後の一団に声をかけた。

「すみません」

男たちはくたくただが、どうしたのかと振り向く。

「人を探してるんです。髪の毛がない人……」

疲れ切っている男たちは、いったい何を言っているのかと顔を見合わせる。

「髪の毛がない?」

「その、つまり、はげてるの。つるつる坊主」

「つるつる坊主?」

「ああ」一人が言った。「クルトのことじゃないか?」

「あの、どこでその人に会えますか?」

「まだ中にいるよ」と指差す。「いつも最後なんだ。掃除の担当だからね。ほうきをかけて、全部きれいに片づけるんだ」

「ご苦労なことだよな」もう一人が言う。

「ああ、あいつは共産主義者だからな」

「それにハゲだ」別の男がいやみっぽく言う。

「ハゲはいいぜ。シラミが滑る」

「雪の日は頭でスケートができる」さっきのいやみ屋が言う。

男たちは笑いながら遠ざかって行った。

それから長いこと外で待っていると、やっとその男が出てきた。大きな鼻が目印だとツルノフスカが言ったのは正しかった。ディタは彼と並んで歩き始める。

「すみません。ちょっとお訊きしたいんですが」

男は迷惑そうな顔をして、そのまま足を速めた。ディタは小走りにあとを追い、こうたたみかける。

「あの、フレディ・ヒルシュについて知りたいことがあるんです」

「どうしてついて来るんだ。俺は何も知らない。ほっといてくれ」

「すみません。でも、知りたいんです……」

「なんで俺に訊く！　俺はただの掃除係だ」

「それだけじゃないと聞いてます」

男は突然立ち止まり、怒ったように彼女を見た。ディタは左右をうかがい、今メンゲレに見つかったら一巻の終わりだと気づく。

「そんなのでたらめだ」

男はまた歩き出す。

「待って！」ディタは声を上げた。「あなたと話したいんです！　どうしても」

何ごとだろうといくつかの顔がこちらを向く。男は下を向いて舌打ちすると、ディタの腕を摑み、二棟のバラックの間の薄暗い奥に連れて行った。

「お前は誰だ、いったい何だ？」

「三十一号棟の助手です。怪しい者じゃありません。何ならミリアム・エーデルシュタインに訊いてください」

「わかった、わかった……。で、何の用だ」

「フレディ・ヒルシュの自殺の理由を知りたいんです」

「理由だって？　怖じ気づいたのさ。反乱の先頭に立てと言われたが、その勇気がなかった。それだけのことさ」

「信じられない」

「お前が信じようと信じまいと俺には関係ない。それが真相だ」

「あなたはフレディ・ヒルシュに会ったことがないんじゃありませんか？」

すると、男はびくっとしたように立ち止まった。ディタは怒りが涙に変わらないように必死に続けた。

「あなたは彼のことを何も知らない。彼はどんなことでも絶対にあきらめない人だった。あなたたちレジスタンスは何でも知っているつもりかもしれないけど、本当は何もわかってない」

「あのな、俺が知っているのは、レジスタンスの指導部から指揮を頼まれたヒルシュがしたのは、この世から消えてなくなろうと、薬を飲みほしたということだ」むっとして言い返す。「どうしてそこまで知りたがるんだい。三十一号棟など何もかもが茶番だったんだ。この家族収容所全体がそうだ。ヒルシュと俺たちはみんなナチスのお先棒をかついだ。俺たちは奴らの太鼓持ちさ」

「どういう意味ですか?」

「この収容所は奴らの隠れみのだからさ。ここで虐殺が行われているという噂が立って、国際監視団が事実を確かめにきたときにごまかすためのな。家族収容所と三十一号棟はお飾りだ。俺たちはそのお先棒をかついでいるのさ」

ディタは言葉が出なかった。男は禿げ頭を左右に振る。

「もういいだろう。お前の仲良しのヒルシュは怖くなったんだ。人間らしくな」

怖くなった……。

突然、鉄のような信念までもむしばむ恐怖を思う。すべてをむしばみ、なしくずしにする。

男はきょろきょろと左右を見て離れていった。

ディタはそのまま動けなかった。男の言葉が頭の中で鳴り響き、周囲の音を掻き消す。

お先棒をかついでた? 太鼓持ち? 三十一号棟でやってきたすべての努力がナチスのためだったと言うの?

ディタはバラックの壁によろよろと手をついた。家族収容所全体が茶番? 真実は一つもないというの?

あるいはそうなのかもしれないという考えがよぎる。真実は運命の気まぐれで変わってくる。でも、嘘はもっと人間臭い。人間が自分の都合のいいように作り出すものだ。

ディタはミリアム・エーデルシュタインに会いに行くことにした。

ミリアムはバラックでベッドに座っていた。息子のアリアーは、夕食のパンのかけらが配られる前にほかの男の子たちと収容所通りを散歩してくると言って、外出していた。

「お忙しいですか、ミリアムおばさん？」

「とんでもない」

「あの」声が震える。脚ががくがくしてくる。「さっき、レジスタンスの人から信じられないことを聞いたんです。家族収容所は外国の監視団が調査に来たときのためのナチスの隠れみのだって」

ミリアムは黙ってうなずく。

「知ってたんですか！　私たちがこれまでやってきたことは、みんなナチスのためだったってことですか？」

「とんでもない！　彼らがそう考えていたとしても、実際は違うわ。連中は子どもたちをごみのように倉庫にぶちこもうとしたけど、私たちはそこに学校を作った。家畜小屋じゃなく、人間らしい場所にした」

「でも結局無駄だったんじゃないですか？　九月組の子どもたちはみんな死んでしまいました」

「そんなことないわ。決して無駄じゃなかった。子どもたちの笑顔を覚えてる？　歌を歌ったり、お話を聞いたりしてるとき、目をキラキラさせていたじゃない。お皿にクッキーを入れてあげると、ぴょんぴょん飛び跳ねていたでしょ？」

「それに、いかにも嬉しそうにお芝居の準備をしてました」

「あの子たちは幸せだったのよ、エディタ」

「でも短すぎる……」

「命はいつもはかないものよ。でもたとえ一瞬でも幸せなら、生まれてきてよかったと思えるわ」

「一瞬だなんて！」

「そうね。でもマッチを擦ってから消えるまでの一瞬でも幸せなら、それで十分よ」

ディタは黙ったまま、今までに何本のマッチに火を点《つ》けてきただろうと思いめぐらした。数え切れないくらいたくさん点けたその炎が照らした数え切れない瞬間。ときには真っ暗闇のひどく辛い状況の中でも、本を開き、その世界に入り込むと灯りが灯った。彼女の小さな図書館はマッチ箱だ。そう思うと、ふいに微笑みがこぼれた。

「だけど、今ここにいる子たちはどうなるの？　私たちみんなは？　私、怖い、ミリアムおばさん」

「ナチスは私たちから何から何まで取り上げたけど、希望を奪うことはできない。それは私たちのものよ。連合国軍の爆撃の音も前より大きくなってるわ。戦争は永遠に続くわけじゃない。平和が来たときの準備もしなくちゃ。子どもたちはしっかり勉強しておかなければね。だって、廃墟になった国や世界を建て直すのはあなたたち若者なんだから」

「でも家族収容所がナチスのまやかしだなんてひどすぎます。国際監視団がきたらナチスはここだけ見せて、ガス室は隠しておくんでしょ。子どもたちが生き残っているのを見ただけで、だまされて帰ってしまうなんて」

「そうじゃないかもしれないわよ」

「どういう意味ですか？」

「チャンスがあるかも。真実を知らせずに行かせはしない」

そのときディタは、別れの前の日、フレディと収容所通りですれ違ったときのことを思い出した。

「フレディと最後に話をしたときに言われたことを今思い出しました。わずかな隙間が開く瞬間がある、そのときこそ真実を明らかにすべきだ、そのときに命をかけなければいけないって。相手の裏をかき、最後の瞬間にシュートを決めて、ゲームに勝つんだって」

ミリアムが大きくうなずいた。

「彼はそうするつもりだったのよ。出発前に彼から書類を預かったの。彼が書いていたのは、司令部への報告書だけじゃない。いろんなデータ、日にち、名前を書きとめ、中立的な監視団が来たら渡そうと、アウシュヴィッツの中で起こっていることすべてをまとめていたの」

「フレディからはもう渡せないんですね」

「そうね、彼はもういない。でも私たちは負けない。そうでしょ？」

「もちろん！　どんなことでも、どんなに大変なことでもやります」

ミリアムが微笑んだ。

「でも、それなら……」ディタが食い下がった。「どうしてフレディは自殺したりしたの？　レジスタンスの人たちは、彼は怖くなったんだって言ってます」

ミリアムの顔から微笑みが消え、口元がゆがんだ。

「レジスタンスが反乱の指揮をとるように頼んだけど、フレディはしり込みしたと。そんなことはないって私は思ったけど、さっき会った人はそう思い込んでるみたいでした」

「九月組が全員ガス室に送られるとわかったとき、フレディがそういう話を持ちかけられたのは本当よ。信頼できる人から聞いたの」

「フレディは拒否したんですか？」

「武装したSSを相手に、老人や子どもがいる集団が反乱を起こすのを、彼は全面的に賛成することはできなかったの。少し考えさせてほしいと頼んだそうよ」

「そのあとに自殺したんですね」

「そう」

「どうして？」

ミリアムは深いため息をついた。

「いつでもすべてに答えがあるとは限らないわ」

ミリアムはディタの肩を引き寄せ、長い間無言で抱きしめた。その沈黙はどんな言葉よりも、二人を強く結びつけてくれる。ディタはバラックをあとにした。すべてに答えはなくとも、フレディは「絶対に負けるな」と言ったのだ。その答えを見つけるまではあきらめないと自分に言い聞かせながら足を運ぶ。


あちこちから聞こえる授業のざわめきで、ディタははっと我に返った。ほんの数メートル先にオータ・ケラー受け持ちのグループがいて、子どもたちは先生の説明を熱心に聞いている。ディタはナチスによって断たれた勉強の習慣を失うまいと、じっと耳を澄ませた。学校が懐かしい。あのまま勉強を続けて、母さんの写真雑誌で見たような女性飛行士になりたかったな。アメリア・イアハートというその女性は、男ものの革ジャンパーにゴーグルを額に上げ、瞳をきらきら輝かせながら飛行機から降りてきていた。飛行士になるためにはうんと勉強しなくちゃいけないだろう。ディタが座っているところではみんなの声が混じりあって、どの先生の説明もうまく聞き取ることができなかった。

さりげなくオータを観察する。彼は共産主義者だという噂だ。光の速さについて話している。宇宙の中で光ほど速いものはなく、空に輝いているあのたくさんの星は光が私たちの目に届いた結果で、その光は放射されてから気が遠くなるような速さで何億キロも旅して私たちのところまで届くのだと、オータは熱っぽく話す。その熱心さは子どもたちにも伝わり、彼らを夢中にさせる。大きな身振りで表情豊かに人差し指をせわしなく振る。

大きくなったら飛行士より絵描きになる方がいいかも、という考えがディタの頭をよぎった。それに絵は得意だ。ごちゃごちゃした機械や操縦レバーがなくても、絵を描けば空を飛べる。空高く飛んでいるように世界の絵を描こう。


その日の夕方、マルギットが三十一号棟の出口でディタを待っていた。妹のヘルガも一緒だ。ヘルガはひどくやせている。妹がやせ細って少し心配だとマルギットがささやく。ヘルガは今度は運悪く排水溝の班に入れられ、降り続く雨のせいでたまった泥を掻き出す作業を一日中させられている。

ヘルガのような作業に携わっている収容者は大勢いたが、彼女はほかの者よりずっとやせこけている。パンのかけらとスープをお腹に入れても何の栄養にもならないようだ。みんなとやせ方は同じだけれど、しょんぼりした表情とうつろな目のせいで、余計衰弱した印象を与えるのかもしれない。チフス、コレラ、結核、肺炎の話は出ても、収容所に蔓延する失望という病のことはあまり話題にならない。だが、ディタの父さんもそうだったように、あきらめた瞬間に命の灯は消え始めるのだ。

二人はヘルガを元気づけようとして、できるだけ楽しい話を始めた。

「ねえ、ヘルガ。そっちの班にハンサムな子はいないの？」

ヘルガが口ごもっていると、ディタはマルギットに質問を向けた。

「マルギット、そっちには誰かいない？　じゃあ、司令部に異動を申し込まなきゃね！」

「待って、十二号棟に一人いたわ。すっごい美男子」

「聞いた、ヘルガ？　マルギットもすみに置けないわね」

三人が笑う。

「で、その人になんか声をかけた？」ディタが茶化し続ける。

「まだよ。だって、二十五歳はいってそうなんだもの」

「ええっ、もうおじさんじゃない。デートしたら親子だと思われちゃうわ」

「そっちはどうなのよ？」マルギットが反撃に出る。「三十一号棟にはかっこいい助手はいないの？」

「助手？　いないわよ。顔中にきびだらけの子ばっかり」

「でも、誰かいるでしょ？」

「いないったら」

「一人も？」

「ちょっと変わった人ならいるわ」

「変わったって？」

「もちろん、脚が三本あるわけじゃないわよ。でも……」そこまで言って、ディタは少しかしこまった顔つきになる。「見た目はすごく固そうなんだけど、話してみると違うの。オータ・ケラーって人」

「なんか退屈そう」

「そんなことないよ！」

「どう思う、ヘルガ？　私たちの恋愛事情、かなり悲惨だわね」

ヘルガはにっこりとうなずいた。ふだん真面目な姉のマルギットと男の子の話をするのは気恥ずかしい。でも、ディタがいると話がはずんだ。

その夜、ヘルガ、マルギット、ディタ、それに家族収容所の全員が眠っている間に、ＳＳの一等伍長ヴィクトル・ペステックはさりげなく収容所の敷地に入った。肩にリュックをかけている。

バラックの裏に向かい、裏口のかんぬきをはずす。すぐに暗闇の中からジークフリート・レデラーが現れた。彼はこっそりと服を着替え、みすぼらしい格好からさっそうとしたSS将校に変身した。ヴィクトルは中尉の制服とバッジを手に入れたのだ。これならみな声をかけるのをためらうだろう。

二人はチェック・ポイントを通って外に出た。見張り所にいた二人の監視兵が片手をさっと上げて敬礼する。不気味な城のように見える巨大な監視塔の下の正門に向かって歩く。監視兵がいるガラス張りの見張り台には灯りがついている。レデラーの制服の下は汗びっしょりだが、ヴィクトルは平然としていた。難なく検問を抜けられる自信があった。

入り口の塔の下にある威圧するような正門に近づく。ヴィクトルが数歩前に出ると、軽機関銃を担いだ監視兵たちが振り返った。ヴィクトルはレデラーに、自分が先に行くから少しペースを落とせとささやく。このまま外に向かって歩き続けろ、立ち止まるな。こそこそしたりしなければ、見張りも疑わない。上官である中尉に止まれとは言いにくい。

ヴィクトルは監視兵たちに近づき、気の置けない友達同士の内緒話のように声をひそめ、異動してきたばかりの将校に女をあてがいに行ってくると言った。

いかめしい中尉が前を通り過ぎていくので、監視兵たちはにやにや笑うこともできない。全員が気をつけの姿勢をとる中、偽将校は面倒くさそうにうなずいてみせる。ヴィクトルは上官に追いつき、二人は夜の闇に消えていった。監視兵たちは羨ましげだ。

二人はオシフィエンチム駅まで歩いた。数分後に出発するクラクフ行きの列車に乗るのだ。うまくいけば、クラクフでプラハ行きの別の列車に乗りつぐことができる。二人は足音に気を配りながら、黙って歩いた。レデラーは背中がむずむずした。自由になったためか、将校の制服のためか、あるいは恐怖のためか。ヴィクトルはもっと堂々としている。口笛さえ吹いている。すべてうまくいくという自信があった。捕まるわけがない。彼はＳＳのことはよく知っている。ほんの十五分前まで、彼もその一人だったのだから。

23

朝の点呼がこれまでにないほど延々と続いた。終わった途端、ホイッスルの音とドイツ語の怒鳴り声が響く。ＳＳ隊員がやってきて、点呼をもう一度やり直せと命じた。

チェコ系のユダヤ人の中にはドイツ語を話す者も多く、バラックの中に落胆のざわめきが広がる。これであと一時間は立ちっぱなしだ……。監視兵たちがピリピリしているところを見ると、何かあったのだ。ある言葉が列から列に静かに伝わっていく……。

脱走。

その日の朝、三十一号棟では子どもたちの歌が大気を震わせるように響いていた。アヴィ・オフィールが持ち前の陽気さでコーラスを指揮する。ディタも合唱に加わる。音楽でみんなの心は一つになる。三十一号棟の三百六十人の子どもたちの声も一つになる。

歌が終わると、ブロック古参のリヒテンシュテルンが出てきて、もうじき過ぎ越しの祭り（出エジプトを祝うユダヤ教の休日）なので、子どもブロックの執行部が準備を進めていると高らかに告げる。子どもたちは手を叩き、はしゃいで口笛を吹く子もいる。お祝いの料理の材料を集めるために、リヒテンシュテルンがもう何日も闇市に通っているというニュースが収容所の日々に活気を与える。

さらにもう一つ、オータ・ケラーが講義していた「光速度」のように、瞬く間に駆け巡ったニュースがあった。レデラーという名前の収容者の脱走だ。それで点呼が二回繰り返され、全員髪を短くするようにと命じられた。カポーは衛生のためだと繰り返したが、ただのいやがらせだ。ギリシャ人の床屋の前に何時間も並び、ろくに切れない錆びついたはさみで、みんな髪を短く刈りこまれた。ディタの豊かなセミロングも悲惨なトラ刈りになった。

でもどうってことない。

ドイツ人たちは今回の脱走にはこれまでになく神経質になっていた。レデラーの逃亡には、SSの協力もあったらしいからだ。彼らにとって、これほど腹立たしいことはない。裏切り者を捕まえたら、縛り首どころではすまないだろう。そのSSはレネーとこっそり逢っていた男だとマルギットが言っていたが、レネーは何も話そうとしなかった。

ときには偶然が味方をしてくれることもある。メンゲレを警戒し、いつも気を張りつめて収容所通りを歩いていたディタがその日出会ったのは、何とかして会いたいと何週間も頭を悩ませていた、別の区画の囚人だった。その本人がポケットに手をつっこんで一人でこちらに歩いてくる。乗馬服に似たズボンをはき、一見するとまるでカポーのようだ。それは検疫隔離収容所の登録係、ルディ・ローゼンバーグだった。

「ちょっとすみません……」

ルディは足をゆるめたが、立ち止まろうとはしなかった。例の計画で頭がいっぱいなのだ。もうだめだ。もう耐えられない。一か八か、出て行くしかない。これ以上は待てない。日にちを決め、食糧の準備もほとんど整った。運命の歯車は回り始めた。一刻も無駄にする時間はない。

「何の用だ？」面倒くさそうに答える。「食べ物ならないぞ」

「そんなことじゃありません。私は三十一号棟のフレディ・ヒルシュさんのところで働いていた者です」

ローゼンバーグはうなずくが足を止めない。歩調を合わせようと、ディタもだんだん速足になる。

「私、彼を知っていたから……」

「勘違いするな。誰もあの男のことはわからない。誰にも本当の自分を見せなかった」

「でも誰よりも勇敢でした。どうして自殺したのか、何かあなたに言いませんでしたか？」

ローゼンバーグは一瞬立ち止まり、疲れた顔でディタを見た。

「彼だって一人の人間だったんだよ。君たちは彼を聖書の中の族長か、ユダヤの伝説のゴーレムと思いこんでいたかもしれないが」そう言うと、さげすむようにふっとため息をもらす。「彼自身がそんな英雄像を作り上げたんだ。でも実際は違う。彼はどこにでもいるただの人間だった。単に限界だったのさ。挫折したんだ。みんなそうさ。彼のことは忘れろ。過ぎたことだ。そんなことより、どうやったらここから生きて出られるかだけを考えろ」

ルディは見るからに機嫌が悪くなり、また歩き始めた。

ディタは彼が言ったこと、そして敵意に満ちた口調の理由を考えた。もちろんフレディ・ヒルシュは一人の人間であり、弱さもあった。それはよくわかっている。彼は怖がるなとは決して言わなかった。彼は、怖いのは当たり前だ、恐怖をありのままに受け入れろと言った。ローゼンバーグはいろんなことを知っている。みんなそう言っている。その彼が、自分のことだけを考えろと忠告した。しかし、ディタはそんな言葉に反発を覚えるばかりだった。

四月に入ると、刺すような冬の寒さは和らいでいった。しかし、雨が降ると、収容所通りはぬかるみと化し、その湿気のせいで呼吸器系の病気が増えた。朝、収容所から出る荷車は、肺炎で亡くなった人の遺体でいっぱいになる。コレラで倒れる人も大勢いた。チフスでも。じめじめしたバラックは病原菌の温床で、蛇口から漏れる水のように、来る日も来る日も次々に人が亡くなっていった。

　四月の雨とともに、新たな移送組がやってきた。日によってはユダヤ人を満載した列車が三回着くこともあり、雨に濡れた車両が、新しく収容所敷地内に作られたプラットホームに人々を吐き出す。子どもたちはそわそわと落ち着かず、列車が着くとそれを見に飛びだし、ホームにうずたかく積まれたかばんや箱の山に目を丸くした。食べ物を詰めた箱を見るとお腹が鳴り、よだれが出てくる。

「見て、あの大きなチーズ！」ヴィキという十歳の男の子が叫んだ。

「あれ、きゅうりだよね！」

「わあ、栗の箱がある！」

「ほんとだ！　栗だ！」

「風でこっちに転がってこないかな？　一個でいいんだ！」ヴィキは小さな声で祈り始める。「一個でいいんです、天の神様」

　汚れた顔にたわしのような頭をした五歳の女の子がちょこちょこと前に出てきたので、それ以上近寄らないように一人の大人が肩を押さえた。

「栗ってなあに？」

　年上の子たちが笑ったが、すぐに真顔になる。その子は今までに一度も栗を見たことがないのだ。焼き栗も、十一月に作るマロンケーキの味も知らない。ヴィキは、もし神様に願いごとが届き、栗が転がってきたら、その子に半分あげようと考える。まだ栗の味を知らないなんて。

　一方、先生たちが見ているのは食べ物の箱ではなく、疲れはてた人々の集団だ。監視兵たちが殴りつけながら整列させ、列車が到着するたびにいつもの恐ろしい作業が繰り返される。髪の毛を刈られ、入れ墨され、ぬかるみの中で死ぬまで働かされる人間と、即刻殺される人間とに選別するのだ。

家族収容所にいる六、七歳の子どもたちは、新しい入所者を見て冗談を言い合ったりもする。まだ他人の痛みがわからないのか、あえて無関心を装っているのかわからないが。

四月初めの過ぎ越しの祭りの初日の夜には、家族全員がテーブルを囲んで集まり、イスラエルの人々のエジプト脱出の物語を読む。いつものように神に敬意を表してワインを四杯飲む。ケアラーという大皿にさまざまな料理を盛りつける。ゼロア（子羊の前脚のロースト。神の強い手の象徴）、ベイツァー（神殿での祭りで捧げられた犠牲を象徴する固ゆで卵）、マロール（エジプトでの奴隷生活の苦難を象徴する苦い香草あるいは辛みのあるラディッシュ）、ハロセット（リンゴ、はちみつ、ドライフルーツの甘い混ぜ物で、ユダヤ人がエジプトで家を建てるために使った煉瓦の象徴）、カルパス（ボウル一杯の塩水にパセリを少し入れたもので、いつも涙にくれているイスラエル人の人生の象徴）。でも一番大事なのはマツァという、酵母を使わないパンで、全員がひとかけらずつ取る。イエス・キリストの使徒たちとの最後の晩餐《ばんさん》は、まさにセダー（過ぎ越しの晩餐）で、キリスト教の聖体拝領はこのユダヤの儀式に起源がある。みんなひと言も聞き洩らさない。宗教の伝統と食べ物との関係は、誰もが知っておくべき神聖なことだ。ブロック古参の願いがかない、なんとか今年も過ぎ越しのお祝いができる。正式な祝いの材料は手に入らなかったが、子どもたちはリヒテンシュテルンが大皿代わりの木の板を持って出てくるのを今か今かと待っている。板には鶏らしきものの骨、卵、ラディッシュひと切れ、葉っぱが浮いた塩水が入った鍋が並んでいた。

ミリアムが朝のお茶にビートのジャムを入れる。見た目はワインそっくりだ。そしてパンの生地をこねる。普段はバラックの修理の仕事をしているヴァルトゥルが、太い針金を見つけてきて、それを熱してパンを焼く。子どもたちは催眠術にかかったようにうっとりとそれを眺めている。食べ物がほとんどないこの場所で、ひと掴みの小麦粉とわずかな水から、香ばしい香りのするおいしいパンができあがるのだから、まるで奇跡だ。

奥の方で鬼ごっこをして騒いでいた幼い子どもたちを静かにさせると、室内に敬虔《けいけん》な沈黙が流れた。

パンは全部で七つできあがり、中央のテーブルに並べられた。三百人以上いる子どもたちには十分ではないが、リヒテンシュテルンは全員がマッツァをいくらかでも味わえるように、少しずつちぎって語りかける。

「これは、私たちの祖先が奴隷生活から自由を求めて脱出したときに食べた、酵母を使わないパンだよ」

全員が行儀よく並び、その神聖なひとかけらを受けとっていく。

子どもたちはまたグループごとに分かれて座り、先生が説明するユダヤ人の『出エジプト記』の物語を聞きながら、そのパンと、ワインに見立てたお茶を飲んだ。ディタはグループの間を縫っていきながら、その話に耳を傾ける。預言者モーゼに導かれて砂漠を延々と旅するという物語だが、先生によって語り方が違う。子どもたちはお話を聞くのが大好きだ。モーゼが神に近づくために切り立ったシナイ山まで登った話や、紅海が割れて道が開けた話を熱心に聞いている。もしかしたら、こんな奇妙なセダーはこれまでなかったかもしれない。夜ではなく昼間だし、当然あるべき羊の肉もない。だが、特別なお祝いの印に、一人一人がクッキーを半分もらう。足りないものはたくさんあっても、過ぎ越しを祝おうというみんなの気持ちはいつまでも心に残った。

アヴィ・オフィールがコーラスのメンバーを集める。彼らはこの日のために何日も練習してきた。最初はおずおずと、やがて元気いっぱいに、ベートーヴェンの『歓喜の歌』を歌い始める。子どもたちがひしめく三十一号棟ではこっそりと練習などできない。そこにいるほとんどの子どもは、もう歌詞を覚えてしまっている。彼らも一緒に歌い始め、何百人もの大合唱となった。

その歌声は壁をつき抜け、有刺鉄線の向こうまで響き渡る。排水溝で働いている人たちはしばし手を止め、スコップにもたれかかって耳を澄ます……。

聞こえるか？　子どもたちだ。子どもたちが歌っている……。

衣料品製作のバラック、電子機器やレーダーに使うコンデンサーを作っているバラックの人々も一瞬仕事の手を休め、収容所とは場違いの晴れやかなメロディが聞こえてくる方に顔を向ける。

違う、違う、と誰かが言う。子どもたちじゃなく、天使の歌だよ。

灰が降り積もってべとべとになった溝の中で手に血がにじむまで働かされている収容者たちにとっても、風が運んできたその歌声はまるで奇跡のようだった。「抱き合おう、諸人よ。この口づけを全世界に。人類はみな兄弟」と歌う声。死の翳に覆われたこの収容所で、声を限りに叫ぶ平和の願い。『歓喜の歌』は音楽好きのあの男の部屋まで届く。男は顔を上げた。ケーキの匂いに誘われるように、男はそそくさと書類を置き、家族収容所の収容所通りを横切り、三十一号棟の入り口にたたずむ。

おなじみのリフレインが最後に差し掛かったところで、ドアの向こうに、どくろをあしらったケピ帽をかぶった男の不気味な影が大きく浮かび上がる。まるで春から冬に逆戻りしたようにリヒテンシュテルンが凍りつく。

メンゲレ……。

歌はまだ続いているが、その声が小さくなった。ユダヤの祭りを祝うことはここでは一切認められていない。ディタも一瞬黙ったが、また歌い始める。歌うのをやめたのは大人たちだけで、子どもたちは大声で歌い続けていたからだ。

メンゲレは何を考えているのかわからない無表情でしばらくその歌声を聴いていたが、リヒテンシュテルンの方に顔を向けた。リヒテンシュテルンはもう歌ってはいなかったが、震え上がってメンゲレを見た。だが、メンゲレは静かにうなずき、白い手袋をはめた手を上げ、そのまま歌い続けろという身振りをした。そのあとメンゲレが背を向けると、ブロック中が声を限りに歌いながら、その曲を終えた。拍手喝采が起こる。それは自分たちの力と勇気への拍手だった。

過ぎ越しの祭りが終わったあと、夜の点呼の準備をしているときも、みんなの耳にはまだ『歓喜の歌』が鳴り響いていたが、外では別の音が鳴り出した。かん高く、切迫した一本調子の音。喜びのかけらもない警戒のサイレンが、収容所中に鳴り響いている。

SS隊員たちが一斉に駆けだす。収容所通りで二人の女の子にちょっかいを出していた兵士も、そのサイレンの音を聞くと、あたふたと持ち場に戻っていった。脱走を知らせるサイレンだ。

この前に、脱走を知らせるサイレンが鳴ってから、まだいくらも経っていない。あのときはレデラーという男だった。SSの兵士と逃げたらしい。その後二人についての情報はない。その兵士は、レジスタンスだという噂で、SS隊員の制服をレデラーに着せて連れ出したという話だ。二人は落ち着きはらって門を通り抜け、その日当番だったまぬけな警備兵は、ウォッカでもどうかと誘ったというのだが。

再びサイレンが鳴り響いた。脱走はナチスを動揺させる。それは当局に対する反逆であり、彼らが築いてきた秩序の破壊を意味するからだ。そして時をおかずして相次いで起きた二つの脱走事件は、シュヴァルツフーバー収容所所長のプライドをズタズタに引き裂いた。そのニュースを伝えたとき、所長は部下たちを蹴り飛ばし、首をちょん切って持ってこいと命じた。

収容者たちは長い夜になることを覚悟したが、まさにそのとおりになった。子どもも含め全員が外に出され、道ばたに整列させられた。何度も何度も点呼を繰り返し、三時間以上立ちっぱなしだ。誰一人欠けていないことを確かめるためと言うが、見せしめでもある。脱走者にはその怒りをぶちまけられないからだ。

収容所の中で警備兵たちが走り回り、緊張が高まっている場所からわずか数百メートルのところで、登録係のルディ・ローゼンバーグがフレート・ヴェッツラーと真っ暗闇の中で息を潜めていた。二人はお墓のような狭い隠れ場所にいる。重苦しい暗がりの中で息づかいだけが聞こえる。ルディの頭に、何日か前、収容所の広場でロシア人たちが絞首刑になったときの光景が蘇る。紫色に膨れあがった舌、血の涙を流している飛び出した目。

そのロシア人たちが作った隠れ場所に身を潜めている。額から汗が流れるが、身動きもできない。二人は一か八かの賭けに出たのだ。

収容所のサイレンがうなる。ルディはフレートの方に手を伸ばした。フレートがその上に自分の手を重ねる。もう後戻りはできない。ナチスがその隠れ場所を見つけてこわしてしまうのではないかと何日も待った。幸いそこは連中には見つからず、その場所は安全だと結論づけた。本当にそうかどうかはもうすぐはっきりするだろう。


厳しい一日の労働のあと、家族収容所の消灯前のわずかな自由時間で、ディタは母さんの頭にわいたシラミの卵を取っていた。櫛の歯で何度も何度も髪をすく。母さんは不潔なのが大嫌いだった。どんなものでもディタが石鹸で手を洗わずに触ると叱られたものだ。だけど今は、汚くても我慢するしかない。そんな現実を離れ、戦争が始まる前、母さんはどんなだったかとディタは考える。すごくきれいで、私なんかよりずっと美人で、とても上品だった。

就寝前の自由時間を利用して、頭に巣食った招かざる客を駆除しようとしている収容者はほかにもおり、あちこちのベッドでシラミと格闘しながら、今回の事件のことを言い合っている。

「登録係といえば、食べ物にも困らないし、仕事もきつくない。ナチスに気に入られているからね。なのに、なんで自分から命を危険にさらすのかわからないね」

「誰だってそうだよ」

「脱走は自殺行為だ。たいてい連れ戻されて縛り首だ」

「我慢してれば、ここから出られるのももうじきよ」と別の女が言う。「ソ連軍がドイツ軍を退却させてるって。今週にも戦争は終わるかも」

それを聞いて明るいざわめきがあちこちで起こる。早く戦争が終わってほしいという切実な願いから、楽観的な憶測が広がっていく。

「それに……」会話を先導していた女性が言う。「脱走があるたびしめつけが厳しくなって、あとに残った者は罰を受ける……。全員をガス室送りにした収容所もあるってさ。私たちだって何があるかわからないよ。自分のことしか考えないから、こっちはいい迷惑さ」

みんながうなずく。

ディタの母リースルはめったに議論には参加しない。できるだけ目立ちたくないのだ。あなたは慎重さに欠けると、ディタはいつも叱られている。何か国もの言葉をしゃべれる母さんのような女性が、何かというと「余計なことは口にしないこと」と言うのはカチンとくる。だが、今夜、母さんは珍しく話に加わった。

「そうよ」また、みんなうなずく。「やっと、本当のことを言ってくれた」

みんながそうだそうだとつぶやく。母さんが話を引き取る。

「つまり私たちが気にしてるのは、脱走した人が生きて逃げきれるかどうかじゃなくて、それが自分たちに影響しないかなのよね。お昼のスープのひとさじを取り上げられないか、雨の中で何時間も立ったまま点呼が続かないかということだけ、そうでしょう？」

戸惑いの声が上がるが、母さんはかまわず続けた。

「でも、脱走は本当に無意味なのかしら？　脱走があると、何十人もが脱走者を追いかけることになる。脱走者がいなければ、私たちを救出しにくる連合国軍と前線で戦っているはずの兵士たちがよ。ドイツ軍の力を分散させるのは無駄なこと？　ＳＳが私たちを殺すまで、ただただＳＳに従っていればいいの？」

さっきまで声を上げていた人たちが驚いて黙りこんだ。意見は分かれる。ディタは櫛を手に持ったまま、呆気にとられていた。聞こえるのは母さんの声だけだ。

「女の子たちが私たちのことを〈年寄り雌鶏クラブ〉って呼ぶのを聞いたことがあるけど、そのとおりね。こっこ、こっこ、こっこと鳴いているだけ」

「で、あんたはどうなの？　べらべらしゃべってるけど……」とさっきの女がいきりたった。「それならなんであんたも逃げないのさ？　きれいごとを言うんじゃないよ」

「私はもう年だし力もないもの。それに勇気もない。私も年寄りの雌鶏なの。だからこそ、自分ができないことをする勇気のある人を尊敬するのよ」

彼女の周りにいる女たちは、二の句を継げなかった。いつも井戸端会議の中心にいる、おしゃべりで人の良いツルノフスカでさえ、いったいどうしたのという顔で母さんを見ている。

ディタは櫛をベッドの上に置き、食い入るように母さんを見た。いつもそばにいる母さんが別の人間になったような妙な気持ちだ。母さんは自分だけの世界にこもって、父さんが死んだあとは周囲で起こるすべてに無関心だと思っていたのに。

「母さんがそんなに話すの、久しぶりね」

「話し過ぎたかしら?」
「ううん、言うべきことをきっちり言っただけよ」

一方、そこからわずか数百メートルのところでは、沈黙があたりを覆っていた。目の前で手を上げてもわからないほどの暗闇。座るか横になるかしかない、木の板に囲まれた空間で、時間はやり切れないほどゆっくりとしか進まない。ガソリンの臭いがするよどんだ空気にめまいがしてくる。追跡の犬をまくには、タバコを灯油に浸すのがいいと、古株からアドバイスされたのだ。

傍らにいるフレート・ヴェッラーの息づかいから不安な思いが伝わってくる。二人とも何百回となく同じことを考えていた。収容所での恵まれた仕事を自ら放棄したという異常なふるまいを。そこで今までどおりおとなしく、戦争が終わるのを待っていることもできたのに。でも、何がなんでも逃げ出したいという強い気持ちはもう止められなかった。アリス・ムンクの最後のまなざしやフレディ・ヒルシュの青ざめた顔が、ルディの頭から離れなかった。屈強なヒルシュほどの男がナチスに対しては無力だなんて。

ましてアリスの死については言葉もない。ナチスはもう誰にも止められない。この地球上からユダヤ人を根絶やしにしようという彼らを前にしては、ただ逃げるしかないのか。

いや、だめだ。戦場の前線はソ連やフランスだけにあると思っている人々、寝ぼけたヨーロッパの国々に伝えなければならない。真の大虐殺はポーランドのど真ん中、この強制収容所で起こっていて、ここでは歴史上かつてない卑劣な犯罪が行われているのだと。

だから、寒く暗い夜、いくら不安が増そうと、自分は今いるべき場所にいるのだと腹を据える。

時間は刻々と過ぎていくが、わずかに空気が入る隙間しかないこの場所では、昼か夜かもわからない。いつも夜のような暗闇の中、この三日間身動きもできない。それでも、人が動く気配で夜が明けたことがわかる。

耐えがたい時間が流れる。時々うとうとするが、目を覚ますと、世界が暗闇に飲み込まれたかという錯覚に襲われ、身震いする。しばらくして自分たちが身を潜めていることを思い出し、少しばかり安心する。監視塔からほんの少ししか離れていないのだから、油断は禁物だ。頭の中をいろいろな考えがかけめぐる。

二人は口を開かないことにした。外に声が漏れるかもしれないからだ。板と板のわずかな隙間から入ってくる空気だけで持ちこたえられるだろうか。それに、もし上に別の板を置かれたらどうしよう。彼らの力でも持ち上げられなければ、そのときはこの隠れ場所が彼らの棺《ひつぎ》になる。ここに閉じ込められ、のたうち回りながら窒息死するか餓死するしかない。長く不安な時間の中では、あれこれつまらないことを想像してしまう。

犬の吠える声が聞こえる。彼らを追っている犬だ。幸いかなり遠い。だが別の音が近づいてきた。足音や話し声がはっきりと聞こえてくる。

監視兵のブーツが地面を踏む音がする。二人は息をのむ。恐怖で胸がつまり、息もできない。ＳＳ隊員が板を動かしている。まずい。兵士たちの腹立ちまぎれの言葉がすぐそばで聞こえる。収容所の周囲をくまなく捜索するためにせっかくの休みを返上させられたようだ。逃亡者に対する憎しみのこもった言葉が飛び交う。奴らを見つけたら、シュヴァルツフーバー所長の代わりに、俺たちが頭を叩き割ってやると。ルディの体は死人のように冷たくなる。二人の命は、彼らの上を覆ったわずか四、五センチの厚板にかかっている。

ブーツの音がせわしなくなり、すぐ隣の板が動く音がする。もはやこれまでか。あまりの緊張に、いっそ自分たちから隠れ場所のふたをはねのけて、ひと思いに終わりにしてもらおうかとさえ思う。できればその場で射殺してほしい。衆人の面前で吊るされる辱めと苦痛を受けるよりは、怒りくるった監視兵にその場で殺された方がましだ。ほんの少し前、ルディはどうしても自由になりたいと願っていた。それが今、さっさと死ぬことだけを望んでいる。心臓が鼓動を打ち、体が震えてくる。

ブーツが鳴り、板がずれる音がする。ルディはもう運を天に任せ、開き直ってじっとしている。もうどうしようもない。逃亡の前の数日間は、捕まったときのこと、自由への夢が鏡のように砕かれて自分がパニックに陥る瞬間のことばかりを考えていた。でも実際はそうではなかった。本当に苦しいのはその瞬間よりも前だ。ナチが拳銃を突きつけ、手を上げろと命じたときに感じるのは冷めた落ち着きでしかない。追われる恐怖以上のものはなく、あとはなりゆきに任せるだけだ。板がずれる音が聞こえ、ルディは本能的に両手を上げた。何日も暗闇の中にいたあとの光のまぶしさを思い、目をつぶりさえした。

しかし、光は差し込んではこなかった。ブーツの音が少し遠のいたような気がする。再び、板がぶつかり合う音がした。耳を澄ますと、話し声が遠ざかって行くのがわかる。一秒一秒が一時間のように感じられる。犬の群れも離れていく。そしてついに、静けさが戻った。遠くのトラックやホイッスルの音が聞こえるだけだ。そのほかには胸の鼓動が聞こえるばかりだが、それが自分のものなのか、フレートのものなのか、それとも二人のものなのかはわからない。

助かった……とりあえずは。

ルディは安堵の長いため息をつき、わずかに姿勢を変えた。そのとき、フレート・ヴェッツラーの汗ばんだ手が伸びてきた。ルディはその手を固く握った。

危険は去った。ルディはフレートの耳元でささやいた。

「今夜出発しよう、フレート。ここは永遠におさらばだ」

ここにはもう二度と戻らない。その夜のうちに天井の板を外し、闇にまぎれて森まで行き、アウシュヴィッツにはもう二度と戻らない。自由になるか、それとも死ぬか、二つに一つだ。

24

ビルケナウが張りつめた不安な眠りについている頃、鉄柵の向こうで木の板が開いた。チェスの駒の箱のふたを開けるようにゆっくりと。四本の手が下から板を押し上げると、夜の冷気が狭い空間にどっとなだれこむ。あたりを警戒しながら二つの頭がのぞく。冷気が心地よい。

近くに監視兵はいない。闇が彼らを包んでいる。一番近い監視塔からは四、五十メートルしか離れていないが、監視兵が見張っているのは収容所の内側だ。だから、敷地の外の新しいバラック建設現場に積み上げられた板の間から、二人の男がかがんで森に向かって駆けていくのには気づかない。

やっと森にたどりつき、湿った香りを胸いっぱいに吸い込むと、生き返ったような気がした。しかし、それも長くは続かない。遠くから見ると美しく居心地よさそうに見えた森も、夜は人を寄せつけない場所に変わっていた。手探りで歩くのは至難のわざだ。地面には思いがけない凸凹《でこぼこ》があり、茂みが絡まり、枝がぶつかり合い、葉がまとわりつく。できるだけまっすぐ歩いて、収容所から距離をかせぎたい。

二人は百二十キロ先のベスキディ山脈にある、スロバキアとの国境を目指すつもりだった。歩くのは夜中で、昼間は身を隠す。ポーランドの民間人の助けは期待できない。脱走者をかくまったりしたらドイツ軍に銃殺されるからだ。

暗闇の中を歩き、つまずき、倒れ、起き上がり、そしてまた歩く。

方向のわからないまま、うっそうとした森をのろのろと二時間ほど進むと、木がまばらになった。

灌木《かんぼく》の間を縫っていくと、数百メートル向こうに民家の灯りが見えた。やっとまともな土の道に出る。雲に覆われた月の淡い明かりでよく見渡せる。舗装されていないところを見ると、あまり人が通らない道なのだろう。危険は大きくなるが、森の中より距離をかせげるので、その道のできるだけ路肩寄りを、細心の注意を払いながら歩くことにする。夜のしじまの中、フクロウの気味の悪い鳴き声が聞こえる。吹く風は氷のような冷たさで、息が詰まりそうだ。民家が見えてくると、安全な距離を保って迂回《うかい》する。犬が主人に知らせようと盛んに吠えることもあるが、そんなときは足を速めてさっさと通り過ぎる。

空が白み始めると、二人は森の奥深くへ入り込み、大木を探す。日中はその上に隠れている。空が明るくなると、周りのものがよく見えて進みやすくなる。三十分も経つと、お互いの顔が見えるくらい明るくなった。まるで別人のような相手の顔を、互いにまじまじと見つめる。丸三日見ないうちに、髭がけっこう伸びている。それに、二人の顔には今までとは違った表情が浮かんでいた。不安と喜びがないまぜになっている。そうだ、違っていて当たり前だ。囚われの身から自由な人間になったのだ。二人は微笑んだ。

一本の木に登り、枝の間に腰を落ち着けようとするが、なかなか安定しない。木のように硬いパンのかけらを背嚢《はいのう》から取り出してかじり、小さな水筒に残った水をすする。太陽が顔を出すのが待ち遠しい。太陽が見えるとフレートはすぐに自分たちの位置を確かめ、なだらかな丘の方を指さした。

「スロバキア国境に向かってちゃんと進んでいるぞ、ルディ」

周囲には武装したナチスもいなければサイレンの音も命令の声も聞こえない木の上で、パンのかけらをかじるこの自由の瞬間は、誰にも奪えない。梢《こずえ》から落ちそうになり枝もチクチクするが、疲労困憊の二人は、ひどい眠気に襲われて眠り込んだ。

しばらくして、枯葉の上を通り過ぎる足音や声が聞こえた。びくっとして目を開けると、鉤十字の腕章をつけた二十人ほどの子どもたちがドイツの歌を歌いながら、木からほんの数メートルのところを通っていくのが見えた。二人は警戒して顔を見合わせる。ヒトラーユーゲント（ヒトラー青少年団）が遠足に来たのだ。引率の若いインストラクターは、ほんの数メートル先の空き地で昼食のサンドイッチを食べることに決めたらしい。二人は、一本の枝と化したように体を硬くし、身じろぎ一つしない。子どもたちは笑い、叫び、とっ組み合い、歌う……。二人のいる場所から、カーキ色のシャツに半ズボン姿の騒々しく元気いっぱいの子どもたちが見える。遊びで投げつけ合う山ブドウを探しに、近くまで来る子がいてひやりとする。食事の時間が終わると、インストラクターが子どもたちに「出発するぞ」と声をかける。一団はがやがやと遠ざかっていった。木の上の二人はほっと安堵の吐息を漏らし、握り締めすぎて血の気を失った両の手のひらを開いたり閉じたりして血を通わせた。

日中は少しうたたねする。夜まであと何時間あるかじりじりと数える。暮れ残った空の明るさの中を道まで近づき、日の沈む場所から西の方角を見定める。

二日目の夜は最初の夜よりも消耗が激しかった。何度も足を止めて休憩しなければならない。二人とも疲れ切っている。前日は興奮で気が張り詰めていたが、その興奮も次第に冷めていく。夜が明け始めるともうそれ以上は歩けないが、それでも前に進む。分かれ道があると、直感に頼って選ぶが、実際のところ自分たちがどこにいるのかはよくわからない。

深い森を抜け、木がまばらな場所に出た。畑や低木の茂みがある。人の住んでいる気配があるが、あまりにも疲れすぎていて細かいことを考えている余裕がない。あたりはまだ暗いが、道の脇に低木に囲まれた空き地がある。手さぐりでなるべくたくさん葉のついている枝を掻き集め、何時間か眠る場所を作る。人目につかなければ、一日中でもいられるだろう。そこに潜りこみ、葉のついた枝で茂みの隙間をふさぐ。ポーランドの夜明けの冷え込みは半端なものではない。二人は少しでも温かくしていくらかでも眠ろうと、体を丸くして抱き合う。

ほっとしたのか深い眠りに落ちてしまい、人の声で目覚めたとき、太陽はすでに高く上がっていた。隙間をふさごうと置いた枝越しに見える景色に二人は衝撃を受ける。一夜を過ごそうと選んだ場所は、彼らが思ったような木立の中の空き地ではなく、あろうことか公園だった。夜の闇で気がつかなかったが、ある村のはずれまで来ていたのだった。そこからわずか数メートルのところに、ベンチやぶらんこがある。

二人は呆然と目を見合わせた。人の足音が聞こえるので、ほんのわずかでも体を動かすことはできない。逃亡の計画を練っているとき、ＳＳのパトロール隊や検問所や追跡の犬をかわす方法はあれこれ考えたが、この悪夢をもたらしたのは子どもたちだった。

ふと気づくと隙間から、金髪に青い目の男の子と女の子が好奇心に満ちた顔でのぞきこんでいた。彼らの数歩あとから黒いブーツが近づいてくるのが見える。子どもたちは振り向いて走り寄り、ドイツ語で叫んだ。

「パパ、パパ、こっちに来て！　変なおじさんたちがいる」

ＳＳの親衛隊曹長のケピ帽がのぞいて、二人をじっと見る。彼らは金縛りにあったようになって動くことができず、じっと体を寄せ合っている。枝の間からのぞく親衛隊曹長の頭は、人食い鬼のように巨大に見える。帽子のひさしについたどくろマークが、お前たちのことは知っているぞと言わんばかりにこちらを見ている。その瞬間、二人の頭の中をそれまでの人生が走馬灯のように駆け巡った。

何か言おうにも、恐怖に喉がつかえて声が出ず、体も凍りついたように動かない。ナチの曹長は、悪意に満ちた顔でにやにやと二人を見た。だがそのとき、男の妻のハイヒールが近づいてくるのが見えた。男が妻に何とささやいたかはわからなかったが、妻が嫌悪を込めて大声で答えるのが聞こえた。

「男同士なの？　これじゃあ、おちおち子どもを公園に連れてこられやしないわ。ほんとに破廉恥な！」

女は憤懣《ふんまん》やるかたない様子で遠ざかり、曹長は薄笑いを浮かべたまま、子どもたちを連れてあとを追った。

ルディとフレートは草の上に横になったまま、お互いに目をやった。今やっと気づいたのだが、夜が明ける少し前に眠り込んだときのまま抱き合っている。二人は、恐怖で言葉が出なかったことを神に感謝した。ひと言でも口に出していたら、外国人だと気づかれただろう。そう、沈黙に勝るものはない。


スロバキアからはもう遠くはなさそうだったが、ベスキディ山脈に向かう道ははっきりしなかった。だが、それは第二の問題だ。第一の問題は、二人が透明人間ではないことだ。小道を曲がったところで、一人の農婦とほとんど正面衝突しそうになった。このあたりは開けた田園地帯で民家も多い。人と会うのは避けられない。顔じゅうしわだらけのそのポーランド女性は気味悪そうに二人を見ている。

こうなったら危険を避けては通れない。いずれ誰かと出会うのだ。それに助けも必要だ。丸一日以上何も食べていない。ほとんど寝ていないし、本当にスロバキアに向かっているかどうかもわからない。二人はちらっと視線を交わし、彼らを不審そうに見ているその女に本当のことを話すことにした。チェコ語の交じったつたないポーランド語で、身振り手振りを加えて説明する。自分たちはアウシュヴィッツから逃げてきた囚人で、敵ではない、スロバキアの国境にどうやったら行けるか、どうやったら家に帰れるか知りたいだけだと。

女は顔色を変えず、相変わらず不審そうにルディとフレートを見ていたが、彼らが近づこうとすると、あとずさりした。女は胡椒粒のように小さな目で、何も言わずに二人を見ている。彼らは疲れ、腹をすかせ、途方に暮れ、そしておびえている。身振り手振りで訴えかけるが、彼女は地面に視線を落とす。二人は顔を見合わせた。女が悲鳴をあげて助けを求める前にそこから立ち去った方がいいと、フレートが頭を動かして合図する。だが、彼らが背を向け、彼女から目を離した瞬間に、耳をつんざく悲鳴が上がるのではという恐怖がよぎる。

そのとき女は視線を上げ、急に決心したように一歩前に出て、ルディのセーターの袖を取った。二人を近くでじっくり見て、どんな人間か見極めたいのだ。何日も伸び放題の髭面と薄汚れた服だけでは、彼らの話が本当かどうかわからない。骸骨のようにやせた顔、骨と皮ばかりの体、睡眠不足で腫れぼったい落ちくぼんだ目を眺める。そしてやっと、うなずく。そのままじっとしているように手振りで示し、何か食べ物を持ってくるという身振りをする。ポーランド語で「人」「国境」と言っているようだ。何歩か歩いて女は振り向き、そこで待っているように、動かないようにと身振りで念を押した。

密告しに行ったのかもしれない、SSのパトロール隊が現れたらどうするとルディがつぶやく。逃げようかとフレートが言う。しかし、アウシュヴィッツから脱走した囚人がいることがわかれば、その地域に非常線が張られ、しらみつぶしに捜索が行われるので、いずれ逃げきれなくなるだろう。

二人は待つことにした。けさ喉の渇きを潤した小川にかかる木の橋の向こう岸に陣取る。そこならSSが来たとしても、先に森に逃げこんで少しは時間がかせげる。だが、一時間過ぎても、さっきの女はいっこうに姿を見せなかった。

「森に戻った方がいいんじゃないか？」ルディがぼそっと言った。

フレートはうなずくが、どちらももう一歩たりとも動けなかった。すべての力を使い果たした。もうだめだ。

二時間が過ぎた。二人は寒さをしのごうと一緒に丸くなり、うとうとする。その穏やかなまどろみがせわしない足音で破られた。それが誰であろうと、もう逃げる気力もない。目を開けると足音の主は、紐をズボンのベルト代わりにし、麻のシャツを着た十二歳の少年だった。彼は二人に木の小箱を差し出した。彼に使いを頼んだのは、彼の祖母であるさっきの女だった。箱を開けると、ゆでたてのジャガイモが二枚の焼いた分厚い牛肉の上にのっていた。金貨の詰まった二十個のかばんより貴重なプレゼントだ！

スロバキアの国境はどっちか訊こうとするが、少年はちょっと待っててと言い残して立ち去った。その料理はあっという間に平らげたが、そのおかげで気持ちが落ち着き、元気も出てきた。そうこうするうちに夜になり、冷え込んでくる。ぐるぐる歩き回って体を温める。

また足音がした。今度は、さっきより用心深い。間近まで来たとき、月明かりが一人の男の姿を照らしだした。格好は農民だが、手にピストルを持っている。いやな予感がする。男は二人の前に立ちはだかり、マッチを擦った。火が三人の顔を一瞬照らし出す。明るい茶色の濃い髭をたくわえたその男は、ピストルを持った手を下ろし、もう一方の腕を差し出して握手を求めた。

「俺はレジスタンスだ」

そのひと言で十分だった。ルディとフレートは抱き合って小躍りした。ポーランド人の男は戸惑い、酔っ払いでも見るかのように、いぶかしげだった。実際、二人は自由に酔っていたのだ。

男はスタニスと名乗った。ただ、本名かどうかはわからない。先ほどの女性が警戒していたのは、ゲシュタポのスパイが変装して、ゲリラに協力するポーランド人がいないかどうかさぐることがあるせいだと、チェコ語で説明した。国境は近い、ドイツ人兵士には要注意だが、自分はパトロールの時間帯を知っている、ドイツ人はとても几帳面で、毎晩同じ場所を同じ時間に通るから、彼らに見つからないようにするのは難しくない、という。

男は自分についてくるように言う。暗闇の中を黙って人気のない小道を長い間歩いて、崩れかけたわら屋根の廃屋に着いた。木の扉は押すと簡単に開く。中に入ると、湿気が部屋中を覆っている。男はしゃがみこんでマッチを擦る。湿気で腐った木をどけると、取っ手の輪が現れ、それを引くと、床下に続く扉が開いた。ポケットからろうそくを取り出し、火を点ける。それを手に階段を下りて行くと、ハーブを乾燥させる地下倉庫に出た。わら布団、毛布、食糧がある。三人はガスの簡易コンロでスープを温めて夕食を取る。久しぶりにフレートとルディはぐっすり眠ることができた。

男は口数は少ないが、きわめて有能だった。朝早く出発するとすぐに、すべての道を野生動物のような正確さで知っていることがわかった。ほとんど立ち止まることなく一日中森を抜けて歩き、ほら穴で夜を過ごした。そして次の日も歩き続ける。時折、岩に身を隠し、危険が去るのを確認してまた歩く。そうやってパトロールをかわしながら山を登り、下り、三日目の明け方、彼らはついにスロバキアの地に足を踏み入れた。

「これで自由だ」別れの挨拶の代わりに、男が言った。

「いや」ルディがそれを否定する。「まだやることがある。自由になるのは、今起こっていることを世界に知らせてからだ」

男がうなずくと、髭が上下に揺れた。

「ありがとう、本当に感謝してる。みんな君のおかげだ」

男は黙ったまま、肩をすくめてみせた。


次に彼らがすべきことは、第三帝国内部の実情を世界に知らせることだった。ヨーロッパが知らないこと、知ろうとしなかったこと、この戦争が、国境争いだけでなく、一つの民族の絶滅を図るものであることを伝えねばならない。

一九四四年四月二十五日、ルドルフ・ローゼンバーグとアルフレート・ヴェッツラーはジリナのユダヤ人評議会本部で、スロバキアのユダヤ人スポークスマン、オスカル・ノイマン博士の前に姿を現した。ルディは登録係だったので、戦慄《せんりつ》するようなデータをどっさりと提示できた。彼によれば、アウシュヴィッツで殺されたユダヤ人の人数は百七十六万人。その報告により、組織立った大量殺人、強制労働、財産没収、髪の毛を利用しての繊維生産、貨幣にするための金歯・銀歯の抜歯などが初めて明らかになった。

一列に並ばされた妊婦たちや、母親のスカートに掴まった子どもたちが、有毒ガスが噴き出すシャワー室に入れられる様子。座るスペースもないコンクリートの懲罰房。真冬でも夏のシャツ姿で膝まで雪に埋まりながら、囚人が長時間の野外労働を課せられていること。一日の食事が水っぽいスープ一杯であること。ルディはこういったことをせつせつと語った。時々涙が溢れたが、話すのはやめなかった。爆撃音で耳をふさがれている世界に向かい、ドアを開ければすぐそこにもっとひどい戦争があること、その戦争を何としても止めなければならないことを、熱をこめて訴えた。

報告を終えたとき、ルディは疲れ切ってはいたが満足だった。ここ何年かで初めて心の平安を覚えた。評議会はただちにハンガリーにその報告書を送った。ナチスが占領しているハンガリーでも、収容所へのユダヤ人の移送が組織的に行われていた。しかし、みなそれを単なる収容所だと信じ、そこで虐殺が行われているということを知らなかった。

戦争は銃弾や爆弾で肉体を破壊するだけではなく、人々の正気を奪い、精神をずたずたに引き裂く。彼の警告はハンガリーのユダヤ人評議会には届いたが、誰も本気で受け止めなかった。ユダヤ人の指導者たちはナチスの方を信じ、ポーランドに貨車で人々を送り続け、それによって、大量のハンガリー系ユダヤ人がアウシュヴィッツへ送り込まれることになった。

あれほどの苦悩と苦しみの果てに、ついに自由を手に入れた喜びもつかの間、ルディは苦い落胆を味わうことになった。その報告で多くのハンガリー系ユダヤ人の命を救えると信じていたのに。

戦争は氾濫《はんらん》した川に似ている。いったん溢れた川は、もうもとの流れには戻せない。小さな堤防を築いたぐらいでは、濁流に飲み込まれてしまうのだ。

ルディ・ローゼンバーグとフレート・ヴェッラーは英国に移され、彼らはそこで改めて報告書を提出した。英国は彼らの声に耳を貸したが、そこからできることは少なかった。それでも、ヨーロッパを破壊し続けるあの狂気を止めるためには、勇気をもって戦い続けるしかなかった。

25

一九四四年五月十五日、二千五百三人の新たな収容者を乗せた列車がテレジーンから家族収容所に到着した。翌日にはさらに二千五百人。そして十八日にも第三のグループが着いた。三回合わせて七千五百三人。半数近い三千百二十五人がドイツ系ユダヤ人で、チェコ系ユダヤ人が二千五百四十三人、オーストリア系ユダヤ人が千二百七十六人、オランダ系ユダヤ人が五百五十九人だった。

最初の朝は混乱を極めた。飛び交う声、ホイッスルの音、おろおろする人々。ディタと母さんが二人で使っていたベッドに、さらにもう一人の収容者が加わった。そのオランダ人の女性はひどくおびえて、二日間というもの「おはよう」の挨拶さえできなかった。夜もベッドの中でずっとぶるぶる震えていた。

ディタは三十一号棟に向かって急いだ。リヒテンシュテルンと助手たちはクラスの再編成におおわらわだった。今や、チェコ人、ドイツ人、オランダ人が交ざりあい、子ども同士の言葉も通じなくて統制がきかない。ディタはリヒテンシュテルンとミリアム・エーデルシュタインから、グループ分けをして少し状況が落ち着くまでしばらく図書館のサービスを停止するよう指示を受けた。今回の五月の移送で、新たに三百人の子どもたちが到着していた。

子どもたちは興奮状態だった。言い争い、突き飛ばし、取っ組み合いをする子もいれば、泣く子もいる。しかも混乱はますますエスカレートしていくようだ。子どもたちは、湿ったわら布団に巣食う南京虫、ノミ、シラミ、あらゆる種類のダニに咬まれ、そのかゆみでじっとしていられない。気候が良くなると、草花だけでなく、あらゆる虫も活気づくのだ。

そこでミリアムが思い切った作戦に出た。緊急用にとっておいた石炭を使って、バケツで湯を沸かし、子どもたちの下着を洗うのだ。上を下への大騒ぎが始まる。暖炉で完全に乾かす時間はなく、濡れたままの服を着なければいけないが、少なくとも虫は大方死んだようだ。その日を境に、次第に教室は落ち着きを取り戻していった。


三十一号棟での仕事を割り当てられた新入りたちは、泥だらけの道の両側に並ぶバラックに着いたとき、絶望のどん底に突き落とされた。だが、秘密の学校の存在を知ると、彼らの胸に驚きと同時に希望が湧いてきた。

グループ分けがすみ、またいつもどおりの学校生活が始まった。ある午前中の授業が終わるとリヒテンシュテルンは先生たちを集め、バレリーナのような脚に、ウールの長靴下をはいた一人の女の子を紹介した。そわそわと落ち着きなく体をゆすっているその子は一見か弱そうだが、よく見ると目に熱い炎が燃えているのがわかるだろう。リヒテンシュテルンが、彼女はこのブロックの図書係だと彼らに紹介した。

何人かは耳を疑い、リヒテンシュテルンに尋ねる。図書館もあるのか？　でも本を読むのは禁止されているじゃないか！　そんな危険なことを、この子が担当しているのか。そのときミリアムがディタに、椅子に上がってみんなに挨拶するように促した。

「こんにちは。私はエディタ・アドレロヴァです。ここには紙の本が八冊と『生きた本』が六冊あります」

大勢の大人たちを前にしっかりその責任を果たそうと、真剣な表情で話し始めたディタだったが、新しい先生の何人かがあまりに当惑した表情を浮かべたので、思わず笑ってしまう。

「ご心配なく。頭はしっかりしていますから。もちろん本は生きてはいません。生きているのは子どもたちに物語を聞かせる語り手です。みなさんも午後の授業用に借りてみてください」

ディタはチェコ語と、驚くほど流暢なドイツ語で説明した。前にいる新しい先生たちは、意外な成りゆきに当惑するばかりだ。ディタは話し終わると、モルゲンシュテルンにならって深々とお辞儀をした。そんな自分の姿がおかしくて、必死で笑いをこらえる。元の場所に戻ろうとしたときも、何人かの先生があんぐりと口を開けて自分を見ているので、ますますおかしくなった。

「三十一号棟の図書係だって」というささやき声が聞こえる。

その午後はあまりにざわざわしていて、ディタはこっそり本を読むこともできなかった。いつもの隠れ場所に行こうとしたが、子どもたちが集まって何やら遊んでいたので、服の下に『世界史概観』を忍ばせたまま、こっそりトイレに向かい、その奥に身を潜めた。暗いのはいいが、臭くてたまらない。でも、だからこそSSの監視兵たちもそのあたりにはめったにやってこない。

もうすぐスープ、つまり商売の時間だ。収容所で修繕の仕事をしているポーランド人の男アルカディウスが、配管の修理をするふりをして水道の蛇口の下に座る。彼は最もやり手の闇商人の一人だ。タバコ、櫛、鏡、ブーツ……。サンタクロースよろしく、何でもござれだ。ただし、交換できるものがあればの話だが。建物の中に響く声を聞きながら、ディタは静かにページをめくる。会話が聞こえてくる。一方は女の声だ。

姿は見えないが、ディタはボフミラ・ヴラタヴァだとわかった。とがった鼻をつんとそびやかした傲慢な女性だ。腫れぼったい黒ずんだまぶたのせいか、どんよりした目をしている。

「客が一人いるんだ。あさっての午後、夜の点呼の前に女を呼べないかな」

「うちのバラックのカポーはちとうるさいから、少し摑ませないといけないね」

「図に乗るなよ、ボフミラ」

するとと女は強い口調でつっかかった。

「あたしじゃないよ！　取るのはカポーだって言ってるだろ。あいつが部屋を貸してくれないと、そっちもごちそうはおあずけだよ」

アルカディウスは声を落としてはいるが、とげとげしく威嚇的な口調だ。

「パン一食分とタバコ十本と言ったはずだ。それ以上はびた一文出せねえ。それを好きに分けるんだな」

ぶつぶつ言う声がディタにも聞こえる。

「タバコ十五本なら手を打つさ」

「できねえと言ったろう」

「業つくばりのポーランド人だね。まあいいよ。あたしの取り分から二本まわすから。でも、実入りが少なくなって闇市で食べ物が買えずに、あたしが病気になったら、誰があんたたちにユダヤ人のかわいこちゃんを世話してくれるんだい？　そのときになって泣きついてきても知らないよ」

それ以上声は聞こえなくなった。こういった物々交換では条件をめぐっての沈黙の瞬間がある。アルカディウスはタバコを五本取り出した。ボフミラはいつも半分を前金として要求する。残りのタバコとパン一食分は、直接女たちに払うのだ。

「モノが見てえ」

「待っておいで」

また数分間の沈黙があり、ボフミラの鼻にかかった声が再び聞こえた。

「連れてきたよ」

ディタはのぞいてみたい誘惑に勝てず、薄暗がりの中で首を伸ばした。背の高いアルカディウスと、でっぷりしたボフミラの姿が見える。栄養は十分足りていそうだ。そしてもう一人、見るからにやせこけた女がいた。両手を胸の前で合わせ、うつむいている。

アルカディウスが、やせた女のスカートをめくりあげ、陰部を探った。そのあと腕をどかせて、胸をまさぐる。彼女はじっと動かない。

「あまり若くねえな……」

「その方がいいんだよ。やるべきことを知ってるからね」

ボフミラが探してくる女たちの多くは母親だ。わが子が腹をすかせているのを見かねて、パンほしさにやってくる。

アルカディウスはうなずき、先に出て行った。

「ボフミラ」女がおずおずとつぶやく。「これは罪だよ」

ボフミラがどこかおどけたしかめ面を作って女を見る。

「そんなこと気にするんじゃないよ。神様の思し召しさ。あんたは自分のあそこに汗をかいてパンを稼がなくちゃいけないんだ」

そしてみだらな声をたてて笑い、トイレから出て行く。女はうなだれ、とぼとぼとあとを追った。

ディタは口の中が苦くなった。隠れ場所に戻って、フランス革命のところを読み続ける気にもなれない。青ざめた顔で自分のバラックに戻ると、それを見た母さんは井戸端会議を抜け出し、彼女を抱きしめてくれた。ディタはその瞬間、ずっとそのまま母さんの腕に抱かれていたいと思った。

ハンガリーのユダヤ人を乗せた列車が次々と収容所に着く。百四十七本の列車で合計四十三万五千人がやってきて、収容所はますます窮屈になった。収容所の金網の近くではいつも、大勢の子どもたちがその人々に見入っている。SSに怒鳴られ、体を揺すられ、持ち物を奪われ、殴られ、途方に暮れている人々を。

「これがアウシュヴィッツ＝ビルケナウだ！」

彼らの当惑の表情を見れば、その地名が何の意味もなさないのがわかる。彼らの多くは自分たちの死に場所がどこかさえ知らずに死んでいくのだ。

国際監視団がいつここにやってきて、ヒルシュやミリアムが話していた真実を叫ぶ瞬間が訪れるのか、ディタにはわからない。目を閉じると、大理石の解剖台の横でディタを待つ白衣姿の無表情なメンゲレの姿が浮かんでくる。

だが、やはり頭から離れないのはヒルシュの最期のことだった。ヒルシュは敗北したのだとみんな言う。だが、今でもディタはそれが信じられなかった。どんな説明も納得がいかない。多分それは、ディタが望む説明とは違っているからだろう。頑固だとよく言われるが、いつかはその説明を受け入れるしかない瞬間が来るだろう。でも今はまだあきらめきれず、医療ブロックの三十二号棟に行った。ここは最後の望みの綱だ。ここにいる人たちこそ、フレディ・ヒルシュの最後の言葉を聞いたのだから。

病院の入り口で一人の看護師が、気味の悪い黒いシミがついたシーツをたたんでいる。

「お医者さんに会いたいんですけど……」

「誰に？」

「名前はわからないんです……」

「具合が悪いの？　カポーに言ってきた？」

「いえ、診察じゃないんです。ちょっと訊きたいことがあって」

「どうしたの？　私でよければ」

「九月到着組のことで訊きたいことがあるんです」

看護師は表情が固くなり、うさん臭そうにディタを見た。

「何を？」

「ある人のことを」

「あなたの家族？」

「はい、おじさんです。担当のお医者さんたちが、おじさんが死ぬ前に診てくれたと思うので」

看護師はディタをじっと見た。そのとき、一人の医者がこちらにやってきた。黄色っぽいシミがあちこちについた白衣を着ている。

「あの、先生、九月到着組の人のことを訊きたいってこの子が言うのですが」

医者は目の下にくまができ、疲れている様子だ。それでも愛想よく、にっこりしてみせた。

「誰のことかな？」

「ヒルシュという人です、フレディ・ヒルシュ」

男の顔からすっと笑みが消え、いきなりとげとげしい口調になった。

「何度言ったらわかるんだ！　私たちにはどうすることもできなかった！」

「でも、私、知りたいんです……」

「私たちは神じゃない！　もう手の施しようがなかった。私たちはすべきことをした」

ディタは、ヒルシュが最後に何か言わなかったか訊きたかったが、医者はひどく動揺してくるりと背を向け、見るからにいらだって、いとまも告げずに立ち去った。

「悪いけど、仕事中なの」と看護師がドアを指し示す。

出て行くとき、ディタは誰かが自分を見ているのに気づいた。脚の長いひょろっとした若者だ。病院棟に出入りしているのを何度か見かけたことがある。

ひどい扱われ方にむっとしたディタは、マルギットを探しに行った。彼女はバラックの裏で妹のヘルガのシラミを取ってやっていた。ディタはマルギットの隣に腰かけた。

「元気?」

「五月到着組が来てからシラミが増えたの」ヘルガがぼやく。

「あの人たちのせいじゃないわ、ヘルガ。人が増えたら、いろんなものが増えるのよ」マルギットがなだめる。

「うるさくなるばかり……」

「そうね、でも神様のご加護で前に進むしかないわ」マルギットが励ます。

「私、もうこんなのいや。ここから出たい。家に帰りたい……」ヘルガがしくしくと泣きだした。マルギットはシラミを探す手を休め、妹の頭を撫でた。

「もうすぐよ、ヘルガ、もうすぐだから」

アウシュヴィッツでは誰でもそこから出ることばかりを考えている。ここから出て、二度とそこには戻らないこと。それ以上の夢はないし、神様に願うのはそのことだけだ。それなのに、人とは反対のことを考えている男がいる。その男はアウシュヴィッツに戻ろうとしているのだ。あらゆる論理、あらゆる賢明さ、あらゆる判断に逆らって、ヴィクトル・ペステックはオシフィエンチム行きの列車に乗った。オシフィエンチムの郊外には歴史上最大の絶滅収容所がある。

一九四四年五月二十五日、ヴィクトル・ペステックは二か月ほど前に通った道を逆に戻った。レデラーと収容所の門を出たあと、計画どおりオシフィエンチムで列車に乗った。レデラーはSS中尉の制服姿で、席に着くとすぐに眠ったふりをした。列車内のパトロールは誰も、クラクフまでの道中すやすやと眠るSS将校を起こそうとは考えもしなかった。

クラクフ駅に着くと、すぐさまプラハ行きの列車に乗った。人々でごった返す、巨大な鉄屋根の大きな中央駅であるプラハ本駅で降りたとき、一瞬ためらったことを思い出す。特にレデラーと交わした視線は忘れられない。列車のコンパートメントという安全な隠れ家を出て、見張りの目に囲まれた場所に飛び込んでいくとき、ヴィクトルが出した指示は明快なものだった。首筋を伸ばし、まっすぐ前を見て、立ち止まらないこと。

駅のコンコースには、ドイツ国防軍の兵士たちが溢れていた。SSの黒い制服を尊敬と不信が入り混じった面持ちで見ている兵士たち。民間人は頭を上げて二人を見る勇気さえない。誰も声をかけようとはしなかった。レデラーは、彼の友人がいるプルゼニに向かおうと言った。二人はそこにSSの服を隠し、郊外の森の中の廃屋に隠れ場所を見つけた。レデラーは自分たちと、二人の女性の偽造書類を手に入れるため、連絡員の居場所を慎重に探していき数週間が過ぎた。ゲシュタポがすぐあとを追っていることを、二人は知らなかった。

アウシュヴィッツに戻るこの旅では、ヴィクトルは民間人の格好をし、背嚢を背負っている。その中にはきちんと折りたたんだSSの制服が入っていた。それを着るのもこれで最後だ。

窓側の席に座り、頭の中で何度となく繰り返した計画をおさらいする。彼は、収容所の事務室から持ち出したカトヴィッェの司令部のスタンプ付きの用紙を使って、レネーと彼女の母親の受け渡し許可証を準備した。カトヴィッェにはその地方で最も重要な拘置所があり、ゲシュタポが尋問のために囚人を送るよう要請することがよくあった。受け渡しが決まると、囚人は入り口の警備兵詰所に連れて行かれ、カトヴィッェの司令部の車が囚人を連行する。その多くは二度と戻ってこなかったが。

ヴィクトルはその手続きを熟知していた。どんな暗号や言葉を使うかも知っている。そこで彼が収容所に電話をして、ゲシュタポのために、二人の囚人を連れてくるように要請する。そして、あるSS隊員をアウシュヴィッツ゠ビルケナウに車で引き取りに行かせる。それが、例の偽造許可証を持ったレデラーだ。レデラーは完璧なドイツ語を話す。彼が彼女たちの身柄を引き受け、ヴィクトルと近くで合流して脱出するという計画だった。

レデラーはレジスタンスの連絡員と会うために、前日に到着していた。彼らが車を用意してくれる。暗い色の目立たない車、そしてもちろんドイツ車だ。

自由になった暁に、レネーがどんな反応を示すかが唯一の気がかりだ。彼はもはやSSではなく、彼女は囚人ではなくなったとき、今までのように彼女は自分を愛してくれるだろうか。会うときはいつも黙りこんでいたから、彼女のことをほとんど何も知らない自分にふと気づく。でもかまわない。これから一生かけてその空白を埋めていけばいい。

列車がオシフィエンチム駅にゆっくり入っていく。薄暗い午後だ。アウシュヴィッツの濁った空の色をもう忘れていた。無人駅にはほとんど人影がないが、ベンチに座って新聞を読んでいるレデラーの姿がちらりと見えた。彼が最後の最後に尻込みするのではという不安が頭をよぎった。彼の命も危険にさらすことになるからだ。しかし、彼は最初から、協力を約束していた。そして実際彼はそこにいる。これですべてうまくいく。

ヴィクトルは背嚢を背負って列車を降りた。幸せな気分だ。レネーが微笑み、巻き毛を引っ張って口元に持っていく姿を想像する。レデラーがベンチから立ち上がる。しかし、その前に、自動小銃を持ったSSの監視兵たちが二列になってホームになだれこんできた。

ヴィクトルはそれを見てすべてを悟った。自分を捕まえに来たのだ。

指揮する将校がけたたましくホイッスルを吹いて叫び声を上げる。ヴィクトルは落ち着いて背嚢を床に置いた。両手を上げろと怒鳴る者。動くな、さもないとその場で殺すぞと金切り声を上げる者。混沌としているように見えるが、決められたとおりの手順だ。相手を混乱させて身動きできなくするのだ。ヴィクトルは苦笑いを浮かべた。逮捕の手順は頭に入っている。彼自身が何度もやってきたことだから。

レデラーはホームの上でゆっくりと後ずさりする。彼の姿は見られていない。逮捕の混乱に乗じてこっそり抜け出す。平静を保とうとして歩きながら、神を呪う。レジスタンスの誰かが彼らのことを密告したのだ。村の中で、鍵のついたままのオートバイを見つけ、それに乗って、後ろを振り返らずに走り出した。

ヴィクトル・ペステックはSSの中央棟に連れて行かれ、何日も拷問を受けた。SSは、彼がアウシュヴィッツに戻ってきた理由を知りたがった。レジスタンスに関する情報もほしがった。しかしヴィクトルはレジスタンスについてはほとんど知らず、レネー・ナウマンのことについても一切しゃべらなかった。脱走兵は死刑と決まっている。ヴィクトル・ペステックは一九四四年十月八日に処刑された。

26

マルギットとディタはバラックの裏手に座っていた。日が長くなり、暑いくらいだ。アウシュヴィッツの暑さは耐えがたい。

おしゃべりの火がふっと消えたあと、再びそれに火がつく、ちょうどそんな瞬間だった。二人の前に顔なじみの女の子がすっと立った。

「レネー、久しぶり！」

その声に、金髪のレネーがかすかに微笑んだ。巻き毛を引っ張って噛む。最近、誰もがみな彼女に冷たかった。

「ねえ、聞いた？　ＳＳの一等伍長とレデラーが脱走した話」

「うん……」

「レネーを見てるって言ってた、あのナチよね……」

レネーがゆっくりとうなずく。

「やっぱり悪い人じゃなかったのかも」レネーは言った。「あの人はここがいやだったのよ。だから脱走したの」

ディタとマルギットは黙っていた。絶滅収容所でユダヤ人を処刑するＳＳのナチ……、その人が「悪い人じゃない」なんてことがあるだろうか？　確かに私たちだって、ロングブーツと黒い制服姿の、まだ髭も生えていない若者に見とれたことも一度や二度はある。だけど、レネーが言うほどには割り切れない。その日を見れば、そこにいるのが死刑執行人でも監視兵でもなく、ただの若者だとわかるとしても。

「今日、パトロールの監視兵が二人近づいてきて、私を指差して笑ったの。おとといオシフィエンチム駅でお前の恋人を捕まえたって。恋人なんかじゃないのに」

「だったら、ここから三キロしか離れてないじゃない！　脱走したのは二か月近く前よ。どうしてもっと遠くに隠れなかったのかしら？」

レネーが言葉を探すように言った。

「どうしてか、私知ってる」

「ずっとどこかに潜んでたの？」

「ううん。きっとプラハから戻ってきたんだわ。私をここから出すために。もちろん母さんも。母さんを置いては行けないって私が言ったから。でも捕まってしまった……、おととい」

ディタとマルギットは言葉が出なかった。レネーは地面に目を落とし、二人にこんな打ち明け話をしたことを後悔し、自分のバラックに戻ろうとした。

「レネー！」ディタが呼びとめた。「あの、ヴィクトルという人……、多分悪い人じゃなかったのよ」

レネーがゆっくりとうなずいた。どちらにしても、それを確かめることはもうできないのだ。

そのあと、マルギットも家族のところに帰っていった。

その日、検疫隔離収容所には誰もいなかった。反対隣のBⅡc区画にも。どこか遠くに移送されたのか、この世から去ったのかはわからない。両隣の収容所が二つとも無人だということはめったにない。その日はひどく暑かったので、家族収容所の人々もバラックの中に引きあげ、屋外はいつになく静かだった。

一人きりになったディタは立ち上がり、大きく息を吸い込んだ。

そのとき、誰かの視線を感じた。BⅡc区画から誰かが合図をしている。若い男の囚人だ。鉄柵に近づいてよく見ると、ほかの囚人より新しいストライプの囚人服を着ている。ベレー帽をかぶっているということは、施設整備担当、特別待遇ランクだ。ディタは、修繕の仕事のかたわら、トイレで闇商売をしていたポーランド人のことを思い出した。修理の腕さえあれば、収容所内のどの区画にも出入りできる。何よりいいのは、食事の量が普通より多いことだ。だから、見たらすぐわかる。その若者は健康そうで、頬骨も突き出ていない。

ディタは立ち去ろうとしたが、若者は大げさな身振りでもっと近くに来いと言っているようだ。感じのよさそうな青年だ。笑いながらポーランド語で何か言っているが、ディタにはわからない。ただ、「ヤブコ」という言葉だけが聞こえた。チェコ語で「りんご」の意味だ。食べ物に関する言葉は、呪文のようにディタを捉える。ディタは首を伸ばして問いかけた。

「ヤブコ？」

彼は微笑んで、指を振る。

「『ヤブコ』ノー、『ヤイコ』！」

がっかりだ……。りんごはもう長いこと食べていない。どんな味かももう忘れてしまった。でも果肉の白くてみずみずしい感触はよく覚えている。考えただけでよだれが出てくる。でもその青年は何を言いたいのだろう。もしかしたら別に用事などなく、ただからかっているだけかもしれない。短く刈られた髪の毛もまた伸びてきたことだし、年上の男性に目をとめられるのは恥ずかしいけれど、悪い気はしなかった。

高圧電流の流れる金網に近づくのは怖い。触れたら大変なことになる。熱に浮かされたように歩いて行って、感電死した収容者を見たことがある。ディタが見たのはその一回だけだが、それからは誰かが鉄柵に向かって歩き始めると、そそくさとそこから離れることにしていた。

あの場面は忘れられない。青ざめた弱々しい女性だった。火花が散り、髪がちりちりに焼け、体が一瞬で黒焦げになった。焦げた肉の酸っぱい臭いがして、黒焦げの皮膚から煙の筋が立ちのぼっていた。

だから鉄柵に近づくのは気が進まないが、お腹の虫がぐうぐう鳴っている。夜のパンひとかけらとわずかなマーガリンだけでは空腹は満たされない。スープに運よく何か浮かんでいなければ、胃の中に固形物を入れるまでまた二十四時間待つことになる。

そのポーランド人の若者が何を言っているのかわからなかったが、何かをお腹に入れられるチャンスは逃せない。どこかの監視塔からこちらを見ているかもしれない兵士の注意を引かないように、ディタは手でちょっと待ってと合図してトイレに入った。悪臭のする小屋を大急ぎで突っ切り、裏口から出る。そうすれば、バラックの裏手の、別の柵のそばに人目につかずに出られる。夜の間に死んだ者が、荷車で墓地に運ばれる前にそこに置かれていることがあるが、あたりには何もなかった。

ポーランド人の若者は鉤鼻で、象のような耳をしていた。ハンサムとは言えないが、笑顔が明るく愉快そうだ。彼は少し待つように合図し、何かをとりに行くのか、裏口からバラックの中に入っていった。

ディタのほか、BⅡb区画の裏手にいるのはやせ細った一人の男だけだった。二棟ほど離れたところでぼろ服を燃やしている。シラミだらけだからか、伝染病で死んだ者のものだからか、燃やすように命じられたのだろう。つまらない仕事だが、一日中どぶさらいをしたり、石や建設資材を運んだりするよりはましだ。遠くから見ると年寄りのようだが、おそらく四十にもならないだろう。

若者を待つ間、ディタはその様子を見ていた。布が炎の中で黒く縮まり、煙となる。そのとき、ふと人の気配を感じた。近くに誰かいる。振り向くと、ほんの数歩のところに、黒ずくめのメンゲレの姿があった。口笛は吹いていない。何も言わず、ただじっとディタを見ている。あとをつけてきたのだろうか。若者をレジスタンスの連絡係か何かだと思ったのか。服を焼いている男は立ち上がってこそこそと姿を消した。もうおしまいだ。メンゲレと二人きりになってしまった。

服装を検査されて内ポケットのことを訊かれたら、どう答えよう。いや、メンゲレは囚人に尋問などしない。彼が興味があるのは実験のための収容者の臓器だけだ。

メンゲレは無言だった。ディタは柵の近くにいる言い訳をしようと、「あそこで火のそばにしゃがんでいる人と話がしたかったんです」とドイツ語で言った。だが、その男はもういないので、あまり説得力がない。

メンゲレはじっとディタを見た。何かを思い出しかけているように目を細める。そのときディタは、内ポケットをつけてくれたおばさんに「あんたは嘘をつくのがへただ」と言われたことを思い出した。メンゲレは自分の言葉をまったく信じていないだろうと思うと、体がすっと冷たくなった。まるで、大理石の解剖台にのせられた気分だ。メンゲレはディタの腹を子牛のそれのように上から下まで切り裂くのだ。

メンゲレがかすかにうなずいた。やはり何かを思い出したのだ。勝ち誇ってほくそ笑んでいるようだ。腰に手を持っていく。ピストルはすぐそこだ。ディタは震えないように必死でこらえた。神様にささやかなお願いをする。最後の瞬間に震えたりしませんように、おもらししたりせず威厳をもって死ねますようにと、ただそれだけを。

メンゲレは相変わらずうなずいている。それから、口笛を吹き始めた。

ディタは、メンゲレが自分を見ているわけではないのに気づいた。彼女を通り越してもっと遠くを見ている。ディタのことなど目に入っていない。

メンゲレはきびすを返し、満足げに口笛を吹きながら立ち去った。バッハのメロディを時々つっかえながら。

陰惨な顔をした黒ずくめのメンゲレが遠ざかるのを見ていたディタは、そのときはっと気づいた。

「私のことは全然覚えてない。私が誰かもわかってない。目をつけられてなんかいなかったんだ……」

バラックの入り口で待ち伏せなどしなかったし、みんなを見るのと違った目で彼女を見たことだってない。手帳にディタの名前をメモし、解剖室という言葉を持ち出して脅したのは、たちの悪い冗談だったのだ。子どもたちに自分のことをペピおじさんと呼ばせ、彼らの髪をにこにこ撫でながら、次の瞬間には注射をして死に至るまでの反応を調べるメンゲレらしい冗談だ。遺伝の謎を解き明かそうとするメンゲレが、こんなはなたれ娘に目をつけて、やっきになって追っているなどと思い込んだのは、ディタの恐怖心からの妄想だったのだ。

またもや真実は別のところにあった。もちろん、死の危険があるのに変わりはないが、少なくともメンゲレの暗い影から解放されたディタは安堵の息をついた。

これがアウシュヴィッツだ……。

またメンゲレが戻ってきたら運命の風向きが一瞬のうちに変わらないとも限らないから、さっさと自分のバラックに戻るのが賢明だろう。でも、あのポーランド人の若者がなぜ自分を呼びとめたのかが気になって仕方がない。何かどうしても渡したいものがありそうだった。

それともただの告白だろうか？　ディタは恋愛だの恋人だのには興味がなかった。言葉も通じない、耳ばかり大きなポーランド人ならなおさらだった。

ああしろ、こうしろと指図する恋人なんていらない。でも少し隙間の空いた前歯で唇を噛みながら、ディタはじっと待った。子どもっぽく見えるから、ディタはその歯が好きではなかったが。

ポーランド人の若者はメンゲレが来るのを見て、空っぽのバラックの中に隠れていた。彼はそこで雨漏りの修理をしていたのだ。そして、メンゲレが行ったのを見ると、柵の向こう側に再び姿を現した。彼が手に何も持っていないのを見てディタはがっかりしたが、若者は左右を見まわし、金網のすぐそばに近づいた。まだ微笑みは絶やさない。

彼が金網の隙間にこぶしを差し込んだので、ディタは心臓が止まりそうになった。手を開くと何か白いものが落ちて、ディタの足元まで転がって来た。巨大な真珠のようだ。いや、もっといいもの。ディタにとっては真珠に等しい、それはゆで卵だった。最後に卵を食べたのはもう二年前。どんな味かほとんど覚えていない。ディタは両手で大事そうに卵を拾い、若者の方を見上げた。彼は何千ボルトもの高圧電流が流れる金網からまた手を引き抜いた。

彼とはことばが通じない。彼はポーランド語しか話さず、ディタはそれがわからない。でも、ディタがお礼に頭を下げ、そして何よりその目が喜びに輝くのを見れば、どんな言葉よりもずっとよく感謝の気持ちは伝わる。彼も嬉しそうに気取ってお辞儀をする。まるでそこはナチの絶滅収容所ではなく、宮殿の舞踏会ででもあるかのように。

ディタは知っている限りの国の言葉で「ありがとう」と言った。

彼はウィンクをして、ゆっくり「ヤイコ」と言った。ディタは、自分のバラックに向かって走りだす前に彼に投げキスをした。ポーランド人の若者は、ジャンプして空中でそれを受け取るような仕草をし、ずっとにこにこしている。

その白い宝物を手に持ち、母さんを探しに走っていきながら、このことは一生忘れないだろうとディタは思った。ポーランド語で卵は「ヤイコ」。

翌朝の点呼のとき、成人の収容者一人一人に家族に書くための葉書が配られるということが伝えられた。上着に三角札をつけたドイツ人のカポーが列の間を歩きながら、帝国に対する誹謗や悲観的な内容は認められない、そのようなことをすれば葉書は破棄され、それを書いた者は厳しく罰せられると繰り返した。憎悪を込めて「厳しく」という言葉を強調する。

さらに具体的な指示が各ブロックのカポーに伝達された。空腹、死、処刑……といった言葉は使わないこと。「栄光ある指導者とその帝国のために働く栄誉に浴している」というすばらしい事実に疑問を差しはさむそういった言葉は一切避けること。

「カポーから、楽しい手紙を書くようにそれぞれのバラックに伝えよと厳命されている」と、三十一号棟のブロック古参リヒテンシュテルンが食事休憩のとき説明した。だが、タバコと、スープだけの食事のために日に日に目がくぼみ、頰がこけてきているリヒテンシュテルンは、みんな書きたいことを書けばいい、楽しい手紙を書けと命じるなど恥ずかしいと言った。

一日中、いろいろな意見が聞こえてきた。ナチスの人道的配慮に驚く人もいる。家族に連絡をとって、食べ物を送るようにさせてくれるとは。しかし、すぐさま古株たちが、ナチスは所詮実利主義者だと反論する。彼らはピンはねを狙っているのだと。おまけに外国にいるユダヤ人たちは、アウシュヴィッツで起きていることについて、そんな内容の手紙を親族から受け取れば、やっぱり巷の噂は嘘だと思うだろう。

一方で、不安も乱れ飛んだ。九月到着の収容者たちをガス室に送る直前にも、同様の葉書が配られたらしい。十二月到着組は収容所に来てもうすぐ六か月になる。九月到着組の仲間たちは到着の六か月後に殺された。自分たちも同じ道を辿るのだろうか。

しかし、今回は移送の時期に関係なく、五月に来たばかりの収容者たちにも葉書は配られるらしい。それが憶測と不安を呼び、それに空腹と恐怖が相まって三十一号棟は授業にならず、午後のゲームや歌も盛り上がらない。

夜の点呼のあと、ついに葉書が配られた。受け取るのは大人だけだ。大勢の人たちが、闇商人のアルカディウスの前に列をつくる。葉書をバラックに届ける係の彼は、抜かりなく鉛筆も用意していて、これでパン一切れと叫んでいる。しかし、リヒテンシュテルンのところに学校で使っている鉛筆を借りに行く人もいて、彼は渋い顔をしている。

ディタは自分のバラックの入り口に母さんと一緒に座り、葉書を手にそわそわと歩き回る人々を見ていた。母さんはディタに葉書を渡し、自分の妹に手紙を書いてと頼んだ。おばさんの消息も二年くらい前から何もわからない。いとこたちはどうしただろうとディタは考える。外の世界はどうなっているのだろう。

宛名のスペースを考えると、書けることはわずかだろう。もしもこのあとにガス室が待っているなら、それが書き残せる最後の言葉になる。つかの間の人生を生きたという証《あかし》をどこかに残す唯一のチャンスだ。しかし、こんなところでそれを書かなければいけないとは。本当のことはとても書けない。ありのままを書けば送ってもらえないし、母さんが罰を受けることになる。ナチスは四千通もの手紙を本当に読むのだろうか？　噂ではそういう話だが。

葉書に書く言葉を、ああでもないこうでもないとディタは考え続けた。女性教師の一人が、クヌート・ハムスンの本を読んでいると書くわ、そうすれば親戚はこの作家の代表作のタイトル『飢え』というメッセージに気がつくだろうと言っているのが聞こえた。そんなにうまく伝わるかしらとディタは思う。毎日目にしている大虐殺の状況をオブラートに包んで伝える表現に、みな知恵を絞った。ウィットに富んだものもあれば、あまりに抽象的でちんぷんかんぷんなものもある。できるだけ多くの食べ物を送ってくれと頼む者もいれば、そちらのニュースを知らせてくれと頼む者もいたが、多くは、単に彼らが生きていることを伝えるだけのものだった。先生たちは、誰が一番うまくナチスの目を欺くメッセージを書けるか、互いに競い合った。

ディタは、ありのままの真実を伝えるべきだと母さんに言った。

「真実……」

母さんは「真実」という言葉を、まるで冒瀆であるかのように聞きとがめた。真実を語るとは、ここで行われている恐ろしい罪を語ることだ。そんなことができるわけがない。

この状況がまるで自分のせいであるかのように、母リースルは己の運命を恥ずかしく思っていた。娘のディタが事の重大さをわきまえず、思慮のないことを口にするのを嘆き、自分で書くからと言って葉書を取り返した。そこに彼女は、神様のおかげで二人とも元気だ、最愛の夫ハンスは伝染病にかかって亡くなった、ハンスが神様の栄光とともにあるように、みんなにまた会いたいとだけ書いた。ディタはそれを見るとキッとにらみつけたが、母さんはこれで葉書が宛先まで届き、妹と連絡が取れると言う。

「私たちのこともいくらか伝わるでしょう」

そこまで慎重に書いても、母さんの願いはかなわないのでは。その葉書が届いた先に、受け取り人は誰もいないだろうから。

一方、連合国軍の空爆は前より頻繁になっていた。ドイツ軍は前線での拠点を失ったらしい。戦争の形勢は逆転し、第三帝国の終わりは近そうだった。

あと半年この苦難を乗り越えて生き残れたら、戦争の終結を見ることができ、家に帰れるかもしれない。ただ、もう誰もあまり楽観的にはなれなかった。戦争が終わるという話はここ数年何度も聞いてきたが、その前にあまりにも多くの人が死んでしまった。


次の日の朝、ディタはまた木のベンチの上に図書館を開いた。各グループが椅子を並べているとミリアム・エーデルシュタインがやってきて、ディタにそっとささやいた。

「来ないって」

ディタは「何のこと?」という顔をした。

「シュムレウスキによると、国際赤十字の監視団はテレジーンに行ったらしいの。ナチスはうまく立ち回ったって。だから、もうそれで問題なしってことになった。監視団はアウシュヴィッツには来ないわ」

「じゃあ、もうチャンスはないんですか?」

「わからないわ、エディタ。真実を明らかにする瞬間はいつもあるはずよ。待っていましょう、辛抱強く。赤十字が来ないなら、おそらく家族収容所はヒムラーにとって用がなくなる」

ディタは期待を裏切られた気分になった。赤十字がそのメスで収容所の真実をえぐり出し、世に知らしめてくれると信じていたのに。今や収容者たちの命は風前の灯《ともしび》だった。

「だめよ、そんなことだめ」とディタはつぶやいた。


だが、ミリアムの言葉は正しかった。いつもと変わりないある朝、リヒテンシュテルンが定刻の五分前に授業を終わらせた。しかし誰もそれには気がつかなかった。バラックの中で時計を持っているのは彼だけだからだ。彼はミリアムとともに、バラックを突っ切る通風ダクトに上がった。子どもたちはスープの時間が来たと思い、騒ぎ、笑い、ふざけ合う。ところが、リヒテンシュテルンはホイッスルを口にあてると、「ピーッ」という耳障りな音を響かせた。

一瞬、十二月組はあのフレディ・ヒルシュを思い出し、静かになった。この学校を作ったヒルシュの象徴でもあるホイッスルを使うからには、何か重大なことに違いない。

リヒテンシュテルンは改まった口調で「ミリアム・エーデルシュタインからとても大事な話があります」と言った。彼女は憔悴《しょうすい》しているようだったが、声はしっかりしていた。

「先生方、生徒と助手のみなさん……。アウシュヴィッツ＝ビルケナウの司令部から、家族収容所を即刻閉鎖するとの連絡があったことをお知らせしなければなりません。今日が三十一号棟の学校の最後の日です」ざわめきが広がり、ミリアムがそれを制するような仕草をした。

「明日、SSが選別を行い、二つのグループに分けられます。ほかの収容所に移送される人たちと、ここに残る人たちとに」

「選別の基準は？」先生の一人が質問する。

「それしか説明はありませんでした。私もそれ以上は知りません」

バラックは騒然となった。「選別」という言葉は誰も耳にしたくない。ナチスが回すルーレット。運命に見放されたら、失うのは命だ。

ミリアムはいろいろな意見が飛び交う中、朝の点呼は各自、自分のバラックで受け、そのあと、カポーの指示を待つようにと続けた。ざわめきが広がり、ミリアムが「みなさんの幸運を心から祈っています」と言って短い話を終えるのを聞いたのは、そのすぐそばにいた者だけだった。

ディタはゆっくりと首を横に振った。おそらくもう幸運の女神も彼らのためにできることはないだろう。

午後、三十一号棟は空っぽになった。もとの倉庫に戻ったのだ。

何度もドアをノックしたが答えがないので、数週間前に預かった鍵を使ってディタはリヒテンシュテルンの部屋に入った。保存食の空き缶、汚れた布の切れ端、あまりきれいとは言えないシーツ、わずかに食糧の入った段ボール箱の上の何着かの服。

リヒテンシュテルンの不在と外出禁止時間までのわずかな時間を利用して、ディタは本を一冊ずつ取り出していった。

もう何日も地図帳は開いていなかった。曲がりくねった海岸線をなぞり、指で山脈を登ったり下りたりし、ロンドン、モンテビデオ、オタワ、リスボン、北京……と都市の名前をつぶやくと喜びが湧きあがってきた。そうやっていると、地球儀を回しながら話す父さんの声が聞こえてきそうだ。

黄ばんだ『モンテ・クリスト伯』も取り出す。フランス語で書かれているが、マルケッタが解説してくれた物語だ。エドモン・ダンテスとフランス語っぽくつぶやくと、心が満たされた。この本は、ダンテスがイフ島の刑務所を出るところまで読んだ。

H・G・ウェルズの本も置く。ここにいた数か月間、この本は彼女にとって歴史の先生だった。そして、ロシア語文法も、ジークムント・フロイトも、幾何学の本も。それから、神秘的なキリル文字がちんぷんかんぷんだった、あの表紙のないロシア語の小説も。

最後に細心の注意を払い、ページがバラバラになりかけた『兵士シュヴェイクの冒険』を取り出した。あの抜け目のないシュヴェイクがそこにいること、ページの間に潜んでいることを確かめるため、何行か読まずにはいられない。

やっぱりいた！　ヘマをやらかして、彼らしいいつもの調子で、ルカーシ中尉をなだめようとしている。

「連隊の調理場から持ってきたコンソメは、半分しか残っていないではないか！」

「はい、中尉殿、あまりにも熱くて、持って来る途中で蒸発してしまったのであります」

「お前の腹の中に蒸発したのだろう。食い意地の張った恥知らずめ！」

「わが中尉殿、蒸発のために相違ないのであります。そういうことがあるのであります。カルロヴィ・ヴァリまで行った荷馬車屋にも同じことが起きたのであります。ワインの入った壺を運んでいましたが……」

「俺の前から失せろ、畜生め！」

そのページをディタはいとおしげに抱きしめた。

はずれかかっている背表紙にアラビア糊を少しつけ、注意深く貼りつける。隠し場所の土で汚れた表紙を布で拭く。修理が終わると、手でページのしわを伸ばす。上から何度も何度も撫でる。まるで愛撫するように。

並べられた本が小さな列になった。奥ゆかしい古参兵のパレードだ。この何か月か、何百人もの子どもたちが世界中を旅行し、歴史に触れ、数学を勉強するのを助けてくれた本たち。フィクションの世界に誘い込み、子どもたちの人生を何倍にも広げてくれた。

ほんの数冊の古ぼけた本にしては上出来だ。

27

一九四四年七月——

作業場と三十一号棟はもう閉鎖されてしまった。ツルノフスカが音頭を取る井戸端会議に母さんも加わっている。

ディタはバラックの裏手の壁に寄りかかっていた。人が多くて座る場所もなかなか見つからない。マルギットが隣に来て、ディタが空けた毛布の隙間になんとかもぐりこむ。不安なのか、下唇を噛んでいる。

「本当に私たち、別の場所に移されるのかしら?」

「うん、間違いないわ。それがあの世じゃなければいいけど」

マルギットが隣で体を震わせる。二人は手を握り合った。

「私、怖い」

「みんな怖いわよ」

「ううん、ディタはすごく落ち着いてるじゃない。冗談まで言って。私にもそんな勇気があったらいいけど、すごく怖いの。体中が震えちゃう。暑いのにぞくぞくする」

「怖くて脚がすごく震えたことがあるんだけど、そのときフレディ・ヒルシュが言ってたわ。本当に勇気があるのは、怖がる人だって」

「どういうこと？」

「怖くても前に進もうとすると、勇気がいるでしょ。でも怖くない人は、何をやるにも平気なんだから、偉くもなんともないわ」

「ヒルシュさんが収容所通りを歩いて行くのをよく見かけたわ。さっそうとしてかっこよかった。知り合いになりたかったな」

「近づきにくい人だったからね。部屋に閉じこもっていることが多くて。集会を開いたり、スポーツ大会を企画したり、何かあったらすぐ来て解決してくれた。誰にでもとても優しかった……。でも、すぐに部屋の中にこもるの。まるで一人の方がいいみたいに」

「それで幸せだったのかしら」

ディタは信じられないというように目をむいた。

「何てこと言うの！　そんなこと誰にもわからないわ。だけど……、そうだったんじゃないかな」

「ヒルシュさんのこと、尊敬していたのね？」

「当たり前でしょ！　私に勇気を与えてくれた人だもの」

「でも……」マルギットはディタが気を悪くしないように、言葉を探した。「最後の最後に負けちゃったのよね」

ディタは深いため息をついた。

「そのことは私も、何度も何度も考えたわ。いろんな人に話を聞いてみたけど、まだよくわからないの。だって変だもの。フレディがあきらめるなんて！」

「だって登録係のローゼンバーグは、ヒルシュさんが死ぬところを見たんでしょう？」

「ええ……」

「彼の話だって、どこまで当てになるかわからないけどね……」

「みんないろいろ言うわよ。でも、あの三月八日の午後に何かあったのよ。それが何か彼に訊くことはもうできないけど」

ディタは黙り込み、マルギットは相手が口を開くのをしばらく待ってから言った。

「それで私たち、これからどうなるの？」

「そんなこと誰にもわからないわ。だから心配しないで。どうしようもないんだから。反乱が起きるときは、すぐにわかるわよ」

「あると思う？」

「ううん。フレディにさえできなかったんだもの」

「じゃ、神様に祈らなくちゃね！」

「ディタは祈らないの？」

「好きにしたら」

「誰に？」

「誰って、神様に決まってるじゃない。ディタも祈らなくちゃ」

「こんなにたくさんのユダヤ人がずっと祈っているのに、神様は聞いてはくれなかったのよ」

「祈りが足りないのよ。それか、声が小さすぎて神様に聞こえていないのかもね」

「やめてよ、マルギット。そんなはずないわ。そんなこと本気で思ってるの？」

「ディタ、神様がなさることを疑ってるの？」

「じゃ、私は罪人《つみびと》ね」

「そんな言い方しないで！　ほんとに罰が下るわよ！」

「これ以上？」

「地獄に落ちるわ」

「何言ってるのよ、マルギット。私たち、もう地獄にいるじゃない」

ある噂が収容所中を流れる。選別は形だけのもので、全員が殺されると言う者もいれば、まだ働ける人だけを選り分けて、残りを殺すと言う者もいる。


突然〈司祭〉が二人の武装した監視兵と収容所に入ってきた。みんな見て見ぬふりをしているが、点呼の時間外に来たということはよい知らせのはずがない。〈司祭〉たちが立ち止まると、すぐにカポーが飛んできた。

〈司祭〉はぴりぴりした態度でバラックの周囲を歩き回り、子どもを膝に抱いて道ばたに座っている囚人を指差した。ミリアム・エーデルシュタインと息子のアリアーだ。〈司祭〉はミリアムに、シュヴァルツフーバー司令官じきじきの命令で、彼女と息子を夫と一緒に移送することになったと伝えた。アイヒマンはミリアムに嘘の情報を伝えたのだ。彼女の夫ヤーコプはベルリンにはいない。じつは一度もアウシュヴィッツから出ていなかった。

ミリアムと息子はジープに乗せられ、アウシュヴィッツ第一強制収容所に連れて行かれた。そこには、政治犯、レジスタンス、スパイなど、第三帝国にとっての危険分子を収容する施設があるのだが、そこでは誰も中庭に出たがらなかった。なぜなら外に出るのは銃殺されるときだけだからだ。

ミリアムと息子はヤーコプがいる部屋に連れて行かれた。手錠をかけられ、二人の監視兵に腕をきつく摑まれている。ヤーコプは変わり果てていた。着ているストライプの服は垢まみれで、骨と皮ばかりになり傷だらけだ。ヤーコプはべっ甲の丸眼鏡をかけていなかったので、すぐにはミリアムのことがわからなかった。着いてすぐになくしたのだろう。

ミリアムとヤーコプは一瞬にして、自分たちが引き合わされた理由がわかった。そのとき彼らの脳裏をかすめたものはいったい何だったのか。

ＳＳの伍長はピストルを抜くと、小さなアリアーに至近距離から発射し、次にミリアムを撃ち殺した。そして最後にヤーコプ・エーデルシュタインも。


一九四四年七月十一日、ＢⅡｂ区画の閉鎖作業が始まったとき、そこにはまだ一万二千人の囚人がいた。メンゲレによる選別は三日間続き、選別の場所には三十一号棟が選ばれた。ベッドがないので広い空間があったからだ。メンゲレは、ここは吐き気をもよおす臭いがしないと助手たちに言った。メンゲレは、解剖が好きなくせに繊細で、悪臭が苦手だった。


ついに家族収容所にも終わりがやってきた。ディタと母さんは生死のかかったメンゲレの選別に備えた。ひどく水っぽい朝食をとったあと、バラックごとに並ぶように命じられた。収容者たちはみな動揺している。

人生の最後になるかもしれない時を過ごそうと、みな思い思いの場所に繰りだした。夫は妻に、妻は夫に別れを告げに走る。多くの夫婦が収容所通りで抱き合い、キスし、涙を流した。「私がアメリカに行こうって言ったとき、そうしてれば……」と、この期に及んでとがめる者もいる。収容所にやってきたＳＳの冷ややかなまなざしを前に、カポーたちは収容者が自分たちのバラックに戻るようホイッスルを吹き鳴らしている。

ツルノフスカがやってきて、幸運を祈ってるわ、と母さんに声をかけた。

「幸運だって、ツルノフスカさん?」そばにいた女性が口をはさんだ。「私たちに必要なのは幸運じゃなくて奇跡だよ!」

そんな会話を耳にしながら、そわそわと行き交う人の波から、ディタが少し離れたときだった。すぐ後ろに誰かが立ったのに気づいた。首筋に息づかいが感じられる。

「こっちを向くな」と声がした。

命令には慣れっこだ。ディタは立ち止まった。

「お前、ヒルシュが死んだことを訊きまわっていただろう?」

「はい」

「俺はいろいろ知ってる……。おい、こっちを向くなって言ってるだろ!」

「みんな、フレディ・ヒルシュは怖じ気づいたんだって言ってました。でも、フレディはそんな人じゃないって私、知ってます」

「そのとおりだ。俺はリストを見た。SSの要求で検疫隔離収容所から家族収容所に戻すことになっていた収容者のリストだ。ヒルシュの名前もそこにあった。彼は死ぬことになっていなかった」

「じゃあ、なぜ自殺したんですか?」

「そこは違う」どこまで話していいのかというように、声に迷いがにじんだ。「ヒルシュは自殺したんじゃない」

ディタはすべてを知りたい気持ちを抑えきれずに振り向いた。しかし、謎の人物は人ごみの中に走り去ったあとだった。でもディタにはわかった。あれは、病院棟の使い走りの若者だ。

追いかけようとすると、母さんに肩を摑まれた。

「整列よ!」

バラックのカポーが、まだ整列していない者をこん棒で殴り始めた。監視兵たちも銃床で殴っている。ディタはしぶしぶ母さんの隣に並んだ。

フレディは自殺したんじゃないってどういう意味だろう。じゃあ、どうして死んだの？　もしかして作り話だろうか。でも何のために？　私をからかっただけ？　だから、走って逃げたのか。でもそうではないと言う声が聞こえてくる。

あの日の午後、検疫隔離収容所で起きたことは、レジスタンスが言っていることとは違うと、ディタは一層確信を深めた。でもなぜ嘘をつくのだろう。それとも、彼らも本当のことを知らないのだろうか。

次々に疑問が押し寄せてくるが、答えがわかったとしてももうどうしようもない。家族収容所の者はみな、メンゲレのまなざしにさらされ、生か死かの裁きを受けるのだ。

もうしばらく前から、人々はグループごとに三十一号棟の裏口に連れて行かれている。中で何が起きているのかは誰にもわからない。昼のスープが配られ、床に座ることはできた。ディタのグループの女たちにも疲労と緊張の色が浮かんでいる。そんな中、口伝えに話が広がっていく。どうやら選別は本当に行われているらしく、健康な者とそうでない者に、メンゲレはいつもと変わらぬ冷静さで分けていく。囚人たちはバラックに入るとき、裸にされる。だが、少なくとも男女は別々に入れているらしい。メンゲレは物を見るように淡々と一人一人観察し、あくびさえするとのことだ。

SSの隊員が周りを囲んでいるので、誰も三十一号棟には近づけなかった。その日選別を受けない者たちは落ち着かず、収容所の中をうろうろしている。教師たちは最後の最後まで子どもたちの面倒を見ようとしている。バラックの裏手に座り、なぞなぞなどなんでもいいからゲームをしようとしているグループもある。不安を和らげてくれるならなんでもいい。いつもはお高くとまっているマルケッタでさえ、何人かの女の子たちとハンカチ落としを始めた。先生はハンカチを拾うたびにこっそり顔にあてて、涙をふく。彼女の受け持ちの十歳くらいの女の子たちは元気いっぱいに走り回り、誰が最初にハンカチに触ったの触らないのとけんかしているが、この子たちのうち何人が一人前の労働力として認めてもらえるだろうか？　それとも全員殺されてしまうのだろうか？

とうとうディタも三十一号棟の前に、同じバラックの女性たちと整列した。次に入る番だ。服を脱いで裸になるよう命じられる。脱ぎ捨てられた服が大きな山になっている。

自分自身のことよりも、母さんがみんなの前で裸をさらしているのに胸が痛んだ。母さんのしわだらけの胸や、むき出しの陰部、骨と皮ばかりの体を見ないように顔を背ける。腕で恥部を隠そうとしている者もいるが、大半の者はもう気にもしなかった。列の両側には仕事を終えたSS隊員たちがいて、ひまそうに裸の女たちをじろじろと品定めし、誰が好みかなどと大声で言いあっている。やせ細り、あばら骨が目立ち、陰毛がまだほとんど生えていない少女でも、兵士たちは食い入るように見つめて楽しんでいる。彼らは囚人の骸骨のような姿にも惜しみのない拍手を送っている。

ディタは壁のように立ちはだかる監視兵たちの間から、中で何が起きているのかを見ようとつま先立ちした。自分と母さんの命がどうなるかわからないというのに、図書館のことばかりが気にかかる。地中の隠し場所を偶然誰かが見つけて、再び生命の息吹を吹き込まれるのを待っている本たち。プラハの伝説に出て来る怪物ゴーレムが、誰かが自分を生き返らせてくれるのを待っているように。そのときのために何かメッセージを添えておけばよかったと、今になって悔やまれる。「ちゃんと面倒を見てあげてね。そうすればこの本たちもあなたを助けてくれますから」と。

何時間も裸で立ったまま待っていると、脚ががくがくしてくる。我慢できずに一人の女が座りこんだ。若いカポーが怒鳴っても、立ち上がろうとしない。二人の監視兵が、まるでジャガイモの袋でも扱うようにバラックに引きずっていった。そのままごみの山に放り出されたのではないかとみなが思う。

やっとディタたちの番がきた。ざわめきと祈りが広がる。母さんと二人で三十一号棟の入り口を通り抜ける。すぐ前を行く女はずっと泣いている。

「泣いちゃだめよ、エディタ」母さんがささやく。「しっかりとしてなくちゃ」

ディタはうなずいた。武装したSSやメンゲレたちに囲まれ、空気は緊張しているにもかかわらず、ディタは何かに守られているように感じた。壁に飾られた子どもたちの絵はそのままだ。白雪姫と小人たち、お姫様、森の動物たち、まだいくらか絵の具があった最初の頃のカラフルな船……。テレジーンにいた頃は、絵を描くと、自分の中の混乱した感情を一つの風景に変えることができた。アウシュヴィッツではそんな絵など描けなかったが。

しかし、椅子と絵はまだそこにあっても、三十一号棟はもう学校でも避難場所でもなくなった。ディタたちが入っていくと、事務机が置かれていて、登録係と軽機関銃を手にした二人の監視兵とともに、判決を言い渡すメンゲレが座っている。

バラックの奥には、選別された二つのグループができている。左側はアウシュヴィッツに残る組。右側は別の収容所に送られる組。右側には若い女や元気のありそうな中年のおばさんたちがいる。つまり、まだ働ける人たちだ。もう一方は、それよりはるかに人数が多い。小さな女の子、おばあさん、病気を患っていそうな女性たちだ。左側はアウシュヴィッツに残ると言われた。彼らの灰は森の上に積もり、永遠にビルケナウの土と混ざることになるのだ。

ナチスの医者メンゲレは白い手袋をはめた手を左右に動かし、人々の生死を平然と決めていく。驚くほど簡単に、何の躊躇もなく。

ディタの前にいた人たちが減っていく。さっき泣いていた女は左側に分けられた。第三帝国にとって無用な弱い人間のグループだ。

ディタは深く息を吸い込んだ。

いよいよだ。何歩か進み、メンゲレの前で止まる。メンゲレがディタを見る。メンゲレは私が三十一号棟のメンバーだとわかるだろうか。だが、彼はいったい何を考えているのか。その目を見てディタは戦慄を覚える。そこにあるのは無だ。何の感情もない。怖いくらいにうつろな目だ。

メンゲレは囚人が前に立つたび同じ質問を繰り返す。

「名前、番号、年齢、職業」

大工とか、農民とか、技師とか、コックとか、連中にとって役に立つ職業を言わなければならない。未成年者は年齢をごまかさないと、生死の境界線は越えられない。

オリンポスの神のように生と死を司る男、全能のドクター・ヨーゼフ・メンゲレの前に立ち、名前はエディタ・アドレロヴァ、番号六七八九四、年齢十六歳（一歳上乗せする）と告げたところで、一瞬言いよどむ。そして、鉤十字章をつけたメンゲレを喜ばせるような都合のいい職業、役に立つ職業を言う代わりに、結局こう言った。

「画家《ペインター》です」

メンゲレは変化のない仕事に退屈し、疲れていたが、その瞬間、じっとディタを見た。突然獲物を視界にとらえ、鎌首をもたげた蛇のようだ。

「画家《ペインター》？　ペンキ屋か？　それとも絵を描くのか？」

ディタは心臓が激しく鼓動するのを感じるが、完璧なドイツ語でこう答える。

「絵を描きます」

メンゲレは少し目を細めて彼女を見、挑発するような笑いを浮かべた。

「では私の絵が描けるかね?」

今まででこれほどの恐怖を感じたことはない。彼女はまだ十五歳。自動小銃を構え、その瞬間に彼女を殺すか、もうしばらく生かしておくかを決めようとしている男の前で、たった一人、裸で立っている。汗が肌をつたい、床に落ちる。そのとき思いがけない力強い声が出た。

「はい、できます!」

メンゲレはディタをじっと見つめる。それは良からぬ兆候だ。全員がかたずをのんで見守る。沈黙が広がり、息づかいさえ聞こえない。メンゲレは微笑みを浮かべ、手袋をはめた手を振って、ディタを右に振り分けた。合格だ。

しかし安心するのはまだ早い。後ろに母さんがいる。右の方向に向かって歩きながら、ディタは母さんの方を振り向いた。

母さんは肩をすぼめているので、余計弱々しく見える。選別をパスするわけがないと、最初からあきらめている。メンゲレは一秒たりとも無駄にしない。

「左だ!」

人数が多い方、不合格のグループだ。

ところが、母さんはふらふらとディタの後ろについて右の列に並んだ。反抗ではなく、ただ気が動転していたのだ。ディタは息をのんだ。母さん、何してるの? きっと列から引きずり出されて、ひどい目にあう。そうなったら自分もついて行こう。

しかし、これまであんなに過酷だった運が、このときは二人に味方した。ちょうどその瞬間、仕事に疲れていた監視兵たちは若い女の子らに気を取られて、母さんを見すごしたのだ。聞き取れなかったのか、登録係が番号を聞き返したので、メンゲレもそちらに気を取られて気づかなかった。左と言われた女性の中には叫び、懇願し、床に突っ伏す者がいるが、そうすると監視兵たちは有無を言わさず引きずっていく。母さんは何食わぬ顔で、〈死の天使〉メンゲレの目の前を通り過ぎた。

ディタは胸を手で押さえ、後ろにいる母さんを見る。母さんは心ここにあらず、といった様子に見える。メンゲレの指示に背き、命じられたグループとは逆の方に行った。そう、命令がよくわからなかったのだ。母さんは計算ずくでそんなことができる人ではない。でも、本当にそうだろうか。ディタは何も言わず、母さんの手をありったけの力を込めて握りしめ、互いに見つめ合った。それ以上の言葉はいらない。次に振り分けられた人が後ろにつき、監視兵の目から母さんを隠した。

二人を交えた一団は検疫隔離収容所に連れて行かれた。そこでは嬉しそうに抱き合う人々の姿が見られた。とりあえず命は助かった。一方、入り口の近くでは、来るはずのない家族や友人を探す、打ちひしがれた顔があった。ツルノフスカも、母さんの井戸端会議の仲間も、子どもたちもいない。ミリアム・エーデルシュタインも。BⅡb区画では選別がまだ終わっていないのに、最初に選別された人々がプラットホームの方に押し出され始めた。マルギットは見あたらない。

ディタと母さんはとりあえず死を免れたが、喜びは湧いてはこない。あまりに多くの何の罪もない人々がそこで死んでいくのだから。

28

一九四五年春――

家族収容所が閉鎖されてから八か月が過ぎた。またしても家畜用の貨車に乗せられているが、ディタはどこに向かっているのかわからなかった。

最初はプラハからテレジーン。次はテレジーンからアウシュヴィッツ。そのあとは、アウシュヴィッツからハンブルク。そして今度はどこに連れて行かれるのか。鉄道によるディアスポラ（離散して異郷にあるユダヤ人）の旅。ディタの青春は移動とともに過ぎていく。

アウシュヴィッツのプラットホームで、ディタたちは女性だけで貨物列車に詰め込まれ、ドイツに送られた。それは空腹と喉の渇きの旅、子を失った母、母を失った娘、妹を失った姉の旅だった。ハンブルクで車両を開けたSSが目にしたのは、壊れた人形のような人々の群れだった。

ポーランドからドイツに移っても事態は好転しなかった。ドイツでは戦争に関するニュースが頻繁に伝わってくるので、SS隊員たちは神経質になっていた。ドイツ軍はすべての前線で退却中で、強固な第三帝国にもひびが入り始めていた。ドイツ人はその怒りと不満をユダヤ人に向け、すでに避けることのできなくなっていた敗北の責任はユダヤ人にあると非難した。

ディタと母親が送られた収容所は、一日が二十四時間以上あるかと思われるほど労働時間が長かった。バラックに戻ったときには精も根も尽き果て、黙々とスープを飲み、ベッドに横になって体を休めるのが精一杯だった。

ハンブルクで過ごした数か月の間、煉瓦を梱包する機械の前で働く母さんの姿を、ディタは忘れることができない。頭に巻いたスカーフの下から汗がしたたり落ちていたが、穏やかな表情で淡々と働いている。

ディタは母さんのことを思うと辛かった。アウシュヴィッツに比べると食事の量はいくらかましだったが、それでも空腹はどうしようもなかった。仕事中の私語は禁じられていたが、ディタは母さんのいるベルト・コンベヤーの近くを通ると、元気かと尋ねた。すると、母さんはいつもうなずいて笑みを浮かべた。

それが時々腹立たしくもあった。どんなときでも、母さんはいつも元気だと言う。元気か、そうじゃないか、どうすればわかるというの。

でも、母さんは、元気だとしか言わない。

今、列車の中で母さんは、車両の壁に頭をもたせて眠っているふりをしていた。できるだけ眠ってほしいとディタが思っているのを知っているからだ。実際は、もう何か月も前からよく眠れなかったが、娘にそれを言うつもりはない。わが子に幸せな子ども時代を与えることのできない母親がどんなに辛いかを理解するには、エディタはまだ若すぎるからだ。

自分より強く、利発で、勇気がある娘のために彼女ができる唯一のことは、これ以上心配をかけないこと、自分は元気だと答えることだ。だが、本当は夫が亡くなってから、心の中に埋めることのできない穴がぽっかりとあいていた。

煉瓦工場での仕事は長くは続かなかった。ナチスの指導部はぴりぴりし、あれこれ命令を出し続け、何週間かすると、二人は軍需用品をリサイクルする別の工場に移された。そこには不発弾を修理する作業場もあった。屋内での作業なので、雨を心配する必要もなく、そこで働くのをいやがる者はいなかった。

ある日の午後、一日の作業が終わってディタが自分のバラックに向かっているとき、作業場からレネー・ナウマンが出て来るのが見えた。ほかの女の子とおしゃべりをしている。ディタはそれを見て嬉しくなり、彼女の方に行こうとした。だが、レネーは優しい笑みを浮かべ、手を上げて挨拶したが、そのまま行ってしまった。新しい友達ができたのだろう。以前彼女にSSのボーイフレンドがいたことを知らない友達、それについてあれこれ説明しなくてすむ新しい仲間。自分の過去を知っている人間とは話をしたくなかったのだろう。

ディタたちは今度もまた、目的地を告げられないまま移送されている。まるで動物でも運ぶように。

「どこかに運んで行かれる羊みたいだね」なまりのある言葉で誰かが嘆いた。

「羊ならまだいいよ。餌をもらえるからね」

絶えず揺れ動く貨物車両の中はまるで蒸し風呂のようだ。ディタと母さんは、さまざまな国籍の女たちと一緒に汗をしたたらせながら床に座っている。ドイツ系ユダヤ人が多い。

八か月前にアウシュヴィッツ＝ビルケナウの家族収容所を出た千人の女性のうち、半数はハンブルクに残り、町はずれのエルベ川近くにある作業場で働くことになったが、残りの半数はまた移送になった。みなくたびれはてている。これまでの八か月間、毎日朝から晩まで働かされてきた。ディタは自分の手を見る。まるで年寄りの手のようだ。

しかし、一番の問題は疲れなどではないかもしれない。何年も何年も死の恐怖にさらされ、あちこちに追いやられながら、ろくに眠れず、食事もひどいものだった。しかも、それが何のためかもわからず、いつ終わるとも知れなかった。

ディタはもう何もかもどうでもよくなってきた。無気力が全身をむしばむ。

だめ、だめ、だめ……、負けるもんか。

ぎゅっと腕をつねってみる。血がにじむくらい強く。人生には痛みもまた必要だ。

フレディ・ヒルシュのことを思い出す。この数か月間は彼のことはあまり考えなくなっていた。日々思い出は遠くなっていく。しかし、あの午後彼に何があったかは、今も問い続けている。あの若者は、ヒルシュは自殺ではないと言った……。では、服用する薬の量を間違えたのか？　ヒルシュが自殺したとは信じたくない。でも、ヒルシュはいかにもドイツ系らしい几帳面な人間だった。そんな彼が誤って二十錠も飲むはずがない。

ディタはふっとため息をついた。そんなことを考えたところで何になるの。彼はもういない、戻ってはこない。どっちだって同じことだ。

彼女たちはベルゲン゠ベルゼンというところに送られるという噂が、列車の中に伝わった。新しい強制収容所についての憶測が飛び交う。強制労働のための収容所で、人を虐殺するだけのアウシュヴィッツやマウトハウゼンとはまったく違うと言う者もいる。ほっとする情報だが、大半の者は黙ったままだ。あまり期待しすぎると、あとでこっぴどい目にあう。

「私たちはアウシュヴィッツにいたんだよ」女が言う。「あそこよりひどいところなんかあるわけがない」

誰も何も答えなかった。みな疑心暗鬼に陥っている。この何年かで、恐怖には際限がないことを思い知ったからだ。用心深くなり、何にでも疑ってかかる。しかし、いつも最も恐れたことが現実になるのだ。

ハンブルクからベルゲン゠ベルゼンまでは短い距離だが、何時間もかかった末に列車は軋むような音をたてて止まった。プラットホームから収容所の入り口まで歩かされる。ＳＳの監視兵たちが彼女たちを突き飛ばし、口汚く罵りながら誘導した。ある女囚がじっと見ていると、こっちを見るなと監視兵が憎々しげに顔に唾を吐きかけた。

「くそっ」ディタは下を向いたままつぶやく。母さんがその手をぎゅっとつねった。

監視兵たちはどうしてあんなに機嫌が悪いのだろう。抵抗もできず、なすがままになっているのはこっちの方だ。まだ来たばかりで、とがめられることなど何もしていない。それどころか従順に、何も見返りを求めず、帝国のために必死に働いているのに。それなのにいい服を着て、たらふく食べてでっぷり太った監視兵たちは、何を怒りくるっているのか。こん棒を振り回し、着いたばかりの無抵抗の女たちに怒り、毒づく。何もしていない自分たちに向けられるその怒りといらだちに、ディタは驚かずにはいられない。

整列し終わると、一人の女看守が現れた。金髪で背が高い。肩幅は広く、角ばった顎をしている。自分が下す命令に周りが従うことに慣れきっている様子だ。よく響く声で、夜の七時以降はバラックから出ることは禁止、それを破れば死刑だと言い渡したあと、少し間をとり、じっと地面を見つめている囚人たちを舐めるように見ていった。

ところがある少女が彼女の目を見返してしまった。女看守は少女に詰め寄り、乱暴に髪を引っ張って引きずり出し、床につき倒した。みんなこっそりと様子をうかがっている。女看守は少女をこん棒で殴る。一回、二回、さらにもう一回。少女は悲鳴を上げることなく、ただすすり泣いている。五回目からは泣きもしなければ、うめきもしない。女看守が少女の耳元でささやいた言葉は聞こえなかったが、少女は血を流しながら立ち上がり、よろよろと自分の場所に戻った。

ベルゲン＝ベルゼンの監視兵を束ねる女看守はエリーザベト・フォルケンラートと言った。ラーフェンスブリュック強制収容所で監視兵となる訓練を受けたあと、アウシュヴィッツに移った。ちょっとしたミスでも簡単に絞首刑を命じる女看守として悪名をとどろかせ、一九四五年の初めにベルゲン＝ベルゼンに配属された。

収容者たちは有刺鉄線で区切られたいくつもの収容区画の間を歩いて行った。それらの区画がどういうところか、後で知ることになる。そこには男性囚人用の収容区画、捕虜交換にあてられる囚人用の収容区画、中立国のパスポートを所有している数千人のユダヤ人用の中立収容区画、チフス患者を隔離するための検疫収容区画、ハンガリー人収容区画、そして最も恐れられた監獄収容区画などがあった。監獄収容区画は実際は絶滅収容所で、ほかの労働収容所から移した病気の囚人たちを最悪の環境で働かせ、何日間かで始末するところだった。

ディタたちはようやく、女性用の小さな収容区画に着いた。そこはこの数か月間で移送者が急増したために、大きな収容所の隣の荒地に急ごしらえで作られたものだった。水道も排水溝もないバラックは、ぺらぺらの薄い木の板でできていた。

ディタたちのほかに五十人ほどの女性が入れられたバラックでは、夕食は出ず、ベッドもなかった。おしっこ臭い毛布をかぶって木の床に寝るのだが、横になるスペースもあまりなかった。

ベルゲン＝ベルゼンは当初は、ドイツ国防軍が監督する戦争捕虜のための収容所だった。しかし、ソ連軍の侵攻により、ポーランドにある収容所の囚人を移さなければならなくなり、SSによる新たな移送が相次いだ。過度な詰め込み、食糧不足、不衛生によって、収容者は次々と命を落とした。

母さんとディタは顔を見合わせた。バラックの古株たちはみんなやせ細り、衰弱している。母さんはいたたまれず顔をゆがめた。しかしもっと悪いのは彼女たちの表情だった。目の焦点は定まらず、気力はまったくなく、もう命はないものとあきらめているようだ。母さんが顔をゆがめたのは、やせこけた囚人たちのためなのか、あるいはもうじき自分たちもその囚人たちのような悲惨な表情になると考えてのことなのか。新入りが到着しても、古株たちは無表情だ。古い毛布を重ねて作った簡易ベッドから立ち上がりもしない。いや、立ち上がりたくても立ち上がれないのだろう。

ディタは毛布を床に敷き、横になるよう母さんに言った。母さんはおとなしく従って、体を丸める。ディタが毛布に顔を近づけると、ノミが何匹も見えるが、もうどうでもいい。一緒に来た人が、ここではどんな仕事をするのかと古株に訊いた。

「ここではもう働かないよ」横になっていた女が面倒くさそうに答える。「どうにか生きてるだけさ」

昼間は連合国軍の飛行機の爆撃音が聞こえ、夜は爆弾の光が見える。前線がもうすぐそこまで来ている。収容者の間に希望的観測が広がる。連合国軍の爆撃音は次第に近づく嵐のようだ。戦争が終わったら何をしようかと話す者もいる。前歯の抜けた女が、庭じゅうにチューリップを植えるつもりだと言う。

「馬鹿言ってるんじゃないよ」苦々しい声がした。「もし庭があったら、私ならこれから一生ひもじい思いをせずにすむようにジャガイモを植えるね」

ベルゲン゠ベルゼンでは働かない、生きてるだけだと言った古株の言葉の意味が、翌朝になってわかった。SSの二人の監視兵が怒鳴り散らし、蹴とばしながら囚人を起こし、整列するよう外に追い立てた。しかし、監視兵たちはそのまま姿を消し、囚人たちはバラックの前に並んだまま待ちぼうけをくらう。古株の中には毛布から起き上がりもせず、足蹴にされようがどうされようがじっと動かない者もいた。

一時間以上経って、やっと女の監視兵が現れ、点呼のために整列するようにと怒鳴り始めた。しかし、すぐに収容者リストがないのに気づき、バラックのカポーはどこかと訊く。誰も答えない。同じ質問を三回繰り返し、そのたびに怒りがエスカレートする。

「まったく、このバラックのカポーはいったいどこにいるの！」

やはり誰も答えない。怒りに顔を真っ赤にした監視兵は一人の囚人の首筋を乱暴に摑み、また尋ねた。ここに来たばかりの新入りは、知らないと答える。そこで監視兵は、すぐに古株だとわかるがりがりにやせた女に向かい、こん棒を突きつけながら訊いた。

「カポーはどうした？」

「二日前に亡くなりました」

「じゃ、新しいカポーは？」

囚人は肩をすくめる。

「いません」

監視兵は考え込んだ。どうしたらいいのだろう。誰でもいいからカポーを指名すればいいというわけにはいかない。このバラックは全員がユダヤ人だ。結局くるりと背を向け、何もせず出て行った。古株の囚人たちは勝手に列から出て、バラックに戻る。新入りたちは入り口の前に立ったまま顔を見合わせている。ディタは外にいる方がましだった。中はノミやシラミだらけだ。あちこち咬まれて、体じゅうがすごくかゆい。しかし母さんは疲れ切っていて、中に戻ろうと頭でうながす。

中に入った二人は朝食の時間を古株に尋ねた。苦笑いを押し殺したしかめ面を見れば、答えは一目瞭然だった。

「朝食だって？」別の女が言った。「今日は食事があるように祈るんだね」

何もせずに午前中が過ぎたところで、とげとげしい「気をつけ！」という声がし、みなあわてて立ち上がった。看守のフォルケンラートが二人の助手を連れてバラックに入ってくる。こん棒を古株の一人に突きつけ、これで全員かと訊く。彼女はバラックの奥の方を示し、そこにいた別の囚人が床を指し示す。怒鳴り声を聞いても起き上がらなかった女だ。死んでいる。

フォルケンラートはさっと見回すと、四人の囚人を指し示した。古株と新入りが二人ずつ。古株は何も言われなくても何をすべきか知っている。さっと死体に近づき、それぞれが片脚を持った。いい位置をとろうというわけだ。死体は脚を持つ方が軽い。それに腕を持つと気分が悪くなる。その囚人は死後硬直で顎がはずれ、口と目が異常に開いていた。古株が新人二人にもっと肩の近くを持てと頭で指示する。そうやって四人がかりで、亡くなった者を出口まで運びだす。

監視兵たちはまた姿を消し、誰ももうやってこなかった。

夜になると一人の監視兵が顔をのぞかせ、四人の囚人に調理場に行って鍋を持って来るように指示した。バラック内はにわかに湧き立ち、歓声が上がった。

「夕食だ！」

「ありがとうございます、神様！」

四人が、火傷しないように二本の長い棒で鍋を運んでくる。スープだった。

「ここの料理人もビルケナウと同じ料理学校で修業したのね」ディタがゆっくりとスープをすすりながら言った。

母さんがディタの髪の毛をくしゃくしゃっと掻く。

しかし、その日以降食事は一定しなかった。昼にスープが出る日があれば、朝食も夕食もない日がある。たまに、昼も夜も両方出る日があるが、一日中何もない日もある。空腹が拷問となり、ひもじさばかりが募って頭が働かなくなる。ただひたすら次の食事を待つばかり。延々と続く無為な時間に飢えの苦しみが加わり、何も正常に考えられなくなっていった。

29

その後の数週間でさらに囚人が到着し、食事と食事の間隔はますますあいていった。死亡率も急激に高まった。こうなればガス室があろうとなかろうと関係ない。毎日、バラックから五、六人の死体が運び出された。表向きは自然死とされる。ベルゲン＝ベルゼンでは、うまやの蠅のように、死はあまりに当たり前だ。

監視兵たちがやってきて死体を運ぶ囚人を選び始めると、全員が体をこわばらせ、その役が自分に当たらないようにと願った。ディタもできるだけ目立たないようにしていた。

だがその朝、ＳＳの監視兵がこん棒で指しているのは、まぎれもなくディタだった。最後に選ばれたので、死体のところに行ったときにはもう、脚を持つ役は決まっていた。ディタともう一人、色黒の女が肩を持つことになる。この数年間にたくさんの死体を見てきたが、触ったのは初めてだ。死体の手の大理石のような冷たさにぞっとする。

死人の体重のほとんどがディタと色黒の女にかかる。両腕は少し曲がったまま硬直していて、まるで手足が折れ曲がる人形のようで気味が悪かった。

死体の脚を持っている女の一人が進む方向を指示し、四人は有刺鉄線のあるところに出た。自動小銃を持った二人の監視兵が両側によけて彼女たちを通す。空き地に出ると、シャツ姿のドイツ人将校が現れて四人を止めた。彼女たちに死体を持たせたまま、将校は死体を調べる。死人のバラック番号と名前を尋ね、手帳にメモしたあと、進むよう合図する。古株の一人が、あれはドクター・クラインでチフスの担当医だとささやく。バラックでチフスが見つかると、徹底的なチェックが行われ、病人を検疫隔離収容所に送るのだ。

先に進むにつれて、悪臭がますますひどくなる。数メートル先で骨と皮ばかりの男たちが働いている。鼻を覆っている汚いハンカチが覆面のようだ。彼らの前方では、別の女性グループが今しも死体をほかの死体の横に下ろそうとしている。一人の男が、ディタたちも死体を地面に置けと合図する。男たちはまるでジャガイモの袋のように、死体を巨大な穴に投げ込んでいる。ディタはちらとのぞいた瞬間、めまいがし、そばにいた女にしがみついた。

それは死体で溢れる巨大な穴だった。底の方の死体は焼かれ、上の方は何層にもごちゃ混ぜに積み重なり、腕、頭、黄色っぽい皮膚が見えている。ここでは、死は一切の尊厳を失い、人間はただの残骸になり果てている。

ディタは胃液が逆流するのを感じた。これまで自分が信じてきたものが音をたてて崩れ去っていく。私たちの存在って何？　腐敗していく肉の塊でしかないの？　単なる原子の集まり？　何度もそこに来たことのある者でさえ動揺しているのがわかる。帰り道では誰も口をきかなかった。こういう死を目の当たりにすれば、「命は神聖なもの」というそれまで信じてきた考えが根底から覆《くつがえ》される。

数時間前まで生きていた人間が、まるでごみのように穴に投げ入れられる。作業員のハンカチは腐臭に耐えるためではなく、顔を隠すためではないかとディタは思った。人間をごみとして処理するのを恥じているのだ。

ディタが戻ると、どうだったのと母さんが目で問いかけてきた。ディタは手で顔を覆った。一人になりたい。しかし、母さんはディタを抱きしめたままそばを離れなかった。

混乱はますます増していった。組織だった労働班はなくなり、必要があれば呼ぶのでずっとバラックの周りにいろという命令が出される。時々SSの女隊員が、健康そうな肉づきのいいふくらはぎを見せながらやってきて、たくましい二の腕を振り上げると何人かの名前を怒鳴り、排水溝の整備や作業場の欠員補充のためついてくるよう命じた。ディタも何度か呼ばれ、制服のベルトの穴を開ける作業場で働いた。機械はおんぼろで、革に穴を開けるには思いきり力を入れなければならなかった。

ある朝、点呼が終わりかけていたとき、整列しているグループの前に、女看守のフォルケンラートが姿を見せた。おしゃれにまとめた髪ですぐに彼女だとわかる。アップした髪のところどころからほつれた金髪が見える。民間人のときは美容師だったということだ。道理でベルゲン＝ベルゼンの汚物やシラミ、チフスの間でも、あんなにおしゃれな髪型をしているわけだ。

フォルケンラートはいつものように、助手でさえ震え上がる恐ろしい表情をしていた。

もしヒトラーが権力を握らず、戦争も起こっていなかったら、どうなっていただろうとディタは考える。今目の前にいる、血も涙もなさそうなこの女性だって、女の子の髪をカールにしたり、客と陽気に噂話をしたりする、気のいい美容師だったかもしれない。ユダヤ系ドイツ人も含め、客たちは不安がることもなく、女らしいまとめ髪が好きな大柄なその女に髪を切ってもらっていただろう。誰かがエリーザベト・フォルケンラートは人殺しだとでも言おうものなら、みな一斉に腹を立て、「あの人のいいベス（エリーザベトの愛称）が？　彼女はアリ一匹殺すわけがない！」と、反論しただろう。でも状況は違ってしまった。あの虫も殺さない美容師は、今、自分のもとにやってきた者が意に染まないと、首に縄をかけて縛り首にしている。

そんなことを考えていたとき、今ディタの前にある、革に穴を開ける金属針のように、怒鳴り声が彼女の頭を貫いた。

「エリーザベト・アドレロヴァ！」

ベルゲン＝ベルゼンでは管理の混乱から、囚人を番号でなく名前で呼ぶようになっていた。フォルケンラートの横柄で有無を言わせぬいらだった声が、再び「エリーザベト・アドレロヴァ！」と呼んだ。

母さんはちょっとぼんやりしていたが、列から出て行こうとすると、ディタが進み出た。

「はい、アドレロヴァです」

母さんは目を見開き、娘の大胆な行動に呆然として立ちすくんだ。出て行って間違いを伝えようとしたとき、「解散！」という声が響いた。

人の流れで、母さんは身動きがとれなくなった。人波がおさまったとき、娘のディタはその日の死人を運び出すために、もうバラックの中に消えていた。母さんはつっ立ったまま、どこに行くあてもないのにせかせかと歩きまわる仲間たちの邪魔になっていた。

少しして、ディタがほかの三人の囚人と一緒に死体を抱えて出てきた。母さんは道の真ん中にぽつんと一人立ったまま、呆然とディタを見送った。


人間たる条件の最後の一線を越える旅はさらに続く。

墓穴の端から再び中がちらっと見えて、ディタは真っ青な顔で戻ってきた。命がごみのように投げ捨てられる、胸が悪くなるようなその光景にどうしても慣れることができない。いや、慣れてしまいたくない。

バラックに戻ると、母さんはまるでまだ点呼が終わっていないかのように、入り口の近くに立っていた。その表情には強い怒りが溢れている。激怒と言ってもいい。

「なんて馬鹿なことしたの。身代わりがばれたら死刑よ」と怒鳴った。

母さんがこんなに声を荒らげたことはない。通りがかりの囚人が振り返って二人を見る。ディタは恥ずかしくて頰が赤くなるのを感じた。こんなことってない。目に涙が溢れる。必死に涙をこらえ、うなずいて横を向いた。

私はもう子どもじゃない。体が弱っている母さんには死体を抱え上げるなんてできないからそうしたのに、そのわけさえ訊かないなんて。自分の行動を母さんが誇りに思ってくれるだろうと信じていたのに。

母さんは私のすることを何一つ認めてくれない、何も理解してもらえないとディタは感じた。自分は、今、強制収容所にいるけれど、世界に何百万といる、もうすぐ十六歳になる女の子と全然変わらないのに。

しかし、それはディタのまったくの思い違いだった。母さんはディタのことをとても誇らしく思っていたが、あえてそれを口に出すつもりはなかったのだ。軍の抑圧のもとで学校にも行けず、憎しみと暴力に満ちた場所を転々としながら育つ娘が、どんな人間になるかとずっと気がかりだったが、娘の行動は、そんな心配は無用であることを証明してくれた。もしも生き延びることができたら、エディタはすばらしい女性になるだろう。

でもそんなことは娘には言えない。あんな恐ろしい行動を褒めたりしたら、またディタは自分の命を顧みず危険を冒してしまうだろう。わが娘をこのような苦悶から解放してやれたらどんなにいいか。自分の人生はもう先が見えている。母さんは自分がどうなろうがどうでもよくなっていた。唯一の喜びは娘の瞳が幸せに輝いているのを見ることだ。だがディタはまだ若すぎて、そうした母の思いがわからなかった。

翌日、ディタが〈カラスの頭〉とあだ名をつけた監視兵がバラックに姿を見せ、外に出て整列しろと命じた。

「全員だ！　起きてこない者は命がないよ！」

みなだらだらと動き始める。

「毛布を持ってこい！」

そんな命令は初めてだった。みんな顔を見合わせたが、すぐに理由がはっきりした。新しく到着した集団のため、彼女たちはここより大きな別の女性収容区画に移動させられるのだ。

彼女らがたどりついた区画の女たちはみなやせ細っていた。水も足りず、割り当てられたわずかな水しか飲めない。洗濯も洗面もできない。服装もバラバラで普段着の者もいれば、囚人服の上から何かを羽織っている者もいる。皮膚は垢まみれで、それにこびりついているのがぼろきれなのか、はがれた皮膚の一部なのかもわからない。ＳＳ隊員が、排水溝で作業する女性たちのグループを見張っているが、歯をくいしばって働く彼女たちの腕は骨と皮ばかりでスコップの柄と区別がつかなかった。

バラックはごった返しているが、前より少しはましで、アウシュヴィッツと同じように、ベッドがある。といっても、わら布団は垢だらけでシラミがうじゃうじゃいるが、少なくとも床に寝るよりはましだ。横になっている女もたくさんいる。大半はもう立ち上がることもできない病人だ。監視兵たちはチフスの感染を恐れて病人には近づかない。それでわざと病気のふりをしている者もいた。

ディタと母さんは空いているわら布団に座った。それを二人で使うのだ。母さんは疲れて横になったが、ディタは落ち着かなくて起き上がり、区画の周りを歩いてみることにした。バラックと有刺鉄線ばかりで、ほかには何もない。女たちがそこここに集まっている。中にはおしゃべりをしているグループもある。最後の移送で到着した者にはまだそういう元気が残っているのだ。でも、多くはディタには何の関心も見せなかった。もうあきらめきっている。

そのとき、とあるバラックにもたれて座り込んでいる女の子が目に入った。ストライプの囚人服を着、頭に真っ白なスカーフを巻いている。ディタはその子をじっと見つめ、見間違いではないかと目をつむり、また開けてみた。幻なんかじゃない。

「マルギット……」

力を振り絞って走り寄り、大声で名を呼ぶ。

「マルギット！」

マルギットはぱっと頭を上げ、立ち上がろうとしたが、その前にディタが飛び込んできて覆いかぶさった。二人は大笑いしながら収容所の地面を転げまわり、互いの二の腕をぎゅっと掴んで見つめ合う。幸せというには程遠い場所だったが、二人はその瞬間幸せだった。

手をつないで母さんのところに行く。母さんの顔を見ると、マルギットは抱きついた、というより、その肩に顔をうずめた。もうずっと前から泣くことなんかできなかったのだ。

ひとしきり泣いたあと、家族収容所での選別のことを語り始める。マルギットの母親と妹のヘルガは居残り組の方に送られた。何度となく頭の中に思い出す光景、二人が衰弱した者たちの列に入れられたときの様子を事細かに話した。

「バラックの中で、選別が終わるまでずっと二人を見てたの。二人はとても静かに手をつないでいた。それから、私のグループは外に出るように命じられた。私は行きたくなかったけど、人の波に押し出されてしまったの。その間も通風ダクトの向こう側にいる妹とママを見てた。子どもやおばあさんたちに囲まれた二人の姿はだんだん小さくなっていった。二人とも私が出て行くのを見ていたわ。あのね、ママも妹も微笑んでいたのよ！　さよならって手を振りながら、微笑んでた。信じられる？　死刑を宣告されていたのににっこりと」

マルギットは記憶に焼きついたその光景をまた思い出し、信じられないというように首を左右に振った。

「年寄りと病人と子どもたちのグループに入れられるのは死刑宣告と同じだってわかってたのかしら？　もちろんわかってたわよね。でも、助かる可能性があるグループに私がいるのを喜んでくれていたのよ」

ディタは肩をすくめ、母さんはマルギットの髪を撫でた。ディタは今はもう別の世界にいるだろうマルギットの母親と妹のことを思いめぐらす。生きるための戦いを終え、もう恐怖もないはずだ。

「笑ってたの……」マルギットがつぶやく。

ディタは、父親はどうなったかとマルギットに尋ねた。BⅡb区画でのあの朝以来、おじさんも見かけない。

「どうなったかわからないけど、まだ……」

生きている可能性もある。

マルギットはもう十七歳だが、母さんは毛布を持ってここに来るように言う。こんな状態だから誰も気づくまい。そうすれば三人で一緒にいられる。

「狭くて寝づらくなるわ」マルギットがためらった。

「でも三人一緒にいられる」母さんは有無を言わせなかった。

母さんはマルギットをもう一人の娘のようにかわいがった。ディタにとってマルギットは、いつもほしかったお姉さんだ。二人とも髪が黒くて、前歯が少し離れているので笑うと愛敬がある。多くの人に姉妹だと思われていて、二人はその勘違いが嬉しかった。

マルギットがディタのところに移ってきても、誰も何も言わないだろう。みんなもうどうでもいいのだ。どうなろうと同じだ。どうせ希望などない。

その日の午後はずっと一緒にいた。

「このパジャマじゃ、似合わないわね」やけにサイズが大きいストライプの服のぶかぶかの袖を見せながらディタが言う。

二人は互いを見つめ合った。前よりやせ細り、衰弱している。しかし、二人ともそれを相手には言わず、励まし合った。なかなか話題が見つからないが、とにかく何でも話をした。混乱と空腹。漂う無気力。伝染病。目新しいことは何もない。

何列か先のベッドで、チフスに感染した姉妹が生命をかけた戦いに敗れようとしていた。妹のアンネは熱があり、うわごとを言っている。姉のマルゴットはもっと具合が悪く、ベッドの中でじっとしたまま動かない。ほとんど虫の息だが、それもほとんど消えかけている。

もしもディタがそばに行ったなら、その子が黒髪の、笑顔のかわいい夢見る瞳の少女で、自分にとても似ていることに気づいただろう。ディタと同じようにエネルギーに溢れ、ちょっと見栄っ張りなところもある女の子だ。見た目は反抗的で大胆だが、静かに物思いにふけることも多い。

姉妹はアムステルダムで暮らしていたが、アウシュヴィッツに送られ、一九四四年十月にベルゲン゠ベルゼンにやってきた。彼女たちの罪はただ、ユダヤ人だということだった。ベルゲン゠ベルゼンの劣悪な環境の中で死をやり過ごすには五か月は長すぎる。二人の若さをもってしても、チフスには勝てなかった。

アンネは姉が死んだ翌日、同じベッドで一人ぼっちで死んでいった。二人の遺骸は人間がごみのように積み重なったベルゲン゠ベルゼンの共同墓地の中に永遠にとどまることになった。だがアンネが残したものがのちに小さな奇跡を起こす。アンネとマルゴットの思い出は何十年ものちまで生き続けることになるのだ。

家族と一緒に住んでいたアムステルダムの隠れ家で、アンネは二年間にわたり、そこでの自分たちの毎日についての記録を綴った。そこはアンネの父親の会社に隣接している部屋だったが、彼らは事務所を閉め、そこを隠れ家にした。その二年間、アンネの家族はファン・ペルス一家、そしてフリッツ・プフェファーとともに隠れて暮らした。友人たちが食糧を運んでくれたおかげだ。そこに移る少し前、アンネの誕生祝いがあり、プレゼントの中にノートがあった。気持ちを打ち明けられる親友のいない隠れ家で、アンネはそのノートを〈キティ〉と名づけて友達代わりにした。そこで過ごした毎日を綴ったその物語にタイトルをつけることは思いつかなかったが、後年、それは『アンネの日記』という本になった。

30

もう食事が出ることの方が珍しくなった。一日をしのぐためにパンのかけらがいくつか配られるだけだ。ごくたまに、スープの鍋が登場する。ディタと母さんはアウシュヴィッツにいた頃よりもさらにやせてしまった。彼女たちより長くそこにいる収容者たちは、もうやせているどころか、木のあやつり人形同然だった。水は乏しく、かろうじて水がしたたる蛇口でお椀を満たすにも、何時間も長い列に並ばなければならない。

そして、病気だけがはびこるその収容所に、女たちを乗せた列車が新たに到着した。ハンガリーのユダヤ人たちだった。女の一人がトイレはどこかと尋ねた。何もわかっていない。

「金の蛇口のバスルームがあるよ。フォルケンラートに入浴剤を一瓶持って来てと頼むといい」

何人かの女が大笑いした。

トイレなどあるわけない。地面に穴が掘られているが、もう満杯だ。

移送されてきた女の一人が憤慨して、ちょうどそのとき入って来た監視兵に歩み寄り、自分たちは労働者だ、工場に送るか、この汚らしい場所から出してくれと食ってかかった。運悪く、それは最もまずい相手だった。あれは女看守のフォルケンラートだ、彼女を見たら、チフスよりよほど用心して近づかないようにしなければいけないと誰かがささやいたが、もう遅かった。

フォルケンラートは落ち着き払い、少し垂れかかった金髪を整えると、ベルトからルガー拳銃を抜き、銃口をそのハンガリー人の額に押し当てた。口から泡を吹く狂犬病の犬のような、怒りくるった目つきでにらみつけながら。女は両手を上げたまま、がくがくと脚を震わせ、まるで踊っているようだ。フォルケンラートが笑う。

面白がっているのは彼女だけだ。

氷のように冷たいピストルを突き付けられた女の脚の間から、生温かい尿がしたたり落ちる。看守の面前で失禁するのは、不敬行為そのものだ。バラック内の全員が歯を食いしばり、発砲の音に備える。頭が木端微塵になるのを見まいと、下を向く者もいる。フォルケンラートの眉間には一筋の縦じわがあり、髪の生え際まで伸びている。黒い傷跡のようにとても深くくっきりした線だ。怒りに満ちてピストルを握る指の関節が白くなっている。泣きながら失禁している女の額に、残忍に突きつけられたピストル。フォルケンラートは結局、ピストルを下ろした。女の額の皮膚には、赤みがかった丸い跡が残った。看守は顎をしゃくって、元の場所に戻るように命じた。

「そんな楽はさせないよ、薄汚いユダヤ女め。今日のお前はついてないね」

そう言って、ぞっとするような声をたてて笑った。

その日、夜も明けきらぬうちから娘の死を嘆いて泣き続けている白髪の女がいた。どうして死んだのかもわからない。午前中、バラックの裏で膝をつき、娘の墓を作ろうと、両手で地面を掘り始めたが、スズメがやっと入るほどの小さな穴しかできない。ベッド仲間が近づいて慰めたが、ぬかるんだ地面につっぷして泣きだした。

「娘を埋めるのを誰も手伝ってくれないのかい?」

みんな衰弱しきっており、今さらどうしようもないことのために力を使うことはできない。それでも何人かの女が手伝いを買って出て、地面を掘り始めた。だが地面は硬く、彼女たちの荒れた手にはすぐに血がにじみ始めた。女たちは疲労と痛みで、一握りの土さえ掘り出すことができないまま、手を止めた。

同じベッド仲間の女性が、遺体を墓穴に運ぼうと言う。

「墓穴……？　だめよ、やめて、あそこはだめ。神様への冒瀆よ……」

「あそこなら、ほかの罪のない人たちと一緒にいられる。寂しがらずにすむよ」とみんなが言う。

女はのろのろとうなずいた。どんな慰めも役には立たない。


収容所の中はひどい悪臭だ。赤痢患者の糞尿でそこらじゅうぐちゃぐちゃだった。彼らはバラックの木の外壁にもたれかかり、誰にも看病されずに、自分の糞尿の上に倒れ込んでいる。亡くなると、家族や友達がいれば、彼らが死体を墓穴まで運んでいく。いなければ、死体はＳＳの誰かがピストルを抜いて、早く運んでいけと命じるまで、道の真ん中に放置されたままだ。

ディタと母さんとマルギットの三人は収容所の中をのろのろと歩いていた。どこを見ても目を覆いたくなる光景ばかりだ。ディタは片方の手でマルギットの手を、もう一方で母さんの手を取った。母さんは震えているが、それが熱のためか恐怖のためかはわからない。

バラックに戻ると、中はさらにひどかった。すえた臭い、嘆き、ため息、単調な祈りのつぶやき。多くの病人はもはやベッドから下りることもできない。ベッドの中で用を足す病人も多く、その悪臭は耐え難い。

バラックは不治の病を宣告された病人の収容施設のようだった、というよりも実際そうだ。ディタは薄暗いバラックの中の悲惨な光景を眺めた。家族や友人が付き添っている病人もいるが、大半は一人で苦しみ、死んでいく。

ディタと母さんはバラックで寝るのをやめることにした。四月になったが、戸外はまだ寒さが厳しい。その寒さで歯が痛み、指がかじかみ、鼻先が凍った。この天候で外に出れば無理もない。

「あんな胸糞悪い場所にいるより、凍え死ぬ方がましよ」

「エディタ、そんなふうに言わないの」

彼女たちのような収容者はほかにも大勢いた。母さん、ディタ、マルギットの三人は、外壁に背中をもたせかけられるわずかなスペースを見つけ、毛布にくるまってそこにいることにした。収容所の門は閉ざされている。もう人の出入りもなかった。機関銃を持った監視兵がほんの何人か、塔から監視しているだけだ。逃げ出してみようか。もし捕まっても、死んだ方がましだ。でも、もうそんな力も残っていなかった。

日を追うごとに、すべてが崩れていった。SSの監視兵たちは収容所のパトロールをやめた。収容所には汚水が溢れている。何日も前から食事は出なくなり、水道は完全に断水した。水たまりの水をすする者もいたが、じきに腹痛を起こして体をよじり、コレラで死んでいった。ディタは周囲を見まわし、目を閉じる。目の前で生命の火が消えていくのを見たくはなかった。日に日に気温が上がり、死体も腐りやすくなった。だが、それを片づける人手ももうない。

もう誰も立ち上がろうとしはなくなった。もう二度と立てそうもない人も大勢いる。立とうとして、針金のような脚でよろめき、糞尿だらけの地面にくずおれる者、死体の上に音をたてて倒れる者もいる。生きている人と死人の見分けもつかない。

戦闘の爆撃音が日増しに近く、はっきりとしてきた。銃声がよく聞こえ、爆発の振動で脚がびりびりする。早く助けに来てと一縷の望みにすがるが、死の前線の方がずっと速い足で迫って来るようだ。

ディタは母さんを抱きしめ、目を閉じているマルギットを見つめる。そして、もう戦い続けるのはやめようと決心する。ディタもまぶたを閉じた。もう幕を下ろすのだ。最後まであきらめないとフレディ・ヒルシュに約束した。でも、もう体がいうことをきかない。それにそのヒルシュだって最後には……。それとも？　もうどうでもいい。

目を閉じるとベルゲン＝ベルゼンの忌まわしい光景が消えて、『魔の山』の国際サナトリウム「ベルクホーフ」が姿を現す。アルプス山脈の冷たく澄んだ風さえ感じられる。

衰弱によって緊張した心がゆるみ、思い出の扉が開き、さまざまなものが頭の中に溢れ始める。時間、場所、人など、実在のものと本の中のものがごちゃまぜになり、現実と空想の区別ができなくなる。

ベルクホーフでハンス・カストルプを診察していた横柄な医者ベーレンスと、メンゲレとどちらが実在の人物だっただろう。一瞬、サナトリウムの庭を二人が一緒に歩いている光景が見える。楽しげに談笑している。突然、舞台は食堂に移り、『城砦』に出て来る紳士的なマンスン医師、水兵服のボタンをはずしたハンサムな『モンテ・クリスト伯』のエドモン・ダンテス、エレガントで魅力的な『魔の山』のショーシャ夫人がテーブルについているのを目にする。よく見ると、テーブルの端にいるのは『微生物の狩人』のパスツール博士だ。博士は肉汁たっぷりの七面鳥のオーブン焼きを、ナイフではなくメスで切り分けている。ディタがいつも〈しわくちゃさん〉と呼んでいたクリツコヴァがそばを通りかかり、こっそり抜け出そうとしているウェイターを叱っている。その顔を見ると何とリヒテンシュテルンだった。別の小太りのウェイターが、おいしそうなミートパイのお盆を抱えて近づいてくる。でも、とんでもなく不器用で、つまずいてごちそうを派手にテーブルにぶちまける。頭から料理をかぶった客たちは非難の目で彼を見る。ウェイターは自分の不手際に恐縮し、ぺこぺこ頭を下げて謝りながら、ぐちゃぐちゃになったパイの残骸をあわてて片づける。ディタはそのウェイターに見覚えがあった。われらがアンチヒーロー、シュヴェイクだ！　お決まりのドタバタを演じている。キッチンに戻ったら、そのミートパイで見習いコックたちと祝宴を開くに決まっている。

彼女の想像力はすでにバターのように溶け出している。その方がいい。現実から離れて行くのがわかる。それでもかまわない。幸せな気分だ。小さい頃、ドアを閉めて部屋にこもると、彼女を傷つけるものは何もなくなった。頭がぼんやりしてくる。現実の世界に霞《かすみ》がかかり、消え始めた。トンネルの出口が見える。

そのときディタの頭の中で騒がしい声が聞こえてきた。ここは違う別世界に入り込んだのだ。力強い男の声が、よく理解できない言葉を話している。多分選ばれた人だけがわかる言葉なのだ。天国では何語で話すのか考えたこともなかった。いや、ここは煉獄《れんごく》かもしれない。それとも地獄か。とにかくディタにはわからない言葉だ。

ヒステリックな叫び声も聞こえる。でもそのかん高い金切り声はあまりに感極まっていて、あの世には不似合いだ。ということは、自分はまだ死んでいないのか。

目を開けると、何人かが立ち上がるのが見えた。突然ヒステリーに襲われ、正気を失ったように叫んでいる人がいる。金切り声、口ごもる声、何かの音。ホイッスルが響き、騒がしい足音も聞こえる。ディタはわけがわからず、呆然としてつぶやいた。

「みんな頭がおかしくなってしまったんだ」

マルギットが目を見開き、おびえたようにディタを見ている。母さんの腕に触れると、母さんも目を開けた。

そのとき彼女たちの目に、収容所に兵士たちが入ってくるのが見えた。武装しているが、ドイツ人ではない。ドイツ軍の黒ではなく、薄茶色の軍服を着ている。兵士たちはまず四方八方に銃を向けたが、すぐに銃口を下げた。

中には、銃をホルダーに収め、両手を頭にあてて「オー・マイ・ゴッド！」ともらす者もいる。

「母さん、あの人たち誰なの？」

「イギリス人だわ、エディタ」

「イギリス人……」

マルギットとディタは目を見開き、口をぽかんと開けた。

「イギリス人？」

若い下士官が空の木箱の上に乗り、手をメガホン代わりにして片言のドイツ語で叫んだ。

「大英帝国と連合国軍の名において、この収容所を解放する。あなた方は自由だ！」

ディタはマルギットを肘でつついた。マルギットは棒立ちになっている。言葉も出ない。ディタは最後の力を振り絞り、なんとか立ち上がった。片方の手をマルギットの肩に、もう一方を母さんの肩に置いて支える。母さんもまた呆然としている。ディタはやっと、小さい頃からずっと心に願っていた言葉を口にした。

「戦争は終わった」

三十一号棟の図書係ディタ・アドレロヴァは泣き始めた。この瞬間を見ることなく死んでいったすべての人たちのために涙を流す。父さん、フレディ・ヒルシュ、ミリアム・エーデルシュタイン、モルゲンシュテルン……。苦い味のする喜びだった。

一人の兵士がディタの近くに歩み寄り、英語なまりのドイツ語で、収容所は解放された、みなさんは自由だと叫んだ。

「自由だ！　自由だぞ！」

一人の女が這いずっていき、兵士の脚に抱きついた。兵士は笑顔で体をかがめる。しかし骸骨のようにやせた女はしわがれた声で文句を言った。

「どうしてもっと早く来てくれなかったの？」

イギリス人兵士たちは、大勢の人が自分たちを大歓迎してくれるものと思っていた。笑顔と拍手喝采を期待していたのだ。まさかうめき声やため息や瀕死のあえぎ声で迎えられるとは。そこにいたのは、夫や子ども、兄弟姉妹や親戚、友達や隣人などあまりにも多くの者を失った深い悲しみと、解放された喜びが入り混じって泣き続ける人々だった。

同情の表情を浮かべる兵士もいれば、信じられないといった表情の者もいる。嫌悪をあらわにしている者も大勢いた。ユダヤ人の収容所が、生者と死者の見分けもつかない、積み重なった肉体の泥沼だとは思ってもみなかったのだろう。かろうじて生きている者も死者以上にやせこけ、骨と皮しかない。彼らが解放したのは収容所というよりも墓地だった。

遠慮がちな歓声もぽつぽつ聞こえてくる。しかし、生きている女たちの大部分は、半信半疑で眺める力しか残っていなかった。

目の前を逮捕者たちの一団が通る。ディタは自分の目が信じられず、二度見返した。彼らはユダヤ人じゃない。目の前を、武装した英国人兵士たちに囲まれ、頭をそびやかして、エリーザベト・フォルケンラートが歩いていく。ほつれた髪が顔にかかっている。

31

解放されてしばらくは奇妙な感じだった。ディタが想像もしなかった場面が繰り広げられたのだ。ナチの監視兵たちが死体を運んでいる。いつも一分のすきもない格好をしていたフォルケンラートの制服は泥で汚れ、髪はべとべとだ。イギリス軍は医師のクラインに、SSの監視兵が運んでくる死体を地面に下ろさせている。今度は彼らが強制労働をする囚人になった。

ついに解放された。しかし、ベルゲン＝ベルゼンの中で浮かれている者はいなかった。死者の数は気が遠くなるほど多い。病気は猛威をふるい、イギリス軍は間もなく、死者に対して敬意ある扱いをしたくてもできないことに気づいた。結局、死体をそのまま積み上げるようSS隊員に命じ、それをブルドーザーで墓穴まで押していかせた。平和のためにはこれも仕方がない。戦争の爪痕を一刻も早く消さなければ。

マルギットが昼食の配給の列に並んでいると、誰かが肩に手を置いた。振り向かなくてもわかる。父親の手だ。

ディタと母さんもわがことのように喜んだ。マルギットが幸せそうなのを見ると二人も幸せになる。イギリス軍がマルギットの父親のためにプラハ行きの列車を押さえていて、マルギットも一緒に行けるよう手配ができたと言う。ディタと母さんも彼女の新しい人生での幸運を祈った。目まぐるしいスピードですべてが変わっていく。

マルギットは急にまじめな顔になり、二人をじっと見つめる。

「何かあったら、いつでもうちに来てね」

その言葉は社交辞令ではなく、姉として心から出たものだとディタにはわかった。マルギットの父親は一枚の紙に、プラハにいるチェコ人の友人の住所をメモしてくれた。その人が無事なら、そこに泊めてもらうつもりだからと。

「プラハで会おうね！」手を握り合って別れを惜しみながらディタが言った。

別れは辛いが、そこには希望がある。「またね！」がやっと本来の意味を取り戻す。


最初はひどく混乱していた。イギリス軍は正規の戦闘訓練は受けていたが、身分証明書もない何十万人もの人々の世話などしたことがなかったからだ。そのうえ、人々の多くが栄養失調や病気だった。イギリス軍大隊には帰還手配を行う事務所はあったが、数が多すぎて、仮書類の発行は遅々として進まなかった。しかし、とりあえず収容者は食事の配給を再び受けるようになり、清潔な毛布も配られた。何千もの病人のために野戦病院も設置された。

ディタはマルギットに気をつかって黙っていたが、じつは母さんの具合はあまり良くなかった。きちんとまた食事をもらえるようになったのに、体重は増えないし、熱もあった。早く病院に入れた方がいい。それで、移送はもう少し先になった。

野戦病院はベルゲン゠ベルゼンで生き残った者を治療するため、収容所の医務室だった施設に連合国軍が設けたものだが、そこではまるでまだ戦争が続いているようだった。ドイツ軍は降伏し、ヒトラーは地下壕で自殺し、ＳＳの将校たちは捕えられて裁判を待つか、姿を消すかした。しかし、この病院ではまだ戦争は終わっていない。停戦になっても、軍人の失われた手足が元に戻るわけではないし、傷の痛みが消えるわけでもない。チフスも根絶できず、危篤の病人を救うこともできない。平和といえどもすべてを癒やしてはくれない。少なくとも、今すぐには。

リースル・アドレロヴァはこの数年間の苦しみや悲しみにじっと耐えてきたのに、平和がやってきた途端に重い病に倒れた。ディタは悲嘆にくれる。あともう少しで平和な暮らしに戻れるというのに、こんなことってない。

母さんは野戦病院の簡易ベッドに横たわっていた。少なくともシーツは清潔だ。ここ数年間体にかけてきたものに比べればはるかに。ディタは母さんの手を取り、耳元に小声で話しかけ励ました。母さんは薬の作用で静かに眠っている。

日が経つにつれ看護師たちは、母親のベッドから離れない、いたずら好きな天使のような顔をしたチェコ人の女の子、ディタのことを身近に感じるようになっていった。彼らは何かと彼女を気にかけ、ちゃんと食事をとっているかとか、時々は病院の外に出て気分転換するようにとか、お母さんのそばに行くときはマスクをするようにとか、心配してくれる。

そんなある日の午後、フランシスという、そばかすだらけの丸顔の青年看護師が、小説を読んでいるのにディタは目を止めた。近づいてタイトルを見ると、西部劇だ。表紙には、派手な羽根飾りをつけ、頬に戦士の入れ墨をし、手に銃を持ったインディアンの族長が描かれている。フランシスは視線を感じ、本から目を上げ、西部劇が好きなのかとディタに尋ねた。ディタはカール・マイの作品を読んだことがあって、勇敢なオールド・シャターハンドのファンだった。彼とその友達のアパッチ族のヴィネトゥーが、アメリカの果てしない大草原で今も胸躍る冒険をしているような気がしてくる。ディタは近づいていって本を手に取り、まるで愛撫でもするように、背表紙の上から下にゆっくりと指を這わせた。フランシスは困惑したようにディタを見る。頭がちょっとおかしいのだろうか。あの地獄を生き抜いてきたのだから、無理もないが。

少女は本を指差し、その次に自分を指差した。貸してほしいと言っているようだ。フランシスはにっこり微笑み、立ち上がるとズボンの後ろポケットから同じような体裁の本を二冊取り出す。小さくてぺらぺらで、黄色っぽい紙の、派手な表紙の本だ。一冊は西部劇、もう一冊は探偵もの。その二冊を渡すと、ディタはそのまま立ち去ろうとしたので、あわてて声をかけた。

「ねえ、君。《ヘイ・スウィーティー》その本、英語だよ！《ゼイ・アー・イン・イングリッシュ》」そして片言のドイツ語で言いなおす。

ディタは振り返って笑顔を向けるが、立ち止まることはない。英語なのも、自分には読めないのもわかっている。でもかまわない。母さんが眠っている間、空きベッドに座って本の匂いを嗅ぎ、ページをぱらぱらめくって紙の音を楽しむのだ。背表紙をもう一度撫でて、表紙の糊付けの厚みを感じる。そこに書いてある作者の英語の名前もエキゾチックだ。再び本を手に取ると、人生がまた始まるような気がする。誰かが蹴ちらしたジグソーパズルのピースが少しずつ元に戻る。

でも、どうしてもはまらないピースが一つだけあった。母さんの具合がいっこうに良くならず、それどころか、日ごとに悪くなる一方なのだ。熱で体力を消耗し、ますますやせていく。治療をしている医者はドイツ語が話せず、どういう状況かをジェスチャーで説明する。良くないようだ。

ある夜、母さんの容態が急変した。はあはあああえぎ、ベッドの中で震えている。ディタは最後の頼みの綱にすがろうと決心した。ほかにできることはない。

外に出ると、病院の発電機の点滅する光が届かないところまで歩き、数百メートル先の空き地に立った。一人っきりで、月も星も出ていない曇った夜空を見上げる。ひざまずいて、母さんを助けてと神様に祈った。やっとここまできたのに、プラハに戻れず死んでしまうなんてあんまりだ。あとは列車に乗るだけなのに。母さんは今まで一度だって人を傷つけたことはない。人を侮辱したことも、人がいやがることをしたことも、人のパンのひとかけらも奪《と》ったことはない。どうしてこんな罰をお与えになるのですか？　神を責め、神にすがり、母さんを死なせないでと懇願する。母さんを元気にしてくださるのなら、誰よりも敬虔な信者になります、エルサレムに巡礼にも行きます、神の栄光と無限の寛容を讃えるためにこの命を捧げます。

病院に戻ってみると、照明の当たる病院の入り口で、背の高いやせた人が夜空を見ていた。看護師のフランシスだ。ディタを待っていたのだ。彼は難しい顔をして彼女の方に一歩近づき、肩にそっと手を置いた。重みのある手だ。ディタを見つめて、ただ頭を横に振る。

ディタは母さんのベッドに駆けていった。医者がかばんを閉じようとしている。母さんの姿はない。小鳥のように小さな体のくぼみが残っているだけだ。

ディタはよろよろとベッドに座り込んだ。フランシスがやってきて声をかける。

「大丈夫？《アー・ユー・オーケー》」質問の意味がわかるのかというように親指を立てる。

大丈夫なわけがないじゃない。運命だか、神だか、悪魔だか知らないけれど、みんなこの六年間、戦争の間、母さんに苦しみを与え続けて、何の安らぎも与えてくれなかった。それなのに、やっと手にした平和を一日だって味わうことができないなんて。

じっと見つめているフランシスにディタは言い放った。

「くそっ」

フランシスは首を伸ばし、眉を上げると、何かわからないときにイギリス人がよくやるあのおどけた顔をする。

「くそっ《シット》……」とディタが覚えたばかりの英語で言った。

すると、フランシスがうなずく。

「くそっ」と彼も繰り返す。そしてディタの隣に黙って座った。

母さんが自由な身で亡くなったことが、せめてもの慰めだ。もっとも、母さんを失った辛さは、そんなことでは消えはしないが。でも、心配そうにこちらを見るフランシスの方を向き、親指を立てて、大丈夫だと伝える。フランシスは少し安心したように立ち上がり、別のベッドの患者に水を持っていった。

これ以上はない最悪の気分なのに、どうしてあんなふうに答えたのだろう？　そうか、彼は友達だから心配させたくなかったのだ。

私も母さんと同じね、似た者同士……。

翌日、医者から、家に早く帰れるように手続きをしてあげると告げられた。そうすれば喜ぶと思ったようだが、ディタはぼんやりとその言葉を聞いていた。

「帰る？　どこに？」と自問する。

両親はいない。家もない。自分が誰かを証明する身分証もない。帰るべき場所などどこにあるの？

ナ・プシコピエ通りにあるヘドバ百貨店のショーウィンドウに見知らぬ女が映っている。青いラシャの長めのワンピースに、布リボンがついたグレーの質素なフェルト帽をかぶった若い女だ。ディタはまじまじと見るが誰だかわからない。ガラスに映るその見知らぬ女が自分だとは思えない。

ドイツ軍がプラハに侵攻した日、ディタは九歳の女の子で、母さんに手を取られて街を歩いていた。その彼女は今は十六歳で一人ぼっちだ。街を横切る戦車の振動を思い出すたび体が震えてくる。何もかも終わったが、彼女の心の中ではすべてあのときのままだ、これからもずっと。

勝利のお祭り騒ぎと終戦の祝賀行事が終わり、連合国軍が開いたダンスパーティーや仰々しいスピーチがすむと、戦後の厳しい現実があらわになった。

ファンファーレを奏でる音楽隊はいなくなり、行進も終わった。派手なスピーチもない。平和は訪れたが、ディタの目の前にあるのは廃墟と化した国だった。親もなく、家もなく、ろくな教育も受けておらず、持ち物と言えば民間の救護所でもらった衣服だけ。生き抜いていくためには、煩雑な手続きの末にやっと手に入れた配給手帳だけが頼みの綱だ。これこそが平和の現実だ。プラハでの最初の夜は、帰還者のために設けられた宿泊所で寝るつもりだった。

ディタに残された唯一のものは、住所を走り書きした一枚の紙切れだった。何度も見たのでもうそらで言える。戦争はあらゆるものを変える。平和だってそうかもしれない。すべてが終わった今でも、強制収容所でマルギットとの間に培った友情はまだ生きているだろうか？

ディタと母さんはマルギットより数日遅れで列車に乗れると思っていたが、母さんの病気のために何週間もあとになってしまった。マルギットにはもう新しい友達ができたかもしれない。そしてレネーのように、過去のすべてを忘れたいと思っているかもしれない。レネーは過去の苦しみから逃れたいとでもいうように、遠くから手を振るだけで、立ち止まりもしなかった。

マルギットの父親が書いた住所は、何年も連絡をとっていないユダヤ人ではない知人のものだった。実際のところ、ベルゲン＝ベルゼンを出発する時点では、マルギットも父親も、自分たちがどこに住むことになるか、新しい生活をどうやって送っていくか見当もつかなかった。その知人にしても、そこにまだ住んでいるかどうかわからないし、マルギットたちのことを迷惑がるかもしれない。紙切れはくしゃくしゃになり、字も消えかかっている。

その住所を探して、ディタはプラハの街をさまよい歩いた。人に訊いたり、標識を見たりしながら、これまで一度も歩いたことのない通りを歩く。プラハの街は、記憶の中にあるものとは一変していた。まるで巨大な迷路のようだ。

マルギットが話していた、壊れた三つのベンチがある広場にやっと着く。その近くに、紙に書かれた通りがある。番地は十六番だ。建物に入り、一階B号室のベルを押す。でっぷりとした金髪の女性がドアを開けた。ユダヤ人ではない。太ったユダヤ人はどこを探してもいないから。

「すみませんが、ここにバルナシュさんと娘さんのマルギットはいませんか？」

「いいえ、もうここにはいませんよ。プラハから遠いところに引っ越してしまいました」

やっぱりそうだ。もしかしたら何日か待っていたのかもしれないが、もう行ってしまったのだろう。

「立ってないで、よかったら入ってケーキをいかが？　今作ったところなの」と女性が言った。

「ありがとうございます。でも、人を待たせているんです。失礼します。また改めて……」

一刻も早く立ち去ろうとするが、呼び止められた。

「あなた、エディタ……エディタ・アドレロヴァさん？」

エディタはすでに階段を降りかけていたが足を止めた。

「どうして私の名前を？」

女性がうなずいた。

「あなたを待っていたのよ。預かっているものがあって」

中に入ると、女性が夫を紹介した。白髪で青い目をしていて、年は少々とっているがハンサムだ。

女性は大きなコケモモのケーキと、ディタの名前が書いてある封筒を持ってきた。

封筒の中にはテプリツェの住所と、汽車の切符が二枚、それにマルギットのおとなびた字で書かれたメモが入っていた。

『親愛なるディティンカへ。テプリツェで待ってるわ。すぐに来てね。お姉ちゃんからのキスを……』

どこかで自分を待ってくれている人がいるというのは、何てすばらしいことだろう。

ケーキを食べている間にその夫婦から聞いた話では、バルナシュはテプリツェで仕事を見つけ、マルギットとそこに落ち着いたらしい。マルギットは毎日ディタの話ばかりしていたという。

テプリツェに向けて出発するためには、ユダヤ人評議会の事務所に出す書類を作らなければならない。そこで、ディタは翌朝一番で、身分証明書を発行する事務所の前で長蛇の列についた。

何時間も、列になって待たされる。けれどアウシュヴィッツのときとは違う。ここではみんな、待つ間にあれこれ計画を立てている。怒っている人もいる。降りしきる雪の中で並んだあげく、受け取るのは水っぽいスープや硬くなったパンのかけらだったりしたあの頃よりずっといらいらしている。時間がかかるとか、情報が不正確だとか、必要書類が多いとか言って。ディタは心の中で微笑む。そんな些細《ささい》なことで腹を立てるのは、普通の生活に戻ったということだ。

あとからやってきた人が、ディタの後ろに並ぶ。ちらっと見ると、見覚えのある顔があった。家族収容所にいた若い先生の一人だ。彼もディタを見て驚いているようだ。

「やあ、ひょろひょろ脚の図書係くん！」

オータ・ケラーだった。共産党員だとみんなから言われていた、ガリラヤの物語を子どもたちに熱く語っていた若い先生だ。知性に溢れた皮肉っぽいまなざしですぐにわかった。ディタはそのまなざしがちょっと苦手だったが。

だが今は、その瞳には特別な温かみも認められた。まるで、突然、人生における危機を収容所で共に過ごしたことを思い出しただけではなく、ディタの中に自分たちを結ぶ糸を見つけたかのように。三十一号棟ではほとんど話もしなかったから、知り合いと言うほどでもなかった。しかし、このプラハで偶然出会ったことで、古くからの友人のような感じがした。

オータが微笑む。生き生きとした、ちょっといたずらっぽい目が、君が生きていて嬉しい、また会えて嬉しいよ、とディタに語りかけている。ディタもまた、なぜかしら微笑んだ。その微笑みは人と人を結ぶ糸、それが強い絆になる。彼のほがらかさがディタの心も明るくする。

「工場で経理の仕事を見つけたんだ。おんぼろだけどアパートも……。僕らがいたところに比べたら天国だよ！」

ディタが微笑む。

「でももっといいところを見つけるぞ。英語翻訳の仕事の話があるんだ」

話をしていると、長蛇の列もあっという間に思われた。古くからの気の置けない仲間のように、話は尽きなかった。オータは父親の話もした。根は真面目な実業家だが、歌手になりたいという夢を持ち続けていたとも。

「すばらしい声だったよ」誇らしげな笑顔で言う。「一九四一年に工場を没収され、投獄された。そのあと僕たちは全員テレジーンに送られ、そして、家族収容所さ。BⅡb区画が閉鎖された四四年七月の選別で、親父は審査をパスできなかったんだ」

いつもは冗談好きのオータが声を詰まらせた。でも涙をディタに見られても恥ずかしくはない。

「時々夜中に、親父が歌う声が聞こえるような気がするんだ」

どちらかが視線をそらせ、困難で辛かった頃に思いをはせると、もう一方も、その視線の先に目を向ける。二人は、永遠に忘れることのできないすべての瞬間を共に思い出す。若い二人にとって、それらの月日を語ることは、一生を語るに等しかった。

「メンゲレはどうなったのかしら？　絞首刑にされたの？」

「いや。でも行方を追っている」

「見つかるかしら？」

「もちろん！　軍隊総出で探しているんだ。いずれ捕まって、裁判にかけられるだろう」

「そのまま絞首台に送ればいいのに。あんな悪党」

「それは違うよ、ディタ。ちゃんと裁判にかけなくちゃ」

「どうして？　時間が無駄なだけよ」

「僕らは彼らとは違うんだ」

「フレディ・ヒルシュと同じこと言ってる！」

「ヒルシュ……」

「懐しいわね」

ディタの番が来て、手続きを終えた。これでおしまい。二人は元の赤の他人、お互いの幸運を祈って別れるときだ。しかし、オータはディタに、このあとどこに行くのかと訊く。彼女はユダヤ人コミュニティに行くと答える。わずかな金額だが、孤児手当を申請できると聞いたので、それを確認したいと。

オータが、よかったら僕も一緒に行こうと申し出る。

「ちょうど帰り道なんだ」あまりに真剣に言うので、信じてよいやら悪いやらわからない。

それはディタと一緒にいるための口実だが、まんざら嘘でもなかった。ディタが行くところは、彼の進む道だ。


それから数日後、プラハから数十キロ離れたところにあるテプリツェで、マルギット・バルナシュが建物の入り口を掃除していた。ぼんやりとほうきを動かしながら、自転車で郵便物を配達している若者のことを考えている。彼女のそばを通るたびに元気よくベルを鳴らす。これから毎朝もう少しきれいに髪を整えようかしら、新しいリボンもつけて。そのとき突然、門を入って来る人影が目に入る。

「ねえ、ずいぶん太ったわね！」

咄嗟にその失礼な人間に何か言い返そうと思ったが、次の瞬間、ほうきを落としそうになった。ディタの声だ。

自分の方が年上だが、いつでも相手の方がしっかりしているように感じてきた。マルギットは小さな子どものように、思いっきりディタの腕に飛びこんだ。

「転んじゃうでしょ」ディタがくっくっと笑いながら言う。

「いいじゃない、二人一緒なら！」

本当だった。やっと本当のことがあった。マルギットはちゃんとディタを待っていてくれたのだった。

エピローグ

オータはディタにとって特別な友達となった。ディタはテプリツェで臨時の仕事を見つけて働くようになり、休みの日の午後には、オータは時々プラハから汽車で会いにきた。ディタは学校にも通い始め、そこでマルギットとともに、失われた時間のいくらかを取り戻した。

テプリツェは古くから有名な湯治場だった。ディタはついに、自分にとっての「ベルクホーフ」を見つけたのだ。『魔の山』のようなアルプスは見えなかったが、ボヘミアの高い山が近くにあった。豪壮な建物が立ち並ぶその美しい街は、戦争で手ひどく痛めつけられてはいたが、幾何学模様の石畳の道を歩くのがディタは好きだった。あの謎めいたショーシャ夫人は、新天地を求めてベルクホーフを去ったあとどうなったのだろうと思いめぐらす。これから自分はどうすればいいのか、彼女にアドバイスを求めてみたかった。

美しかったシナゴーグは焼けてしまった。その焼け焦げた廃墟が、灰と化した年月の恐怖を思い出させる。土曜日には、オータと一緒に散歩した。彼はいろんな話をしてくれた。彼は貪欲なまでに好奇心旺盛で、何にでも興味を持った。プラハから八十キロ離れているテプリツェまで来るのに、何度も列車とバスを乗りつがなければならないと、オータは時々甘えるような声で愚痴をこぼした。

広場の花壇に元どおり花が植えられていき、温泉地の瀟洒《しょうしゃ》な雰囲気が再び戻った街をあてもなく散歩するのは楽しかった。身分証明書を求める行列で再会してから一年後、オータのひと言がすべてを変えることになった。

「プラハにおいでよ。遠距離恋愛はもうおしまいにしよう!」

午後の散歩で、二人はそれまでの人生のことをすべて語りつくした。今度は、ゼロから出発し、新しい人生を始めるときだ。

オータとディタはプラハで結婚し、一九四九年には長男が生まれた。

困難な手続きの末に、オータは父親の工場を取り戻すことができ、その再建のために経営のトップに立った。これは、ある意味で時間をさかのぼることにもなる、やりがいのある仕事だった。失ったものや傷は消せないが、少なくとも、一族の事業が盛んだった一九三九年のプラハに戻ることはできたからだ。だが、オータは自分がほんとうにやりたいのは経営なのかどうかはよくわからなかった。父親が収支計算の書類よりオペラの楽譜を好んだように、オータは弁護士の言葉より詩人の言葉の方が好きだった。

しかし、そんな悩みはまた吹き飛ばされた。ナチスの軍靴の跡もまだ生々しいところに、ソ連軍がやってきてプラハの街を踏みつぶしてしまったのだ。歴史は執拗に繰り返され、工場はまたしても没収されてしまった。今度は第三帝国にではなく、共産党の名において。

また、すべてを失ってしまった。誰でも意気消沈してくじけるところだろうが、オータは違った。ディタも同じだ。二人は逆境には慣れっこだった。

オータは英語と文学の知識のおかげで、文化省に職を得ることができた。彼の仕事は、新しく出版された本の中からチェコ語に翻訳する価値のあるものを選ぶことだった。同じ職で共産党員でないのは、オータだけだった。あの頃は、多くの者がレーニン主義に傾倒していた。でもマルクス主義についての知識が豊富な彼に、それを説く者はいなかった。オータは彼ら全員を集めたよりも多くの本を読んでいたのだから。共産主義が説く道は美しいが、それは決して平坦ではないことを、彼は誰よりもよく知っていた。

彼らはオータを共産党の敵だと糾弾し始め、状況は厳しくなっていった。オータとディタはイスラエルに移住し、再びゼロからやり直すことにする。こうしてついに二人は、フレディ・ヒルシュの夢をかなえることになったのだった。

イスラエルで二人は農業共同体《キブツ》で必死に働き、ディタは学校を卒業した。三十一号棟の古い知人に再会したのは、まさにそのイスラエルでだった。子どもたちのみすぼらしいバラックを明るい合唱団の会場に変えたアヴィ・オフィールだ。彼はネタニヤの近くのハダシム学校でディタたちが働けるよう手を貸してくれた。そのイスラエルの名門学校の一つで、オータとディタは英語の教師として働いた。第二次世界大戦後の移民の波でやってきたたくさんの子どもたちが通う学校だ。その後、問題を抱えた家庭の子どもたちも受け入れるようになった。そういった問題を専門とする教師はいたが、オータやディタ以上に人の痛みに敏感な者はほかにはいなかった。

二人は三人の子どもをもうけ、四人の孫に恵まれた。三十一号棟でたくさんの物語を語ったオータは、何冊もの本を書くことになる。その中の一冊、『塗られた壁』は、フィクション形式で、BⅡb家族収容所にいた何人かの人々の経験を綴ったものだ。ディタとオータは五十五年間、人生の苦楽を共にした。常に愛し合い、互いを助け合わない日は一日としてなかった。同じ本を読み、いつもユーモアを失わず、毎日を過ごした。

そして、共に老いた。

二人で生き抜いた壮絶な時代に鍛えあげられた、鉄のように固い絆を分かつことができたのは、死だけだった。

著者あとがき

三十一号棟の図書係とフレディ・ヒルシュについて語らなければならない大事なことが、まだ残っている。

この物語は事実に基づいて組み立てられ、フィクションで肉付けされている。三十一号棟の図書係の本名は、ディタ・ポラホヴァ（旧姓）。彼女の人生がこの物語にインスピレーションを与えてくれた。作中のオータ・ケラーは、ディタの夫となるオータ・クラウスから着想を得ている。

アルベルト・マングェルの著書『図書館　愛書家の楽園』にある、強制収容所の中にあったとても小さな図書館についての言及が、ジャーナリストとして私が調査を始めるきっかけとなって、この本が生まれた。

アウシュヴィッツ゠ビルケナウに秘密の学校を開き、こっそりと図書館を運営するために命を危険にさらす人間がいたということを聞いても、感銘を覚えない人もいるだろう。勇気ある行動ではあるが、絶滅収容所でもっと差し迫った問題があるときに、それは無駄なことだと考える人もいるだろう。本では病気は治らないし、死刑執行人たちを打ち負かす武器として使うこともできない。空腹を満たすことも、喉の渇きを癒やすこともできない。それは確かに事実だ。人間が生き残るために必要なのは、文化ではなくパンと水だ。それさえあれば人間は生きていける。しかしただそれだけでは、人間性は失われる。もしも美しいものを見ても感動しないなら、もしも目を閉じて想像力を働かせないなら、もしも疑問や好奇心を持たず、自分がいかに無知であるかに思いが及ばないなら、男にしろ女にしろ、それは人間ではなく、単なる動物にすぎない。

インターネット上にはアウシュヴィッツに関する膨大な情報があるが、それは単に歴史的なできごとが客観的に書かれてあるにすぎない。もし生の声を聞きたいなら、そこに行って、じっくり時間をかけ、それが語ることに耳を傾けなければならない。家族収容所の名残りを、あるいはそれからの足跡を求めて、私はアウシュヴィッツに旅立った。大量のデータや日付だけではなく、あの忌まわしい場所を肌で直接感じることが必要だったのだ。

クラクフまでは飛行機で、そこからオシフィエンチムまでは列車に乗った。その小さな穏やかな街には、その郊外で起きた恐怖の歴史を思わせるものは何もなかった。すべてがとても穏やかな中、バスで収容所の門に着いた。アウシュヴィッツ第一強制収容所跡には駐車場と、博物館のような入り口がある。もともとそこはポーランド軍の兵舎だった。きれいな煉瓦づくりの四角い建物。その間を通る石畳の広い並木道では、小鳥が何やらついばんでいる。一見したところ恐怖を感じさせるものはない。中に入れる棟がいくつかあり、そのうちの一つはまるで水族館のような作りになっている。暗い通路を行くと、両側に照明が当てられた巨大なガラスケースがある。中に入っているのは、穴のあいた無数の靴と不気味な海のように見える二トンの髪の毛や、モルゲンシュテルンの眼鏡に似た、ほとんどが丸い割れた眼鏡だ。

そこから三キロ離れたアウシュヴィッツ第二強制収容所ビルケナウには、かつてBⅡb家族収容所があった。現在も、入り口の監視塔が幻影のように残っている。一階部分にトンネルがあり、一九四四年以降、列車が中まで入れるようになった。もとあったバラックは戦争のあとに焼き払われた。いくつか復元されたバラックがあり、中に入ることができる。内部は清潔で換気設備があっても、陰気な感じがする馬小屋だ。検疫隔離収容所だったであろう一列目のバラックの後ろに広がる広大な空き地が、かつてそのほかの収容所があった場所だ。ガイドツアーは一列目のバラックの間を通り抜けず、敷地の周囲に沿って歩くので、BⅡb区画があった場所を見るには、ツアーのルートからはずれ、一人にならなければならない。アウシュヴィッツ＝ビルケナウを一人で歩くことは、私たちが踏んでいる土の一部になってそこに永遠にとどまった人々の声のこだまを運ぶ、凍てつく風に耐えることを意味する。BⅡbの跡地にあるのは収容所に通じる金属の扉と、灌木の茂みすら育たない計り知れない孤独だけだ。丸い小石と風と沈黙のみ。穏やかと見るか、不気味と見るかは、その場所についてどれだけ知識があるかによる。

私はその旅から、多くの疑問を抱えて戻ってきた。ほとんど答えは見つからなかったが、ホロコーストを肌で感じることができた。それはどんな歴史書も教えてくれないことだった。さらにまったくの偶然で重要な本に出会った。クラクフのホロコースト博物館の売店で見つけた、ルディ・ローゼンバーグの手記『私は許せない』のフランス語版だ。

私が興味を引かれた本がもう一冊あり、戻ってすぐに調べ始めた。それはオータ・B・クラウスという作家の『塗られた壁』という本で、家族収容所を舞台にした小説だった。やがて、その本を購入できるサイトを見つけたが、それはビザカードでの支払いもできない素人くさいものだった。問い合わせ先のアドレスが記されていたので、私はメールで、「その本に興味があるのだが、どこに送金すればよいか」と尋ねた。そして、私は返事のメールを受け取った。それは、「人生とは出会いである」ということを証明するものだった。

「ウェスタンユニオンを通してお金を送ることができます」というとても丁寧な返事で、住所はイスラエルのネタニヤ、最後にD・クラウスと書かれていた。

私はできるかぎりさりげなく、「あなたはアウシュヴィッツ＝ビルケナウの家族収容所にいた少女、ディタ・クラウスですか」と質問した。まさにそのとおりだった。三十一号棟のあの図書係が生きていて、私にメールを書いてきたのだ！　人生は驚きに満ち、時として、信じられないほどにすばらしい。

ディタはもう少女ではなく、その当時八十歳だった。でも、労を惜しまぬ努力家なのは昔と同じだ。今は夫の本が世の中から忘れられないために戦っていた。

そのときから、私たちは文通を始めた。彼女はじつに優しく、私の下手な英語でも理解しあえるように努めてくれた。そして、とうとう、彼女が毎年一週間を過ごすプラハで会えることになった。

物語の中ではなく現実に生きているディタは、私をテレジーン・ゲットーに案内してくれた。彼女は、ひと昔前のおばあさんのようなおとなしい老人ではなかった。物腰は優しいが活動的で、すぐに彼女の家の近くにホテルを見つけ、すべてを整えてくれた。私がトリスカ・ホテルに着いたとき、彼女はもうロビーのソファで私を待ち受けていた。彼女は私が想像したとおりの人だった。やせてはいるが、元気で、行動的で、真面目で、にこやかで、本当に素敵な女性だった。

彼女の人生は、戦中も戦後も平坦なものではなかった。彼女とオータは、彼が二〇〇〇年に他界するまでとても固い絆で結ばれていた。息子二人、娘一人を授かったが、娘は長い闘病生活の末に十八歳で亡くなった。しかし、ディタはどんな過酷な運命にもへこたれない。そのときも、そしてこれからも。

それほどの苦しみを負っているのに、彼女はいつも笑顔を絶やさない。私が驚くと、「それが私に残された唯一のものだから」と言った。いや、それだけではない。彼女はすべてに立ち向かう戦う女性のエネルギーと尊厳に溢れ、八十歳にして背筋をまっすぐ伸ばし、生き生きとした目をしている。タクシーに乗るのは頑《かたく》なに拒む。厳しい年月を生き抜いてきた者が持つ倹約の精神に私はあえて逆らわない。地下鉄で移動するときも、彼女は立っている。空席があっても座らない。そんな女性を誰が屈服させられるだろう。第三帝国が束になってかかってもかなわないだろう。

疲れを知らず、いや疲れていても、これと思ったことはやり通す。テレジーンの記念館に行くとき、『塗られた壁』が売り切れてしまったので、五十冊持っていくから手伝ってほしいと私は頼まれた。レンタカーではなく、バスで行こうと言い張る。今手に持っているかばんの中身は本だ。その過去への旅で彼女の気持ちが乱れはしないかと心配したが、そんなことは杞憂だった。そのときの彼女の何よりの気がかりは、記念館の売店に本をちゃんと補充できるかどうかだったのだ。

テレジーンはそこここに木立や花壇がちりばめられた碁盤の目状の街で、五月の輝く光を静かに浴びていた。ディタは本を納品するだけでなく、私のために常設展の入場券ももらってくれた。

感動に満ちた一日だった。ゲットーの収容者たちの様子を描いた絵の中に、ディタ自身のものも一枚あった。今見ているこの街よりずっと暗く不気味で陰気に描かれている。テレジーンに到着した子どもたちの名前が書かれた部屋もある。ディタはその名前を辿り、そのうちの何人かを思い出して微笑んだ。もうそのほとんどが亡くなっている。

四台のモニターが、テレジーンでの経験を語る生存者たちを映し出す。その一つに低い声の熟年の男性が映し出された。ディタの夫、オータ・クラウスだ。チェコ語で話している。英語の字幕にはついていけないが、思わずその声に聞き入った。静かな、耳を傾けずにはいられない話しぶりだ。ディタは黙って聞いている。真剣な表情だが、涙は見せない。そこを出ると、ディタは自分が住んでいた場所に行こうと言った。この女性は鉄の女だ。あるいはそう見える。辛くはないのかと訊くと、「辛いわ」と答えるが足は止めず、速足で歩き続ける。人生のあらゆる局面において、これほど勇気を持った女性を私はほかに知らない。

テレジーン・ゲットーにいた間住んでいたブロックは、今はのどかな共同住宅になっていた。彼女はその三階を見上げた。大工をしていたいとこが、当時彼女のために棚を作ってくれたと言う。当時のアパートが博物館として保存されている別の建物に向かいながら、さらにいろいろな話をしてくれた。ゲットー時代を再現して、いくつもの部屋いっぱいに三段ベッドを取りつけたアパートだ。圧迫感がある。共同洗面所として使っていた、陶器の洗面台もあった。

「あの頃の臭いを想像できる？」と私に訊く。

いや、できない。

警備員がいる別の部屋に入った。壁に、当時の絵やポスターが掛かっている。ヴィクトル・ウルマンのオペラが流れている。彼は有名なピアニスト、作曲家で、テレジーンの文化振興に尽力した人だ。ディタは退屈そうな警備員がいるだけの、がらんとした部屋の真ん中で立ち止まり、小さな声でウルマンのオペラを歌い始めた。彼女の声はテレジーンの子どもたちの声だ。再びテレジーンに響いたその声が、その朝、わずかな聴衆を驚かせる。警備員は止めようとはしなかった。時間が逆戻りし、ディタがまたディティンカに戻った瞬間だった。ウールのハイソックスをはき、夢見る瞳でオペラ『ブルンジバル』を歌った少女時代に彼女は戻っていた。

テレジーンからプラハに戻るバスの中で、ディタは運転手に、暑くて息苦しいので、開閉式の天井を開けてほしいと訴えた。バスの窓ははめ殺しだったので開けることはできず、しかも運転手がその訴えを無視したので、彼女は自分で天井を開け始めた。私も手伝い、何とか開けることができた。

車中で話しているとき、何か月も私の頭から離れなかった話題が出た。あの一九四四年三月八日の午後、九月到着組に迫っていたガス室での処刑を前に、収容所の反乱の先頭に立つようレジスタンスから持ちかけられたフレディ・ヒルシュが、その提案についてよく考えるために部屋に下がった際、何が起きたのかということだ。フレディ・ヒルシュのような冷静な男が、どうして鎮静剤ルミナールの服用過多で亡くなってしまったのか？

ディタは私をじっと見つめ、その瞳が語っていることを、私は理解し始めた。私が彼女の瞳の中に読み取ったのは、オータがその著書で記述していることだった。私は、それはあくまで小説として面白くしようとしてか、彼の個人的見解だろうと思っていた。まさか。『塗られた壁』はフィクションではなかったのか？　ほかの場で言ったら大問題となりかねないので、あのような形をとったのか？

ディタはくれぐれも慎重に、と私に言った。そんなことを話したとわかると何があるかわからないと思っていたのだ。

だから、私は彼女から聞いたことを説明する代わりに、家族収容所を舞台にした小説『塗られた壁』の中の、オータ・B・クラウスの文章を引用しよう。その本に実名で登場する数少ない人物の一人が、三十一号棟のブロック古参、フレディ・ヒルシュだ。九月到着組がSSによって検疫隔離収容所に移されたあと、レジスタンスに反乱の先頭に立つように要請され、ヒルシュが少し考えさせてくれ、と言った決定的な瞬間について、その本にはこう書いてある。

一時間後、ヒルシュはベッドから起き上がり、医者を探しに行った。

「わかった」とヒルシュは言った。「暗くなったら、すぐに命令を出すよ。鎮静剤をくれ」

……（中略）……

ドイツ軍に対する暴動などまともじゃない、と医者は思った。それは全員の死を意味する。死を宣告されている移送組、家族収容所の囚人、メンゲレが引き渡しを求めている病院チームまでも含む全員の死だ。ヒルシュは正気を失った。明らかに正常ではない。彼を止めなければ、自分たちユダヤ人の医師もほかの囚人とともに死ぬことになる。

「鎮静剤を出そう」医者が言った。そして薬剤師の方を振り向いた。

薬品は常に不足していたが、鎮静剤のストックは少しあった。薬剤師が錠剤が入っている小瓶を差し出した。医者はその中身を手の上にあけて、さっと握った。ヒルシュのカップにはぬるくなった紅茶がいくらか入っていた。その液体の中ですべての錠剤が溶けるまでかき混ぜた。


一九四四年のあの日の午後、フレディ・ヒルシュに実際に起こったことを刑法上の言葉で表すことはできる。だが、フィクションには時として、ほかの方法では語れない真実が隠されている。

ヒルシュに関する公式報告の中に見られる自殺説を覆す別の証言は、時を追うごとに増えている。ローゼンバーグは手記の中で、一九四四年三月八日の事件に関して、「頭痛の薬を頼んだとき、彼は過剰な量の鎮静剤を渡された」と証言している。だが、家族収容所の生存者で、医療チームの手伝いをしていたマイケル・ハニーは、この証言については疑問を呈している。

本書が、自分の意志で命を絶ったという誤った考えで傷つけられたフレディ・ヒルシュの名誉回復の一助となれば幸いだ。そのせいで、決定的瞬間に彼の意志が揺らいだのではと、長年にわたって取り沙汰されてきたのだ。フレディ・ヒルシュは自殺したのではない。彼は決して子どもたちを見捨てはしなかった。船長として、船と一緒に沈んでいったのだ。比類なき勇気を持った戦士として、記憶にとどめられるべきである。

もちろん、この本はディタに捧げられたものであり、私は彼女から多くを学んだ。

三十一号棟のわれらが図書係は、今もイスラエルのネタニヤで暮らしている。一年に一回、ディタはプラハにある彼女の小さなアパートに行く。健康が許す限り、その旅を続けるだろう。彼女は今でも、好奇心と洞察力、優しさ、そして想像しうるあらゆる困難を乗り越える固い意思を持った女性である。

これまで、私は英雄というものは信じていなかったが、確かに英雄はいると思うようになった。ディタはそんな英雄の一人だ。

あの人たちはそれからどうなったのだろう……？

ルディ・ローゼンバーグ――

戦後、ルディ・ヴルバと改名。アウシュヴィッツから脱走したのち、ただちにスロバキアのジリナのユダヤ人幹部に、アウシュヴィッツ強制収容所で実際に起きていることを報告した。それは、ナチスが吹聴していた嘘とはかけ離れた現実だった。その報告書はブダペストに送られたが、ユダヤの最高幹部の中には聞く耳を持たない者もいた。一九四四年五月、ナチスは一日一万二千人にも及ぶユダヤ人をアウシュヴィッツに送り始めた。

その後彼はイギリスに行き、脱走仲間のフレート・ヴェッラーとともに、詳細な報告書を新たに作成した。強制収容所で起きている恐ろしい真実を世界に知らしめたこの文書は、ニュルンベルク裁判の証拠の一つとなり、彼は勲章を授けられた。その後プラハ・カレル大学で化学を学び、神経化学の分野の権威となった。カナダで暮らし、二〇〇六年に死去。ハンガリーのユダヤ人コミュニティの有力なメンバーを辛辣に批判し続けたため、ハンガリー系ユダヤ人が建国に重要な役割を果たしたイスラエルでは、一部の者が何十年にもわたって、彼の証言やその人となりに疑問を呈してきた。今でも、イスラエルではその議論が続いている。

エリーザベト・フォルケンラート――

彼女は元美容師だったが、ナチ党へ入党したのがきっかけでSSの隊員となった。ラーフェンスブリュック強制収容所での訓練期間を経て、一九四二年、SS女性看守としてアウシュヴィッツに配属された。一九四四年十一月、SS女性看守長に昇進し、大量の処刑を命じた。一九四五年の初めにベルゲン＝ベルゼン強制収容所の監督者として異動になる。連合国軍が収容所を解放したとき、イギリス軍に逮捕されて裁判にかけられた。ベルゲン＝ベルゼンの看守たちの責任を明らかにするために行われた裁判で、彼女は絞首刑を宣告され、一九四五年十二月十三日、ハーメルンで処刑された。

ルドルフ・ヘス――

アウシュヴィッツ強制収容所所長。厳格なカトリック教育を受け、父親から聖職者になることを望まれていたが、秩序とヒエラルキーに魅入られたヘスは、軍隊を選んだ。彼が所長だった期間に、アウシュヴィッツでは百万人から二百万人が殺された。戦争が終わると、ヘスは偽名を使って陸軍兵士になりすまし、主要な戦争犯罪人を追跡していた連合国軍の包囲網を逃れた。約一年以上農民として働いていたが、彼の妻が連合国軍の追及に屈し、居場所を自白したため逮捕された。ポーランドで裁判にかけられて死刑を宣告され、処刑までの間に獄中で手記を書いた。その中で彼は無数の罪状を否定せず、軍人としての役職から、受けた命令には従うしかなかったと述べている。また、アウシュヴィッツのような複雑な虐殺装置を回していく自分の手腕に誇りも持っていた。彼はアウシュヴィッツ第一強制収容所で絞首刑になり、その絞首台は今でもそこで見ることができる。

アドルフ・アイヒマン――

いわゆる「ユダヤ人問題の最終的解決」の主要なイデオロギストの一人だった。アイヒマンは強制収容所への強制移送の兵站《へいたん》業務を担った。また、強制移送に協力したユダヤ人評議会結成の仕掛け人でもあった。戦争が終わるとアメリカ軍に捕えられたが、オットー・エックマンという偽名を使い、ナチスの最重要戦犯容疑者だとは気づかれなかった。ドイツに身を隠したのち、イタリアに渡り、一九五〇年にアルゼンチン行きの船に乗った。そこで家族と合流し、偽名を使い、自動車工場で工員として働きながら暮らした。一九六〇年、ナチ追跡組織のサイモン・ヴィーゼンタールから寄せられた情報により、イスラエルの情報機関モサドの精鋭集団が、ブエノスアイレスで彼を発見した。大胆な作戦によりアイヒマンは路上で逮捕され、その場で車に乗せられた。その後、イスラエルのエル・アル航空の飛行機で、泥酔状態の航空整備士だという名目で、秘密裏に国外に連れ出された。その出来事は、アルゼンチンとイスラエルとの間に厳しい外交摩擦を生んだ。SSの中佐だったアイヒマンはエルサレムで裁かれ、死刑判決を受けた。処刑は一九六二年六月一日に執行された。

ペトル・ギンズ――

一九二八年二月一日、プラハ生まれ。テレジーンの少年たちが自主制作していた雑誌『ヴェデム』の編集長を務めた。両親はエスペラント語普及に熱心な文化人だった。一九四二年十月、ゲシュタポの命令によって、ペトルは数百人のユダヤ人住民とともにテレジーンに強制移送された。一方、両親と姉は一時プラハに残った。ペトルのように子どもが一人でテレジーンに移るケースは珍しかったが、両親は頻繁に食べ物や書き物のための紙を送った。保管されている一通の手紙でペトルは、ガム、ノート、スプーン、パン、コピー用のカーボン紙……それに社会学の本を家族に頼んでいる。届いた小包は、共に寝起きする仲間たちと分け合った。彼は寛容で、知性に溢れ、温かな人柄だったので、仲間や先生たちから好かれていた。一九四四年、テレジーンから強制移送された彼は、戦争が終わっても家に帰ってこなかった。死亡記録のどこにも彼の名前はなかったので、家族は再会の希望を持ち続けた。しかし、十年後、彼と同じ列車で強制移送されたイェフーダ・ベイコンから連絡があり、彼はアウシュヴィッツに送られたこと、駅に着いたその場で選別が行われ、右側の者は収容所に、左側の者は直接ガス室に送られたこと、ペトルが左側の列に入るのを見たことを告げられた。

ダビッド・シュムレウスキ――

アウシュヴィッツの中でのレジスタンスのリーダー。ポーランド人。ナチスに捕えられる前から、左翼のベテラン闘士だった。スペイン内戦中は国際旅団で戦い、その後ナチスを相手に戦った。戦争が終わると、ポーランドの共産党で重要なポストについた。美術品の密売に関係する怪しげな商売に巻き込まれて共産党からの離党を余儀なくされ、結局パリに亡命し、亡くなるまでそこで暮らした。戦争の英雄として特別な存在だったので、美術品密売への関与は、彼を貶めるための共産党幹部による策略だったとも言われるが、真偽のほどはわからない。彼の甥の息子で、イギリスの知識人クリストファー・ヒッチンズ（二〇一一年没）は、その著書『ヒッチ二二』でこの件について触れている。

ジークフリート・レデラー——

ＳＳの一等伍長ヴィクトル・ペステックが脱走したときの相棒。ペステックは命を落としたが、レデラーは間一髪でゲシュタポから逃れ、レジスタンスの熱心な活動家になった。ズブラスラフで現地のレジスタンスのグループを助けるために、ＳＳの将軍になりすましたこともある。その後スロバキアに行き、戦争が終わるまで現地のパルチザンの支援にたずさわった。

ハンス・シュヴァルツフーバー——

一九四三年十一月、アウシュヴィッツ゠ビルケナウの家族収容所の男性収容区の責任者に任命される。一九四四年には、ラーフェンスブリュック強制収容所に副所長として配属された。一九四五年、イギリス軍に逮捕され、それまでの数か月間に二千四百人をガス室に送った証拠がすぐさま集められた。裁判の結果、死刑判決を受け、一九四七年、絞首刑が執行された。それは、収容所所長時代に彼が好んだ処刑方法だった。

ヨーゼフ・メンゲレ——

一九四五年一月、連合国軍がアウシュヴィッツを解放する数日前、メンゲレは退却する歩兵大隊の中にまぎれ込んだ。そのままほかの大勢の兵士たちと共に捕虜になったが、身分は気づかれなかった。それは混乱状態だったこともあるが、連合国軍が、腕に血液型の入れ墨が彫ってあればＳＳ隊員、なければ一般兵という見分け方をしていたからである。メンゲレは先見の明があり、入れ墨をしていなかった。有力な実業家だった家族の援助を受けて、ドイツからの逃亡に成功し、アルゼンチンに亡命した。アルゼンチンでは薬品会社の共同経営者として、裕福で穏やかに暮らした。一九五〇年代末、手紙でやりとりした、メンゲレ本人が署名した離婚証明書から足がつき、ナチ追跡組織のサイモン・ヴィーゼンタールに居場所を特定された。しかし、彼はいち早くそれを聞きつけ、ウルグアイに逃亡した。ウルグアイでは別の名前を使ったが、生活は苦しく、スラムに住み、追跡の不安におびえて暮らした。それでも最後まで捕まることはなかった。一九七九年、海水浴中に（おそらく心臓発作で）死亡した。六十七歳だった。ジェラルド・ポズナーとジョン・ウェア共著によるメンゲレの伝記には、時々手紙のやりとりをしていた息子ロルフが、生前会いに行ったときのことが記されている。ロルフはやっとそのとき、子どもの頃から彼をさいなんできた質問をすることができた。嫌疑をかけられている残虐な犯罪を父が本当に犯したのかと。手紙ではとても優しく思いやりのある父親が、新聞に書かれているようなおどろおどろしい怪物であるなどとは、息子として受け入れがたかった。ついに面と向かって、本当に多くの人を殺す命令を下したのかと訊いたとき、ヨーゼフ・メンゲレは、それはまったく逆だと答えた。まだ働ける人と殺害される人とを分けた選別で多くのユダヤ人を合格の列に送ることによって、彼らを死から救ったのだと、少しの迷いもなく、しごく冷静に息子に言ったそうだ。

ゼプル・リヒテンシュテルン――

ゼプル・リヒテンシュテルンは家族収容所における一九四四年七月の選別をパスし、ドイツのシュヴァルツハイデ強制収容所に送られた。そこではディーゼル油化工場で働かされた。戦争末期、連合国軍の手に落ちる直前のナチスは、食糧も持たせずに、収容所の多くの囚人に当てのない行進をさせた。その強制的な行軍では、ことあるごとに銃が発砲され、囚人が気を失えば道端で処刑され、多くの囚人が亡くなったので「死の行進」と呼ばれた。リヒテンシュテルンは、そのナチズム最後の狂気の中で亡くなった。彼の遺骨はドイツのザウプスドルフ墓地に眠っている。

マルギット・バルナイ——

マルギットは結婚したあとの生涯をプラハで送った。ディタはイスラエルに移住したが、二人は手紙を書いたり、子どもの写真を送り合ったりして、ずっと連絡をとりあった。マルギットは三人の子どもに恵まれた。末っ子は彼女が四十歳のときに思いがけずできた娘で、ディタと名づけられた。マルギットは五十四歳の若さで亡くなった。ディタ・クラウスはマルギットの娘たちと今でも手紙のやりとりをしている。ディタは彼女たちにとってはおばのような存在で、ディタがプラハを訪れるたびに会っている。

訳者あとがき

『アウシュヴィッツの図書係』は、第二次世界大戦中、ユダヤ人であるがゆえにアウシュヴィッツ＝ビルケナウ強制収容所に送られた少女ディタ・クラウス（一九二九年、プラハ生まれ）の実話をもとに書かれた小説だ。著者はスペインのアントニオ・G・イトゥルベ。「リブルーフラ」という書籍紹介の雑誌（隔月発行）を創刊し、「ラ・バングアルディア」紙の文化欄に寄稿するなど、ジャーナリストとしても活躍する作家だ。「本」にまつわるエピソードを探していたイトゥルベは、アルベルト・マングェルの著書の中で、本が禁じられていたアウシュヴィッツに秘密の図書館があったことを知った。調査を進めていくと、なんとその図書館の係をしていた少女がホロコーストを生き抜いて、現在イスラエルの海辺の街ネタニヤで暮らしていることもわかった。このディタとの出会いから、「本」という新たな切り口でアウシュヴィッツの実態を描き、「絶滅収容所にあった子どもブロックの謎」を解き明かしたこの感動的な小説が生まれた。

ディタの幸せな子ども時代は、一九三九年三月十五日のドイツ軍のチェコ進駐とともに終わった。まだほんの九歳だった。ユダヤ人の子どもたちは、学校に行くことも公園で遊ぶことも禁止された。やがてディタは両親と共に、生まれ育ったプラハを追放され、テレジーンのゲットーで一年間過ごした後、一九四三年十二月、貨車に乗せられ三日三晩飲まず食わずで、アウシュヴィッツ第二強制収容所ビルケナウに到着した。

「選別」で働けないとみなされたものは即ガス室送り。何かの役に立つと残された者も、過酷な強制労働、家畜小屋のようなバラックでの劣悪な住環境、栄養のほとんどない水っぽい食事、蔓延《まんえん》する伝染病などによって力尽きアウシュヴィッツの土になった。ディタと両親が収容された家族用キャンプBⅡbは、「死の工場」とも呼ばれたアウシュヴィッツ＝ビルケナウにあって異色な存在だった。教育も本も固く禁じられていたその場所に、青少年のリーダー、フレディ・ヒルシュは密かに学校を作っていた。そこにはわずか八冊だけの小さな図書館もあり、先生たちに「授業」のための本を貸出し、一日の終わりに本を回収して秘密の場所に隠すという危険なミッションがディタに託された。ディタはそれらのわずかな古本を慈《いつく》しみ、修繕し、ナチスに見つからないように洋服の内側に秘密のポケットを縫い付けて、本を持ち運びした。

本が大好きなディタは、『世界地図』を開いては収容所の柵を超えて世界中を旅することを想像し、『兵士シュヴェイクの冒険』（ヤロスラフ・ハシェク著）をこっそり読みながら、主人公のドタバタに笑顔になる。『ニルスのふしぎな旅』や『ユダヤ人の歴史』のように、実際に手元にない本でも、先生たちが記憶を辿って語り聞かせてくれた物語もある。子どもたちはワクワクしながら物語に夢中になった。ディタは、恐ろしいナチスの絶滅収容所の中でさえ、生きる意欲、読書の意欲を決して失わない。なぜなら「本を開けることは汽車に乗ってバケーションに出かけるようなもの」だったのだ。

ホロコーストの惨状は読み進めるのが辛くなるほどだが、この本は間違いなく文学に対するオマージュ、そして文学が人間に与える影響についての讃歌だ。命の価値が全くない絶滅収容所で、子ども達に勉強と読書の楽しみを与えるために、自らの命の危険もいとわない少女のヒロイズムに満ちた物語は、「自由」の大切さ、「命」の尊さを読者の魂に訴えかけると同時に、「本の魔法」、「本の力」、「読書のすばらしさ」を再認識させてくれる。

また、この作品は、収容所で子どもたちが発行していた雑誌『ヴェデム』の編集長ペトル・ギンズや、フランツ・カフカ、「死の天使」ことドクター・メンゲレなど、著者がジャーナリストらしく、様々な取材をして盛り込んだエピソードによって、多様な人々を描いた群像劇としても興味深く読める。

『アウシュヴィッツの図書係』の中には、秘密の図書館の八冊の本だけでなく、本好きのディタが収容所に入る前に読んだ本の引用がたびたび出てくる。その中には既に日本語に訳されて出版されている作品もある。私はそれらの本を購入したり、図書館から借りてきたりして参照しながら翻訳を進めた。ところが、第二十六章の最後、三六八ページに引用されている『兵士シュヴェイクの冒険』のコンソメのエピソードはどうしても見つけられなかった。

「連隊の調理場から持ってきたコンソメは、半分しか残っていないではないか！」
「はい、中尉殿、あまりにも熱くて、持って来る途中で蒸発してしまったのであります」

というくだりだ。日本語版では省かれているのだろうか。どのあたりに出ているのかと、翻訳する際に著者イトゥルベ氏に尋ねてみると、彼はいたずらっぽく、
「どこを探しても見つかりませんよ。ハシェクの文体を真似て僕が創作したのですから。ちょっとした文学的ないたずらです。注意深い読者もだませるように書いたつもりだけど、どうですか」と告白したのだった。そこで私もそれらしく訳してみた。

そうだ、『アウシュヴィッツの図書係』は実話を元にしたフィクションなのだ。まず氏名が違う。アドディタ・クラウス（旧姓ポラホヴァ）は、作中では、エディタ・アドレロヴァとして登場する。アドレロヴァはディタの母親の旧姓を取り入れたということだ。名前はエディタ、ディティンカと呼ばれ

るときもあり、どれが「本名」かという疑問も、著者が明らかにしてくれた。本名はエディタ、通称ディタ、愛称ディティンカ。ただし、モデルとなった本人はいつも、ディタ・クラウスと署名し、そう呼ばれることを望んでいるという。ディタの腕に刻まれた刺青《いれずみ》の番号も、実在のディタ・クラウスの腕には７３３０５の数字が残っているが、作中では６７８９４となっている。

ディタ・クラウスの実体験を知りたい読者は、野村路子著『テレジン収容所の小さな画家たち詩人たち』（ルック）をぜひ読んでほしい。ディタが描いた、夕焼け空をバックに教会がシルエットになって見える墨絵のような作品や、最近のディタの写真も見ることができる。

ディタやテレジーンの子ども達が残した四千枚の絵と数十枚の詩の原稿は、戦後の混乱で、プラハのユダヤ人協会の地下室に二十年間眠っていた。野村さんがユダヤ博物館から提供されたレプリカ百五十点は、パネルになって埼玉県平和資料館に保管されているそうだ。

私は現在スペインのマドリードに住んでいるが、この作品と出会ったのは、ベネズエラからコスタリカに引っ越したばかりの頃だった。中南米には、ホロコーストを逃れてきた多くのユダヤ人やその子孫が暮らしている。この五月、白水社から『ポーランドのボクサー』（松本健二訳）が出たエドゥアルド・ハルフォンもユダヤ系グアテマラ人の新鋭作家だ。日本ではユダヤ人と知り合うことがなかなかなかったが、ベネズエラでは、クララ＆ホセ・チョクロン夫妻ととても親しく付き合った。クララの父親ヨセフ・イムレ・ヴァンドール氏は、一九四二年にハンガリーで強制労働収容所に入れられたが、一九四四年十一月に脱走した強者。彼と兄はロシア軍によって解放されたが、その他の親兄弟親戚はみな、絶滅収容所で命を落とした。ナチスによるユダヤ人絶滅計画を生き抜き、辛い戦争体験を次世代に語り継ぎながら、二〇一二年、九十七歳の長寿を全うした父親は、クララの記憶の中で不滅のヒーローだ。鋭い眼をしたスリムな長身の紳士だった。『アウシュヴィッツの図書係』を読みながら、脱走して、世界にアウシュヴィッツの惨状を伝えたルディ・ローゼンバーグとイムレ・ヴァンドールのイメージが重なった。

私の父も、太平洋戦争で海軍対潜学校に入学し、人間魚雷「回天」に搭乗すべく訓練を受けていたが、長崎で被爆し、瓦礫《がれき》の中で終戦となった。今年米寿《べいじゅ》を迎える父は、ゆかりの場所を訪ねては、ぽつりぽつりと当時の話をし、体験談を書き、今の平和を感謝しつつ、穏やかな日々を送っている、英雄を信じていなかった著者アントニオ・G・イトゥルベに、英雄の存在を確信させるようになったのが、ディタ・クラウスと、青少年の指導者、フレディ・ヒルシュだ。著者はこの小説を通じて、ヒルシュの汚名を晴らし、ヒーローとして復活させた。ナチス強制収容所と言えば、『アンネの日記』のアンネ・フランクだが、新たなヒロイン、本書のディタ・アドレロヴァにも注目していただけたら嬉しい。

著者のアントニオ・G・イトゥルベは今、二十世紀初頭の飛行機乗り《アビエーター》についての小説を執筆中だ。きっとまたフィクションと史実が織りなす面白いものになりそうだ。新作を楽しみに待ちたい。

最後に、この作品に出合うきっかけとなった、スペインの最新の出版物を紹介するプロジェクト「ニュー・スパニッシュ・ブックス」の関係者、この本の出版に尽力してくださった集英社のみなさん、とりわけ、翻訳協力者として素晴らしいフォローとアドバイスをしてくれた宇野和美さんに心から感謝の意を表します。そして、戦争の悲惨さを伝え、世界の平和を願うヒーローたちのメッセージが多くの人の心に届きますように。

カバー画像／©Jill Battaglia/Arcangel/Compañía.

装丁／米谷耕二

小原《おばら》 京子《きょうこ》

翻訳家・エッセイスト。山口県出身。上智大学外国語学部イスパニア語学科卒業。在京スペイン大使館で23年間、翻訳官、文化広報担当として、日本におけるスペイン文化の普及・啓蒙に携わる。イサベル女王勲章オフィシャル十字型章を受章。ベネズエラ、コスタリカを経て、現在スペイン・マドリード在住。

アウシュヴィッツの図書係《としょがかり》

二〇一六年 七 月一〇日 第 一 刷発行
二〇二三年 六 月 六 日 第一四刷発行

著者 アントニオ・G《ジー》・イトゥルベ
訳者 小原《おばら》 京子《きょうこ》
編集 株式会社 集英社クリエイティブ
〒一〇一-〇〇五一 東京都千代田区神田神保町二-二三-一
電話 〇三-三二三九-三八一一
発行者 樋口尚也
発行所 株式会社 集英社
〒一〇一-八〇五〇 東京都千代田区一ツ橋二-五-一〇
電話 〇三-三二三〇-六一〇〇（編集部）
〇三-三二三〇-六〇八〇（読者係）
〇三-三二三〇-六三九三（販売部）書店専用
印刷所 大日本印刷株式会社
製本所 加藤製本株式会社

ISBN978-4-08-773487-4 C0097
定価はカバーに表示してあります。

集英社の翻訳単行本

僕には世界がふたつある

ニール・シャスタマン

金原瑞人 西田佳子 訳

病による妄想や幻覚にとらわれた少年は、誰かに殺されそうな気配に怯える日常世界と、頭の中の不可思議な海の世界、両方に生きるようになる。精神疾患の不安な〈航海〉を描く、闘病と成長の物語。全米図書賞受賞の青春小説。

夫婦の中のよそもの

エミール・クストリッツァ

田中未来《かなた》 訳

代表作『アンダーグラウンド』などでカンヌ国際映画祭パルム・ドールを２度受賞した天才映画監督、初の小説集。不良少年と家族のおかしみを描いた表題作をはじめ、独特の生命力に満ちた、ワイルドで鮮烈な全６編の物語。